西方"东方学"批判论集

王向远／著

復旦大學出版社

本书是作者主持的
国家社科基金重大项目
"'东方学'体系建构与中国的东方学研究"
（批准号 14ZDB083）的中期成果之一

内容简介

"东方学"是研究亚洲各国历史文化及现实问题的综合性、国际性学科，也是基于"东方—西方"二元世界观的一种学术思想形态。在今天的中国，东方学研究对于促进亚洲区域研究与区域认同、对于全球化的推进、对于"一带一路"建设，都具有不可替代的重要价值。

在西方世界，"东方"这一观念虽然经历了空间上的伸缩位移及观念上的"结构—解构"，却一直都存在着；"东方——西方"二元对立的思维方式也依然是其分析世界的一个基本切入点，并且不断驱动着西方与东方的角力与竞争，由此形成了西方关于东方的种种学术研究、理论观点与思想形态，形成了西方的"东方学"学术史与思想史。

《西方"东方学"批判论集》作为国家社会科学基金重大项目"'东方学'体系建构与中国的东方学研究"的中期成果之一，是一部关于西方的"东方学"批判研究的专题论文集。旨在立足中国立场，从"东方学"学科体系建构的角度，对西方各主要国家（古希腊、英、法、德、俄）的东方研究及东方学著作，特别是在那些在中国有译介有影响的经典著作，进行研读解析，寻绎西方的东方学起源与发展演变的轨迹，检视其"东方—西方"二元对立的思想方法，考察其东方学学科体系的建构方式，分析其"学术形态"与"意识形态"的双重属性，揭示其"东西方文化辨异"与"西方文化认同"的独特的学术功能。如此，既通过"东方学"考察了西方的学术思想，亦可借以呈现中国"东方学"的国际背景。

目 录
CONTENTS

前言 …………………………………………………………………… 1

希罗多德《历史》与"东方—西方"观的起源 ………………… 1
一、对"欧罗巴"和"亚细亚"的二元区分 …………………… 2
二、欧亚的观念冲突：畏神的希腊与渎神的波斯 …………… 6
三、东西方两种不同政体决定了希波战争之胜负 ………… 11

伏尔泰《风俗论》与"东方—西方"观 ………………………… 20
一、"东方—西方"二元论与多元文明观的并置 …………… 21
二、理性主义价值观及对东西方文化的评价 ……………… 25
三、"东方社会停滞"论与"西方后来居上"论 …………… 32

孟德斯鸠《论法的精神》对"东方专制"的构拟 ……………… 39
一、"专制"及"东方专制主义"界定的含混 ……………… 40
二、气候与地理环境决定论与"东方专制"的宿命 ………… 47

三、被构拟的"东方"与"东方专制" ································ 53

黑格尔"东方—西方"之分的全面化与绝对化 ················ **59**
一、东方历史何以在世界历史发展进程之外 ···················· 60
二、东方世界何以没有"精神"与"自由" ······················ 65
三、东方人何以未达到"绝对精神"? ························· 73

英国古典政治经济学家的东方经济观与东方停滞论 ········ **81**
一、国富民穷、重农抑商与社会停滞 ··························· 82
二、"印度农民地租"与国家对农民的剥夺 ···················· 89
三、"政府占有""习俗专制"与东方社会停滞 ················ 94

马克思"亚细亚生产方式"理论的纵横建构 ················ **101**
一、马克思早期的东方观基本上是对以往东方观的继承发挥 ········ 102
二、"亚细亚的、古代的、日耳曼的"之横向比较 ··············· 109
三、"亚细亚的、古代的、封建的"之纵向论列 ················· 114
四、《资本论》与"亚细亚的"理论的完成 ····················· 119

马克斯·韦伯的东西方观念差异论 ···························· **128**
一、"资本主义精神"的西方属性 ····························· 129
二、作为西方"资本主义精神"之反例的东方 ·················· 134
三、韦伯东方研究的特色与实质 ····························· 141
四、贝拉《德川宗教》对韦伯理论的继承与修正 ················ 145

丹尼列夫斯基与俄国立场的"东方—西方"观 ········ 150
- 一、对西方中心论及西方价值普世性的否决 ········ 152
- 二、历史文化类型划分的三条原则与十种文明 ········ 159
- 三、历史文化类型及其运动发展的五条规律 ········ 162

斯宾格勒"文明观相学"及东方衰亡西方没落论 ········ 169
- 一、对"欧洲"概念的否决与解构 ········ 170
- 二、"东方""西方"概念的不同处理方式与"西方文化"形态的整合 ········ 174
- 三、"观相学"的方法:"西方的"还是"东方的"? ········ 179

比较文明论四大形态与"东方—西方"的消解整合 ········ 187
- 一、欧洲各国"文化""文明"概念及其差异 ········ 188
- 二、汤因比的多元文明论以"非西方"消解"东方" ········ 191
- 三、雅斯贝斯"轴心期文明"论对古代"东方"的拆解 ········ 197
- 四、亨廷顿"文明冲突"论及对"东方"的再消解 ········ 205
- 五、艾森斯塔特"多元现代化"论与"西方—非西方"观 ········ 212

"世界体系"理论中的"东方—西方"论 ········ 217
- 一、"公元1500年史观"及"中心—边缘"论 ········ 218
- 二、"现代世界体系"理论对"东方—西方"的置换 ········ 223
- 三、对"现代世界体系"的修正及东方观 ········ 228
- 四、"资本—民族—国家"三元构造的世界体系论 ········ 233

对西方中心史观的矫正、逆写与"重归东方"论 …… **238**
- 一、"西方的兴起"论与西方中心史观的新版本 …… **239**
- 二、对东西方关系史的逆写 …… **248**
- 三、弗兰克"重归东方"论和莫里斯东方再兴的预断 …… **260**

从东方学史看"东方专制主义"与东方国家政治特殊论 …… **271**
- 一、魏特夫"治水社会"及"东方专制主义"论 …… **272**
- 二、安德森的"非封建主义""非绝对主义"的东方国家论 …… **280**
- 三、安德森对"亚细亚生产方式"概念的辨析与解构 …… **286**

西方对东方哲学之价值的再发现与再确认 …… **292**
- 一、克拉克对"东西方思想的遭遇"三百年的历史考察 …… **293**
- 二、对东方哲学及精神主义特性的发现 …… **296**
- 三、卡普拉对东方哲学宇宙现象论、本体论的科学性之确认 …… **302**

西方人对东方艺术的价值判断 …… **314**
- 一、黑格尔的"理念"与东方艺术论 …… **315**
- 二、芬诺洛萨的"理念"论与东亚艺术论 …… **320**
- 三、比尼恩"人的精神"与芒罗"精神价值"论 …… **325**

荣格的精神分析心理学及其东方学思想 …… **332**
- 一、荣格的东方心灵论及东西方心理差异论 …… **333**
- 二、对瑜伽、禅宗的看法与态度 …… **339**
- 三、为什么关注东方心理学 …… **344**

从东方学史看西方学界的丝绸之路研究 …………………… **350**
一、对"丝绸之路"及历史文化特性的发现 ………………… 351
二、对丝路性质的揭示与东方学姿态方法的变化 …………… 357
三、所谓"新丝绸之路"和丝路"新史" …………………… 362

后记 …………………………………………………………… **367**

前 言
PREFACE

西方的"东方学",是西方人研究东方(亚洲)各国历史文化的一门学问与学科,是与"古典学"(对欧洲历史文化的研究)、"人类学"(对未开化地区的研究)相并列的三大学术领域之一。西方人的自我确认、自我文化与他者文化的区分与辨异,都离不开"东方"的存在。不同历史阶段西方人"东方"视野的移动伸缩、对"东方—西方"的认同与辨异、结构与解构模式的交互运动,都出于西方自身文化发展改造的内在需要,并由此形成了关于"东方"的知识体系与思想传统,形成了西方的"东方学"。这个"东方学"既包含了学科、科学意义上的"东方研究",也包含了关于东方的一系列理论学说与思想观念;换言之,它既是作为一门学问的"东方学",也是一种作为思想形态的"东方观"。

我们要研究中国的东方学及东方学史,就必须首先研究国外的东方学。这不是对国外东方学史及东方学研究成果的孤立的研究,而是要把它作为中国东方学的"外部背景"及关联物、参照系,不是单纯评述外国东方学史上的学者与学术成果,而是要在中外比较的意义上,关注其独特的学术立场、文化功能、学术范式与研究方法,揭示国外东方学关于"东方—西方"的观念与思想,要把国外的东方学史作为"东方学思想史"来看待。

要以这样的思路来研究西方的东方学,首要的问题是如何选材取材、如何确定有效的研究对象。在这个问题上,有学者写过这样一段话,颇值得参考:"值得注意的是,18世纪中叶开始改变西方的中国形象的文本,大多不属于纯粹的'汉学'著作,而是那些一般社会科学的理论著作,如孟德斯鸠的《论法的精神》、亚当·斯密的《国富论》、布郎杰的《东方专制制度的起源》、孔多塞的《人类精神进步史表纲要》、赫尔德的《关于人类历史哲学的思想》、黑格尔的《历史哲学》。这些著作在自身的理论体系中解释中国,简练、直率、明确,往往比狭隘的'汉学'著作更有影响力。"(周宁《汉学或"汉学主义"》,载《厦门大学学报》2004年第1期)实际上,这种判断不仅适合西方"汉学",也适用于西方的"东方学"。可以说,最充分表达西方人的东方观的,往往不是那些关于东方国家的考古学报告、古文字释读、旅行调查、资料编译等专业知识性、材料性的著述,而是那些既充分运用了这些史料,又有鲜明的角度与立场、有思想贯穿的著作;对东方世界进行深入的理论思考与思想阐述的人,主要不是那些具体领域的专门家,而是那些具有"东方—西方"二分观念和世界视野的哲学家、社会学家、政治经济学家、美学家。他们虽然不是专业的"东方学家",却是更高层次的"东方学家",他们的"东方学"的价值主要不是生产关于东方的纯知识,而是提出了关于东方学的学说。这些思想和学说对西方世界影响巨大又深远,奠定了西方人的东方观的基础,因而也更值得我们注意。而且,在最近一百多年里,这些著作多被译为中文出版发行,对中国的学术文化特别是对中国的东方学产生了一定的影响。就中国近现代的东方学史而言,这些西方的著作已经构成了中国东方学的一种外部背景,以至我们今天研究中国的东方学学术史时,对此不得不予以关注、不得不加以评述分析和研究。只有这样,才能在比较与比照中,呈现中国东方文学的世界视野与民族特色。

本论文集中的各篇文章所研究的对象就是西方学术史上的这类名家名作。这些名家名作虽然为学界熟知,但是从"东方学"的学科理论的层面、从西方的东方学学术思想史的角度进行分析研究,我们以往做得还很少、很不够,更不成系统,至今仍然算是一个新的、尝试性的领域与课题。

本书的书名《西方"东方学"批判论集》中的所谓"西方",是作为区域文化概念使用的,指的是欧洲乃至欧美地区;所谓的"批判",是作为学术研究的概念使用的,指的是科学理性的分析研究与判断,而且特别注意中国视角与中国立场;"东方学"三字加上了引号,主要是把它作为一个特定的汉语概念加以突出强调;"论集"当然就是论文集,但又不是那种杂文杂纂,而是专题论集。书中17篇论文虽曾在不同时间、不同刊物上发表,但作者在写作过程中已有系统规划,各篇文章在论题互有衔接,内容上没有重复,收入本论文集时,在编排上既有客观的时间线索,更有内在的逻辑联系。因此,把本论集视为一部有内在结构的专门著作,也未尝不可。

希罗多德《历史》与"东方—西方"观的起源[①]

古希腊历史学创始人希罗多德的《历史》,最早明确站在"欧罗巴—亚细亚"或"东方—西方"二元区分的立场上,以公元前6至5世纪希波战争为中心,记述了东西方的历史,描述了西方与东方的国际关系,探讨了希波战争的发生的缘由。在希罗多德看来,战争的胜败取决于命运与神意,更取决于国家政体的性质,希腊人的敬畏诸神和波斯人的肆意渎神,希腊的共和政体民主政治与波斯的君主独裁,是导致希腊以弱胜强、波斯恃强而败的根本原因,而希腊与波斯政体的根本不同,也是"东方—西方"政治文化的分水岭,这一思想为后来亚里士多德、孟德斯鸠等欧洲思想家加以演绎和发挥。

被誉为"西方历史之父"的古希腊史学家希罗多德(Herodotus,约公元前484—前425)的《历史》,是一部记载公元前6至5世纪希腊与波斯之间的那场战争(简称希波战争)为主题的书,同时描述了那时期欧

[①] 原载《国文天地》(台北)2017年第5期;另载《衡阳师范学院学报》2020年第1期。

洲与亚洲、西方与东方各国各民族之间的复杂关系。可以说是当时希腊人视野中的一部世界史，也是一部东西方的"列国志"。今天我们从"东方学"的角度来解读，可以看出希罗多德《历史》不仅是西方人东方观的源头，而且也是东西文明比较论、东西政体异质论的滥觞，对后来的西方的东方观与东方学产生了深远影响。

一、对"欧罗巴"和"亚细亚"的二元区分

乍看上去，希罗多德的《历史》是没有种族和国家偏见的。他撰写历史的基本方法是把所听到的如实"记载下来"①；"至于我个人，则在这全部历史里，我的规则是我不管人们告诉我什么，我都把它记录下来"。② 秉持的是史家的客观实录的态度。所以《历史》被公认为欧洲最早的历史学著作。他在开篇第一段就明确说明他著述的目的"是为了保存人类的功业，使之不致由于年深日久而被人们遗忘，为了使希腊人和异邦人的那些值得赞叹的丰功伟绩不致失去它们的光彩，特别是为了把他们发生纷争的原因给记载下来"。③ 也就是说，不管是哪一方，都属于"人类的伟业"，都应该记录保存。但与此同时，他自己作为"哈利卡尔那索斯人"即一个希腊人，又有明确的希腊民族立场，于是就有了"希腊人和异邦人"的二元观。关于"异邦人"（barbaroi）这个词，一些学者认为应译为"蛮族人"。不论"异邦人"也好、还是"蛮族人"也好，指的都是非希腊人，但是至少在汉语的语境中，这两个词的情感色彩大有不同。"异邦人"是客观表述，而"蛮族人"明显带有价值判断，正如中国古代的"夷狄戎蛮"一样，含有藐视意味。希罗多德是将"barbaroi"一律视为"蛮族"的吗？通观全书，似乎不能下这样的结论。因为他在书

---

① ［古希腊］希罗多德：《希罗多德 历史》（上册），王以铸译，北京：商务印书馆，1985年，第1页。版本下同。
② 《希罗多德 历史》（上册），第165页。
③ 《希罗多德 历史》（上册），第1页。

中对埃及、巴比伦、波斯的文化是给以高度评价的，而且处处指出希腊文化所受到的这些民族或国家的文化上的各种影响。而且，《历史》全书甚至把非希腊民族所信仰的神，都以希腊的神名称之，例如"宙斯"等，可见他在宗教上没有后来的"异教徒"的观念。但无论如何，希罗多德是用"barbaroi"这个词，把希腊人与非希腊人区分开来了，这一点是毋庸置疑的。这中间就造成了一种张力和矛盾：到底是不偏不倚的"人类"的立场，还是他的"希腊"民族的立场？

除了"希腊人和异邦人"的区分之外，希罗多德用来表现这种二分立场的还有一对词语，就是"欧罗巴"和"亚细亚"。在希腊神话中，"欧罗巴"本来是希腊神话传说中的腓尼基公主的名字，年轻时被爱慕她的希腊天神宙斯带到希腊，并与宙斯生了几个英雄儿子。为此爱神阿佛洛狄特把欧罗巴来到的这片大陆称为"欧罗巴"，这显然是美丽的爱情神话。而希罗多德在《历史》中，一开篇就把"欧罗巴"与希腊人和非希腊人互相掠夺女人的残酷现实联系在一起，这与希腊神话中的浪漫主义记述完全不同。按希罗多德的记述，最初是腓尼基人掳掠希腊女子，希罗多德写道："根据波斯人的说法……某些希腊人（他们说不出这些希腊人的名字）在腓尼基的推罗登陆，并把国王的女儿欧罗巴劫了去。"并把这样的互相劫掠女人的行为视为希腊人与异邦人矛盾冲突的起源。希腊神话传说和希罗多德《历史》都把来自异邦的女子"欧罗巴"的名字作为以希腊为中心的那片土地的称谓，这是意味深长的。不仅"欧罗巴"是这样，还有一种说法认为，"亚细亚则是因普洛美修斯的妻子而得名的"。① 这些似乎都暗示了"欧罗巴"与"亚细亚"的相反相成、相互依存的关系。在希罗多德的《历史》中，只有这一次使用了作为女人名字的"欧罗巴"，接着就分别用"欧罗巴"与"亚细亚"来称谓希腊人的领地与东方异邦人的领地。而且，他明确说，将"欧罗巴"与"亚细亚"

---

① 《希罗多德 历史》（上册），第283页。

明确区分的,其实是波斯人,"原来在波斯人眼里看来,亚细亚和在这个地方居住的所有异邦民族都是隶属于自己的,但他们认为欧罗巴和希腊民族跟他们却是两回事"。① 也就是说,"亚细亚"与"欧罗巴"作为一个地理文化的概念,不仅是希腊人(欧罗巴人)所具有的,也是波斯人(亚细亚人)所具有的。

世界究竟分为几部分,古希腊人的看法并非是统一的、一致的。当时,也有人把世界分为三部分:利比亚、欧罗巴、亚细亚。但是希罗多德明确指出:"从我这一方面来说,对于那些把全世界区划和分割为利比亚、亚细亚和欧罗巴三个部分的人,我是感到奇怪的。"② 以为利比亚的部分太小了。他认为还是划分为欧罗巴与亚细亚两个部分比较恰当。在公元前5世纪的时候,由于各方面条件的限制,即便是以航海、经商为主,以外向著称的希腊人实际上也不太清楚世界的全貌。即便是对于欧罗巴,希罗多德也承认,"的确没有一个人知道它的东部和北部是不是为大海所环绕着",③ 不知其边界在哪里。而对于亚细亚,希罗多德说亚细亚的大部分地区是波斯国王大流士发现的。因此他知道有一条印度河、有一个印度。而从印度再往东是什么,希罗多德就不知道了,只能推测那里"是一片沙漠而荒漠无人了"。④ 因此,可以说,关于亚细亚的地理的知识,更多地来自亚细亚人特别是波斯人,因为当时的希腊人并没有涉猎这些范围。直到希波战争结束后,希罗多德才得以深入亚细亚的土地,进行踏查和走访、收集记录相关传说与材料,并写进他的《历史》中。

以上是从地理上说的,而从文化上看,在希罗多德的《历史》中,"欧罗巴"与"亚细亚",或者说"西方"与"东方"并不是截然的二元存

---

① 《希罗多德 历史》(上册),第3页。
② 《希罗多德 历史》(上册),第280页。
③ 《希罗多德 历史》(上册),第282页。
④ 《希罗多德 历史》(上册),第239页。

在，介于两者之间的还有一些东方—西方的过渡地带，其中《历史》着墨较多的就是位于小亚细亚中西部的吕底亚王国。吕底亚人不是希腊人，但它们是一个位于亚细亚的欧罗巴民族，经过几代人的经营与争战，征服了小亚细亚中部的希腊人，又与另一些希腊人的城邦结成了联盟。到克洛伊索斯继承王位之后，已经平定了周边的一切部落民族，成为居住在小亚细亚一切希腊人的主人。可以说，吕底亚这样的王国在当时既是欧罗巴也不是欧罗巴；既是亚细亚也不是亚细亚；既是东方也不是东方，既是西方也不是西方。在谈到吕底亚的风俗习惯的时候，希罗多德说："吕底亚人的风俗习惯和希腊人的风俗习惯是很相似的，不同的只是他们叫他们的女儿卖淫的一点。"① 从希罗多德的《历史》看来，由于有了吕底亚这样的王国的存在，无论是从哪方面说，希波战争之前，欧罗巴与亚细亚、东方与西方都没有形成二元相对的关系，而是错综复杂地纠缠在一起的。

  从这一点出发，由此，希罗多德饶有趣味地描写了体现在吕底亚王国中的欧亚两种文化的融合与冲突。例如，克洛伊索斯的祖上巨吉斯是怎样由吕底亚国王的侍卫成为国王的呢？原来，国王坎道列斯因为宠爱妃子，向他信赖的侍卫巨吉斯炫耀妻子的美貌，竟设计要他偷窥妃子的裸体。巨吉斯不得不从，而妃子却因发现了自己被偷窥，而恼羞成怒，最终也设计杀死了国王坎道列斯，而让巨吉斯登上了王位。妃子为什么会如此恼羞成怒呢？希罗多德写道："原来在吕底亚人中间，也就是在几乎所有异邦人中间，在自己裸体的时候被人看到，甚至对于男子来说，都被认为是一种奇耻大辱。"② 喜爱裸露身体的希腊人与决不裸露身体的亚细亚人，在习俗观念上是格格不入的，坎道列斯对妃子裸体的炫耀，显然基于希腊式的观念，而妃子的羞辱感则来自亚细亚人的观念，这样

---

① 《希罗多德 历史》（上册），第49页。
② 《希罗多德 历史》（上册），第5页。

的看似偶然的事件却改写了吕底亚王国的历史。

在希罗多德的《历史》中，吕底亚在征讨波斯的战争惨败，这个介于欧罗巴与亚细亚、西方与东方之间的吕底亚王国的覆灭，使得希腊与东方的波斯帝国之间的过渡地带消失了，从此波斯帝国与希腊直接面对面了。希罗多德描述了波斯国王居鲁士如何摆脱美地亚人的统治并取而代之，又带领波斯人战胜吕底亚并灭掉它，然后将他周边的其他民族都加以归顺，其中包括像伊奥尼亚、爱奥利斯等属于希腊人的部族，最后再征服亚细亚另一个强大的国家亚述，攻陷了其最大、最富强的城市巴比伦，又通过争战使埃及归顺，除了阿拉伯人之外，波斯将亚细亚各民族悉数征服，成为一个强大的、幅员辽阔的帝国，成为亚细亚的主人。至此，在当时的国际政治格局上，东西方的二元格局在这时才算形成。接下来，就是希腊与波斯、欧罗巴与亚细亚的对决了。整个世界分成了两个鲜明对立的部分，即希腊人和作为希腊人而言的"异邦人"，异邦人的代表就是波斯。这就是希罗多德《历史》所呈现的当时的世界图景。

二、欧亚的观念冲突：畏神的希腊与渎神的波斯

在希罗多德的《历史》中，欧罗巴与亚细亚不仅是地理上的区隔，更是文化上的差异，所以希罗多德在《历史》中才用了将近一半的篇幅，来写以希腊为中心的欧罗巴文化，与吕底亚、波斯、埃及等的亚细亚文化的思想观念、习俗文化、行为方式的不同。这一部分内容并不是像有人所认为的是"同正文关系不大的传说、故事、地理、人种志方面的记述"[①]，而是要做到希罗多德所说的"为了把他们发生纷争的原因给记载下来"，就必须挖掘希波战争深层的文化根源，从欧罗巴与亚细亚各民族的文化习俗的深层矛盾冲突中才能找到战争及其胜负的答案。

在《历史》中，虽然希罗多德对亚细亚各民族的文化习俗基本上持

[①]《希罗多德 历史·出版说明》，第3页。

客观的、较为尊重、较为理解的态度,有些时候甚至不乏赞赏之词,但是另一方面,他明显是站在欧罗巴即希腊人的立场上看待亚细亚文化习俗的,他是以一种对"异邦人"猎奇的态度来记述那些奇异风俗的。当写到波斯习俗的时候,他说:"他们不供养神像,不修建神殿,不设立祭坛,他们认为搞这些名堂的人是愚蠢的。"① 这显然是与希腊人相比而言的,因为希腊人供养神像、修建神殿、设立祭坛。说到波斯人的议政方式,希罗多德写道:"他们通常都是在饮酒正酣的时候才谈论最重大的事件的……他们在清醒的时候谈的事情,却总是在酒酣时才重新加以考虑的。"② 这与希腊在民政制度下、通过言说与辩论、以逻辑与理性来做出决定的做法,形成了鲜明对照。在记述亚述的巴比伦时,希罗多德写道,在巴比伦,"谁也不允许把自己的女儿许给他所喜欢的男子,任何人如果他不真正保证把他买到的姑娘当作自己的妻子,他是不能把她带走的";③ "巴比伦人有一个最丑恶可耻的习惯,这就是生在那里的每一个妇女在她的一生之中必须有一次到阿普洛狄铁的神殿的圣域内去坐在那里,并在那里和一个不相识的男子交媾"。④ 这与希腊妇女恋爱自由、珍重贞操形成了鲜明的对比。说到埃及的风俗习惯时,希罗多德说:"埃及人避免采用希腊人的风俗习惯,而一般说来,也就是避免采用任何其他民族的风俗习惯。"⑤

在希罗多德的《历史》中,西方的希腊人与东方的波斯人的根本不同,是前者敬畏诸神,而后者蔑视诸神。希腊人是很敬畏诸神的,到处建造了神庙和神托所,凡事请求神托(神谕)。在希罗多德的《历史》中,希腊人每当做出重大决策的时候,总是要到不同的神托所,去征求神托,

---

① 《希罗多德 历史》(上册),第68页。
② 《希罗多德 历史》(上册),第69页。
③ 《希罗多德 历史》(上册),第99页。
④ 《希罗多德 历史》(上册),第100页。
⑤ 《希罗多德 历史》(上册),第147页。

回来加以比照、分析和解读。希罗多德甚至说，每次战争实际上都是由神来决定的。但是，从希罗多德的《历史》看来，这种凡事必问神托的做法与埃及等其他古老民族的类似做法有所不同，因为每次都去许多的神托所征询，每件事情所请求的神托也有许多，有的神托的表达是很诗意、很神秘暧昧的，希罗多德往往不厌其烦地把那些神托的诗句记录下来。这样一来，人们对不同的神托就有了冷静的分析比较和解读，在此基础上确定神的意旨。实际上，那些为神传言的祭司们是有知识有头脑的一群人，他们对国家当前重大的事情是密切关注的，他们传达的神托当然也不会是胡言乱语。而决策者请求神托，其实就是广泛征求意见，并加以分析，在对诸神的敬畏中，同时可以发挥人的能动性与判断力。在诸神的神托的意旨之下，那些专制君主就难以一意孤行了。畏惧诸神的君主，就不至于过分膨胀、傲慢、自大和狂妄。他们眼里有了神，就会把自己看成凡人，就不会把自己凌驾于诸神和众人之上，否则就要受到神的惩罚。希罗多德笔下的希腊人及其城邦的统治者，便是这样畏神的人。

在《历史》中，希罗多德描写了希腊的这种"畏神"的文化与非希腊文化的冲突。当吕底亚的僭主巨吉斯的三世孙克洛伊索斯继承吕底亚的王位后，希罗多德记述了雅典著名的改革家梭伦访问吕底亚的时候，克洛伊索斯向梭伦炫耀说自己是世界上最幸福的人，并提出了自己的幸福观与梭伦辩论。而梭伦不以为然，认为最幸福的当属希腊的泰洛斯那样的人，因为他为了自己的家庭幸福而尽力，最终为了国家而战死疆场并以此获得了很高的荣誉。其次还有拥有充足的家财、健康身体而又寿终正寝的克列欧比斯和比顿那样的人；而有钱有势未必幸福，还要看他能否善始善终。显然，梭伦的这套幸福观，是建立在民主自由基础上的"公民的"希腊人的幸福观，而克洛伊索斯的幸福观则是自以为天下第一的亚细亚式的"君主的"幸福观，两者是格格不入的。希罗多德作为希腊人显然是梭伦的拥趸者，秉持的是公民的幸福观。他接着写到在这次

>>> 希罗多德《历史》与"东方—西方"观的起源

辩论结束后,克洛伊索斯"从神那里受到了一次可怕的惩罚,① 神之所以惩罚他,多半就是由于他自视为世界上最幸福的人"。② 在希腊人看来,人一旦自高自大就会蔑视神,是不可容许的。而像克洛伊索斯那样的国王,一旦自高自大,就会做出愚蠢的决定。接下来他为了阻止东方的波斯帝国的日益强大,而决定征服之。诚然,他也像希腊人那样,凡事都依赖神托,派人到各地神庙反复征求神谕,神托预言说:"如果克洛伊索斯进攻波斯人,他就可以灭掉一个大帝国。"但是他却对这一神托做了极其主观的理解,结果没有灭掉波斯帝国,反而使自己的帝国被波斯灭掉了。灭掉了吕底亚的波斯,也变得疆域更辽阔、国力更强大了。意味深长的是,希罗多德写到克洛伊索斯被俘,并要被烧死的时候,不由地想起了梭伦所讲的幸福观,深深感佩梭伦看法的正确。可以说,在希罗多德看来,克洛伊索斯及吕底亚的覆灭,根本原因是因为表面上看它与希腊人相似,而其骨子里与希腊人不同,表现为克洛伊索斯虽然依赖神托神谕,但他其实只相信自己,而不相信神。故而最终得到了神的惩罚。当他做了波斯人的俘虏与奴隶之后,他最困惑的是为什么他对神那么信赖,那么相信神托,给神庙那么多的供奉,而神为什么要"忘恩负义",坑害他呢?他请求居鲁士允许他派人到希腊的神庙问问清楚,并对神加以谴责。希罗多德描写了克洛伊索斯所得到的回答,这个回答是:"任何人都不能逃脱他的宿命,甚至一位神也不例外。克洛伊索斯为他五代以前的祖先的罪行而受到了惩罚。……凡是命运女神许给克洛伊索斯的,都已经做到并恩赐给克洛伊索斯了。"而克洛伊索斯误解神托,又不来问个清楚,这是他自己的过错而不是神的过错。③ 在这里,涉及了希腊人的信念:命运(宿命)至上,不可改变,甚至神也受命运的支配。人不能自高自大而只知利用神而不知真正敬畏神,否则就会受到命运与神的双

---

① 指他的儿子被刺杀。
② 《希罗多德 历史》(上册),第16页。
③ 《希罗多德 历史》(上册),第47—48页。

重惩罚。在各个方面，克洛伊索斯显示出他并不是真正的、地道的希腊人，而是有着亚细亚文化中的"朕即天下"的狂妄，因而他不知命运，也没有对神的真正尊重与敬畏。

看希罗多德《历史》，在不畏诸神，只知逞纵王权方面，亚细亚的波斯人比吕底亚人更甚。吕底亚人尚具有希腊人的习俗，凡事请求神谕，但波斯人就不同了，他们的君主只相信自己，完全不把神放在眼里。为了使全世界都纳入波斯的版图，波斯人持续对外征服。在这个过程中波斯的君主越来越傲慢狂妄，不仅肆意奴役人，而且渎神毁神。希罗多德描写了居鲁士之后继位的刚比西斯国王在入侵埃及期间一些疯狂的举动，他不顾当地的习俗而恣意胡为，亵渎神灵，揶揄嘲弄乃至说神像"像是一个侏儒"①，甚至刺伤神像、烧掉神像。当时各民族都处在原始宗教阶段，除了敬畏自己民族的神之外，对其他民族和地方的神也都同样敬畏。对于刚比西斯这种渎神的行为，希罗多德明确评价说："刚比西斯是一个疯狂程度甚深的人物。否则他不会做出嘲弄宗教和习俗的事情……每个民族都深信，他们自己的习俗比其他民族的习俗要好得多。因此不能设想，任何人，除非他是一个疯子，会拿这类的事情取笑。"② 在笃信诸神、对神助与神托津津乐道的希罗多德看来，这样的暴君及他统治下的波斯帝国是不会得到神助的。而且接下来刚比西斯在讨伐篡位者的时候，则因为自己伤及自己而丧命，而遭受致命伤的地方正是"他自己过去刺伤了埃及的神阿庇斯的同一个地方"。③ 刚比西斯很快死去，应验了早先神的预言。波斯统治者刚愎自用，不敬畏神灵，不相信命运，最终遭受了神与命运的惩罚。

除了是否敬畏诸神之外，在希罗多德的《历史》中，还用很多篇幅描写了波斯统治者对其他民族的风俗习惯的不尊重和嘲弄。希罗多德记

---

① 《希罗多德 历史》（上册），第 211 页。
② 《希罗多德 历史》（上册），第 211 页。
③ 《希罗多德 历史》（上册），第 223 页。

述大流士曾把他统治下的希腊人召来,"问他们要给他们多少钱才能使他们吃他们父亲的尸体。他们回答说,不管给多少钱他们也不会做出这样的事情来的。于是他又把称为卡拉提亚人并且吃他们的双亲的那些印度人召了来,问他们要给他们多少钱他们能够答应火葬他们的父亲……这些印度人高声叫了起来,他们表示他们不愿提起这个可怕的行径"。① 如此故意侮辱不同民族的风俗习惯而取乐。在希罗多德看来,波斯人及大流士的这种行为失了人心,表现在希波战争中,由于波斯军队的大部分是从各民族征用的雇佣军,他们的习俗习惯及人格得不到尊重,削弱了战斗力,波斯军队虽然人数多于希腊联军一倍,也最终归于溃败,这是其中一个重要原因。

三、东西方两种不同政体决定了希波战争之胜负

然而在希罗多德看来,波斯战败的最重要、最根本的原因,还在于其政治体制。当刚比西斯被玛哥斯僧兄弟阴谋篡位后,七个上层波斯人士开会秘密商讨如何把篡位者赶下台,当他们杀死了篡位者玛哥斯僧之后,出现了几天的政治真空期,于是便开会商量建立什么样的政治体制。这段描写在希罗多德《历史》中非常重要,不同的人的发言代表了不同的政治观点,而希罗多德本人的倾向也暗含在里面。共有三种不同的意见。

一种是欧涅塔斯的意见,他是"主张使全体波斯人参加管理国家"。他说道:

> 我以为我们必须停止使一个人进行独裁的统治,因为这既不是一件快活事,又不是一件好事。你们已经看到刚比西斯骄傲自满到什么程度,而你们也尝过了玛哥斯僧的那种旁若无人的滋味。当一个人愿意怎样做便怎样做,而自己对所做的事又可以毫不负责的时

---

① 《希罗多德 历史》(上册),第211—212页。

候，那末这种独裁的统治又有什么好处呢？把这种权利给世界上最优秀的人，他也会脱离他的正常心情的。他具有的特权产生了骄傲，而人们的嫉妒心又是一件很自然的事情。这双重的原因便是在他身上产生一切恶事的根源……他嫉妒他的臣民中最有道德的人们，希望他们快死，却欢迎那些最下贱卑劣的人们，并且比任何人都更愿意听信谗言……相反的，人民的统治的优点首先在于它的最美好的声名，那就是，在法律面前人人平等。其次，那样也便不会产生一个国王所易犯的任何错误。一切职位都抽签决定，任职的人对他们任上所做的一切负责，而一切意见均交由人民大众加以裁决。因此我的意见是，我们废掉独裁政治并增加人民的权利，因为一切事情是必须取决于公众的。①

很显然，这样的观点在今人看起来，一点也不因历史悠久而陌生，因为这实际上就是希罗多德去世后不久，像柏拉图在《理想国》、亚里士多德在《政治学》中所专门讨论的问题。由人民来管理国家，"在法律面前人人平等"，这也是自古希腊开始西方人一直秉持的主流的正统的政治理想。希罗多德的这段描述，显然不可能是对当时波斯七人组秘密会议的发言实录，而是站在希腊人角度的合理推测与想象。至于说"人民的统治的优点，首先在于它的最美好的声名"云云，对希腊而言是如此，但是对东方国家及波斯而言，因为根本上就不曾存在过"人民的统治"这样的制度，也就完全没有所谓"好名声"可言。

另外一个人美伽比佐斯则主张组成一个统治的寡头，他说：

> 我同意欧塔涅斯所说的全部反对一个人的统治的意见。但是当他主张要你把权力给予民众的时候，他的见解便不是最好的见解了。没有比不好对付的群众更愚蠢和横暴无礼的了。把我们自己从一个

---

① 《希罗多德 历史》（上册），第231—232页。

暴君的横暴无理的统治之下拯救出来，却又用它来换取那肆无忌惮的人民大众的专擅，那是不能容忍的事情。不管暴君做什么事情，他还是明明知道这件事才做的；但是人民大众连这一点都做不到而完全是盲目的……还是让我们选一批最优秀的人物，把政权交给他们罢。①

他认为民众作为一个政体是不具备理性和智慧的，因而应该由少数优秀人物来治国。这种精英治国的主张，是要建立一种贵族政体。

但是，第三个发言的大流士，则排斥了以上两种意见，他主张建立一个人的独裁政治，他说：

> 我的意见，是认为独裁之治要比其他两种好得多。没有什么能够比一个最优秀的人物的统治更好了。他既然有与他本人相适应的判断力，因此他能完美无缺地统治人民，同时为对付敌人而拟订的计划也可以隐藏得最严密。然而若实施寡头之治，则许多人虽然都愿意给国家做好事情，但这种愿望却常常在他们之间产生激烈的敌对情绪，因为每一个人都想在所有的人当中为首领，都想使自己的意见占上风，这结果便引起激烈的倾轧，相互之间的倾轧产生派系，派系产生流血事件，而流血事件的结果仍是独裁之治；因此可以看出，这种统治方式乃是最好的统治方式。再者，民众的统治必定会产生恶意，而当着在公共的事务中产生恶意的时候，坏人们便不会因敌对而分裂，而是因巩固的友谊而团结起来；因为那些对大众做坏事的人是会狼狈为奸地行动的。这种情况会继续下去，直到某个人为民众的利益起来进行斗争，并制止了这样的坏事。于是他便成了人民崇拜的偶像，而既然成了人民崇拜的偶像，也便成了他们的独裁的君主；在这样的情况下也可以证明独裁之治是最好的统治方

---

① 《希罗多德 历史》（上册），第232—233页。

法……既然一个人的统治能给我们自由，那末我们便应当保留这种统治方法；再说，我们也不应当废弃我们父祖的优良法制；那样做是不好的。①

大流士的发言典型地代表了东方的君主独裁政体的信念，那就是认为若干寡头会互相倾轧，民众中的坏人会趁机纠结反乱，而谁将民众的作恶加以制止，谁就自然成为独裁的君主。在希罗多德看来，这才是典型的东方人、波斯人的观点，是东方人的政治传统，也是大流士口中的"我们父祖的优良法制"。

上述三人的发言，讲述了三种不同政体及其信念。但是很显然，这与其说是三个波斯人的发言，莫如说是希罗多德政治观的代言。在欧洲政治理论史上，最先系统、简明地论述这三种政体的，应首推希罗多德，并对后来希腊的政治学，乃至对整个欧洲的政治学说产生了深远的影响。后来的柏拉图在《理想国》、亚里士多德在《政治学》也谈过这个问题。例如亚里士多德在《政治学》中，把"正确的政体"分为三种：即君主政体、贵族政体、共和政体。② 而这三种政体各有其对应的"变态"的政体，即僭主政体、寡头政体、平民政体。变态的政体是恶劣的，而最为恶劣者首推僭主政体，其次是寡头政体，而平民政体恶劣程度较轻。而在希罗多德的《历史》中，亚细亚的政体，包括埃及、波斯、亚述等的政体，无一例外都属于"君主政体"。而在许多情形下，有属于君主政体中之恶劣变态的"僭主政体"，即未经正常正当的程序，而是利用阴谋或者暴力手段而篡得王位的。例如上述的力主君主政体的大流士，其意见获得了七个人中的四个人的赞同，于是其人约定其中的六个国王候选人"日出时大家乘马在市郊相会，而谁的马最先嘶鸣，谁便做国

---

① 《希罗多德 历史》（上册），第233—234页。
② ［古希腊］亚里士多德：《政治学》，吴寿彭译，北京：商务印书馆，1965年，第136—137、181—182页。

王"① 的规则中，大流士事先做了手脚而使自己的马最先嘶鸣，并由此成为国王。因而大流士看似是按规则获得王位的，但实际上具有僭主的性质。

在这样的背景下，从政治学层面上说，接下来的希波战争，实际上就是希腊的民主共和政体与波斯的独裁政体之间的较量了。换言之，就是欧罗巴的政体与亚细亚的政体之间的较量。在实际的战争中，东西方两种不同的政体对战争的胜负起了何种作用呢？大流士的波斯帝国的军队，凭借巨大的实力——征服了亚细亚、地中海地区及希腊周边的一些民族和国家，但最后企图进一步征服希腊的时候，事情却有所不同了。希腊与波斯相比，领土小、人口少、军队规模不大，看起来完全不能与强大的波斯对抗。但是，在希罗多德看来，希腊的优势在于其政治体制，而希腊的核心与榜样是雅典。希罗多德心目中最为理想的、最强大的国家是希腊，希腊各城邦中最理想的城邦是雅典，因为雅典人摆脱了僭主的统治，是自由的人民，强调"先前便是强大的雅典，在它从僭主的统治之下解放出来之后，就变得更加强大了"。② 在雅典及希腊人看来，与波斯的战争是为了作为一个公民的自己的尊严与自由而战。拥有这样的优势的雅典人，在马拉松战役中打败了大流士的波斯军队。大流士死后，继位的大流士儿子克谢尔克谢斯率领波斯人，对背叛了波斯的埃及人加以报复和征服，然后下决心继续征服希腊人。在出征之前，克谢尔克谢斯在会议上强调：要"把整个欧罗巴的土地征服，把所有的土地并入一个国家，则太阳所照到的土地便没有一处是在我国的疆界以外了……那些对我们犯了罪的和没有犯罪的人就同样不能逃脱我们加到他们身上的奴役了"。③ 而另外一个波斯高层人物玛尔多纽斯则又补充说："我们先前

---

① 《希罗多德 历史》（上册），第 234 页。
② 《希罗多德 历史》（下册），第 373、379 页。
③ 《希罗多德 历史》（下册），第 467 页。

征服和奴役了撒卡依人、印度人、埃西欧匹亚人、亚述人以及其他许多伟大民族，并不是因为这些民族对我们作了坏事，而只是因为我们想扩大自己的威势；可是现在希腊人无端先对我们犯下了罪行，而我们却不向他们报复，那诚然是一件奇怪的事情了。"① 这就点明了波斯的战争是以报复、奴役、侵略、吞并别国为目的的，而相反的，希腊人的应战则是为了捍卫国家的独立和自由，因而具有道义上的优势。

希罗多德还描写了在大战之前，克谢尔克谢斯与亡命波斯的希腊贵族戴玛拉托斯的一段对话，进一步凸显了东西方政体和战争观念的截然不同与针锋相对。克谢尔克谢斯问戴玛拉托斯道："希腊人有没有力量抵抗我？"② 戴玛拉托斯的回答首先强调了希腊人的自由观念与法律意识。他说："希腊的国土一直是贫穷的，但是由于智慧和强力的法律，希腊人自己却得到了勇气；而希腊便利用了这个勇气，驱除了贫困和暴政……他们绝不会接受你那些等于使希腊人变为奴隶的条件。"③ 但是，克谢尔克谢斯完全不认为"自由"是取胜的优势条件，反而认为是必败的因素，认为希腊军队本来人数就少，"倘若他们按照我们的习惯由一个人来统治的话，那他们就由于害怕这个人而会表现出超乎本性的勇敢，并且在鞭笞的威逼之下可以在战场之上以寡敌众；可是当他们都被放任而得到自由的时候，这些事情他们便都做不到了。"④ 但戴玛拉托斯却认为恰恰因为希腊人的军队与士兵是自由的，所以才敢于和庞大的波斯军队作战。因为，"在单对单作战的时候，他们比任何人都不差；在集合到一起来作战的时候，他们就是世界上无敌的战士了。他们虽然是自由的，但是他们并不是在任何事情上都自由的。他们受着法律的统治，他们对法律的畏惧甚于你的臣民对你的畏惧……凡是法律命令他们做的，他们就做，

---

① 《希罗多德 历史》（下册），第468页。
② 《希罗多德 历史》（上册），第503页。
③ 《希罗多德 历史》（上册），第504页。
④ 《希罗多德 历史》（下册），第504页。

而法律的命令却永远是一样的,那就是,不管当前有多么多敌人,他们都绝对不能逃跑,而是要留在自己的队伍里,战胜或是战死"。① 这里强调的仍然是希腊作为一个共和政体下的自由公民,其法律意识和公民意识在战争中会起到的绝对作用。在这个意义上,希罗多德的《历史》中的希波战争,其实不是双方军队人数与实力的交战,而是欧罗巴与亚细亚之间,即东方西方之间的国体政体之间的交战。在这种背景下,波斯国王克谢尔克谢斯率领的"全亚细亚的大军"② 与以雅典为首的欧罗巴的希腊军队展开了对决。然而在战争的过程中,克谢尔克谢斯的波斯军队却每每失利,并遭到重创,最后连他自己也打算留退路逃跑。最终以波斯大败、希腊胜利而告终。关于战争的结果,希罗多德的这段话似乎是结论性的:

> 雅典的实力就这样地强大起来了。权利的平等,不是在一个例子,而是在许多例子上证明本身是一件绝好的事情。因为当雅典人是在僭主的统治下的时候,雅典人在战争中并不比他们的任何邻人高明,可是一旦当他们摆脱了僭主的桎梏,他们就远远地超越了他们邻人。因而这一点便表明,当他们受着压迫的时候,就好像是为主人作工的人们一样,他们宁肯做个怯懦鬼的,但是当他们被解放的时候,每一个人就都尽心竭力地为自己做事情了。③

换言之,以雅典为代表的希腊人是为自己打仗,而作为君主之奴隶的波斯军队士兵则是为了君主打仗。胜败的奥秘就在于此,亦即士兵们是否有"自由",而且是由政体所确保的自由。这是希罗多德《历史》对希波战争的一个解释,也是全书的一个重要的主题思想。这种自由除了希腊人的意志之外,也是出于神意。换言之,这"自由"不仅是希腊政体所

---

① 《希罗多德 历史》(下册),第505页。
② 《希罗多德 历史》(下册),第469页。
③ 《希罗多德 历史》(下册),第379页。

决定的，也是神的赐予。希罗多德描写了当时的一段神托，预言"洞察一切的克洛诺斯之子（指宙斯——译者）和女王尼凯将把自由的曙光赐给希腊"。① 值得注意的是，希腊悲剧之父埃斯库罗斯演出于公元前472年的悲剧《波斯人》，对波斯战争的性质判断上，与希罗多德也大体相同。歌队的一段唱词唱道："诸神宙斯啊，你如今毁灭了/心灵高傲、人口众多的/波斯人的大军。"② 认为波斯的失败是宙斯的神意。这是古代史家——不论东方还是西方——对战争胜败的通常解释。但是，将神意同人间的"自由"政体与"自由"观念两者结合起来，来强调战争的正义性，似乎是希罗多德的《历史》及当时希腊人的独特之处。上述埃斯库罗斯《波斯人》还有一段唱词唱道："生活在亚细亚的人民啊，/不再会听从波斯统治，/也不会再不得已地/向残忍的暴君缴纳贡赋，不会再恭顺地匍匐地面，/惊恐地向国王表虔敬，/因为王权已崩倾。"③ 是说希腊人战胜了波斯，解放了"亚细亚的人民"。这种神意、正义观念特别是自由的思想，看起来已经相当具有"现代性"了。假定希罗多德《历史》以及希腊的一些古典著作是可以信凭的古希腊原典，而不是后人伪篡的话④，我们不禁会为公元前5世纪的人竟会有这种"自由"而又"民主"的思想而感到惊异。因为在那个时代，乃至从那以后的一千年中，历史不断证明，赢得战争胜利的往往是野蛮的骑马民族、游牧民族，是那些"为君主打仗"的军队，是没有正义可言的野蛮侵略，是不需要有理由的。而靠"民主"和"自由"以弱胜强的例子，除了希罗多德描述的希波战

---

① ［古希腊］《希罗多德 历史》（下册），第590页。
② ［古希腊］埃斯库罗斯：《波斯人》，王焕生译《埃斯库罗斯悲剧》，南京：译林出版社，2007年，第102页。
③ ［古希腊］埃斯库罗斯：《波斯人》，王焕生译《埃斯库罗斯悲剧》，第105页。
④ 近年来有人质疑希罗多德《历史》"纯属虚构"，见董并生《虚构的古希腊文明——欧洲"古典历史"辨伪》中有《西方"历史之父"希罗多德〈历史〉纯属虚构》一节（山西人民出版社，2015年，第93—115页），可惜只有逻辑分析而没有提供实证。

争之外，在古代世界史上是极为罕见的。

总之，从"东方学"的角度看，对古希腊历史学创始人希罗多德的《历史》，我们应有一个新的认识。一方面，希罗多德的《历史》是人类历史学中最早的世界史，他的历史文化视野是开放的、包容的，还没有后来的一些西方历史学家那样怀有那么多的文化偏见。尤其是他承认了东方的埃及、巴比伦、波斯等古国拥有的悠久文明，承认这些文明对希腊即西方的诸多影响。但另一方面，他也是有着明确的文化立场的，他的立场是希腊文化，他的理想是代表希腊文化的雅典文化；同时，他最早明确采取了"欧罗巴—亚细亚"或"东方—西方"或"希腊人—异邦人"二元区分的历史文化观，把"东方—西方"相互对象化，常常对两者的文化的各个方面加以或明或暗的比较，而这一切，最终目的是为了探讨希波战争的成因与胜败结局的根源。因为希腊人所直面的是波斯所率领的整个亚细亚世界，因此希波战争也是东方与西方之间的第一次决战。也正是因为如此，希罗多德才以很多的篇幅，以希波战争为中心记述了东西方的历史、文化与习俗，描述了东西方的各民族各国家之间的关系。对《历史》全书的细致研读，就可以看出希罗多德所要阐明的是战争胜败的决定因素，他认为争战的胜败取决于命运与神意，而不是独裁者个人的傲慢与野心；更取决于国家政体的性质，而不是军队的多少，实力的强弱。希腊人的敬畏诸神和波斯人的肆意渎神，希腊的共和民主政体与波斯的君主独裁政体，是导致希腊以弱胜强、波斯恃强而败的根本原因。而希腊与波斯政体的根本不同，也是"东方—西方"政治文化的分水岭，这一点为后来的思想家亚里士多德、孟德斯鸠、黑格尔等人加以演绎和发挥，成为西方的东方学家们的"东方专制主义"论的源头。

伏尔泰《风俗论》与"东方—西方"观①

伏尔泰《风俗论》不仅是一部壮阔的人类文化史、精神发展史的巨著，而且从"东方学"的角度看，也是一部东方世界与西方世界相辅相成、相反相成、此起彼伏的文明发展史之宏大变奏曲。它打破了中世纪以来基督教为中心的一元论的历史观及世界史撰写模式，采用了"东方—西方"二元并置、二元对蹠的模式，肯定了东方各民族文化精神的多样性与差异性，运用理性主义的价值观对东西方文明、对东方民族历史上那些合乎理性的因素做了肯定。在整个18世纪的启蒙主义思想家中，伏尔泰的东方观是文化偏见最少的。但是《风俗论》也并非像有的研究者所言是没有偏见地平等地看待东西方。实际上书中的"东方"仅仅是"西方"的他者，主要是为了映衬西方世界而存在，主要是为了说明他所处的西方世界是人类文化发展的先端，从而在史学著述中满足文化自豪感。

18世纪法国启蒙主义思想家、被誉为"文化史之父"的伏尔泰

---

① 原载《山东社会科学》2018年第9期，原题《从"东方学"看伏尔泰〈风俗论〉及"东方—西方"观》。

(Voltaire，1694—1778）的巨著《风俗论》①，是继古希腊希罗多德《历史》问世两千多年后，又一部世界视野的东西方历史或者世界史，从欧洲"东方学"的角度来看，也是一部东方学名著，不过，他的视野要比古希腊的希罗多德开阔得多。近代以来西方传教士在东方的活动，15世纪后海上探险以及随之而来西方在东方的殖民活动，使得西方人对世界有了较全面把握，这些都为伏尔泰《风俗论》的撰写提供了条件。在中国，正如何跃先生在《中国的伏尔泰史学研究述评》一文中所言，由于伏尔泰史学名著翻译得太晚，滞后了国人对其史学思想的了解。② 至于《风俗论》，则直到1994年中文译本才得以出版发行，中国学者站在中国立场上的研究评论很少。迄今为止除了张广智教授的《略论伏尔泰的史学家地位》（《历史研究》1982年第5期）、《世界史重构的新潮流》（《历史教学问题》1998年第3期），还有王加丰博士的《伏尔泰的世界史观》（《华东师范大学学报》1997年第4期）、林芊的《历史理性与理性史学——伏尔泰史学思想研究》（贵州人民出版社，2005年）一书第一章第三节等少量文章及专著的有关章节之外，未见相关的专门论文，更未见从东方学的角度对《风俗论》所做的评论与研究。

一、"东方—西方"二元论与多元文明观的并置

关于伏尔泰撰写《风俗论》的缘由动机，他在该书的《序言》中做了较为详细的说明，是因为他不满意此前史家流于史料堆砌、对事件细节的罗列，而未能"从这些事件中整理出人类精神的历史"③。值得注意

---

① 《风俗论》，全称《论各民族的精神与风俗以及自查理曼至路易十三的历史》，原作1756年初版。中文译本由梁守锵等人翻译，分上中下三册，由商务印书馆（北京）2000年出版。
② 何跃：《中国的伏尔泰史学研究述评》，《云梦学刊》2001年第5期。
③ ［法］伏尔泰：《风俗论》（上册），梁守锵译，北京：商务印书馆，2000年，第2页。版本下同。

的是,一方面伏尔泰想写一部整一的世界史,另一方面也把世界按其文化的不同而予以二分,即"东方—西方"。因此,作为启蒙主义思想家,他对人类精神历史的建构并非建立在中世纪以来一直流行的西方文明或基督教文明中心论的基础之上,并不把这个世界看成是由上帝统御的整一的世界。他在《风俗论》中明确使用了"西方"与"东方"(亚洲—欧洲)的二元世界论,与希罗多德《历史》中"东方—西方"二元观是一脉相承的。在这一点上,伏尔泰的《风俗论》跨越两千多年,与希罗多德拉起手来。翻阅欧洲历史著作史就会知道,希罗多德之后不久阿里安(Arrian)的《亚历山大远征记》、色诺芬(Xenophon)的《长征记》等历史著作,虽然都写了当时东方与西方之间的战争,但那只是具体的战争事件的记录,而不具备"东方—西方"的历史文化视野。而此后以基督教为中心的中世纪的历史著作,大都把世界分为基督教的世界与异教徒的世界两部分,是以基督教上帝为中心建立起来的世界图景,"西方—东方"不是二元的、对蹠的关系,而是中心与边缘的关系。在基督教以其上帝为中心的普遍主义的历史构架中,"东方—西方"的二元观长期处于屏蔽状态,而东方是有待于被基督教统一覆盖的世界。例如直到年龄稍长于伏尔泰的意大利思想家维柯(Giovanni Battista Vico,1668—1774)的名著《新科学》(全称《关于各民族的共同性质的新科学的原则》,1725年)也仍然如此。维柯站在共同人性论的立场,通过"神的时代""英雄的时代""人的时代"的三个阶段的划分,来寻绎和建构人类历史文化的起源与发展的轨迹与规律,他所说的"各民族世界"就是基督教一元论的同一的世界,而没有了"东方—西方"的二元。

与上述的一千多年间的历史著作不同,在《风俗论》中,伏尔泰首先着眼于"东方—西方"文化的差异性,明确反对基督教史学家以犹太人为起点的世界历史观。例如,在谈到古代阿拉伯人的时候,伏尔泰写道:"西方所编造的世界史中没有谈到他们。我完全相信,他们跟犹太小民族毫无关系,而我们的所谓世界史却以这个犹太小民族作为描述对象和立论的根据。"① 在谈到法国近代著作家波舒哀（Jacques-Benigne Bossuet, 1627—1704）的历史著作时，他评论道，波舒哀《关于世界史的演讲集》的"唯一目的就在于暗示世间一切都是为了犹太民族而发生的；上帝把亚洲帝国赐予巴比伦人，是为了责罚犹太人；上帝让居鲁士统治波斯，是为了对犹太人进行报复；上帝派来了罗马人，仍然是为了惩处犹太人……但是他如果没有把古代东方民族完全抛之脑后那就好了；例如印度人和中国人，他们早在其他民族形成之前，便已占有重要的地位"。② 伏尔泰不仅反对在历史著作中敷衍旧约全书或希伯来圣经，而且认为它本身有许多记述荒唐不可信。他在对亚伯拉罕这个人物的记载加以分析之后，认为有关历史书中关于他的记载"一切都超出我们的想象，在希伯来人的历史中，一切都充满奇迹"。③

与他反对的基督教的一元历史观相反，伏尔泰所秉持的是"东方—西方"二分的世界观，而在此基础上则是"东方—西方"之下各民族多元的文化观。他的《风俗论》全书总体上是要表明：在西方（欧洲）之外，有一个不同于西方的东方世界，伏尔泰随处使用了"我们西方民族""我们西方人—他们东方人""他们—我们"之类的提法。例如说中国人等东方人是"与我们迥然不同的人"④，显然是把"他们"的东方民族作为"我们的""西方"的对象。伏尔泰强调："东西方风俗的差异之大不亚于语言的差异。这是一个值得哲学家注意的事。在这广袤的土地上生息的人民，纵然是最开化的，也与我们的文明不大一样。他们的艺术也与我们的艺术迥然有别。饮食、衣着、房屋、园林、法律、信仰、礼仪，一切都不相同……虽说人性从根本上说是四海相同的，但在他们的

---

① ［法］伏尔泰：《风俗论》（上册），第73页。
② ［法］伏尔泰：《风俗论》（上册），第230—231页。
③ ［法］伏尔泰：《风俗论》（上册），第77页。
④ ［法］伏尔泰：《风俗论》（上册），第248页。

国度和我们的国度，在表现上却有着惊人的差异。"①可见，在把"东方—西方"相对化、把东方世界作为西方世界的对象这一点上，伏尔泰继承了希罗多德的西方人本位的意识。他丝毫没有掩饰自己作为西方人的文化立场，因为他写《风俗论》的目的，是让他的女友、也是他的庇护人夏特莱侯爵夫人（Marquise du Emilie Chatelet，1706—1749）真正了解历史。换言之，是让作为一个西方人的读者全面正确地了解历史，而不是像中世纪以降许多史家那样借历史著述来弘扬基督教的世界观与历史观。

与此相联系，由于伏尔泰站在"西方"的立场上分出了"东方"，他也并不是因为"东方"各民族具有某些统一性、共性而将其称为"东方"，而是把除了"西方"之外的其他国家与民族都统称为"东方"。进而言之，他是以"西方"的同一性，来应对和处理东方的多元性，但是另一方面，他并没有忽视东方各国文化的多元性。而是以东方的多元性，来映衬西方的同一性。在写到东方各民族历史文化的时候，与其说他强调东方各国的同一性，不如说他更有兴趣强调东方各民族风俗文化的差异性乃至对立性。例如在谈到日本与中国之差异的时候，他一方面看到了孔子学说对日本的深刻影响，但也发现日本人和中国人敦厚的性格不同，"这些岛民秉性自负而暴烈"；②又说："日本人似乎是土生土长的。他们的法律、宗教信仰、风度习惯、语言和中国的毫无相同之处。"③联想到一直以来，甚至中日两国许多人都在强调两国的"同文同种"，一些中国人认为因为日本接受了中国文化多方面的影响，因而与中国大同小异。但伏尔泰却正是在相同中看出了中日之间的深刻差异，甚至得出了"毫无共同之处"的结论，对于18世纪的西方人来说，这真是了不起的眼光。

---

① ［法］伏尔泰：《风俗论》（下册），第20页。
② ［法］伏尔泰：《风俗论》（下册），第14页。
③ ［法］伏尔泰：《风俗论》（下册），第16页。

二、理性主义价值观及对东西方文化的评价

上述的"东方—西方"二元论与东方多元文化观,这两种视域的融合,是伏尔泰《风俗论》历史文化价值观及东方观的前提。"东方—西方"二元论为他提供了站在西方而又"客观"东方的立场,同时,承认东方各国历史文化的多元性,而不是把东方仅仅视为西方的他者而做简单化的处理,又能一定程度有效地克服西方文化的宗教的、种族的种种偏见,从而有可能从合理的立场、理性的角度对东方各国做出观照和评价。事实上,在《风俗论》中,伏尔泰正是以启蒙主义者所推崇的"理性"为标准,对东方、西方的历史、特别是对西方人所撰写的关于东方的历史书籍,统统以常识、知性、逻辑的眼光审视之、分析之、纠正之、批判之,并试图以理性主义方法写出合乎常识、合乎逻辑、可以理解的世界历史。关于以往的历史著述,伏尔泰认为西方人对东方各民族历史的许多叙述是不可靠的,并断言:

> 西方人所写的关于几个世纪以前的东方民族的事情,在我们看来,几乎全都不像是真的;我们知道,在历史方面,凡是不像真事的东西,就几乎总是不真实的。①

伏尔泰所谓"不像真事",似乎主要指希罗多德的《历史》,因为在伏尔泰之前的两千多年间,真正对东方的文化风俗史记载最多、最系统的,当属希罗多德的《历史》了。而希罗多德对东方描述主要靠踏查和道听途说,传说与想象的成分是显而易见的。伏尔泰用理性主义的逻辑思维,对希罗多德关于东方的一些记述提出了强烈的质疑。例如,关于巴比伦的风俗,说所有巴比伦女人按法律规定一生中必须在神庙中和不相识的外地人苟合一次,这个令人匪夷所思的风俗在西方因希罗多德《历史》的记述而广为人知,对此伏尔泰从理性思考的角度提出了质疑:"难道这

---

① [法]伏尔泰:《风俗论》(上册),第3页。

种无耻行为符合一个开化民族的特征？难道世界上最大的一个城市的官员会制定这样的法律？难道丈夫会同意自己的妻子去卖淫？难道父亲会把女儿交给亚洲的马夫去泄欲？不合天性之事从来不会是真实的。"① 诚然，从理性的、逻辑的角度来看，这类事情的确是令人不可思议的。然而，不合天性、不合情理、甚至耸人听闻、匪夷所思的事情，在历史和现实中实在是太多了。伏尔泰似乎忘记了，事实上，现实与历史并不是按伏尔泰所理想的"理性"来安排和推进的。

从理性主义的推论与逻辑出发，伏尔泰排出了文化产生的先后顺序，他认为肥沃的土地会产生最早的文化，如两河流域的迦勒底人、印度河、恒河流域的印度人、黄河流域的中国人，他们是农耕民族；土地不那么肥沃却又占地广阔的民族则只会游猎，而"海上贸易历来是各个民族最后的出路"。② 根据这一看法，他把东方主要文化民族定位为农耕民族，把欧洲民族定位为航海民族，游走于东西方之间的民族是游牧民族，亦即斯基泰（鞑靼）人。③ 显然，这并不是简单的地理环境决定论，而是物质生产方式决定论，已经很接近后来的历史唯物主义观点了。

伏尔泰认为，由于这些生活生产方式的不同，而产生不同的文化风俗。而西方人之所以对中国及东方各国存在极大的误会，根本原因是"产生于我们以我们的习俗为标准来评判他们的习俗，我们要把我们的偏执的门户之见带到世界各地"，这是不可取的。④ 既然不能用西方的风俗文化标准来评判东方，同样地，也不能以东方的风俗文化的标准来评判西方。不过评判标准毕竟是要有的，那就是"理性"。伏尔泰的"理性"在其最浅显的层面上指的是合情合理，在深刻的层面上就是发挥人类最为清醒、最为现实和真实、最为明智、最合人道的思维方式与行为方式。

---

① ［法］伏尔泰：《风俗论》（上册），第58页。
② ［法］伏尔泰：《风俗论》（上册），第62页。
③ ［法］伏尔泰：《风俗论》（上册），第69页。
④ ［法］伏尔泰：《风俗论》（上册），第255页。

为此，伏尔泰"理性"的反义词常常是"虚构""奇迹""迷信""荒唐"等。从理性出发，伏尔泰对东西方各民族的文化做出了价值评判。例如关于印度文明，伏尔泰总结道："尽管印度的教义是如此明智，如此高尚，占上风的却是最低级、最疯狂的迷信……使真理淹没于各式各样的无稽之谈中。"① 这里点出了印度文化中矛盾的两面，后来马克思在《大不列颠在印度的统治》一文中所分析的印度宗教文化的两面性与矛盾性，显然与伏尔泰的观点有继承关系。伏尔泰在东西方截然不同的文化风俗的评价中，也显示了"理性"分析的眼光，例如，关于东方的婚姻制度，伏尔泰认为西方社会的一夫一妻制的法律"似乎对妇女较为有利，而东方［一夫多妻制］的法律则有利于男人和国家"。② 认为东方西方各有各的合理性与两面性，而不能以一方面否定另一方面。

伏尔泰理性主义的文化评价标准，集中地体现在对中国文化的评价中。关于中国历史，他写道："中国人在撰写帝王历史之前，没有任何史书。不像埃及人和希腊人，中国人的历史书中没有任何虚构，没有任何奇迹，没有任何得到神启的自称半神的人物。这个民族从一开始写历史，就写得合情合理。"③ 又说："无可否认，世界上最古老的编年史是中国的编年史。中国的这些编年史连贯不断，详尽无遗，撰述严谨，没有掺杂任何神奇的成分……接近于翔实可靠。"④ 这样的看法颇得要领，抓住了中国历史学的特色。伏尔泰还认为，中国在"国家管理"方面最值得称道，他指出："神权政治不仅统治过很长时期，而且暴戾恣睢，干出了失去理智的人们所能干出的最可怕的暴行。这种统治越是自称受之于神，就越是可憎可恨。"而与此种情形形成对照的是，"在被不恰当地称为文明

---

① ［法］伏尔泰：《风俗论》（下册），第24页。
② ［法］伏尔泰：《风俗论》（上册），第309页。
③ ［法］伏尔泰：《风俗论》（上册），第86页。
④ ［法］伏尔泰：《风俗论》（上册），第220页。

人的民族中，我只看到中国人没有干出这种荒唐绝顶的暴行"。① 又说："除了中国以外，几乎在任何地方的法律、宗教和习俗中，都可以找到荒谬绝顶的东西，而明智的东西却寥寥无几。"②

在东方国家中，伏尔泰尤其赞赏中国的国家管理与法律制度。在谈到中国人的法律问题时，伏尔泰认为，中国的国家管理，不利用其他民族常用的关于死后惩罚与褒赏之类的说教，"地狱之说虽然有用，但中国人的政府从不采纳。他们只满足于鼓励人们虔诚敬天和为人正直。他们相信，一种一贯实行的正确的政治制度，会比一些有可能受到攻击的舆论起更大的作用；人们更害怕的是现行的法典，而不是未来的律令。"③ 伏尔泰赞赏中国人将法律意识与道德意识紧密结合："中国人最深刻了解、最精心培育、最致力完善的东西是道德和法律。儿女孝敬是国家的基础……这种思想在人民心中根深蒂固。把这个幅员广大的国家组成一个大家庭。"④ 伏尔泰赞赏中国人把道德的褒赏作用引进法律中："在别的国家，法律用以治罪，而在中国，其作用更大，用以褒奖善行。若是出现罕见的高尚行为，那便会有口皆碑，传及全省。官员必须奏报皇帝，皇帝便给应受褒奖者立牌挂匾。"⑤ 中国的这种法律带来了很多好处："正因为全国一家是根本大法，所以在中国比在其他地方更把维护公共利益视为首要责任。因之皇帝和官府始终极其关心修桥铺路，开凿运河，便利农耕和手工制作。"⑥ 伏尔泰指出正因为中国人法律齐备，才使得那些蛮族入侵者"仍只得屈服于被他们夺取了皇位的国家的法律"。⑦

伏尔泰还运用理性的原则，对东方及中国政治制度做出了分析评价，

---

① ［法］伏尔泰：《风俗论》（上册），第47页。
② ［法］伏尔泰：《风俗论》（上册），第57页。
③ ［法］伏尔泰：《风俗论》（上册），第90页。
④ ［法］伏尔泰：《风俗论》（上册），第249页。
⑤ ［法］伏尔泰：《风俗论》（上册），第250页。
⑥ ［法］伏尔泰：《风俗论》（上册），第249页。
⑦ ［法］伏尔泰：《风俗论》（上册），第245页。

也触及了早在古希腊的希罗多德、亚里士多德就已提出的所谓"东方专制主义"问题。长期以来,所谓"东方专制主义"是东方政治制度区别于西方政治制度的一个分水岭。法学家孟德斯鸠作为与伏尔泰同时代的学者,其《论法的精神》一书把东方各国的政治制度一律称之为"东方专制主义"。而伏尔泰则与之不同,他对"东方专制"的判断是十分审慎的,他只在评价奥斯曼土耳其帝国及其政治制度的时候用了"专制"这个词。伏尔泰写道:"恶劣的是,没收财产成了苏丹私人收入的重要来源。一家之长被判刑,家族的财产便归国君所有,这是自古以来既定的专制制度之一。若有人给苏丹送上一名大臣的头颅,这颗头颅有时能值几百万。残暴的行为能取得如此高价的收入,这就不断引诱国君去当一个图财害命的贼。没有比这样一种权利更为丑恶的了。"① 显然,他所说的"专制"是极权恐怖的政治;当谈到波斯政治的时候,伏尔泰说:"旅行家夏尔丹说波斯皇帝没有土耳其皇帝那么专制","一般的看法,伊斯法罕(代指波斯——引者注)不及君士坦丁堡那么残酷",可见"残暴的行为""残酷"性即暴政是伏尔泰眼中"专制"制度的一个特征。在这一点上,奥斯曼土耳其是"专制"的,波斯的统治者有时残酷,但也难说是"专制"的,对此他写道:

> 所有有关波斯的叙述都使我们相信,没有一个君主国家享有比波斯更多的人权。这个国家民众比东方任何国家的民众具有更多地排遣烦恼的手段,而烦恼在任何地方都是生命的毒素。人们聚集在称为咖啡馆的大厅里,有的喝着这种直到17世纪末我们这里才有的饮料,有的在赌博,或者阅读,或者听人讲故事;在大厅的一端,一位教士为了挣几个钱在布道说教。在另一端,那些有本领使别人快乐的人正在施展他们的全部的才能。这一切都表明,他们是爱社交的民族。这一切都告诉我们,这个民族是该当幸福的。有人说,

---

① [法]伏尔泰:《风俗论》(下册),第126页。

> 在人称'大王'的阿拔斯统治时期，波斯人是幸福的。这个大王是很残暴的，但是残暴的人珍爱秩序和公共财产也是不乏其例的。这个暴君只是对他身边的某些人凶，但他有时根据他自己制订的法律为国家办了好事。①

这段话突出的表明了伏尔泰对古代东方政治的看法。奥斯曼土耳其式的残暴是普遍的，而波斯，乃至阿拉伯阿拔斯王朝统治时期，其"残暴"行为是个别的，是针对有限的对象的。只要能确保人民的"人权"，使人民幸福，就不在"专制"的范畴。伏尔泰使用了"君主国家"一词，而且认为君主国家可以使人们享有"更多的人权"。至少在这一点上看，"专制国家"作为暴政国家，与"君主国家"是不一样的。

在伏尔泰看来，所谓"专制制度"还有一个特性，就在于君主有能力实施专制，在于法律的有效性及行政权力的有效性。他在分析印度莫卧儿帝国政治的时候，认为莫卧儿帝国治下的印度整个国家成为内战的战场，政府"极端腐败"。在这种情况下，"那种所谓的专制统治是不存在的。皇帝的权威不足以使任何一个沙甲听命于他"。像莫卧儿帝国那样建立在军事武力征服基础上的统治，连"政府"的资格都不够，因为"这种仅仅建立在武力上的权力，只是在统帅军队时才能维持，这种专制权力能毁灭一切，但最终要自行毁灭。它以个人的随心所欲为准绳，而不依靠能保证其存在的法律"。② 在这种情况下，连专制者自身都朝不保夕，他根本无法实行"专制"。

伏尔泰并不是笼统地把不同于西方的东方的政治制度一概称之为"东方专制"，他把中国的政治制度与土耳其、波斯等东方大国做了比较分析，在多元文化的视域中，区分东方不同国家、不同历史阶段的政治的特点，认为像印度的莫卧儿王朝那样，只有武力征服，连像样的政治都

---

① ［法］伏尔泰：《风俗论》（下册），第497页。
② ［法］伏尔泰：《风俗论》（下册），第508页。

谈不上,也就实现不了所谓的"专制";像阿拔斯王朝那样,君主残暴却能保护百姓,很难说它是专制的。像奥斯曼土耳其帝国那样,才是真正的独裁、残暴的"专制"。中国则因为皇帝的权威、完备的行政机构与法律,使人民得到保护,因而不能算是专制独裁政府:"由于亲王们觊觎王位,土耳其苏丹们常下令将亲王绞死。而〔波斯的〕萨菲王朝的皇帝仅仅将亲王的眼珠剜去。中国的国君从来没有想过,为保全帝位,必须杀掉自己的兄弟或侄子,或者剜掉他们的眼珠。中国的皇帝总是给他们荣华富贵,而不给他们权力。一切都证明中国的风尚是东方最人道、最明智的。"① 在他看来,中国的德政、仁政与奥斯曼土耳其不可同日而言。伏尔泰写道,相比之下——

> 中国比印度、波斯和土耳其幸运得多。人类肯定想象不出一个比这更好的政府:一切都由一级从属一级的衙门来裁决,官员必须经过好几次严格的考试才被录用。在中国,这些衙门就是治理一切的机构。这种制度下,皇帝要实行专制是不可能的。一般法令出自皇帝,但是,由于有那样的政府机构,皇帝不向精通法律的、选举出来的有识之士咨询是什么也做不成的。人们在皇帝面前必须像敬拜神明一样下跪,对他稍有不敬就要以冒犯天颜之罪受到惩处,所有这些,当然都不能说明这是一个专制独裁的政府。独裁政府是这样的:君主可以不遵循一定形式,只凭个人意志,毫无理由地剥夺臣民的财产或生命而不触犯法律。所以如果说曾经有过一个国家,在那里人们的生命、名誉和财产受到法律保护,那就是中华帝国。执行这些法律的机构越多,行政系统就越不能专断。尽管有时君主可以滥用职权加害于他所熟悉的少数人,但他无法滥用职权加害他所不认识的、在法律保护下的大多数百姓。②

---

① 〔法〕伏尔泰:《风俗论》(下册),第116页。
② 〔法〕伏尔泰:《风俗论》(下册),第509—510页。

在伏尔泰看来，中国固然也是君主国家，但不是对人民残暴的专制暴政国家，因而不属于"东方专制"的范畴。显然，伏尔泰对"专制"的判断，不仅是在纯粹体制层面上的判断，而是更多地结合了君主的道德伦理与品德修养，特别是行使政权否是合乎"理性"的原则。中国这样君权国家是符合理性原则的，因而不是"东方专制主义"的。显然，这是对《风俗论》问世几年前刚出版的孟德斯鸠《论法的精神》（1750年）一书中"东方专制主义"论的一种批驳与否定。

三、"东方社会停滞"论与"西方后来居上"论

伏尔泰在《风俗论》中把东方置于人类文化先行者的位置。他认为："在我看来，迦勒底人、印度人和中国人是开化最早的民族。"① 从而把人类文化的起点放在了东方（亚洲）。他在《风俗论》中首先写的是中国，其次是印度，再次是阿拉伯，第四才是欧洲。世界历史的撰著者一般认为，人类四大文明古国中有一个是西方的希腊，但伏尔泰认为"希腊人和罗马人比起亚洲人来又晚近得多"。② 希腊的多山临海的地形使他们多次遭遇大洪水。"甚至可能正是这大洪水使希腊人成为一个相当晚近的民族。这些巨大的地理变迁使希腊人重新沦于蛮荒时代"，③ 他的理论根据就是地理与生活环境。他认为，"可以肯定，一切动物在最易于觅食的地方都能很快孳生繁殖"，人类文化也总是在这样的地方首先发生。从这一点上，他认为印度文明起源最早，因为"世上没有一块地方比恒河流域有着人们唾手可得的更新鲜、更可口、更丰富的食物。这里稻子不种自长；椰子、椰枣、无花果无处不有，可作菜肴；桔子、柠檬可作饮料，又可供食用；甘蔗俯拾皆是；棕榈树、宽叶无花果树浓荫蔽日"④。因而

---

① ［法］伏尔泰：《风俗论》（上册），第47页。
② ［法］伏尔泰：《风俗论》（上册），第232页。
③ ［法］伏尔泰：《风俗论》（上册），第105页。
④ ［法］伏尔泰：《风俗论》（上册），第77页。

其他民族也必然会来印度经商贸易，印度却无求于其他民族。而"匮乏产生首批的强盗。只因印度富庶，这些强盗才侵入印度；而富庶民族必定早在强盗民族之前便已集结形成社会，便已臻于文明开化"。① 可见伏尔泰做出这一判断的依据是自然环境的优越。这在人类文明起源论上讲是合情合理的。文明的起源靠环境条件，而文明的不断进步则要靠挑战和应战的机制，这是20世纪史学家汤因比的观点。伏尔泰只是在文化起源的初始时期，肯定了东方各国文化的先发性。在这个意义上，他指出："我们西方民族虽然对某些重要的事物的真理有所领悟，但在艺术、科学和国家管理方面却很缺乏知识。"② 这句话在今天的东方人听起来，也仍会有新奇之感。西方人一直以来所自豪的不正是"艺术、科学和国家管理"（即政治）吗？为什么伏尔泰认为这些方面西方不如东方呢？原来，这只是指初始阶段而言的。在这个阶段，就艺术的摇篮神话而言，"希腊人在神话方面只不过是印度人和埃及人的弟子而已。"③ "从希吉来历（指伊斯兰教历法——引者注）的第2世纪起，阿拉伯人却在科学与艺术方面，成为欧洲人的教师。"④ 阿拉伯人把天文学教给欧洲，而且"化学与医学是由阿拉伯人创立的。我们今天发展完善了化学，但化学原来是他们传给我们的。人们统称为轻泻剂的那些新药是从他们那里来的……代数是阿拉伯人的发明……总之，西方基督徒肯定从穆罕默德的第2个世纪开始，就拜穆斯林为师了"。⑤ "从远古时代起，贤人来自西方便是印度人和中国人的一句格言。欧洲人则相反，说贤人来自东方。"⑥ 他甚至说："东方是一切艺术的摇篮，东方给了西方以一切。"⑦

---

① ［法］伏尔泰：《风俗论》（上册），第78页。
② ［法］伏尔泰：《风俗论》（上册），第3页。
③ ［法］伏尔泰：《风俗论》（上册），第261页。
④ ［法］伏尔泰：《风俗论》（上册），第297页。
⑤ ［法］伏尔泰：《风俗论》（上册），第306页。
⑥ ［法］伏尔泰：《风俗论》（上册），第270页。
⑦ ［法］伏尔泰：《风俗论》（上册），第231页。

伏尔泰认为东方本来领先于西方，但是东方后来落后了，西方"后来居上"。古代希腊接受了埃及、腓尼基、波斯、印度的一些影响，但是到了后来，"美丽的建筑、精美的雕刻、绘画、优美的音乐，真正的诗歌，真正的雄辩术，正确编写历史的方法，最后是哲学本身——虽然还不完善且晦涩难解——所有这一切，都是由希腊人传至各国的。后来居上，他们一切都比老师强。"① 要问为什么，关键的原因是希腊人有着最可贵的"自由"与"理性"，这一点"才使得希腊人成为世上最有创造才能的人"。② 这个结论令我们想起了希罗多德《历史》中对希腊人战胜波斯人的原因分析，那就是希腊人作为自由人是为自己作战，是为国家的自由作战，而波斯人是作为君主的奴仆而被动地为君主而战。另一方面，伏尔泰没有像其他史学家那样把古希腊文明置于东方其他三大文明相并列的位置，他的目的是为了论证希腊文明的后来居上。换言之，在他看来，西方的后来居上，不是一般史家所认为的开始于欧洲文艺复兴以后，而是早从古希腊时代就开始领先于东方了。这么说来，西方领先东方就已经有两千多年了，而不是晚近的五百来年。

关于东方国家后来居上的根源，伏尔泰还在不同东方国家的落后原因的分析中给出了自己的答案，而他的答案其主要依据仍是"理性"或"理性精神"。例如，在谈到印度落后时，伏尔泰指出："不管怎么说，印度人已不是古希腊人前往他们那里学习时那样先进的民族了，他们只有迷信，而且由于受奴役，迷信甚至比以前更厉害了。就如同埃及人一样，当他们被罗马人征服后，迷信活动更多。"③ 他认为印度人的落后根源于非理性的"迷信"，在于"精神蜕化"，说："在印度，人们的精神已经蜕化。可能这是由于鞑靼人的统治使他们呆滞迟钝。"④ 关于波斯和中国，

---

① ［法］伏尔泰：《风俗论》（上册），第109—110页。
② ［法］伏尔泰：《风俗论》（上册），第114页。
③ ［法］伏尔泰：《风俗论》（下册），第111页。
④ ［法］伏尔泰：《风俗论》（上册），第264页。

伏尔泰指出："波斯由于国家的动乱，科学也同样几乎湮灭殆尽。我们已经看到，在中国……科学达到我们中世纪那样的平庸的水平之后，便停滞不前。"① 特别是中国，"人们要问：既然在如此遥远的古代，中国人便已如此先进，为什么他们又一直停留在这个阶段；为什么在中国，天文学如此古老，但其成就有限；为什么音乐方面他们还不知道半音？这些与我们迥然不同的人，似乎大自然赋予他们的器官可以轻而易举地发现他们所需的一切，却无法有所前进。我们则相反，获得知识很晚，但却迅速地使一切臻于完善。"② 又接着发问道："中国既然不间断地致力于各种技艺和科学已有如此悠久的历史，为什么进步却微乎其微？"他认为："这可能有两个原因：一是中国人对祖先流传下来的东西有一种不可思议的孝敬心，认为一切古老的东西都已尽善尽美；另一原因在于他们语言的性质——语言是一切知识的第一要素。"他认为中国的语言太难学了，"在中国，学者就是识字最多的人；有的人直到老还写不好"。③ 伏尔泰用崇古的文化心理与繁难的语言这两个原因，来解答所谓中国停滞论的问题。

在谈到中国文学、中国古典戏剧的时候，伏尔泰又在中国与西方的对比中指出了中国文化的停止与保守性。"我们的特点是不断完善，而中国人的特点是迄今为止停留在原来的水准。《赵氏孤儿》这出戏可能还属于埃斯库罗斯的初期试作一流。中国人在伦理方面总是高于其他民族，但其科学进步不大。毫无疑问，大自然赋予中国人以正直、明智的精神，却没有赋予他们以精神的力量。"④ 这里所谓"精神的力量"，联系伏尔泰全书的思想，指的似乎就是一种精神上的不断探索、追求与超越。没有这种"精神的力量"，文明只有停滞。比起泥古心理与繁难的文字，所谓

---

① ［法］伏尔泰：《风俗论》（上册），第264页。
② ［法］伏尔泰：《风俗论》（上册），第248页。
③ ［法］伏尔泰：《风俗论》（上册），第249页。
④ ［法］伏尔泰：《风俗论》（下册），第104页。

"精神的力量"的缺失当然是更为本质的原因。

在分析了中国、日本、印度、波斯等东方各民族的风俗文化及其演变之后,伏尔泰自豪地宣称:"日本像中国一样,几乎拥有我们所有的一切,以及我们所缺少的一切……过去这两个民族在文学艺术与手工艺方面远比我们西方民族先进。但是我们现在已把失去的时间夺回了!"① 他的结论是:"总之,不论我们谈论亚洲的哪个文明国家,我们都可以说,它曾走在我们前面,而我们现在已经超过了它。"② 综观整部《风俗论》,伏尔泰对人类风俗文化与精神发展史的研究,最终得出的结论就在于此。

伏尔泰是启蒙主义者、理性主义者。启蒙主义与理性主义也是进步主义,相信人类文化是不断向前发展的,不进则退,不改变就是停滞,不进步就是退步,这是其历史发展的信念与逻辑。他是在"东方—西方"二元观、"东方—西方"此消彼长的矛盾运动中来把握人类精神文化发展线索的,因而西方的进步必以东方的落后来衬托,西方的发展必以东方的停滞为参照物。伏尔泰毕竟不能认同东方人保守的、循环性的发展模式,而秉持西方人勇往直前的线性发展逻辑,并由此对"东方—西方"做出了起源上的"先—后"、发展上的"落后—进步"的价值判断。这种判断,不仅仅是从社会经济的角度做出的,而且也是从文学艺术等精神方面做出的。假如仅仅从经济的、社会生产力的角度看,则必以工业化为尺度,把最早实现了工业革命的西方视为先进,把以农业社会为主的东方视为落后。但是,若就精神、文学艺术角度而言,则很难做出"东方落后"的判断。印度莫卧儿王朝的艺术、中国明清的文学艺术、日本江户时代的文学艺术,都有了明显的进步发展,而且这种进步发展并不和西方在一个轨道上,难以绝对地比较其两者何者先进何者落后。虽然伏尔泰在对具体的文化习俗的评价中,反对以西方的标准强加于东方,

---

① [法]伏尔泰:《风俗论》(下册),第16页。
② [法]伏尔泰:《风俗论》(下册),第119页。

但是，在抽象的层面上，伏尔泰还是使用了西方的标准来衡量东方，所体现的是近代西方人的线性发展观。这种自相矛盾，根本上是由伏尔泰的"西方本位"的立场所决定的。

伏尔泰处在法国及西方列强正在向东方殖民扩张的时代，《风俗论》也免不了带有殖民主义思想色彩。书中宣称："我们西方民族表现出了远远胜过东方民族的智慧和勇气。我们已经在他们的土地上站稳了脚跟，而且常常是在克服了他们的抵抗之后。我们学会了他们的语言，我们教给他们一些我们的艺术。但是大自然赋予他们胜于我们的长处，把我们的长处全部抵消：这就是东方民族丝毫不需要我们，而我们却需要他们。"① 这段话可以表现出伏尔泰对当时18世纪西方初步殖民东方的一种态度和一种评价。东方不需要西方，故而东方人没有侵入西方的动机；西方需要东方，需要东方的人力、东方的资源、东方的市场，这就是西方入侵东方的理由。在这个问题上，伏尔泰秉持的仍然是西方的立场，而完全没有表示出反省的意思。

综观《风俗论》，这不仅是一部壮阔的人类文化史、精神发展史的巨著，而且从"东方学"的角度看，也是一部东方世界与西方世界相辅相成、相反相成、此起彼伏的文明发展史之宏大变奏曲。《风俗论》打破了中世纪以来基督教为中心的一元论的历史观及世界史撰写模式，采用了"东方—西方"二元并置、二元对蹠的模式，肯定了东方各民族文化精神的多样性与差异性，运用他的理性主义的价值观对东西方文明、对东方民族历史上那些合乎理性的因素做了肯定。在整个18世纪的启蒙主义思想家中，伏尔泰的东方观是文化偏见最少的。但是《风俗论》也并非像有的研究者所言是没有偏见地平等地看待东西方。实际上书中的"东方"仅仅是"西方"的他者，主要是为了映衬西方世界而存在，主要是为了

---

① ［法］伏尔泰：《风俗论》（下册），第25页。

说明他所处的西方世界、他所处的路易十四时代是人类文化发展的先端，从而在史学著述中满足自己的文化自豪感，也满足西方读者的文化自豪感。在这一点上，它与同时代其他思想家如孟德斯鸠，后来的黑格尔、赫尔德等人的"东方—西方"观大同小异，作为西方人主流的东方观之源头，产生了深远影响。

孟德斯鸠《论法的精神》
对"东方专制"的构拟[①]

  孟德斯鸠《论法的精神》在西方人"东方观"构拟的过程中具有承前启后的作用。全书建立在"东方—西方"的二元对立的思维之上,在"东方—西方"的对比对照中阐述"法的精神",为此把前人对奥斯曼土耳其"专制"的评价扩展到整个东方世界,抹平了东方各国历史文化的巨大差异性,把"专制"视为东方各国普遍固有的政体,从而在法学意义上构拟了同一的"东方"与清一色的"东方专制",过程中不惜扭曲、误解、丑化、妖魔化东方国家,也必然出现史实与逻辑上的种种缺陷与问题,直到今天仍有批判考察的必要。

  18世纪法国启蒙主义思想家、法学理论的奠基人之一孟德斯鸠(Montesquieu,1769—1755)的《论法的精神》(1748年)一书,作为法学理论原理的奠基性的名作,读书界人所共知。他所提出的立法、行政与司法"三权分立"的分权说、"以权力制约权力"的制权说,以及"自

[①] 原载《华夏文化论丛》2018年第1辑。

由是做法律所允许的一切事情的权利"① 的"自由"界说,都对现代政治学与法学产生了极为深远的影响。《论法的精神》作为一部法学理论著作在法学原理上的独创性价值是毋庸置疑的,但这方面的论述评说已经汗牛充栋并形成共识,无需赘言。但从西方的"东方学"与西方人的"东方观"的角度看,《论法的精神》中关于东方史料的使用有欠严谨之处甚多,关于"东方专制"的论述充满傲慢与偏见,矛盾重重、逻辑混乱,因而有必要对它做另一视角的批判考察。

一、"专制"及"东方专制主义"界定的含混

在孟德斯鸠的《论法的精神》中,"专制"一词是作为一种政体概念使用的,他认为:"政体有三种,共和政体、君主政体,专制政体……共和政体是全体人民或仅仅部分人民掌握最高权力的政体;君主政体是由一人依固定和确立的法单独执政的政体;专制政体也是一人单独执政的政体,但既无法律又无规则,全由他个人的意愿和喜怒无常的心情处置一切。"② 在这一点上,孟德斯鸠是承续亚里士多德的《政治学》的。但《政治学》虽然提出三种政体之别及"东方的专制"的问题,但并非是把所有的东方国家都视为"专制"的,而是认为它是在东西方都可能存在的一种政体类型,但是孟德斯鸠对此则不以为然,他写道:"亚里士多德把波斯帝国和斯巴达王国都归入君主政体之列,可是谁不知道,波斯是专制国家,而斯巴达是共和国吗?"③ 他对亚里士多德的观点做出的最大修正,就是将专制政体仅仅视为属于东方国家的政体,西方则只有另外两种。这样一来,所谓"专制"就等于"东方专制",所谓"专制主义"就等于"东方专制主义"了。

---

① [法]孟德斯鸠:《论法的精神》,许明龙译,北京:商务印书馆,2012年,第184页。版本下同。
② [法]孟德斯鸠:《论法的精神》,第17页。
③ [法]孟德斯鸠:《论法的精神》,第199页。

那么,"东方专制"的特征是什么呢?孟德斯鸠首先区分了君主政体与专制政体这两种看上去有相似之处的政体。两者都是"一人单独执政",但区别是前者为"依固定和确立的法单独执政的政体",后者为"既无法律又无规则,全由他个人的意愿和喜怒无常的心情处置一切"的政体。也就是说,专制政体的要害并不是"一人单独执政",而是"既无法律又无规则"。但是,这种界定实际上是似是而非、暧昧含混的。他说的是在"专制"国家里本来就没有"法律和规则",但是事实决非如此,无论是古代还是现代,任何一个国家,倘若真的是"既无法律又无规则",那么这个国家就不算是一个国家,甚至都不算是一个文明社会,哪个国家没有"法律和规则"呢?就说古代东方流传下来的有文字记载的法律,两河流域有一系列楔形文字法,如《乌尔纳姆法典》《苏美尔法典》《苏美尔亲属法》《赫梯法典》《亚述法典》《汉谟拉比法典》等;希伯来人有《摩西五经》等五部希伯来法典,古代印度有《摩奴法论》《那罗陀法论》等一系列法典,伊斯兰法体现在《古兰经》和《圣训》中,中国历朝历代都有完备的法律法规,例如唐代《贞观律》《唐六典》等,日本有《大宝律令》《养老律令》、圣德太子《十七条宪法》等。① 这些都早已经不是孟德斯鸠所说的"自然法",而是形诸文字的"人为法"了。孟德斯鸠作为法学理论家,对这一基本事实并非完全不知。例如他承认过日本有法律,但"日本法律的暴烈曾经胜过它的力量,它成功地摧毁了基督教。然而,闻所未闻的努力恰恰证明了它的无效。它曾试图建立起一种良好的社会治理,却进一步彰显了它的无能"。② 他也承认中国有"甚多的各种法规",中国人"曾经试图让法律与专制主义并行不悖,但是,任何东西一旦与专制主义沾边,就不再强有力量"。③ 看来,不是东方国家"既无法律又无规则",而是东方没有孟德斯鸠所理想的西方那种"法律与规则"。这种双重标准在逻辑上

---

① 参见王立民:《东方古代法研究》,北京:北京大学出版社,2006年。
② [法]孟德斯鸠:《论法的精神》,第106页。
③ [法]孟德斯鸠:《论法的精神》,第152页。

就出了问题：究竟是"既无法律又无规则"决定了"东方专制主义"及其特点呢，还是"东方专制主义"政体中的任何法律与规则都不算是"法律与规则"呢？如果答案是前者，那么东方国家显然都是既有"法律"也有"规则"的，那它们还算不算"专制政体"呢？如果答案是后者，那么为什么要用"既无法律又无规则"来界定"东方专制"呢？

或者他说的是，虽然有法律和规则，但是在东方君主眼里却是"既无法律又无规则"，"全由他个人的意愿和喜怒无常的心情处置一切"。然而，这样的假定也不合逻辑。因为所有法律和规则都是当政者主持颁布的，在"一人单独执政"的"专制"国家里，法律要么就是这个君主颁布的，要么就是他的前任颁布、而他认可有效的。既然仍然在使用这些法律法规，那么它们就是有效的；既然是有效的，那么君主又为什么不把这些法律法规放在眼里，而"全由他个人的意愿和喜怒无常的心情处置一切"呢？他拿什么来治理国家呢？有法不依，不等于无法可依。君主不依法行事，"全由他个人的意愿和喜怒无常的心情处置一切"，那就是自毁江山。这样的自毁江山的"暴君"，古往今来、东方西方都有，但是我们判断一种政体，主要是应该根据其政治体制，而不是依据君主个人的品质德行。因为在同样的政体下，执政者都有德行好坏之分，专制政体下有明君，其他政体下也有暴君，这一现象每每见于政治史。在不得不承认"所有国家包括古代东方各国都有自己法律法规"这一前提下，孟德斯鸠的"专制"政体的界定标准实际上只剩下了"全由他（君主）个人的意愿和喜怒无常的心情处置一切"这一条了。这正是暴君的作为。但是，这样的暴君，在孟德斯鸠所说的西方"君主政体"中，也是代不乏人的，而且绝不比东方国家少。这些暴君的基本特点也都是"全由他个人的意愿和喜怒无常的心情处置一切"，那么在这种情况下，为什么西方的"君主政体"的属性仍然不会改变呢？只有在东方就成为"专制"的了呢？由此看来，孟德斯鸠对"政体"的区分及"专制"的界定具有明显的双重标准，是模棱两可、充满矛盾的。从根本上看，孟德斯鸠一方面不得不承认东方各国都有自己的法律与规则这一事实，但另一方面却坚信在专制主义条件下是没有法律与规则的。换言之，只有西方的法律才是法律，东方的法律不算是法律。这样一来，西方的法律就成了东方法律的衡量标准了。

实际上，任何一个有法律法规和传统习俗的国家，都像是一台按一定规律运转的机器，君主个人纵然如何跋扈和残暴，恐怕"全由他个人的意愿和喜怒无常的心情"所能"处置"的，不会是"一切"的人和"一切"的事，而仅仅是一部分而已，因为任何个人的为所欲为都是有限度的，突破了限度则会适得其反。历史上那些暴君的下场每每是自取灭亡，就充分证明了这一点。看来，孟德斯鸠给"专制"政体所下的定义，是严重忽略了"专制"的"制"（制度）的因素，而以君主个人德行作为评价标准了。也就是说，他采取的实际上是道德的标准而不是政治的标准。他对专制君主的批评，也多放在私德方面以及后宫，是让君主的私德或后宫生活方式来决定政体的属性。他这样写道："东方的君主们也是这样。在牢狱般的深宫里，太监把王子们伺候得胸无大志，精神萎靡，几乎与世隔绝。当他们被拽出来登上王位时惊愕不已。但是，当他任命了一个宰相后，就在后宫里越发纵情声色，在一群死气沉沉的殿臣面前，他们喜怒无常，蠢举迭出，此时他们也许从来没有想到，当国王竟然如此容易。"① 皇帝把权力交给宰相，自己只管纵情声色，这是说东方君主的昏庸。这样的情况在东方国家包括中国确实都存在。但君主的昏庸与专制并不能等同。昏君兼暴君者固有之，但昏君并不等于暴君。君主耽于享乐不勤朝政，而将权力交给宰相大臣，若是这样，那就好比是所有权者与经营者相分离一样，岂是君主"一人单独执政"呢？孟德斯鸠又说："在专制政体下，接受委托行使权力的人握有全权。宰相就是专制君主，而每一个官吏都是宰相。"② 照这么说来，专制国家就有了许多的宰

---

① ［法］孟德斯鸠：《论法的精神》，第29页。
② ［法］孟德斯鸠：《论法的精神》，第81页。

相、许多的君主，又岂是"一人单独执政"呢？

孟德斯鸠在这里有意无意地涉及了一些东方古代国家的权力结构问题。实际上，在东方古代各国的分权社会里，君主往往难以"专制"。例如古代印度的种姓制度下，社会上的婆罗门阶层权力大，而政府的作用小，关于这一点泰戈尔已经明确指出，印度作为宗教文化区域是很辽阔的，但作为政治单位却有成百上千个各自为政的小国，国王也是小国寡民的国王，难言是"专制君主"，印度是靠着"社会制度"而不是靠"政府"来维持的。① 日本在进入幕府时代后，则是天皇、幕府两重权力的国家，是天皇的"权威"与幕府大将军的"权力"相分离的国家，而到了江户时代，则形成了天皇的权威、武士的权力、町人（城市工商业者）的财力三者相互鼎立的格局。

接下来，孟德斯鸠就从东方国家中举例，来论述"专制"的特点了。他承续了亚里士多德《政治学》中关于三种政体分别以"美德、荣宠、畏惧"得以维系的观点，认为"共和政体需要美德，君主政体需要荣宠，而专制政体则需要畏惧。在专制政体中，美德根本不需要，荣宠则是危险的"。没有荣宠，即没有荣誉感可言，是因为在那种政体下"人人都是奴隶"。②

关于专制政体的所需要的"畏惧"，孟德斯鸠写道：

> 在专制政体国家中，政体的性质要求绝对的服从，君主的旨意一旦下达，就应立竿见影地发生效应……根本没有调和、修正、妥协、交情、对等、商榷、谏议。根本没有任何东西可以作为相等或更佳的谏议提出，人只是服从于那个发号施令的生物脚下的另一个生物罢了。③

---

① ［印］泰戈尔：《泰戈尔的政治思想》，《泰戈尔全集》中文版第 24 卷，石家庄：河北教育出版社，2000 年，第 325—326 页。
② ［法］孟德斯鸠：《论法的精神》，第 37—38 页。
③ ［法］孟德斯鸠：《论法的精神》，第 39 页。

这里所说的就是对专制君主的机械的绝对服从。但是，他在得出"东方专制主义"这一普遍结论的时候，却仅以波斯为例，说波斯国王对某人判刑后，谁也不许再向国王提起此人，即便当时国王是在醉酒状态下做出的判刑决定，那也必须执行。但是他似乎没有说明，这种现象在东方是普遍的、绝对的，还是偶然的；君主的随心所欲是表现在一切事情上，还是表现在某些事情或个别事情上，是常态还是非常态。如果这种君主的随心所欲是普遍的，那古代东方各国为什么还要制定那么多法律呢？君主颁布那些法律岂不是要自缚手脚或自毁声誉吗？如果是个别的、非常态的，那么这种事情在古代任何一个君主或执政者那里，或多或少都是存在的，绝不是东方国家的君主才有的。翻翻历史记载就知道，那些为所欲为的荒唐霸道的君主，西方历史上恐怕比东方更多。从古希腊的僭主，到现代法国波旁王朝的许多国王们都是如此。

在孟德斯鸠看来，"专制政体的原则是畏惧。不过，对于那些愚昧和萎靡的民族来说，法律无需很多。在那里，有两三个概念就可以了，不需要什么新概念。驯兽时更换主人、课程和姿态，要让牲畜牢牢记住的只是两三个手势，无需要更多"。① 这里又从"畏惧"提出了"畏惧"者的特征，就是"被专制"者即臣民的特征，那就是类似"牲畜"般的机械服从。对于这一点，孟德斯鸠又称之为"奴性"。"奴性"这一概念，作为专政政体的一个附属特征，也来自亚里士多德的《政治学》。亚氏说："野蛮民族比希腊民族更有奴性，亚洲蛮族又比欧洲蛮族更有奴性，所以他们常常忍受专制统治而不起来叛乱。"② 但是亚氏的判断是带有柔软性的，是说无论欧洲还是亚洲，哪个民族都会有奴性，只是"亚洲的蛮族又比欧洲蛮族更有奴性"而已。但在孟德斯鸠这里，奴性成为东方专制的特有产物，是东方人所独有的，是东方的"普遍精神"。他断言："人受

---

① ［法］孟德斯鸠：《论法的精神》，第74页。
② ［古希腊］亚里士多德：《政治学》，吴寿彭译，北京：商务印书馆，1965年，第162页。版本下同。

气候、宗教、法律、施政的准则、先例、习俗、风尚等多种因素的支配，其结果是由此形成了普遍精神。"① 而且这种普遍精神的形成是有"物质原因"的，那就是为亚洲国家的地理条件所决定了的，他们的国土太广大了，又没有天然屏障，所以"在亚洲必须永远行使专制权力。因为，倘若不实行严格的奴役制，就会形成自然条件难以形成的割据局面"。而"自然条件把欧洲分割成许多面积不大的国家，实行法治不但不损害国家的存续，而且十分有利，以至于倘若不实行法治，国家就会渐趋衰微，落后于所有其他国家"。结论是："与此（欧洲）相反，奴役精神主宰着亚洲，亚洲从来不曾摆脱奴役精神。在这块土地的全部历史上，找不出任何一个能表明自由精神的标记，除了敢于奴役的气概之外，再也看不到别的精神。"而相应地缺乏所谓"自由精神"。② 其实，"奴性"与"自由精神"是人性即"普遍精神"的两个相反相成的方面，每个人身上都有"自由精神"，也难免有一些"奴性"，因而它不应是区分"东方"与"西方"的标签，孟德斯鸠却只把"奴性"的标签贴在了东方人身上，显示了他的东方观中的傲慢与偏见。

这样，总括起来，《论法的精神》中"东方专制"这一概念似乎就有了两个层面上的意义。第一，"东方专制"需要有专制君主，君主行使专制权力靠的是暴政，国家没有真正的法律，君主是国民的"奴役"者；第二，是拥有甘于受奴役的人民，这些人民的"普遍精神"就是具有"奴性"。这样说来，在东方，从君主到臣民，是自上而下、彻彻底底的"专制"了。但是这样的界定在逻辑上似乎仍然充满着矛盾悖论：只有面对不畏惧者，才有恐怖；只有面对反抗者，才有镇压；只有面对自由的追求者，才有牵制和压迫。一群"奴性"十足、甘受奴役的顺民，应该是不需要残暴的"专制"的，君主也无须通过令人"畏惧"的恐怖暴政

---

① ［法］孟德斯鸠：《论法的精神》，第356页。
② ［法］孟德斯鸠：《论法的精神》，第326页。

来统治他们,因为他们本来都很温顺。如此,所谓"东方专制"、东方暴政到底是如何形成的呢?

二、气候与地理环境决定论与"东方专制"的宿命

孟德斯鸠在《论法的精神》中提出了"东方专制"的概念,并做出了界定,描述了一些现象例证,但还需要论证"东方专制"为什么是普遍存在的,而且是必然的,这就需要寻求一些决定性的因素。要说决定的因素是东方人自身,是由人种所决定的,那就等于说是由东方人本身决定东方人的法的精神,这个决定因素显然不够客观、也不够自然。而且,东方国家的民族众多,人种不一,为什么在"专制"这一点上却是同一的、普遍的呢?因而必须寻求一种客观外在的决定条件。于是,孟德斯鸠选择了地理与气候决定论。

用地理气候来说明人的性格与文化,并不始于孟德斯鸠,两千多年前亚里士多德早在《政治学》中就说过:"寒冷地区的人民一般精神充足,富于热忱,欧罗巴民族(指不包括希腊半岛的欧洲大陆——引者注)尤甚,但大都拙于技巧而缺少理解;他们因此能长久保持自由而从未培养好治理他人的才德,所以政府方面的功业总是无足称道。亚细亚的人民擅长技巧,深于理解,但精神卑弱,热忱不足;因此,他们常常屈从于人而为臣民,甚至沦为奴隶。唯独希腊各种姓,在地理位置上既处于两大陆之间,其秉性也兼有了两者的品质。"① 这里比较的是希腊半岛人、欧洲大陆人、亚细亚人因冷热不同的气候而形成的民族性。这种观点对孟德斯鸠的影响是显而易见的。

在《论法的精神》中,孟德斯鸠从气候的角度首先断言:"统治炎热地区的通常是专制政体。"② 他所说的炎热地区,是他所了解的当时的土

---

① [古希腊]亚里士多德:《政治学》,吴寿彭译,第366—367页。
② [法]孟德斯鸠:《论法的精神》,第79页。

耳其、波斯、印度、阿拉伯半岛等东方地区，而与之相对的，是他所最推崇的"温带"地区即欧洲的中北部。在"东方专制"的预设中，只有欧洲中北部是温带，因而有着最为适宜的政体，上述东方地区是炎热的，因而又是专制的。为了支撑这个结论，孟德斯鸠首先得否定东方有温带地区。他引用了当时的旅行家关于亚洲气候的描述，指出亚洲北部存在极为寒冷的地区，这当然是对的。但是这一点却与他在此前几章中，把相关论述与结论建立在亚洲"炎热"的气候条件下，就显得不协调了。他在这里承认了亚洲也有冷热不同的区域，由此承认"中国北方人比南方人勇敢，朝鲜的南方人也不如北方的勇敢"，但是他却根据旅行家描述做出了这样的推断："亚洲没有真正意义上的温和地带，与严寒地区紧挨着的就是炎热地区，诸如土耳其、波斯、莫卧儿、中国、朝鲜和日本⋯⋯而欧洲则截然相反，温和地区非常广阔。尽管欧洲各地的气候差异很大⋯⋯可是气候由南而北不知不觉中逐渐变冷，大体上与各国所处的纬度成正比。因而毗邻各国的气候条件基本相同，彼此没有太大差别，正如我刚才所说，温和地区相当广阔。"① 现在看来，孟德斯鸠的这个说法显然与气候学的常识不相符合。在亚洲，存在与欧洲相似的广大的温带地区，例如中国的黄河流域和淮河流域、朝鲜半岛、日本本州岛等，总体上都属于温带气候。孟德斯鸠之所以断言亚洲"无温和地区"，首先是要支撑这样的结论：

> 因此引出的结果是：亚洲各国的形势是强弱对峙，好战、勇敢和活跃的民族，与纤弱、怠惰和胆怯的民族面面相觑，于是乎，一方必将成为征服者，另一方必将成为被征服者。与此恰恰相反，欧洲各国的形势是强强相对，毗连的国家几乎同样骁勇。之所以亚洲弱而欧洲强，欧洲自由而亚洲奴役，重大原因即在于此。我不知道是否有人注意到这一点。依然由于这个原因，亚洲的自由从未增多，

---

① ［法］孟德斯鸠：《论法的精神》，第321—323页。

<<< 孟德斯鸠《论法的精神》对"东方专制"的构拟

而欧洲的自由则随情况不同而有所增减。①

在孟德斯鸠看来,这就是"欧洲自由而亚洲奴役"的规律,东方注定没有"自由",天然活该受奴役。他认为同样是对外征战,欧洲的征战与亚洲的征战其后果截然不同,因为"欧洲北方民族以自由民的身份从事征战,亚洲北方人则以奴隶身份从事征战,而且仅仅是为了一个主人而征战"。这一看法显然继承了希罗多德《历史》中关于希波战争之本质的看法,但孟德斯鸠却把这一看法推广到整个东西方:凡是东方人发起的征战,就是在推行"奴役";凡是西方人发起的征战,都是在传播自由。这里他以鞑靼人代表东方,并举例说:"鞑靼人虽是亚洲的天然征服者,自己却也是奴隶。"所以鞑靼人打到哪里,就把奴役带到哪里。"在被称作中国鞑靼的那片广阔的土地上,这种情形如今显示得特别清楚。皇帝对鞑靼地区的统治与他对中国本土的统治同样专制暴虐……鞑靼人摧毁了希腊帝国,在被征服国家中推行奴役。哥特人征服了罗马帝国,到处建立君主政体,确立自由。"② 这么说来,难道当初哥特人南下,所建立的中世纪的罗马帝国是自由的吗?如果是这样,那"黑暗的中世纪"之说是如何而来的呢?宗教迫害,教会对人权的肆意践踏,对异端的镇压,对言论与思想的钳制,没有法律而只有宗教的"宗教裁判所"的跋扈,这些都发生在哥特人南下所建立的罗马帝国,其实它的"奴役"与"不自由"的程度远甚于当时和后来的东方各国,而且持续时间极长。否则,欧洲近代史上以法国"大革命"为代表的革命运动与"革命"思想,都是在"革"谁的"命"呢?难道不是欧洲人对来自欧洲自身奴役的革命吗?亚洲人的近代革命是摆脱欧洲人的殖民压迫,而欧洲人的近代革命是摆脱旧制度的压迫。若像孟德斯鸠所说的西方历来没有奴役只有自由,那么启蒙主义运动的指向又是什么呢?没有中世纪的黑暗,哪有照亮黑

---

① [法]孟德斯鸠:《论法的精神》,第323页。
② [法]孟德斯鸠:《论法的精神》,第324—325页。

暗的"启蒙"运动?

除了用气候来解释东方西方文化的上述重大差异之外,孟德斯鸠还以此推论出了与气候相关的决定东方专制的必然的一系列客观条件和因素。例如他写道:"人在寒冷的气候下精力比较充沛……一个人若处在闷热的气候中,鉴于我在前面所说的那些原因,心神就会高度萎靡不振……炎热地区的人怯懦如同老人,寒冷地区的人骁勇如少年。"① 说的是民族性格与气候的关系。谈到冷热两地的人对痛苦与欢乐的感受时,孟德斯鸠说:"对愉悦的感受度,寒冷地区的人较低,温暖地区的人较高,炎热地区的人极高……疼痛也一样……〔寒冷地区的〕俄罗斯人不被剥皮就不觉得痛……炎热地区的人器官敏锐,凡关乎两性相悦的事,心灵极易为之所动,无论何事都能引向男欢女爱。"② 这段感受性的描述中显然充满了矛盾。试想,一个"精力充沛""骁勇如少年"的寒冷地区的人,怎么会对痛苦和欢乐感受迟钝呢?同样的,那一个个"如同老人"的"萎靡不振"的炎热地区的人,如何会一转而为"器官敏锐",而特别地热衷于"男欢女爱"呢?他进而把气候冷暖与道德水平相联系,断言:"北方气候下的人恶习少而美德多,非常真诚和坦率。一旦接近南方地区,你简直就以为远离了道德。强烈的情欲导致罪恶丛生。温暖地区的人风尚不定,恶习无常,美德也无常;这是因为那里的气候缺乏确定的性质,难以有固定的风尚与道德。"③ 按他的这一标准,俄罗斯人处在北方,是寒冷地带的人,应该属于道德水平高的一类,但孟德斯鸠却对俄罗斯人的道德、法律水准等完全不认同;同样的,蒙古人原本是北方寒冷地区的草原人,也应该是拥有很高的道德水平,但孟德斯鸠是把蒙古人视为野蛮民族的。实际上,他的"南方—北方"或"冷—热"的分别,只是为了说明南欧与中北欧的区别,为了说明他心目中的"欧洲北部人民"

---

① 〔法〕孟德斯鸠:《论法的精神》,第 272 页。
② 〔法〕孟德斯鸠:《论法的精神》,第 273 页。
③ 〔法〕孟德斯鸠:《论法的精神》,第 272—274 页。

即他所理想的"我们的祖先"日耳曼人的文化的先进。至于东方国家，实际上无论南北、冷热，都属于"东方专制主义"的范畴，不仅君主是暴君，而且人民也都是甘为奴隶的。因此，实际上他并没有认真去区分东方各地区的气候的冷热之别。当他指陈东方各民族的恶德，而又拿不出实在根据的时候，就用"气候冷热"这个前提来说事。例如，说东方人的懒惰、甘为奴役，就举印度人为例，因为印度"酷热"。① 转而却又说："印度人生性温和、亲切，富有同情心，深得立法者的信任，立法者制定的刑罚很少，也不严酷，甚至不严格执行。"结论是："良好的气候使人憨厚，法律也随之宽和。"② 他在这里说的"良好的气候"显然是对印度而言，但他似乎忘记了自己刚刚指出了印度气候"酷热"造成怠惰、缺乏勇气、具有奴性。他同时谈到了"日本人生性残忍"，说日本的立法者对人民没有信任，法律严苛，人民"动辄得咎，处处受制"；③ 那么日本人的"残忍"究竟是由它的什么气候条件造成的呢？因为日本历史上文化发达的中部地区是典型的季节性气候，夏季炎热、冬季寒冷，总体属温带。这种"残忍"究竟是由炎热还是寒冷造成的呢？孟德斯鸠语焉不详，过程中并没有任何科学上的论证与阐述，纯粹是经验性的感受的描述而已。

孟德斯鸠常常把极为复杂的文化问题直接与气候因素挂钩，就不免将问题简单化。例如在论述东方的"家庭奴役法"时候，他断言："欧洲的一夫一妻制与亚洲的一夫多妻制，显然都与气候有关。"他仍然把"炎热"作为一个条件，说亚洲的女子早熟，女性魅力不持久，"因此，只要宗教不加制止，一个男子遗弃发妻而另觅新欢，从而产生一夫多妻制，就是一桩再简单不过的事"。④ 但是，在这里，他只是以印度、阿拉伯等

---

① ［法］孟德斯鸠：《论法的精神》，第276页。
② ［法］孟德斯鸠：《论法的精神》，第285页。
③ ［法］孟德斯鸠：《论法的精神》，第285页。
④ ［法］孟德斯鸠：《论法的精神》，第306—307页。

炎热地区为例，却不能说明为什么在亚洲气候条件寒冷的地区（例如中国历史上的北方少数民族），女性并不比欧洲更早熟，女性魅力的持久性也堪与欧洲相比，而又如何普遍实行一夫多妻制呢？为什么中国的中原地区及古代日本那样的属于温带气候的地区也是如此呢？这究竟跟亚洲的哪种"气候条件"有关呢？显然，孟德斯鸠是拿基督教的一夫一妻制作为天经地义的最文明的婚姻制度，并以此作为全人类的婚姻制度的楷模，为了强调它的客观必然性，便强调"气候"这一客观的地理环境因素。实际上，人类婚姻制度千差万别，即便在"一夫多妻"的条件下，也不排斥一夫一妻，也有"一夫一妻"的选择，这与气候条件并没有本质的联系。而且，基督教社会的一夫一妻并不是绝对的，因为它从来都对男女的婚外情采取宽容态度，事实上，"情人"在欧洲传统的贵族社会（包括在孟德斯鸠时代），甚至成为一种通行的"制度"或"潜制度"。从这一点上看，欧洲的基督教的"一夫一妻"只是表层的，不是绝对的。总之，东方的"一夫多妻制"与欧洲基督教的一夫一妻制，并不能成为衡量"法的精神"的一个硬性标准。

气候决定论也被孟德斯鸠用在人口问题上，他说："中国的气候出奇地有利于人口的增殖。那里的妇女生殖力之强为世界所仅见。最残忍的暴政也不能抑制人口的增长……暴政归暴政，气候将使中国的人口越来越多，并最终战胜暴政。"① 把中国的人口多归为"气候"，那么是中国的什么"气候"呢？中国很大，南北东西、冷热干湿等不同的气候类型都有，哪种气候类型有利于强化中国妇女的生殖能力？为什么同样的气候条件在其他国家不能造就这样多的人口？难道是由"人种"所决定的吗？假如是人种所决定，那就不是"气候"的问题了。实际上，人口学的常识告诉我们，人口众多与生殖能力、与气候的关联都不是最重要的，最重要的因素是出生率、死亡率、平均寿命。在专制暴政下民不聊

---

① ［法］孟德斯鸠：《论法的精神》，第151页。

生,战乱频仍,饿殍遍野,哪会造成"人口越来越多"的现象?人口多,只能证明社会的安定甚至生活条件的具备,最起码在古代社会就是如此。

三、被构拟的"东方"与"东方专制"

在孟德斯鸠时代或之前,欧洲的学者、旅行家,都从不同角度对东方世界及其政治社会情况有过很多的评论与描述,但是大都只是对当时的奥斯曼土耳其帝国的政治及政体做出"专制"的判断,而不是对整个东方政体都做出"专制"的结论。而且,在对奥斯曼土耳其帝国的政体评价中,"专制"这一概念是被逐渐地专门用于东方政体的。起先也多用"暴政"一词,一位当代西方学者指出:"16—17世纪,'暴政'(tyranny)这个概念使用极广,而且到18世纪初的时候,欧洲人则更多地使用'专制'(despotism)这个概念来描绘奥斯曼政权。从'暴政'到'专制',术语的转变表明,在欧洲人之中,奥斯曼帝国的形象发生了急剧的变化。在西方的政治思想中,尽管这两个概念都用来指称那些腐败和堕落的政权,然而在'暴政'与'专制'之间,他们还是做了区分……'暴政'同时含有正面与负面的特征,而'专制'并没有自我修补的特征。"① 到了18世纪,西方有一些旅行家和评论家,如琼斯、希尔等人,多使用"专制"这个词来评价奥斯曼土耳其的政治,这样就把"东方"与"西方"政治与政体做了区分。当一个政府和政权是"暴政"的时候,它就失去了合法性,离崩溃为时不远了;但是,"专制"的东方政体尽管也是暴政,却是合法的,因此是会持续不改变的。另一方面,"暴政"常常是统治者个人的行径,而"专制"却是一种特定的政治体制。可见与"暴政"相比,"专制"更为顽固、更为可怕和更令人无望。

---

① 阿斯勒·齐拉克曼:《从暴政到专政:启蒙运动对土耳其人的无知图画》,昝涛译,见林国华、王恒主编《欧罗巴与亚细亚》,上海:上海人民出版社,2010年,第24页。

孟德斯鸠进一步把此前一些人对奥斯曼的"专制"评价扩展到了整个东方世界，并把它看作东方各国普遍固有的现象，并从法律、法学的意义上，构拟出了一个清一色的同一的"东方"。在《论法的精神》中，东方因为有了"专制"才是"东方"，多元的"东方"成为一元的"东方"。在孟德斯鸠构拟"东方"的过程中，东方各国政治文化的巨大差异性都被抹平了。奥斯曼帝国的教俗合一的体制，印度建立在种姓制度下的"强宗教、弱政府"的体制，中国的"家"与"国"同构、官府与乡绅相互牵制又协同、依法治国与以德治国并行的体制，日本武士文化的重刑罚与宫廷贵族文化重人情的法与情相济的体制，还有东方各国几千年间漫长的历史阶段的不同、政体的变迁，都被他以"东方专制"做了简单化的处理。实际上，东方各国之间存在种种差异，不可同日而语，根本就不存在政体上相同划一的所谓"东方专制"。而且另一方面，在孟德斯鸠看来，东方的"专制"不仅是一种东方的政体，也是东方民族与社会的普遍的奴性特征，即一种甘为奴役的精神状态，而且是由气候地理等客观条件预先决定了的，是宿命性的、与生俱来的东西。但是实际上东方人的民族性格千差万别，气候地理条件差异很大。面对这些差异，孟德斯鸠在"东方专制"的独断论述中，常常会显得捉襟见肘、自相矛盾。例如，连孟德斯鸠也不得不承认，从民族性格上讲，"阿拉伯人是自由的"①，这一看法与希罗多德在《历史》中、伏尔泰在《风俗论》中对阿拉伯人的观点相同。但是既然如此，"专制"这种政体如何是适合于"自由"的阿拉伯人的呢？连孟德斯鸠也承认，"中国的立法者还是不得不制定优良的法律，政府也不得不遵守这些法律"，但"中国人由于气候而自然地倾向于奴役般地服从"②，因而中国仍属于专制国家。但是，如果承认中国的法律是"优良"的，人民服从这些优良的法律岂不是在履行

---

① ［法］孟德斯鸠：《论法的精神》，第338页。
② ［法］孟德斯鸠：《论法的精神》，第332页。

遵规守法的义务吗？制定法律的目的难道不是要人民遵守吗？这岂不是值得肯定和赞赏的吗？这还算是"奴役般的服从"吗？这与"气候"有什么关系呢？

孟德斯鸠《论法的精神》是一部思想性的著作，但在写法上不是体系建构的、思辨的，而是漫笔随想性的、断片的，古今、东西的相关材料为他的思想阐释所利用，因此在涉及历史问题的时候，往往信手拈来，特别是在东方、东方文化方面的论断，不可靠之处尤多。他既没有像希罗多德那样到东方各地踏查采访，也没有像伏尔泰那样做过大量的纵向的系统的历史研究，他的"东方"只是服从他的"法的精神"的建构，对东方材料的使用没有严格的出处来源，也不经任何佐证、旁证或验证，所罗列的事例大多是他对材料加以主观选择的结果，而不是真实的、全面的东方世界的反映。例如，有研究者指出，孟德斯鸠曾读过当时法国学者约翰·夏尔丹1735年出版的关于东方的著作《远行》，夏尔丹在书中观察和研究了波斯，他指出波斯帝国的政权是专制的，但他把"宫廷"与"国家"做了区分，认为波斯专制主要体现在宫廷政治斗争中，而宫廷争斗对国家中的多数人民并没有多少影响，人民的生活甚至比西方基督教国家更为稳定舒适。但孟德斯鸠对夏尔丹书中这一分析显然有意加以忽略了。在《论法的精神》出版后不久，更有专门的法律学者对《论法的精神》中关于东方的基本结论加以否定。如法国法律学家安奎特-杜培宏（Anquetic-Duperron，1731—1805），曾在1778年出版了巨著《东方法律》（*Législation orientale*）一书，指出在土耳其、波斯与印度莫卧儿帝国，都有成文法，并可同时约束君主与臣民，而且人民都可以拥有动产、不动产等所有权并受到保护，因此，有关"东方专制"的相关说法是根本无效的。①《论法的精神》出版后，在法国之外的一些著作家也对孟德

---

① 参见［德］于尔根·奥斯特哈默：《亚洲的去魔化：18世纪的欧洲与亚洲帝国》，刘兴华译，北京：社会科学文献出版社，2016年，第293—402页。

斯鸠关于奥斯曼土耳其的专制论断表示出强烈质疑，例如当时英国驻奥斯曼帝国的大使詹姆斯·波特爵士（Sir James Porter）根据自己的观察认为：孟德斯鸠的看法是夸张的和虚构的，其实奥斯曼帝国中既有法律的存在，也有最高统治者苏丹与人民之间的契约，故而它"比一些基督教国家政府更少专制"。① 即便是对奥斯曼的政体，也并非所有人都认其为"专制"的。但是，随着时光的推移，随着欧洲本体民主政治的进程，随着西方对东方殖民侵略的全面展开，一切关于东方传统政治与文化的正面描述都不合时宜了。西方人宁愿相信孟德斯鸠《论法的精神》中的"东方专制主义"的论断，也不愿相信安奎特-杜培宏《东方法律》中基于对东方社会的专门研究而得出的较为客观真实的结论。这里面暗含着一个逻辑：倘若东方世界本来是美好的或正常的或具有正当性的，西方人闯进东方岂不就是入侵和破坏吗？于是，"东方专制主义"理论实际上就为欧洲人颠覆、取代东方各国的政权，以及殖民东方国家找到了一个有力的借口，那就是在东方世界传播和推行先进的政治体制与先进的社会文化，这样一来，即便是西方的殖民统治，也比东方的"专制"要好些。

孟德斯鸠的所说的"西方"，主要是指日耳曼人居住的中北欧那一片文化区域，他的理想的"法的精神"的基础与价值标准也体现在两点：一是基督教，一是日耳曼文化。因而他断言："宽和政体宜于基督教，专制政体宜于伊斯兰教"；"基督教与不折不扣的专制主义相去甚远。"② 他认为，对于西方人而言，"深深地铭刻在他们心中的基督教教义，具有无比强大的力量，远远胜于君主政体下虚伪的荣宠、共和政体下人类的美德以及专制国家中卑劣的畏惧"。③ 基督教的价值远在各种政体的价值之上。基督教的这种感情甚至决定了他对日本政体与法律的评价："日本民

---

① 参见阿斯勒·齐拉克曼：《从暴政到专政：启蒙运动对土耳其人的无知图画》，昝涛译，载《欧罗巴与亚细亚》第48—49页。
② ［法］孟德斯鸠：《论法的精神》，第525页。
③ ［法］孟德斯鸠：《论法的精神》，第528页。

族固执、任性、坚毅、古怪的性格令人吃惊……专制主义所能做的一切，就是滥用专制主义。在日本，专制主义做了一番努力，结果变得比专制主义更为专制主义……日本法律的暴烈曾经胜过它的力量，它成功地摧毁了基督教。然而，闻所未闻的努力恰恰证明了它的无效。"① 他丝毫没有掩饰对日本及其法律的恶感，原因显然来自江户时代日本政府对基督教的严禁。

孟德斯鸠《论法的精神》的根本理想，是在法国实现当时英国那样的权力分立并能互相制约的君主立宪的政体。这样一来，"东方专制主义"就成为孟德斯鸠政治理想的反题与对立物。他不但要以邪恶的"东方专制"劝诫统治者，也以东方人的卑劣的"奴性"来警诫法国人，这当然是一种用心良苦的高明策略。在当时的环境条件下，这样做比起在西方自身的政治历史与现实中找出"专制"反面例子来，要安全得多，也有效得多。但这却是以肢解、扭曲、误读、丑化、妖魔化东方为代价的。18世纪下半期之后，随着《论法的精神》的广为传播和逐渐经典化，欧洲的"东方专制主义"论广为流行，逐渐成为不刊之论。像此前一些思想家如莱布尼茨、魁奈、伏尔泰等对中国儒家仁政及其治理能力的推崇，都销声匿迹了，转而是对中国及东方专制主义的否定与批判。一方面西方人从中获得了一种制度的自信乃至自傲，另一方面也强化了西方式的对于"东方"的整体想象。"东方专制"成为西方的一种主流观念，以至于西方在此后所有的理论建构与思想阐发中——不仅仅是在法学与政治学的建构中——"东方"都被作为一种对立物、衬托物而存在，"东方"越来越被西方对象化了。可以说，正是从孟德斯鸠开始，"东方—西方"被完全想象为两个不同的世界，形成了难以跨越的疆界。那个"东方"世界与其说是真实的、实体的东方，不如说是西方人观念的"东方"，即后来被称为"东方主义"的那个"东方"。那个"东方"只是一种无言的

---

① [法]孟德斯鸠：《论法的精神》，第106页。

被动的客体,是供西方人想象、评说、对照、比较、批判的时候加以使用的。从这个意义上可以说,孟德斯鸠的《论法的精神》是西方的"东方主义"特别是"法律东方主义"(Legal Orientalism)① 的最早文本。

---

① 当代美国学者络德睦(Teemu Ruskola)的《东方法律主义——中国、美国与现代法》,从中美关系的角度分析了"法律东方主义"这一美国意识形态的形成,参见魏磊杰译中文版,北京:中国政法大学出版社,2016年。

黑格尔"东方—西方"之分的全面化与绝对化

"绝对精神"是黑格尔哲学建构的核心与原点。在《历史哲学》中,他认为东方人没有"绝对精神"而把东方历史排斥于人类精神发展进程之外,在《美学》《宗教哲学》《哲学史》三部讲演录中,他断言东方艺术未实现对"绝对精神"或"绝对理念"的观照,东方宗教不具有宗教所应具有的对绝对理念的崇拜,东方哲学未脱离空虚的抽象和实体性的概念从而达到对绝对理念的认识与显现。总之"绝对精神"只存在于西方而不是东方。黑格尔是第一个彻底地将东方加以原始化、全面地将"东方"与"西方"二元分别加以绝对化的西方哲学家,体现的是与当时德国普鲁士君主制政治相适应的"绝对主义"思维。

德国唯心主义哲学家黑格尔(Georg Wilhelm Friedrich Hegel,1770—1831)的"东方—西方"观及东方学思想,在西方思想史上具有承前启后的位置,表明到了19世纪初,西方人关于东方的印象、观念与思想已经

---

① 原载《跨文化对话》第38辑,2018年。

发展成为一种体系性的哲学表述，成为一种相当固定的意识形态。这一点集中地、总体地体现在《历史哲学》一书中，又通过《美学》《宗教哲学》《哲学史》等三种讲演录，在美学、宗教学、哲学三个学科范畴中加以进一步阐述发挥。从东方学与东方观的视角对《历史哲学》等几部著作加以剖析，不仅有助于认识黑格尔的哲学思想，也是研究西方的东方学所不可忽略的重要环节。

一、东方历史何以在世界历史发展进程之外

在黑格尔由逻辑学、自然哲学、精神哲学三个主要部分组成的严密的哲学体系中，《历史哲学》属于"精神哲学"的范畴，也可以说是在人类历史进程中对他的"精神哲学"加以总体阐述的著作，在《历史哲学》①中，黑格尔将历史研究及著述分为三种：一是"原始的历史"，即如实记录事件的历史；第二是"反省的历史"（一译"反思的历史"），就是作者用自己的思想来叙事与整理历史；第三是"哲学的历史"，也称为"历史哲学"，就是对于历史的"思想的考察"。他认为："哲学用以观察历史的唯一的'思想'便是理性这个简单的概念。'理性'是世界的主宰，世界历史因此是一个合理的过程"②，也是所谓"世界精神"的实现的过程。"世界精神"，黑格尔在其他相关著作中又称为"绝对精神"，它的本质就是人的"自由"。什么是"自由"？把黑格尔在不同著述中的相关阐述

---

① 黑格尔的《历史哲学》原文是在大学授课的讲义，是作者的学生和朋友根据黑格尔在柏林大学的演讲稿整理而成的。其中，1822—1823 年为第一轮讲授，1824—1825 年为第二轮讲授，1826—1827 年为第三轮讲授，1828—1829 年为第四轮讲授，1830—1831 年为第五轮讲授。中文版《历史哲学》的原本是黑格尔的学生干斯根据最后一次讲授记录整理，由王造时根据英译本翻译，北京三联书店 1956 年初版，上海人民出版社 2006 年再版。此外，有商务印书馆出版的刘立群等译《世界史哲学讲演录 1922—1823》，是第一次讲授的记录整理本。两种译本基本内容相同，但不同章节详略不一，文字表述互有参差，可资对比参照。

② ［德］黑格尔：《历史哲学》，王造时译，上海：上海人民出版社，2006 年，第 8 页。版本下同。

归纳起来看,"自由"是人的自由,它是精神而不是物质的,物质的世界则是隶属它的;自由作为"精神"的唯一目的,是"主观精神"与"客观精神"高度统一之后的"绝对精神",是人对"绝对的必然性"的认识,亦即理性地认识自己和实现自己。因为这种"精神"不依赖他物而存在,是自己依赖自己而存在,所以它是自由的。① 这样,"世界历史"就被规定为"世界精神"(绝对精神)的形成发展的历史,也就是"自由"得以实现的历史。在这种界定下,凡是不能体现这种世界精神即自由的人类活动及其历史,都只能算是有种种局限和缺陷的"民族精神"的历史,都不在"世界历史"的叙述范围内;凡是不能体现这种精神的民族与国家,都不是"世界民族"和"世界国家",都无法在世界历史上占崇高的位置;凡是不能体现"世界精神"的人物都不是"世界历史人物",可以略而不提。同样地,凡是不在他所说的"自由"理念及"世界精神"的运动范围内的历史,就都不算是"历史"或"世界历史"。这样一来,他的"历史"就有了特殊的规定、特有的路线与途径,这一历史观鲜明地体现在他的《历史哲学》中。

这样的界定,就决定了《历史哲学》正如他的整个哲学体系及其分支系统一样,也是一个相对封闭的而不是开放的系统。它的逻辑构造大体是这样的:历史是人的历史,人的根本属性是人有其理性(理念),理性的根本指向是人的自由,因此"世界历史"就是人的历史、亦即人的理念及自由的发生发展与实现的历史,是经过"精神"的观照和整理之后形成的历史,亦即"理念""精神""自由"的观念发展史,因而历史哲学不是全人类活动的客观呈现,也不是各民族兴衰际遇的如实叙事,它只是在历史中得到阐释的哲学。显然,在这样一部《历史哲学》中,我们不可能看到客观呈现的"东方—西方"的完整世界,而只能看黑格尔是如何用他的"精神"价值去整理"东方—西方"及世界的。例如,在

---

① [德]黑格尔:《历史哲学》,第16页。

这样的构架中，黑格尔虽然也承认中国是世界上历史最为悠久的国家，承认中国"是世界上唯一一个从远古时代保持至今的帝国"，虽然也说"世界上没有任何国家拥有这样一部连续翔实的古老历史"，然而尽管如此，中国却是"一个没有历史的帝国，只是自己平静地发展着，从来没有从外部被摧毁。其古老的原则没有被任何外来的原则所取代，因此说它是没有历史的"。① 换言之，因为中国是停滞的，所以是一个"没有历史的帝国"。可见，通常的"历史学"的"历史"并非黑格尔"历史哲学"语境中的"历史"。

正如之前的欧洲思想家们一样，黑格尔在他的哲学建构中也充分地利用了"东方—西方"的二元对立的世界模式。没有"东方"，何以有西方？"东方—西方"的二元空间构造也形成了黑格尔哲学的空间。如果说，"理念"或"精神"的产生、嬗变与发展形成了他的哲学体系的时间，那么"东方—西方"就是他的哲学大厦存在的空间。换言之，"东方—西方"两个世界的二元划分，是黑格尔《历史哲学》中世界历史划分的一个重要的维度和基础。他强调"欧洲绝对地是历史的终点，亚洲是起点"。②"亚细亚洲在特性上是地球的东部，是创始的地方。对亚美利加洲来说，它固然是一个西方；但是欧罗巴洲，一般说来，是旧世界的中央和终极，绝对是西方。亚细亚却绝对是东方。"③ 这样一来，东方西方不仅是地理上的区位概念，也成为一个历史概念，东方是创始或起源之地，西方则是"旧世界"（相对于新发现的美洲大陆即"新世界"而言）的"中央和终极"。这样一来，"东方"一词本身就含有历史起点的意思，而"西方"一词本身也含有历史终点的意思。在这个意义上，纯地理上东方西方就显得不重要了。假如站在欧洲向东看，新发现的美洲大陆更在亚

---

① ［德］黑格尔：《世界史哲学讲演录1822—1923》，刘立群等译，北京：商务印书馆，2016年，第114页。版本下同。
② ［德］黑格尔：《历史哲学》，第95页。
③ ［德］黑格尔：《历史哲学》，第92页。

>>> 黑格尔"东方—西方"之分的全面化与绝对化

洲的东方,但在黑格尔看来,美洲大陆是"新世界","理念"或"精神"还没有留下应有的历史足迹,所以就不在他的"世界历史"的范围之内。这样一来,在"世界精神"发展史及世界地理的双重意义上,亚洲"绝对是东方",欧洲"绝对是西方"。

之所以将"东方—西方"两个世界的分野加以绝对化,是因为要为他的"理念"或"精神"的发展轨迹做出清晰的描画。理念或精神就像是一个精灵,需要从东方到西方的广阔的运动空间。黑格尔的"历史哲学"整体上所要说明的,就是这样的世界历史结构——"世界精神"从东方起源,中国等东方国家仅仅是"精神"旅行的起点,《历史哲学》中东方各国只有"起点"的位置。所以他声言:"我们从东方开始讲起。精神的朝霞升起于东方,[但是]精神只存在于西方。"① "精神"在东方是极其有限的,到了古代西方的希腊才得以发展,到了现代西方的日耳曼世界方得以实现和完成。对此,黑格尔还以人的成长过程作比喻,说东方属于人类的童年时代,他意识到了自我的存在,但是还没有形成个性,人们普遍地不知道什么是自由;希腊的世界是"青年时代",逐渐有了个性的形成,并开始追求自由,但这个自由的实现还是有限的,而现代的日耳曼世界则达到了圆熟的境地,他们追求普遍的自由,并且实现了普遍的自由,好比是进入了"老年时代",但"精神"的老年时代不是生理上的衰老,而是主观的精神脱出了自我、以其国家、社会与文化的建构而形成了"客观精神",最终这种"客观精神"与"主观精神"达成了和谐统一,"精神"便在更高的层面上与自我、与精神自身相统一。用黑格尔的话说,这个精神是"完满的成熟和力量,这时期它又和自己重新回到统一,但是以'精神'的身份重新回到统一"。② 如此,在"东方—西方"的世界空间里,理念或精神这个精灵,起源于东方而徜徉于西方,

---

① [德]黑格尔:《世界史哲学讲演录 1822—1923》,第 113 页。
② [德]黑格尔:《历史哲学》,第 100 页。

最后落脚于现代日耳曼人的欧洲大地,从而证明了自己、实现了自己。随着"精神"从西方希腊罗马到现代的日耳曼各国的嬗变发展,东方各国完全被暗淡化,被屏蔽,被置于"历史"进程之外,从而成为"没有历史"的东方。

那么,究竟是什么决定了"精神"与"自由"不能在东方展开和发育呢?黑格尔主要是从政治与政体着眼的,而且重复的是此前孟德斯鸠等人的观点,那就是"东方专制"。他认为"精神"及"自由"是由政体所决定的。认为"东方各国只知道一个人是自由的,希腊罗马世界只知道一部分人是自由的,至于我们(现代德国等日耳曼民族——引者注)知道一切人们(人类之为人类)绝对是自由的——这种说法给予我们以世界历史之自然的划分,并且暗示了它的探讨的方式。"① 他进而把"自由"的程度与东方—西方的政体明确地联系起来,他的结论是:"东方从古到今知道只有'一个'是自由的;希腊和罗马知道'有些'是自由的;日耳曼世界知道'全体'是自由的。所以我们从历史上看到第一种形式是专制政体,第二种是民主政体和贵族政体,第三种是君主政体。"② 这个结论乍看上去好生奇怪,"民主政体"竟然是只有"一部分人"自由的政体,"君主政体"竟是"全体"自由的政体。但是仔细一看,他所说的"君主政体"是"日耳曼世界"的政体,也就是他所在的当时西欧特别是德国的君主立宪政体。

为了论证这一点,黑格尔从时间上把历史分为上述三个发展阶段,并将东方置于第一个阶段即原始的阶段,又从空间上把世界分为依次相接的四个世界,即东方世界、希腊世界、罗马世界、日耳曼世界。从"精神"及"自由"的发展来说,东方世界是童年的世界,希腊是青年时代,罗马是成年(壮年)时代,日耳曼世界是老年时代。值得注意的是,

---

① [德]黑格尔:《历史哲学》,第17页。
② [德]黑格尔:《历史哲学》,第96页。

在黑格尔的这四个世界的划分中，后面三个世界在时间上是具有先后连续性的，它们构成了时间与空间统一的西方世界，但只有"东方世界"是被置之度外的。换言之，当"希腊世界"起步后，"东方世界"就他被撇开了。东方世界一直就这样处于"童年"而不成长，任凭几千年过后，当西方世界发展到黑格尔所在的19世纪时，东方却仍在历史发展的链条之外，没有参与"世界历史"的进程。这样一来，此前的孟德斯鸠、伏尔泰等人的"东方社会停滞"论，在黑格尔这里便以哲学体系的方式如此加以确认了。在这个体系里，无论时光的脚步如何向前迈进，"东方世界"都是静止不动的，东方世界成为一个可以忽略、无关紧要的地方。但只在一点上东方世界是需要被注意的，那就是它是西方世界不断向前的发展参照物。一个停滞不动的东方世界，作为不断进步发展的西方世界的参照物，是不可缺少的。

二、东方世界何以没有"精神"与"自由"

"东方世界"是如何被黑格尔定格于童年时代，不能前进、发展、不能成熟呢？在黑格尔看来，关键是东方人的"精神"从一开始就被禁锢了。禁锢"精神"的首先是所谓"东方专制"的政治体制。黑格尔所断言的"东方从古到今知道只有'一个'是自由的"，其中所谓的"一个"就是指东方国家的皇帝。他断言东方国家只有皇帝"一个人"是自由的，其他的人都没有自由，而且也没有追求自由的意识。黑格尔这样来论述"自由"的时候，没有区分他所说的"自由"是政治学、法学、社会学意义上的自由，抑或是哲学意义上、美学意义上的自由。政治学意义上的不同人等的自由与不自由都是相对的，而属于"绝对精神"的宗教上的自由，美学上的审美的自由，则是绝对的。换言之，信仰的自由可以是绝对的，审美的自由可以是绝对的，然而权力的自由却是相对的。在政治学法学的意义上的自由，就是孟德斯鸠所说的"自由是做法律所允许的一切事情的权利"①，在这个意义上，自由本来就是相对的，自由不是任性胡为。黑格尔当然也会意识到这一点，所以他把政治、法律、道德与社会这些东西归为"客观精神"。在"客观精神"中，自由的必然性就是其相对性，精神受到了客观化的束缚，而没有绝对的自由。但是，黑格尔在下这个结论的时候，却故意模糊了"自由"的这种限定条件。但是很显然，这个"自由"只能是就国家政治这一"客观精神"领域而言的，而在这一限定下，即便是在东方，皇帝有皇帝的自由，也有他的不自由；同样的，臣民有臣民的自由与不自由，庶民与庶民的自由与不自由，西方当然也是如此。既然这样，"东方从古到今知道只有'一个'是自由的"这一论断，就纯属一种主观臆断了。

黑格尔把"只有一个人是自由的"的东方国家划分为中国—蒙古、印度、波斯三种不同的类型。

关于中国及蒙古，黑格尔认为，"在中国，皇帝好像是大家长"，因此在中国一切所体现的就只是皇帝的自由。而在蒙古，"元首便是喇嘛，被尊敬如一个上帝"②，因此除他之外，没有人拥有自由。他承认中国是个人口众多的国家，且处在一个"有高度良好秩序的政府的管理之下，这个政府极为公正、极为温和、极为睿智。有完备的法律、农业、交通运输，工商业和科学都欣欣向荣"③，中国人虽有良好社会与生活秩序，但在黑格尔看来，这些都不在他的"精神"与"自由"的范畴内，因为这些都是物质化、实体性的，都不是"精神"，那些"枯燥乏味的知性"，都不能体现真正的"自由"。而从精神与自由的角看，他断言："它（中国）的显著的特色就是，凡属于'精神'的一切——在实践上和理论上，绝对没有约束的伦常、道德、情绪、内在的'宗教'、'科学'和真正的

---

① [法]孟德斯鸠：《论法的精神》，许明龙译，北京：商务印书馆，2012年，第184页。
② [德]黑格尔：《历史哲学》，第106页。
③ [德]黑格尔：《世界史哲学讲演录 1822—1923》，第114页。

'艺术'——一概都离他们很远。皇帝对于人民说话,始终带着尊严和慈父般的仁爱和温柔;可是人民却把自己看成是卑贱的……就是卖身为奴,吃口奴隶的苦饭,他们也不以为可怕……这就表示中国人把个人自己和人类一般都看得怎样轻微。"① 黑格尔对传统中国人性格中的不自由的奴性的这些指责不无根据,也与20世纪初中国新文化运动时期鲁迅等启蒙主义者关于中国国民性的相关看法大体相似。但是,作为19世纪初期的德国人,他对中国的知识主要来自二三百年间西方传教士及旅行家对中国的浮光掠影的、表面化的、印象性的描述。作为一个哲学家,他关于中国古代的哲学了解多停留在春秋战国及秦汉时代,他不知道中国唐宋的禅宗哲学所孜孜探索的正是人的精神自由问题,也不知道中国儒学中的性理之学、心学所探讨的其实就是"心"(精神)的问题,不知道中国宋明理学已经在概念范畴与体系建构方面达到了相当的高度,而坚信中国良好的社会政治秩序是与个人精神上的不自由的奴性互为表里的。

在黑格尔看来,在中国这样一个以皇权为中心、以人伦道德为基础的国家中,人民普遍缺乏自由精神,而在印度那样的一个以宗教和多神信仰为中心的、与中国的情形颇为不同的东方国家,黑格尔以同样的理由贬斥之。在他看来,中国是拥有一个相当完备的国家形态的,人们都是皇帝的奴仆而没有自由的精神;而印度缺乏完备的国家形态,历史上常常分裂为成百上千的小国,甚至许多地方、许多情况下处于无政府状态,黑格尔甚至认为:"印度政治本质上只是一个民族,不是国家。"② 他说:"假如中国是一种道德的专制政体,在印度……就是没有一个原则、没有什么道德和宗教规律的专制政体……所以在印度,那种专横的、邪恶的、堕落的专制政治横行无忌。"但是,像印度这样的缺乏有效的政府管理、没有世俗道德的约束、没有统一的宗教及教派的乱七八糟的混乱

---

① [德]黑格尔:《历史哲学》,第128页。
② [德]黑格尔:《历史哲学》,第148页。

的地方,"专制统治"是如何实行的呢?只有"一个人是自由的"的至高无上的皇帝又在哪里呢?如果说在中国式的严父慈父式的皇帝统治下人民没有自由,那么,在印度式的连像样的"国家"都没有的无政府状态下,究竟人民是不是自由的呢?或者哪个人是唯一自由的人呢?以黑格尔的严密的逻辑思维,他不可能意识不到"东方从古到今只有一个人是自由的"这一独断中的矛盾悖论,只是因为"东方没有自由精神"这一前提结论在先,他不愿意拿出具体的事实,做出具体的分析,或者面对复杂的、文化多元的东方世界,他也不可能做出具体的分析,而只能一言以蔽之曰"东方没有精神自由"。在这里,很显然,黑格尔对于东方政治与政体完全没有加以细致严谨的实证研究,而只能做观念性的、印象性的评论。他的《法哲学原理》一书,照理说是研究"法"的,在论题范围上相当于孟德斯鸠的《法意》(《论法的精神》),法的主体则是国家,特别是国家政体。但是黑格尔的"法"与其说讲的是法或法律,不如说只是广义的"法",包括"抽象法"、主观的"道德"、主观与客观统一的"伦理"等,甚至没有关于国家体制、政体的专章内容,更把"东方"世界、东方各国的法摒除于视野之外。

除了从政治体制的"东方专制"论上得出东方无"精神"、无"自由"这一结论外,黑格尔又试图从"道德"层面上进一步强化这一结论。在黑格尔看来,真正的道德是出于人的内在的自由意志,而不能流于外在的"实体性",应是一种内在的要求。据此,他认为:"东方世界在'道德'方面有一种显著的原则,就是'实体性'……道德的规定表现为各种'法则',但是主观的意志受这些'法则'的管束,仿佛是受一种外界力量的管束。一切内在的东西,如像'意见'、'良心'、正式'自由'等主观的东西都没有得到承认。"[①] 很显然,在这里他似乎忘记了:"意见""良心""自由"这些东西其实原本是属于他规定的"绝对精神"之范畴

---

① [德]黑格尔:《历史哲学》,第105页。

的，是在克服了"主观精神"与"客观精神"的对立之后才形成的，是只表现在美学、宗教与哲学之中的。他却用"绝对精神"中的"自由"，衡量属于"客观精神"之范畴的不自由或有限的自由。而且，任何一个有伦理道德追求的文明民族，其道德都具有实践性，从而表现为"法则"；道德之为道德，是为了保证大多数的客观的自由，而约束一部分的主观的自由。在这一点上，法律本质上也是一样。但是黑格尔认为，东方的"道德"不是服从内心的意志，而是把道德"当作纯粹的强迫"。他说："在中国，伦理的东西被变成了法。凡是仅仅作为信念有其价值的东西，都得算作法的对象。凡是在性质上是道德，属于内心自我规定的东西，都是由法律来掌管的，都是由政府手中的法律予以命令的。"[①] 在这里，黑格尔似乎也忘记了，道德即便"作为内心自我规定的东西"，也是需要外在的提倡，包括政府的奖赏的，亚里士多德、孟德斯鸠等人阐述的君主政体所依赖的所谓"荣宠"（给予或者接受表彰与荣誉），岂不就是这个意思吗？对道德的推崇与奖励在西方君主政体下依赖外在的荣宠，那也不妨说西方的君主政体下的道德仍然不失为道德。那为什么在东方由政府来提倡，道德就变成了"法律"了呢？黑格尔对东方特别是中国的"以德治国"完全缺乏理解，把"内心自我规定"与外在的提倡对立起来，根本的逻辑就是认定在"东方专制"的条件下，人们不可能有"内心的自我规定"；或者，对中国及东方人而言，人们不可能有精神自由，他们所思所做的一切都是奴役的结果，因而"道德"也是奴役与强迫的产物。

况且，当道德作为人的"内心自我规定"的时候，就会表现为人的内心希求，是不需要由"法则"强迫的。东方传统社会长期以来之所以不是西方那样的"法治社会"，其社会秩序就是靠这样自觉的道德实践来维持的。就中国传统社会而言，道德的作用及高度有效性曾得到了黑格

[①] ［德］黑格尔：《世界史哲学讲演录 1822—1923》，第 131 页。

尔的前辈思想家如莱布尼茨等人的激赏，这是众所共知的事实。自觉实践的道德，就不会表现为不得不遵守的"法则"。"法则"不是真正的"道德"，而是"道德"的一个底线。换言之，东方的道德并非都是黑格尔所示的强迫性的"法则"，而是黑格尔所说的、和西方人一样的"自己的心灵和对人的同情"。不过，这些来自东方人心灵的东西，黑格尔是看不到的，他看到的只是外在的强迫性的"法则"，实际上是属于法律层面的东西。但是，当说到"法律"的时候，他却认为"我们"（西方人）的法律是被西方人的主观所认准的，"但是东方就不是如此，'法律'在那里被看作当然的、绝对地不错的，而并没有想到其中缺少着这种主观的认准。东方人在法律中没有认出他们自己的意志，却认见了一种全然陌生的意志。"① 在这里，黑格尔显然没有意识到，任何一个国家的法律在很大程度都是"王法"，是由"权力"所确定、所制定的法律，所有公民都参与制定并全部同意的法律实际上并不存在。即便当代西方流行的"全民公决"也不是"全民"的，"全民公决"的法律提案并不是"全民"提出的，而"公决"的胜利往往是以微弱多数为标准的。在没有外来侵略的情况下，一个尚能存在的国家政权所制定的法律，在最好的情况下所体现的只是大多数国民的意志，在阶级社会里体现的则是国家代表者即统治阶级的自由与意志，而法律是国家的自由与意志的集中表现，同时又维护着国家权力；又，法律存在的必要前提，是违法犯法的存在，而违法犯法现象是国家内部不同集团、不同阶级、不同的个人矛盾斗争的必然反映，这一点在人类历史上大体都是一样的。因此，不是只有东方国家的法律不能体现所有东方人的主观意志，西方法律也同样不能体现所有西方人的意志。法律体现的只是遵法、守法的国民的意志，而不是每一个社会成员的随心所欲的个人意志，更不是违法犯法的那些人的主观意志。这一点，无论是东方国家还是西方国家，都没有本质的区别。而黑格尔

---

① ［德］黑格尔：《历史哲学》，第106页。

<<< 黑格尔"东方—西方"之分的全面化与绝对化

却断言只有东方国家的法律不能体现东方人的意志,而现代西方国家的法律才能体现国民的意志。这就不能说是西方人的傲慢与偏见了。

关于印度人的"专制"问题,同样属于政治及政体层面的问题,即属于实体性的"客观精神"层面的问题,也理应从印度国家的政治结构、政体性质上加以分析研究,但黑格尔的《历史哲学》却几乎不涉及这个问题,而直接从印度人的"主观精神"的层面上加以论定。对印度人的宗教,他贬之为"'精神'的梦寐",认为印度的大神由于其"无限与无定"而变得"怪诞、杂乱,而且可笑",但当大神化身为具体的人或动物的时候,则又导致神圣性的"堕落"。在他看来,印度是一个精神涣散、迷离恍惚的民族,"由于印度'精神'既然是一种心不在焉的梦境——一种忘掉自己的放纵——所以它使种种对象也放纵为不真的形象和不定的空虚。这一点绝对是他们的特色。"① 相比之下,中国人因"毫无想象的'理智'"而缺乏"诗意",丧失了精神的自由,而印度人又因为想象力的过剩而歪曲现实、堕入了"迷信",从而失去了精神的自由。在印度人那里,"一切都是狂想的和连带的奴隶化",如同"从鸦片当中创造出一个梦的世界和一种癫狂的幸福。"② 他认为:"他们的整体状况可以被概括为一种梦幻式的想入非非。理性、道德性、主体性都已经被消除,被抛弃……一方面是放纵不羁的想象力连同感性享乐,一方面是对内在性毫无生气的抽象,印度人就在这两个极端之间左右摇摆。因此,印度人像一个失去任何精神性、仅仅绝望地借助于鸦片来获得一个梦幻世界的完全堕落的人。"③ 在多数的语境下,黑格尔所说的"自由"的丧失往往是受了外在的压迫,而谈到印度人的时候,却认为正是因为印度人自由无羁的想象而使自己失去了自由。然而,这种自由的丧失与"专制"的政体又有什么关系呢?黑格尔对此完全缺乏解释。接着便径直断言:

---

① 〔德〕黑格尔:《历史哲学》,第150页。
② 〔德〕黑格尔:《历史哲学》,第154页。
③ 〔德〕黑格尔:《世界史哲学讲演录 1822—1923》,第147页。

在印度，那种最专横的、邪恶的、堕落的专制政治横行无羁。中国、波斯、土耳其——事实上，亚细亚的全部——都是专制政体，而且是恶劣的暴君政治的舞台。但是这种政治都是被看作违背常理，而且为宗教所不许，为各个人的道德意识所谴责。在那些国家内，虐政激起人民的公愤；他们憎恨虐政，感觉是一种沉重的压迫。对于他们，虐政是一种意外偶然的事情，是不寻常的，是不应当存在的。但是在印度虐政却是经常的；因为在这里没有可以和专制政体相比较的个人独立的意识，来引起心灵的反抗；只余下肉体的痛苦、绝对必需品和快乐的缺乏，从而包含一种否定的感觉。①

在这段结论性的话里，黑格尔对于印度、对于东方各国的政治及政体的判断，不禁会引起读者两个方面的疑问。第一，所谓东方"专制政体"到底指什么呢？既然认为印度根本就不是一个"国家"，它的"政治的舞台"及"专制政体"体现在哪里呢？"印度虐政"的主体是谁呢？那个唯有他才自由的"恶劣的暴君"又在哪里呢？众所周知印度整体上是一个靠种姓制度来维持的分权的国家，不同种姓从事着、掌管着各自不同的职业领域，那种"专制/被专制"的二元结构是如何施行的呢？第二，黑格尔说在印度之外的中国、波斯、土耳其等其他东方国家，专制政治是违背常理的、为宗教所不容的、会激起人民激愤和反抗的，实际上这种情况至少在中国是经常存在的，但是，这种情况岂不恰恰证明了中国等东方国家的人民不仅仅只有"奴性"，也有"精神"和血性吗？不正说明了东方人是敢于反抗专政虐政，是有自由精神并追求自由的吗？看来，一旦关注到东方国家不同特点的时候，"东方专制"这样一个笼统的、不加区别的独断，就会在逻辑上落出破绽的。

说到波斯帝国，虽然属于他的"东方"范畴，虽然也是他所说的"是恶劣的暴君政治的舞台"之一，但他对波斯的评价显然高于中国与印

---

① ［德］黑格尔：《历史哲学》，第149页。

度。这显然是因为波斯在人种上属于高加索种，与欧洲近缘，并最早与西方接触。因此黑格尔认为："波斯帝国是一个合于现代意义的帝国，——与日耳曼以前的帝国和拿破仑权威之下的大领域相仿佛；因为他是由多数邦国构成，各邦虽然没有独立自主，但是都保留着自己的特性、风俗和法律。"① 但是实际上，波斯帝国灭亡之后的幅员广大的阿拉伯帝国在保留各国、各民族的文化特性上也差不多如此，而黑格尔对更晚近、更有代表性的阿拉伯帝国却不置一词，或者更具有"专制"特点的印度最后一个王朝莫卧儿帝国、中东地区最后一个庞大帝国奥斯曼土耳其帝国都按下不提，却把两千多年前的古代波斯帝国作为"东方"国家的三个例子之一。细读之下，他抬高古代波斯帝国，所依据的仍然是他的"西方中心""精神至上"的原则。他强调希罗多德所说过的"埃及人是最早说出人类灵魂不朽这个思想的人。"② 这种思想对古代西方那种超越实体的"自由精神"的产生发生了影响，标志着从东方理想向西方理想的过渡，而当时埃及是波斯帝国的一个行省，于是"当波斯世界与希腊世界接触的时候，历史的过渡就发生了。"特别是波斯人的宗教——袄教（拜火教），创造出了与黑暗相对的"光明"这一天然的、不依赖实体的、纯精神的观念，也得到了黑格尔的较高的估价，认为"有了波斯人的'光明'，才开始由一种精神的直观，这里'精神'便向'自然'告别了。"③ 这样一来，历史学家通常认为的当时更先进的波斯—埃及的文化影响到希腊，在黑格尔这里却成为"精神"由东向西的运动与过渡。

三、东方人何以未达到"绝对精神"？

如上所述，黑格尔的《历史哲学》以"精神"及"世界精神"的推进运行为线索，通过东方与西方的对比对照，将东方历史加以原始化。

---

① ［德］黑格尔：《历史哲学》，第173页。
② ［德］黑格尔：《历史哲学》，第199页。
③ ［德］黑格尔：《历史哲学》，第204页。

在黑格尔看来，作为精神的三个阶段的最初阶段的"主观精神"，东方人固然是有的，但接下来东方人的"主观精神"在政治制度、社会形态、道德习俗等领域内的客观化实现是不充分、不完全的，因为在那里没有体现出精神的自由。这样一来，东方人的"主观精神"就没有能力进一步超越和否定"客观精神"的自然性、物质性、实在性的束缚，从而进入体现最高自由的"绝对精神"的境界了。也就是说，在这个"客观精神"阶段，东方人实际上就已经被甩在"世界历史"之外了。接下来，东方的美学、宗教和哲学，就更不能达到"绝对精神"阶段了。关于这一问题，黑格尔在《历史哲学》中多少都涉及了，此外又在其专门阐述"绝对精神"的三部著作——《美学》《宗教哲学讲演录》《哲学史讲演录》——中，分别做了更细致的阐述，可以看作对《历史哲学》中的相关论述的延伸和发挥。

在《美学》中，黑格尔对美的定义是："美就是理念的感性显现。"① 所谓"理念"，就是《历史哲学》所说的"绝对精神"或"世界精神"，也就是《美学》所说的"理念就是概念与客观存在的统一"。仅仅是这样一个定义，很明显地就已经把东方排斥在外了，因为黑格尔在《历史哲学》中认定东方人没有到达"绝对精神"阶段，也就没有他所说的"理念"。但是，他并不是说东方没有"艺术"，因为他认为美学"这门学科的正当名称却是'艺术哲学'，或者更确切一点，就是'美的艺术的哲学'"。② 他的美学是以艺术为研究对象的，所以在他的《美学》里还是讲东方艺术的。他从"理念"对"感性显现"的关系与程度上，把人类历史上的艺术类型分为三个部分，一是东方的"象征型艺术"，是主观的"理念"与客观的艺术形式之间的不协调；二是古希腊的"古典型艺术"，是理念与艺术形式的完美统一；三是中世纪以来至现代欧洲"浪漫型艺

---

① ［德］黑格尔：《美学》，朱光潜译，第一卷，北京：商务印书馆，1982年，第142页。版本下同。
② ［德］黑格尔：《美学》，第一卷，第3—4页。

术",是理念过剩而溢出了艺术形式,导致了内容与形式的分裂,但分裂的情形与象征型艺术正相反。黑格尔明确指出,"象征型艺术"不能算是真正的艺术,而只是"艺术前的艺术",而且"主要起源于东方"。事实可以表明,东方美学史并非如黑格尔《美学》体系所设计的那样,在"象征型艺术"的阶段完成后就不再发展了,相反,东方美学一直在向前发展着,当然也不会是在"象征型—古典型—浪漫型"的运行轨道之内发展的。①

黑格尔对宗教包括东方宗教的研究,集中体现在《宗教哲学讲演录》中。黑格尔是把宗教当作哲学来看的,所以称之为"宗教哲学";相应地,他把他哲学中的"理念"(亦即理性或精神)这一概念置换为"上帝"(神)。他说:"上帝的形而上学概念在这里就是,我们必须只谈论纯粹的概念,这概念由于自身而是实在的。对上帝的规定因此就是:他是绝对理念,这就是说,他是精神。"② 上帝就是理念或精神在宗教中的现身。如上所说,黑格尔在他的《美学》中将美定义为"理念的感性显现",而在他看来"理念"是东方世界本来就没有的,故而东方的美学只能属于美学的"史前史";同样的思路,作为人的理性与自由精神之化身的"上帝"只是在西方的基督教中才存在的,是东方诸宗教中所没有的,所以东方的宗教统统只能算是西方基督教的探索与准备的阶段。为此,《宗教哲学讲演录》按先后顺序胪列了人类历史中的十种宗教,即:一是直接的宗教(巫术),二是中国古代的宗教,三是印度教,四是佛教,五是善和光明的宗教即波斯的祆教,六是叙利亚宗教或苦难的宗教,七是埃及的宗教、八是犹太教,九是希腊的宗教即"美的宗教",十是罗马的宗教,在罗马诸教归一,成为基督教。在这十种宗教,显示人类宗教从低级向

---

① 对此问题的详细论述,请参见本书所收《西方人对东方艺术的价值判断》一文的第一小节《黑格尔的"理念"与东方艺术论》。
② [德]黑格尔:《宗教哲学讲演录》,燕宏远、张松、郭成译,《黑格尔著作集》第17卷,第155页。

高级的发展进程，而前八种都属于东方宗教，最后发展为作为最高宗教的基督教。在这里，黑格尔仍然以他的运动发展观，代替了多元宗教观，以低级高级的级别，对宗教做出了清晰的价值判断。只有西方的基督教才是臻于完善的宗教。因为在他看来，只有在基督教中，由上帝启示的宗教，与受启示人之间是同一的，宗教原有的外在化、实定性、强迫性，与人的理念、精神的内在性达成了和谐统一，于是神与人终于达成了和解。在这种判断中，东方诸宗教只有在为着显示基督教的这一完善状态时才有其价值。换言之，东方的诸宗教注定不会自行达到这一高度，东方人要想在宗教上臻于完善，就得皈依基督教。这就是黑格尔《宗教哲学讲演录》所包含的一个结论。这样一来，他就把基督教处理为"绝对宗教"，而其他的东方宗教属于绝对宗教之前的"特定的宗教"。由此，黑格尔的宗教立场与价值观就昭然若揭了。

黑格尔对东方美学、宗教的处理如上所述，而作为"绝对精神"最后一个表现形态的东方哲学，在黑格尔的《哲学史讲演录》中处在什么地位，几乎就是不言而喻的了。他直言不讳地说："首先要讲的是所谓东方哲学。然而东方哲学本不属于我们现在所讲的范围之内；我们只是附带先提到它一下。"① 所以他只是在进入西方哲学的正题之前，用了很少一点篇幅对东方哲学做了大体的概述。认为东方哲学是不能体现人的主体自由的，只有一些"没有灵性的知解"和"枯燥的理智"。② 在东方哲学中他还特别分两小节分别讲了一下中国哲学与印度哲学。他认为孔子完全缺乏"思辨"的东西，而《易经》中的抽象"只是符合一种外在的次序，并没有包含任何有意义的东西"。③ 道家的"无"的概念只"停留在否定的规定里"，而不是对一切规定加以扬弃之后的"无"。他把印度

---

① ［德］黑格尔：《哲学史讲演录》第一卷，贺麟、王太庆译，北京：商务印书馆，1983年，第115页。版本下同。
② ［德］黑格尔：《哲学史讲演录》第一卷，第118页。
③ ［德］黑格尔：《哲学史讲演录》第一卷，第121—123页。

教、佛教哲学概括为"心灵的实体化"。在这种实体化的心灵中，自我的一切主观性都消失了，"剩下的只是主观的虚妄"。这与西方哲学的反思、理智、主观个性正好相反。他断言："在印度哲学中理念没有成为对象；所以外在的、客观的东西没有按照理念加以理解。这是东方思想的弱点。"① 这样一来，他就把东方哲学看作一种没有"理念"的东西。在黑格尔看来，既然没有"理念"也就没有理念的运动，没有理念的运动就没有哲学史的发展，于是他把东方哲学几千年的发展史就看作没有发展变化的固定的东西，只能放在哲学史的"史前史"的位置简单讲一下。在该书第三卷第二部《中世纪哲学》中固然有《阿拉伯哲学》一篇，但是他是把阿拉伯人作为希腊哲学的传承者、传播者来看的，并断言："关于阿拉伯人，我们可以这样说：他们的哲学并不构成哲学发展中的一个有特性的阶段；他们没有把哲学原理推进一步。"② 如今对东方哲学稍加涉猎的人都会看出，黑格尔这些论断是建立在对博大精深的东方哲学加以粗枝大叶处理的基础之上的，是带有"西方哲学才是哲学"的固有偏见的。实际上，东方哲学与西方哲学在方法、思路与表述上完全不同，因为它们是在完全不同历史文化语境中发生发展起来的，属于完全不同的哲学体系。但是，无论是东方哲学还是西方哲学，只要是人对人类社会、对心灵世界、对自然界的总体观照、思考和把握，就都体现了人的主体性，体现了人的自由，只是方式与途径有所不同罢了。像黑格尔这样站在西方哲学立场上处理东方哲学史，所写出来的充其量是一部"西方哲学史"而不是全面的"哲学史"或"世界哲学史"。

上述黑格尔关于"绝对精神"三部著作就是要说明：和西方比较起来，东方的美学与艺术不能实现对"绝对精神"或"绝对理念"的观照；东方的宗教也未能形成"绝对精神"或"绝对理念"，因而也不能完成真

---

① ［德］黑格尔：《哲学史讲演录》第一卷，第151—154页。
② ［德］黑格尔：《哲学史讲演录》第三卷，第255页。

正的宗教所应具有的对绝对理念的崇拜；东方哲学始终未脱离空虚的抽象和实体性的概念，而未能很好地通过概念范畴等纯粹思维的形式或理念，来达到对绝对理念的认识与表现。总之，东方人未能达到"绝对理念"或"绝对精神"。

从黑格尔的《历史哲学》到《美学》《宗教哲学》《哲学史》，可以清楚地分析出黑格尔的"东方观"的面貌。在欧洲东方学思想史上，黑格尔是第一个全面而又彻底地将"东方"与"西方"加以绝对化的人，体现的是一种与当时德国普鲁士"绝对君主制"及与"普鲁士精神"相适应的"绝对主义"的思维，反映的是普鲁士精神中的一种"洁癖"。这里所谓的"全面"，就是说黑格尔不仅仅在一个领域、一种语境中，而是在一切领域、一切语境中，都强调"东方—西方"的分别；不仅是在一个学科内，而是在历史学、哲学、美学、宗教学等所有学科内，都强调"东方—西方"的绝对异质性；不仅在纵向的历史上，而且在横向的断面上（《历史哲学》是纵向的，《美学》《宗教哲学》《哲学史》则是横向的和断面的）都强调"东方—西方"的绝对差异性；这里所谓的"绝对"，就是黑格尔所谓"欧罗巴……绝对是西方，亚细亚却绝对是东方"的论断。无论是是伏尔泰，还是孟德斯鸠，都没有达到这种绝对性。在《风俗论》及作为《风俗论》之导言的《历史哲学》中，伏尔泰虽然也把历史看成一个"理性"的发展与实现过程，但他所秉持的是多元的人类文明观，每个民族都在不同的次元上参与了历史文化的创造，因而"东方"与"西方"的区分是相对的，在许多情况下是纵横交叉、交织在一起的，而不是泾渭分明的；孟德斯鸠《论法的精神》也只是在"法的精神"的范畴内强调东西方之别，是以东方的落后凸显西方的进步。黑格尔对伏尔泰、孟德斯鸠有继承，更有扬弃，他把伏尔泰等18世纪欧洲启蒙主义思想家们的"理性"加以玄学化、提炼为他的"绝对理念"或"绝对精神"，并在其严密的概念界定中，将这个概念加以纯粹化、绝对化。如果说伏尔泰等启蒙主义者认为东方人有"理性"，在有的情况下甚至比西方人更有理性，那么黑格尔却完全限制了启蒙主义者"理性"的外延范围，认为"绝对理念"或"绝对精神"是西方人的专属，与东方人无缘。所以他断言"欧罗巴……绝对是西方，亚细亚却绝对是东方"，其"绝对"一词似乎就是这个意思。细言之，就是"东方—西方"不可同日而语，不可交叉相混，两者需要干干净净、清清楚楚地加以区分。他的基本策略就是通过客观唯心主义的哲学体系的建构，用"理念"或"绝对精神"把"世界"加以规定，将"历史"加以规定，将美学、宗教、哲学都加以规定，在此基础上将东方历史、东方美学、宗教与哲学置于原点或原始的位置，置于懵懂未开的童年阶段，在叙述了这种原始的、童年的东方之后，就假定东方不再成长、不再发展了，任凭时光推移了几千年，东方仍旧停滞不动，如同一个夭折了童年，然后成为木乃伊，徒具尸骸，不必再提了。从此以后，精神的运动只是西方的运动，历史就是西方的历史，美学就是西方的美学，宗教就是西方的宗教，哲学就是西方的哲学。显然，黑格尔对待东方的这种态度是极其主观的，但是他并不否认这种主观。他对东方各国历史的文化本来就是一知半解、缺乏鲜活的具体把握和系统的知识，还是故意阉割东方，抑或两者兼而有之，我们现在难以确知。然而从他的上述著述里，我们可以清楚地看到黑格尔作为一个被称为"百科全书式的学者"，作为将自己的哲学体系命名为"哲学百科全书"的哲学家，实际上却不可避免地带有那个时代西方人的局限，暴露出他对博大精深的东方世界的种种无知。因为那时西方人的科学的"东方学"刚刚起步，西方人对东方的认识还主要依赖于旅行家的游记及记传教士的观察报告，他们对东方的知识还是不全面的，对东方的了解还是不深入的，黑格尔当然也是如此。但是，倘若他真的较为全面深入地理解了东方，也许他的哲学大厦就要重建了。正是对东方的这一系列的自觉或不自觉的误解与知识欠缺，黑格尔才有效地建立起了西方中心主义的文化自信乃至文化自傲，并建立起了他的纯粹的、没有东方参与的"绝对理念"、"绝对精神"的世界，以此进一步将"东方—西方"隔离起来。如果说种族上有种族隔离主义，文化上也有隔离主义的话，那么黑格尔的这种"东方—西方"绝对论，就是一种哲学思想上的"隔离主义"，通过东方与西方这种泾渭分明的"隔离"来显示西方的"纯粹"，从而在哲学体系上将西方中心主义演绎到极致，这种"东方—西方"断然有别的绝对主义思维，对后来的西方思想产生了深刻影响。

英国古典政治经济学家的
东方经济观与东方停滞论①

英国古典政治经济学的三位重要人物亚当·斯密、理查德·琼斯、约翰·穆勒,一致得出了东方社会"停滞"的结论,与此前黑格尔等人的东方观趋同,但角度方法有所不同,因而有必要对三人的东方观加以比较分析。亚当·斯密从自由主义经济观及财富的性质来源的角度,指出中国等东方国家是国富民穷,造成停滞甚至退步的原因在于政治对经济的控制与干预;理查德·琼斯指出土地国有制及被称为"印度农民地租"的地租收取方式,形成了君主对农民的持久剥削,并成为东方专制制度的经济基础;约翰·穆勒则认为财富的政府占有与"政治的专制""习俗的专制"是东方停滞的根源。三人都将东方社会的政治、经济、文化分析结合在一起,以"停滞"论为中心,初步形成了"经济停滞、政治专制、文化保守"的东方观,使东方进一步成为"西方"的反衬或对象物。这些观点被西方学界普遍接受,并对马克思和恩格斯的东方观产生了直接影响。

---

① 原载《北方工业大学学报》2019年第4期。

与伏尔泰的文化哲学、孟德斯鸠的法学、黑格尔的历史哲学相比，十八到十九世纪英国古典政治经济学，特别是三位代表人物——亚当·斯密、理查德·琼斯、约翰·穆勒——的东方研究与东方观，在进化、进步、发展的历史价值观念上完全相同，但也具有独特的政治经济学立场与角度方法。他们在西方与东方的比较研究中，在历史发展的动态性的分析中抓住了东方社会的普遍特征，即社会经济发展上的"停滞"，并且分别从国家（君主）土地的所有制、农民地租、"政治的专制"与"习俗的专制"等方面，分析了导致东方社会发展停滞的根源，从而形成了"经济停滞、政治专制、文化保守"的东方观。

一、国富民穷、重农抑商与社会停滞

亚当·斯密（Adam Smith，1723—1790）是英国古典政治经济学的创始人。1776年发表的《国富论》（有新译名为《国民财富的性质和原因的研究》）一书，围绕着一个国家的财富形成的原因与条件，详细论述了社会分工、劳动力、劳动价值、商品、工资、资本、货币、利润、地租、赋税、进出口、市场、国家收入支出、殖民地、重商主义与重农主义思想制度等一系列问题，主张经济与市场的自由主义，奠定了政治经济学的基本范畴与体系，影响深远。在论述这些问题的时候，亚当·斯密不仅着眼于英国与欧洲，更具有东西方的观念视域，随时将东西方的政治经济、历史与现状加以比较分析，其东方观的经济学视角与伏尔泰的历史文化视角、孟德斯鸠的社会学法学视角明显不同，但其基本立场也是西方本位、欧洲中心的，基本的价值观是西方资本主义的发展与进步观。

亚当·斯密区分了三种不同的社会状态，即进步状态、停滞状态和退步状态，基本的结论是：当代（他所处的18世纪）欧洲是发展进步的，而东方（亚洲）国家则是停滞乃至退步的。在他看来，所谓进步状态是社会各阶级快乐旺盛的状态，在此状态下大多数人民幸福安乐，而处在这种状态的是西欧各国；退步状态是每况愈下，人民生活悲苦，处在这种状态的国家主要是印度；停滞状态是无变化、无发展的呆滞，大多数人民生活境遇艰难，处在这种状态的典型国家是中国。亚当·斯密承认"中国比欧洲任何国家富裕得多"，但他还是断言："欧洲大部分处在改良进步状态，而中国似乎处在停滞状态。"① 他认为：

> 中国一向是世界上最富的国家，就是说，土地最肥沃，耕作最精细，人民最多而且最勤勉的国家。然而，许久以来，它似乎就停滞于静止状态了。今日旅行家关于中国耕作、勤劳以及人口稠密状况的报告，与五百年前视察该国的马可·波罗②的记述比较，几乎没有什么区别。也许在马可·波罗时代以前好久，中国的财富已完全达到了该国法律制度所允许的发展程度。各旅行家的报告，虽有许多相互矛盾的地方，但关于中国劳动工资低廉和劳动者难于赡养家属的记述，则众口一词。中国耕作者终日劳作，所得报酬若够购买少量稻米，也就觉得满足。技工的状况就更恶劣。欧洲技工总是漫无所事地在自己工场内等候顾客，中国技工却是随身携带器具，为搜寻，或者说，为乞求工作，而不断在街市东奔西走。中国下层人民的贫困程度，远远超过欧洲最贫乏国民的贫困程度。据说，在广州附近，有数千百户人家，陆上没有居处，栖息于河面的小渔船中。因为食物缺乏，这些人往往争取欧来船舶投弃船外的最污秽废物。腐烂的动物尸体，例如死猫或死犬，纵使一半烂掉并发臭，他们得到它，正像别国人得到卫生食品那么高兴……③

这里说的是，中国作为一个"国家"是富有的，甚至"一向是世界上最富的国家"。然而人民，尤其是"下层人民"却是困苦的，这只是"国家"

---

① ［英］亚当·斯密：《国富论》，郭大力、王亚南译，北京：商务印书馆，2015年，第185—186页。版本下同。
② 原译"马哥·孛罗"。
③ ［英］亚当·斯密：《国富论》，第65—66页。

的富有，而不是"国民"的富有。他举出的中国下层人民的悲惨的生活状况，虽然不免以偏概全，但恐怕也是不难见到的实情。而他的"国富论"是主张大部分人的普遍富裕，认为那才是真正的"国富"。这样的"国富"靠的是自由的经济，包括自由的市场、自由的劳动及其劳动分工，自由的市场与贸易，而不是政府对经济的过度干涉与管制。

  从这种自由主义经济学的立场与主张出发，亚当·斯密认为中国等东方国家的经济受到种种人为的限制，是不自由的，因而社会经济发展长期处在"停滞"状态，没有从国家（君主）的富有走上国民的富有。与当时所有的西方的东方观察家们一样，亚当·斯密对中国的了解主要依赖于欧洲人的游记特别是基督教传道士们的观察与报告，认为自马可·波罗记述以来五百多年间中国没有多大变化。但是中国与印度等其他东方国家比较，还只是"停滞"，不是"退步"。他认为："中国虽可能处于静止状态，但似乎还未曾退步。那里，没有被居民遗弃的都市，也没有听其荒芜的耕地。每年被雇用的劳动，仍是不变，或几乎不变；因此，指定用来维持劳动的资金也没显然减少。所以，最下级劳动者的生活资料虽很缺乏，但还能勉强敷衍下去，使其阶级保持着原有的人数。"① 在亚当·斯密看来，中国地大物博，人口众多，交通便利，市场广阔，本来最有条件成为制造大国与商业大国，但传统农业的生产方式，使得中国没有成为制造大国与商业大国：

> 中国幅员是那么广大，居民是那么多，气候是各种各样，因此各地方有各种各样的产物，各省间的水运交通，大部分又是极其便利，所以单单这个广大国内市场，就够支持很大的制造业，并且容许很可观的分工程度。就面积而言，中国的国内市场，也许并不小于全欧洲各国的市场。假设能在国内市场之外，再加上世界其余各地的国外市场，那么更广大的国外贸易，必能大大增加中国制造品，

---

① ［英］亚当·斯密：《国富论》，第66页。

大大改进其制造业的生产力。如果这种国外贸易,有大部分由中国经营,则尤有这种结果。通过更广泛的航行,中国人自会学得外国所用各种机械的使用术与建造术,以及世界其他各国技术上、产业上其他各种改良。但在今日中国的情况下,他们除了模仿他们的邻国日本以外,却几乎没有机会模仿其他外国的先例,来改良他们自己。①

在亚当·斯密看来,中国未能在农业发展到一定程度的时候而成为近代制造大国与商业大国,这就是"停滞"。而根本原因在于中国重农抑商,作为一个农业国,一向不重视商业:

> 中国的政策,就特别爱护农业。在欧洲,大部分地方的工匠的境遇优于农业劳动者,而在中国,据说农业劳动者的境遇却优越于技工。在中国,每个人都很想占有若干土地,或是拥有所有权,或是租地。租借条件据说很适度,对于租借人又有充分保证。中国人不重视国外贸易。当俄国公使兰杰来北京请求通商时,北京的官吏以惯常的口吻对他说:"你们乞食般的贸易!"除对日本,中国人很少或完全没有由自己或用自己船只经营国外贸易。允许外国船只出入的海港,亦不过一两个。所以,在中国,国外贸易就被局限在狭窄的范围,要是本国船只或外国船只能比较自由地经营国外贸易,这种范围当然就会大得多。②

这就指出了,中国作为传统的农业国,其经济与商业交换主要是内向型的,政府对商业贸易加以种种限制。实际上,现有的史学研究已经表明,中国人传统上并非不重视对外贸易,欧洲发现新大陆之前的以丝绸之路为代表的陆上贸易,很大程度上是由中国人来主导的,而宋元时代的海

---

① [英]亚当·斯密:《国富论》,第651页。
② [英]亚当·斯密:《国富论》,第650页。

路（南海与东海）的对外贸易也相当繁荣，明代虽有政府的海禁政策对涉外贸易加以限制，但与东亚、东南亚地区的贸易活动却相当活跃。不过，另一方面，确如亚当·斯密所言，这一切都是建立在农业立国这一基础之上的，贸易产品是农业与手工业的结合所产，不利于社会的分工，而且其产品的数量是有限的，完全不像西方近代工业产品那样过剩生产而必须依赖外部市场加以倾销。亚当·斯密还指出，不仅是中国，这种情况在东方其他国家也存在，"古埃及和印度政府的政策，似亦比较有利于农业，比较不利于其他一切职业"。① 以亚当·斯密的"国富论"（财富不断增殖的经济学）的"进步"的价值观而论，他难以理解中国传统社会这种有节度、可持续的社会演进模式，更不理解印度、埃及那样的"退步"模式。

亚当·斯密强调，东方国家之所以如此重视农业及其水利工程的建设，是因为东方各国君主的主要收益来自农业：

> 中国和古埃及的各君主，以及印度各时代割据各王国的君主，其收入全部或绝大部分都是得自某种地税或地租。这种地税或地租，像欧洲的什一税一样，包含一定比例的土地生产物（据说是五分之一），或由实物交付，或估价由货币交付；随各年收获丰歉的不同，租税也一年不同于一年。这样，此等国家的君王，当然特别注意农业的利益，因为他们年收入的增减，直接取决于农业的盛衰。②

在另外的章节，他又强调：

> 亚洲有许多国家，正如欧洲大部分地方的教会一样，其主要收入，都仰给于征收不与土地地租成比例而与土地生产物成比例的土地税。中国帝王的主要收入，由帝国一切土地生产物的十分之一构

---

① ［英］亚当·斯密：《国富论》，第651页。
② ［英］亚当·斯密：《国富论》，第653页。

成……亚洲这种土地税，使亚洲的君主们，都关心土地的耕作及改良。据说中国的君主、回教治下的孟加拉君主、古代埃及君主为求尽量增加其国内一切土地生产物的分量和价值，都曾竭尽心力，从事公路及运河的创建与维持，使得每一部分生产物，都能畅销于国内。欧洲享有什一税的教会则不同。各教会所分得的什一税，数量细微，因此没有一个会像亚洲君主那样关心土地的耕作及改良。①

既然农业对于国家是如此重要，君主政府当然就会高度重视，这主要表现在特别重视交通设施的建设：

中印各国君主的收入，几乎都是以土地税或地租为唯一源泉。租税征收额的大小，取决于土地年产物的多寡。所以，君主的利益与收入，与国境内土地的垦治状况，以及土地产物数量的多寡，土地产物价值的大小，必然有极大的直接关系。要尽可能地使这种生产物又丰盈又有价值，势须使它获有尽可能广泛的市场。要做到这样，必须使国内各地方的交通既极自由，又极方便，极便宜。而维持这种交通状态，唯有兴筑最好的通航水道与最好的道路。②

按照亚当·斯密的看法，东方国家的重要职能之一便是有关农业的基础工程与设施，目的是为了方便形成国内农业产品的市场。在埃及和印度，"这两国的政府都特别注意农业的利益。古埃及国王为使尼罗河灌溉各地而兴建的水利工程，在古代是很有名的；其遗迹至今还为旅行者所赞赏。印度古代各王公为使恒河及许多河流灌溉各地而兴建的同种工程，虽不如前者有名，但是一样伟大"。③ 尤其是在中国，不仅把治河修路作为各级政府的主要职责，而且作为考核大小官吏的重要指标。他写道：

---

① ［英］亚当·斯密：《国富论》，第804页。
② ［英］亚当·斯密：《国富论》，第698页。
③ ［英］亚当·斯密：《国富论》，第652页。

> 在中国，在亚洲其他若干国家，修建公路及维持通航水道这两大任务，都是由行政当局担当。据说，朝廷颁给各省疆吏的训示，总不断勉以努力治河修路；官吏奉行这一部分训示的勤惰如何，就是朝廷决定其黜陟进退的一大标准。所以，在这一切国家中，对于这些工程都非常注意，特别在中国是如此。中国的公路，尤其是通航水道，有人说比欧洲著名的水道公路要好得多。①

在这个问题上，亚当·斯密对东方各国家做了比较，指出：虽然欧洲国家的收入也主要来自土地的生产物，但欧洲各国的君主的主要收入并非仰给于土地税或地租。但对土地税与地租的依赖不是直接的，而且不像亚洲各国那样明显，因而欧洲各国君主也不像亚洲君主那样重视农业基础工程与设施的建设投入。在这个问题上，亚当·斯密一定程度地肯定了中国等东方国家公共工程建设的成就，也借此批评了欧洲一些国家在这方面的缺憾。说"在欧洲现状下，要想任何地方行政当局把那种事情弄得相当的好，恐怕是没有希望的了"。②

但是无论如何，亚当·斯密的《国富论》所论述的主题是国民财富的积累与创造，他站在18世纪70年代英国工业革命的起点上，揭示了国民财富的来源与性质——工业制造与自由市场，为此后英国及西方工业革命的推进与市场经济的建立开拓，初步奠定了理论基础。在此过程中，他从纵向的史的角度对东西方的政治经济的状况、特点做了比较分析，并以此来建构他的政治经济学思想体系，得出了西方社会取得快速进步而相形之下东方社会已经"停滞"这一基本结论，当然，亚当·斯密对东方的观察分析是站在西方立场上进行的，是以18世纪中后期方兴未艾的西欧特别是英国工业革命为背景和参照的。站在自由市场与自由贸易的立场上看，东方国家的君主政府对重农抑商及对经济活动的干预，就

---

① [英] 亚当·斯密：《国富论》，第698页。
② [英] 亚当·斯密：《国富论》，第698—699页。

是西方的反面；同样的，以工业革命带来的西欧社会本质上的、飞跃性的变化，来观察相对平稳的东方农业社会，则东方社会就是"停滞"的，甚至是"退步"的。亚当·斯密关于东方国家农业社会与君主专制政治之间的关联论，为所谓"东方专制主义"政治制度找到了经济基础；亚当·斯密的"东方停滞论"，也是最早在政治经济学的学科范畴中提出的"东方停滞论"，这些都对后来西方的东方学，包括马克思、恩格斯的东方社会观，产生了相当大的影响。

二、"印度农民地租"与国家对农民的剥夺

上述亚当·斯密的《国富论》在讨论国民财富的时候，曾专章论述了地租及税金（退税）的问题。进入19世纪后，英国另一位经济学家理查德·琼斯（Richard Jones，1790—1855）在《论财富的分配与赋税的来源》（1831）一书中，继承了亚当·斯密关于国民财富的性质和原因的研究思路，又继承了其前辈大卫·李嘉图（David Ricardo，1772—1823）在《政治经济学及税赋原理》（1817）中的税赋理论，把地租作为税赋的主要形式，并且专门研究了世界地租的各种主要类型。他认为："既然土地是全体人口的生活所需的直接来源，所以土地方面产权的性质以及那种产权产生出来的租佃的形式和条件，为人民提供了对他们的民族性最有影响的元素。因此，我们可以在思想上作好准备，看到从各种人的特殊环境中产生的各种地租制度，它们形成把社会结合在一起的主要联系，确定社会的统治者部分和被统治者之间的关系的性质，并在全世界人口的很大一部分人的身上打上烙印，表明他们最显著的特征——社会的、政治的、道德的特征。"[①] 他正是从生产资料的基础——土地——的所有权与耕种权入手，并以"地租"作为考察的焦点与对象，通过对东西方传

---

① ［英］理查德·琼斯：《论财富的分配和赋税的来源》，于树生译，北京：商务印书馆，2011年，第5—6页。版本下同。

统社会的地租形式加以考察，来研究东西方传统农业社会中的生产关系，试图以此来说明他的论旨——财富的分配和赋税的来源，同时解释东方专制主义的政治制度、政治观念与社会结构的形成，从而在英国古典政治经济学的东方研究中形成了自己的特色。

理查德·琼斯把世界各地已知的各种地租形式划分为"劳役地租"（或称"农奴地租"）、"分成制佃农地租""印度农民地租"和"爱尔兰小农地租"四种类型。其中前三种地租形式是最基本的形式。第一种地租形式"劳役地租"（农奴地租）最流行的地区是东欧各国特别是俄国，特点是对租地的农民施行全面的人身奴役，农民成为地主的奴隶，农奴必须每周按规定的天数（例如每周三天）在地主不出租的土地上无偿劳动，并必须把所租土地收益（农产品）的一部分（例如七分之一）按比例交给地主。但是这里的劳动天数及地租比例（劳役地租）并没有双方的法律约定，而只凭地主一方的意愿。琼斯认为这种劳役地租造成了人身榨取和效率低下，是"极不可取"的①。而把劳役地租改为产品地租则是可取的。②

在第二种地租形式"分成制佃农地租"中，佃农不同于农奴，他们有相当的人身自由。地主除了供给佃农居住生活在那里的土地之外，还供给农具和牲畜，佃农通常把自己土地上收获的一半付给地主，这种地租制度主要在西欧的一些地区实施。

第三种地租形式"印度农民地租"只是一种命名形式，并不是单指印度这一个国家的地租形式，而是以此代指亚洲传统社会所特有的一种地租类型，实际上可以理解为"亚洲农民地租"，理查德·琼斯写道：

> 印度农民地租，除了少数例外，是亚洲特有的。这是产品地租，由一个从土地上生产出自己的工资的工人缴纳给作为地主的统治者。

---

① ［英］理查德·琼斯：《论财富的分配和赋税的来源》，第37页。
② ［英］理查德·琼斯：《论财富的分配和赋税的来源》，第46页。

这种地租通常为佃农这方面带来一种靠不住的权利，可以继续占用他的一份土地，只要他缴纳规定的地租。这种地租起源于统治者作为他的领地内惟一的土地所有者。这种权利，我们已经看到，在某个时期，已经得到大多数国家的承认。在欧洲这种权利已经不存在或者成为有名无实，可是亚洲的一些统治者，还是像长期以来那样，继续作为农民佃户的直接地主……①

理查德·琼斯把"印度农民地租"与亚洲（东方）国家固有的土地所有制联系起来加以考察，认为："亚洲所有的伟大帝国已经遭到外国人的蹂躏，现在的这些统治者对土地的要求以他们作为征服者的权利为基础……他们都建立了一种专制形式的政府，他们欣然服从其统治，同时他们再迫使被征服国家的居民服从。"也就是说，在这种专制制度下，地租的收取显示着主人（专制政府及君主）对这片土地拥有主权，国家君主就是土地的主人，其他一切人都需要依靠主人的土地来生存，因此也"都是那主人的奴仆"。这种土地所有制将政治制度与经济制度密切结合，而且是经久不变的，它"一经确立，倾向于使它所造成的专制政治永久存在"。②

理查德·琼斯接着还分析了"印度农民地租"在印度、波斯、土耳其、中国的施行情况。他认为，在印度莫卧儿帝国从来没有一种固定的地租率，而且负责税收的政府官员是世袭的，他们的贪得无厌和暴力行为不受政策或原则的约束，农民常常要被征收各种强加的灾难性的地租，而当他们试图抗拒时，则会受到残酷镇压。在这种情况下印度农民的耕种效率最为低下。波斯的情况也和印度相似，但专制政府及其各级官吏更为贪得无厌和肆无忌惮，"波斯君主的主要收入来自土地的产品，而君

---

① ［英］理查德·琼斯：《论财富的分配和赋税的来源》，第79页。
② ［英］理查德·琼斯：《论财富的分配和赋税的来源》，第79—82页。

主是这些土地的最高所有人"①，加上波斯气候干旱，主要依赖于灌溉，在这种情况下，政府对水利工程（地下水道）的修建格外重视和鼓励，而水利工程的修建及管理使用又反过来强化了政府的权利。在土耳其，其地租形式也表现着"他们的领袖已经成为被征服的土地的合法主人"，并且，土耳其把"亚洲人的关于领袖对土地的最高权利的观念在实践中表现出来的粗暴行为"演绎得淋漓尽致。②理查德·琼斯也承认，与印度、波斯比较起来，土耳其的农民地租制度有其优点，就是地租的长期稳定和多寡适中，如果严格按制度收取，那么这种地租就不过是一种合理的土地税，苏丹（土耳其君主）全国土地拥有者的身份就会变成象征性的，但苏丹手下的各级官员却因其腐化无能而不能为农民主持公道。

理查德·琼斯还专节分析了"印度农民地租"在中国的表现，他指出在中国和亚洲其他国家一样，君主是土地的唯一主人，中国君主的税收主要来自农民地租。他根据当时（19世纪初）的有关报道，了解到中国税收的数额极为可观，"以农产品这种原始形式取得这样巨额的税收，是一种显著的证明：中国皇帝的权力和财富，和其他东方统治者的一样，是和他作为帝国统治下最高土地所有者的权利有密切关系，或者不如说是建立在这种权力上的"。③

理查德·琼斯进而对亚洲各国的"印度农民地租"制度做了一个基本判断，认为这种地租如果按确定的比例来合理征收，是有益无害的，它实际上就是一种正常的土地税，可以留给佃户一些盈余和财产。但是，鉴于这种地租是与东方专制主义政治制度联系在一起的，"所以弊病很多，而且人们在实践中看出，它对人民的财产和进步的危害性大于我们知道的任何形式的地主与佃户的关系"。④ 这主要表现在君主无上的和无限的

---

① ［英］理查德·琼斯：《论财富的分配和赋税的来源》，第89页。
② ［英］理查德·琼斯：《论财富的分配和赋税的来源》，第92—93页。
③ ［英］理查德·琼斯：《论财富的分配和赋税的来源》，第98页。
④ ［英］理查德·琼斯：《论财富的分配和赋税的来源》，第100页。

权力,使得在这片土地上无法形成任何真正独立的社会团体,没有任何力量能够改变君主的权力,而城市的繁荣实际上也起源于政府在当地的支出,所以亚洲的城市不能像在欧洲那样成为独特的政治势力,在这种情况下,国民只能成为最无能的最屈从的"亚洲奴隶";专制君主"在它强有力的时候授权给代表,它的权力被代理人滥用,在它虚弱和衰落时,这种权力被下属人员狂乱地分夺,窃取权力更加滥用。强也罢、弱也罢,同样地会破坏人民的事业和财富,以及一切和平的艺术;正是这一点使那特殊的作为权力基础的地租制度特别有害,会给它在那里流行的一些国家造成灾难"。① 理查德·琼斯的基本结论是:普遍盛行于亚洲的"印度农民地租"土地的国有(亦即君主拥有)制度的表现,也是"东方专制主义"的经济基础:

> 在亚洲各地,所有的君主,对他们的领地内的土地,都曾拥有绝对的主权,并且他们把这种主权保持得处于一种独特的完整状态,没有被分割,也没有被削弱。那里的人民普遍地是君主的佃户,君主是惟一的所有人,只有他手下官员的篡夺,偶尔暂时打破这种从属关系的锁链。这种普遍的依赖君主维持生活,是东方世界里连续不断的专制主义的真正基础,正如它是君主的税收以及他们所在社会采取的形式的基础。②

他认为,国家对农民的肆意剥夺这种情况"在近代欧洲同样的权力曾流行过,可是在这里这种权力不久就受到节制,并最后消失"。③

在东方社会的政治制度与经济制度的关联性问题上,理查德·琼斯进一步论证了亚当·斯密的论题。如上文所说,亚当·斯密指出了东方国家专制君主的收入来源于农业生产及土地,分析了政府主导的农业水

---

① [英]理查德·琼斯:《论财富的分配和赋税的来源》,第101页。
② [英]理查德·琼斯:《论财富的分配和赋税的来源》,第7—8页。
③ [英]理查德·琼斯:《论财富的分配和赋税的来源》,第8页。

利及交通工程对土地国有制的强化作用,也看到了东方国家存在的国富民穷的状况,但他对东方的政治经济制度及其成果并非全面否定,同时对专制政府剥削农民之实质的揭示尚欠清晰,对剥削所运用的方式的分析也不太透辟。而理查德·琼斯从经济史、经济制度的角度,通过不同类型地租的分析研究,将这个问题的解释与分析进一步清晰化、透辟化,从地租收取的角度论证了一个基本结论,即"土地国有(王有)制或者没有土地私有制,是东方专制主义的经济基础"。这一结论在19世纪西方学界是众所公认的。众所周知,马克思、恩格斯也多次表示赞同并论述了这一观点。理查德·琼斯还明确指出了东方地租制度及由此显示的政治经济制度的落后性与不合理性,从而在经济学领域中呼应了以黑格尔为代表的19世纪西方思想界对东方的全面否决与批判。

三、"政府占有""习俗专制"与东方社会停滞

19世纪另一位英国著名政治经济学家约翰·斯图亚特·穆勒(John Stuart Mill,一译约翰斯图亚特·密尔,1806—1873)关于东方停滞论的东方观,与上述亚当·斯密、理查德·琼斯一脉相承。所不同的是,他不仅从经济学角度表达,更从政治学、文化哲学的角度切入,而且其基本立场、观点与方法,更多的是从其父亲、著名政治经济学家詹姆斯·穆勒(James Mill,一译詹姆斯·密尔,亦称老穆勒,1773—1836)那里继承和发展而来的。老穆勒在《政治经济学要义》(1821年)一书中,从生产、分配、交换、消费四个基本问题入手建构自己的政治经济学理论,而约翰·穆勒在《政治经济学原理及其在社会哲学上的若干应用》(简称《政治经济学原理》,1848)一书中,也把这四个问题作为其核心问题。

在东方观及中国观上,约翰·穆勒也受到父亲很大影响。老穆勒曾在1817年出版了一部题为《英属印度史》的巨著并轰动一时,该书站在西方工业文明的立场上,断言印度社会是"停滞的(standstill)""野蛮的(barbarous)"和"落后的(backward)",认为印度与中国、波斯和

阿拉伯等其他东方国家处在差不多相同的文明程度，只是中国在法律方面领先于印度。老穆勒还将中国和印度两个东方大国做过一番比较，认为："这两个国家都几乎是相同程度的沾染上伪善（insincerity）的恶习；掩饰（dissembling）、奸诈（treacherous）、虚假（mendacious），过分得甚至超越不文明社会通常的方式。两者都倾向于过分夸大（exaggeration）关于和他们自己有关的每一件事情。两者都是懦弱的和无怜悯心的（unfeeling）。两者都处在自负的（conceited）最高程度，和充满对其他国家的蔑视（contempt）。从生理（physical）意义上来说，两国的人们和居住条件都是令人作呕的污秽（unclean）。"① 他认为印度人的残酷的种姓制度使印度人成为人类中最受奴役的那部分人，指出印度民族性格的特点是消极的、无组织的、甘受压迫的，具有奴性和怯懦的灵魂，在顺从的外表下隐藏的是一种不诚实的欺骗性。他认为对于这样的印度，欧洲式的民主的统治方式、代议制的政府形式是行不通的，建议英国殖民当局应该对印度采用开明的独裁政府的统治方式。②《英属印度史》不仅成为英国殖民当局的重要参考书，也成为当时英国人印度观、东方观的主要来源。对老穆勒的观点，约翰·穆勒基本上接受并予以修正发挥，加上他在东印度公司多年的工作经历与观察研究，使得他在阐述自己的学术观点的时候，常常以印度和中国等东方国家做参照，做比较，因而在欧洲的东方学与东方学观上，具有承上启下的位置。

所谓"承上"，是指他不但继承了父亲老穆勒的一些东方野蛮落后观，而且也直接承续了亚当·斯密的"东方停滞"论。只是由于他的《政治经济学原理》比亚当·斯密的《国富论》晚出七十多年，期间西方社会在这期间获得了更快的发展，东方与西方的差距进一步扩大，因而约翰·穆勒的东方观也比亚当·斯密的带有更多、更鲜明的西方优越论

---

① [英] 詹姆斯·穆勒：《英属印度史》，转引自耿兆锐《文明悖论：约翰·密尔与印度》，杭州：浙江大学出版社，2014年，第8页。
② 参见耿兆锐《文明悖论：约翰·密尔与印度》之《序言》和第一章。

的色彩。他不再像亚当·斯密那样承认东方是富裕的，他认为以前关于东方富裕的看法只是一种假象，那只是财富的"政府占有方式"的表现，是因为君主专制政府从人民那里剥夺、索取得太多了，其实那只是君主政府的富裕、奢侈的表现而已——

> 那些从史前就占据着亚洲平原的幅员辽阔的君主国，最先采用了这种政府占有方式。这些国家的政府，虽然会因君主个人的品质不同而在好坏上有所不同，但却很少给耕作者留下除生活必需品以外的东西，甚至常常连生活必需品也拿走……政府依靠从民众那里收取贡物，如果政治上还算过得去，就能显示出一种与社会一般状况完全不相称的富裕状况。①

在约翰·穆勒看来，那些东方国家的统治者"把大部分财富用于供养他本人和他所关心的一切人，用来供养他觉得为保卫自己的安全或地位所必需的大量士兵，在这之后，就挥霍多余的部分用于交换奢侈品。那些靠他的恩赐或靠掌管财政收入致富的阶级也会这样做。这样一来就出现了一个狭小而富裕的市场，出现了对精美昂贵器物的追求"，因而看上去似乎这个国家很富有。但实际上，这是国家统治者的富有，而不是普通国民的富有。在这种社会状态下，那些拥有财产的人"对所有财产都感到不安全，因而最富有的买主首先考虑的是要置办那些不会朽坏的、体积小而又价值高的、适合于隐藏和携带的物品。所以，金银珠宝便构成了这些国家的很大一部分财富。很多富有的亚洲人把几乎其全部的财产都带在自己或妻妾的身上，除去君主外，谁也不想把财富投资于不动产。如果君主感到江山很牢固，确信宝座能传给自己的子孙，有时他会沉溺于大兴土木，

---

① ［英］约翰·穆勒：《政治经济学原理——及其在社会哲学上的若干应用》上卷，赵荣潜、桑炳彦、胡企林、朱泱译，北京：商务印书馆，1991年，第24—25页。版本下同。

金字塔、泰姬陵以及卡里亚王陵就是这样修建起来的"。① 从大量拥有这些金银珠宝、修建壮观的陵墓来看，东方国家似乎是富有的，但在约翰·穆勒看来，东方国家的富裕恰恰是东方的"政府占有方式"所造成的假象，是君主政府能够依靠庞大的财力而为所欲为的结果，指出"在欧洲人的心目中，东方国家是极其繁荣昌盛的，这种根深蒂固的印象直到最近才被消除"。② 就这样，约翰·穆勒根据他的政治经济学原理，把东方经济的分析与东方政治的分析紧密结合起来，利用现代新的政治经济学标准，打破了自马可·波罗以来欧洲人关于"东方富饶帝国"的印象。

在约翰·穆勒看来，不仅东方帝国的繁荣昌盛是人们的一种错觉，而且与不断更新和变革的西方社会比较起来，东方国家是长期停滞的，因而他断言："东方社会本质上依然如故。"③ 上述的亚当·斯密曾对印度与中国两国做了区分，认为中国是"停滞"的，印度是"退步"的，而约翰·穆勒则将中国与印度一并看作停滞的，都作为"经济静止"的典型例子。但他认为和其他东方国家不同，中国人是勤劳的，而且"他们在节俭和自我控制力方面要优于其他亚洲人，但比大多数欧洲民族要差"。④ 他认为："限制中国生产发展的不是人民不够勤劳，而是没有长远打算。"⑤ 并援引约翰·雷博士（John Rae，1796—1872）《政治经济学新原理》一书中的观点指出："欧洲人着眼于遥远的未来，他们对中国人因无远见和不太关心未来而长期劳累，并且陷入照他们看来是无法忍受的不幸之中，感到十分惊奇。中国人的目光比较短浅，得过且过，相信这样一种劳碌命是出于天意安排。"⑥ 对中国的这种看法显然是与西方现代

---

① ［英］约翰·穆勒：《政治经济学原理》上卷，第 25—26 页。
② ［英］约翰·穆勒：《政治经济学原理》上卷，第 25 页。
③ ［英］约翰·穆勒：《政治经济学原理》上卷，第 32 页。
④ ［英］约翰·穆勒：《政治经济学原理》上卷，第 194 页。
⑤ ［英］约翰·穆勒：《政治经济学原理》上卷，第 195 页。
⑥ ［英］约翰·穆勒：《政治经济学原理》上卷，第 196—197 页。

资本主义不断生产与扩大再生产相比较而得来的,"当一个国家在现有知识状态下把生产进行到这样一个水平,该生产水平产生的报酬额与该国实际积累欲望的平均强度相一致时,该国便达到了所谓静止状态"。① 指出在中国传统的小农经济的社会里,人民终日劳碌的基本目的是养家糊口过日子,如此循环往复,社会便出现了停滞。

约翰·穆勒还进一步从文化习俗方面寻求东方社会停滞的原因。他认为是"习俗"的作用很大,"习俗是一道屏障,即令是在压迫人类最甚的专制政府,对它不得不有所顾忌"②。在《论自由》(1859 年)一书中,他认为习俗是人类进步的持久的障碍,习俗也是一种专制,他叫做"习俗的专制",能够超越习俗的叫做"自由精神"或"进步精神";而在东方,由于"习俗的专制"太厉害,从而导致社会停滞不前,缺乏发展变化,"整个东方的情况就是这样。在那里,一切事情都最后取决于习俗,所谓公正的、对的,意思是说符合于习俗;以习俗为论据,除非是沉醉于权力的暴君,就没有人还会想到抗拒"。③ 因而在东方国家实际上没有发展进步,也就是"没有历史",这说法与黑格尔关于东方"没有历史"的观点完全相同。

东方社会"习俗的专制"所限制的是人的自由与个性,因而在约翰·穆勒看来,中国及东方社会的停滞,还有一个根本原因,就是中国人缺乏自由的精神及个性追求。他认为:"一族人民是会在一定长的时期里前进一段而随后停止下来。在什么时候停止下来呢?在不复保有个性的时候。"④ 因而人保有自己的个性、容忍别人的个性是非常重要的,"一个人与另一个人不一样,这才是最能吸引双方注意的事情,使他们既注

---

① [英] 约翰·穆勒:《政治经济学原理》下卷,胡企林、朱泱译,北京:商务印书馆,1991 年,第 197 页。
② [英] 约翰·穆勒:《政治经济学原理》上卷,第 271 页。
③ [英] 约翰·密尔:《论自由》,许宝骙译,北京:商务印书馆,1959 年,第 83 页。版本下同。
④ [英] 约翰·密尔:《论自由》,第 84 页。

意到自己这一型的不完善,又注意他人那一型的优越性,或者还注意到集合二者之优点而产生比二者都好的事物的可能性。"① 他提醒说:在这个问题上"我们要以中国为前车之鉴",因为中国人"富有才能"也"富有智慧",也曾"遇有难得的好运",早期也有一套好的习俗,这些本来可以使得中国人"稳稳站在世界运动的前列","可是相反,他们却已变成静止的了,他们几千年来原封未动;而他们如果还会有所改进,那必定要依靠外国人。"② 在他看来,东方社会要打破停滞,有所进步,就"必定要依靠外国人",所谓外国人,当然是指西方人,特别是指西方殖民者。

相比之下,欧洲人之所以没有停滞而是不断进步,是因为欧洲人是自由的,他们单个人在性格上和教养上都是有差异的,对欧洲人而言,自由就是个性的保持:

> 个人之间,阶级之间,国族之间,都是彼此极不相像:他们闯出了各式各样的多种蹊径,条条通向某种有价值的东西;虽然行在不同蹊径上的人们每个时期都曾彼此不相宽容,每人都想若能强使其余的人走上自己的道路才是再好不过的事,可是他们相互阻挠发展的努力很少有什么持久的成功,每人终于随时忍愿接受了他人所提供的好处。照我判断,欧洲之得有前进的和多面的发展,完全是受这个蹊径繁多所赐。③

因此,他告诫欧洲人对"那种要使一切人都成为一样的中国理想"保持足够的警惕。

就这样,约翰·穆勒不仅从政治经济的分析中,而且进一步从历史文化的分析中,指出了东方及中国社会停滞的根本原因。不仅政治的专制,而且还有"习俗的专制",受习惯势力支配,个性与自由普遍缺乏。

---

① [英]约翰·密尔:《论自由》,第84—85页。
② [英]约翰·密尔:《论自由》,第85页。
③ [英]约翰·密尔:《论自由》,第86页。

这不仅仅是政治经济的停滞,也是思想文化的停滞。

上述的亚当·斯密、理查德·琼斯、约翰·穆勒三位英国古典政治经济学的重要代表人物,秉持近代西方发展进步的社会价值观,得出了东方社会"停滞"的结论。这与此前黑格尔等哲学家的东方观趋同,但角度方法有所不同。亚当·斯密从自由主义经济观及财富的性质来源的角度,指出中国等东方国家是国富民穷,造成停滞甚至退步的原因在于政府的重农抑商及政治对经济活动的控制干预;理查德·琼斯指出土地国有(王有)制及被称为"印度农民地租"的独特的地租收取方式,形成了作为最大地主的国家君主对于农民的持久剥削,并成为东方专制主义制度的经济基础;约翰·穆勒则将政治经济分析与文化分析结合起来,认为东方国家的财富均被政府所占有,东方国家都具备"经济静止"现象,而"政治的专制"与"习俗的专制"是东方长期停滞的根源。可以把这些观点概括为"经济停滞、政治专制、文化保守"三位一体的东方观。这些观点既包含着对东方社会的正确观察与发现,也包含着西方人特别是19世纪秉持自由主义社会经济观、发展观的那些学者们的偏见,却被西方学界所普遍接受,从此东方便进一步成为"西方"的反衬或对象物,也对此后马克思和恩格斯的东方观产生了直接影响。马克思恩格斯关于以小农经济为特征的"亚细亚生产方式"的论断,关于东方社会几千年来没有根本变化的看法,关于"没有土地私有制是理解东方天国的一把钥匙"、同时又是东方专制主义的稳固基础的看法,关于东方国家政府的主要职能是施行重大公共工程特别是水利工程的看法,都与上述英国古典政治经济学的相关论断具有深刻的联系。

马克思"亚细亚生产方式"理论的纵横建构①

马克思早期关于"土地国有、农村公社、专制主义"三位一体的东方观,基本上是对以往古典政治经济学与哲学的继承发挥,继而从资本主义社会研究的需要出发,把"亚细亚的"作为一个参照,在《经济学手稿(1857—1858)》中对"亚细亚的"(东方的)、"古代的"(古希腊罗马)和"日耳曼的"(欧洲中世纪)三种资本主义以前的"原始所有制"做了横向的比较分析,指出了"亚细亚的"特点;又在《政治经济学批判》及其序言中,将"所有制"层面转换为"生产方式"层面,把"亚细亚的"与"古代的、封建的和现代资本主义的"生产方式做了纵向的动态论列,确立其历史位置;到了《资本论》,则把"亚细亚的所有制"与"亚细亚的生产方式"两种层面、横向定性与纵向定位两个维度结合起来,形成了完整、成熟的"亚细亚的"理论,体现了历史与逻辑相统一的纵横建构。有必要从东方学史的角度,对马恩著作中散见的有关论述及东方观加以梳理分析,以进一步明确其形成发展的阶段性、内在理论逻辑的辩证性。

---

① 原载《东方丛刊》2019年第1期。

在马克思的有关著作中,"亚细亚"不是一个普通的地理概念,"亚细亚的"也不是一个普通的定语或形容词修饰语,而是一个有别于欧洲或西方的区域文化概念,与此相关的词组与概念有"亚细亚生产方式""亚细亚的所有制""亚细亚农村公社""亚细亚社会""东方社会""东方村社""东方专制主义"等。由于马克思关于"亚细亚""亚细亚的"及东方社会的理论,贯穿在他不同历史时期的所撰写的庞大的文献中,十分复杂,要理清它、说清它,实非易事。迄今为止,无论是在中国国内还是在国际上的马克思主义研究中,这方面的研究成果层出不穷,国外的如意大利学者翁贝托·梅洛蒂(Umberto Melotti)的《马克思与第三世界》(商务印书馆,1981年中文版),国内原创性的重要著作如刘启良著《马克思东方社会理论》(学林出版社,1994年)、朱坚劲著《东方社会往何处去——马克思的东方社会理论》(上海社会科学院出版社,1996年)等著作,此外还有大量的单篇论文,都有助于深化我们对马克思东方社会理论的认识。但是,从西方的东方学学术史、东方学思想史的角度,我们仍然需要对马克思恩格斯的庞大文献著作中散见的以"亚细亚的"特别是"亚细亚生产方式"为中心的东方观继续加以梳理,考察其形成发展的阶段性、内在理论逻辑的辩证性。我们可以看出,从19世纪50年代马克思对印度社会的观察与评论开始,到1867年《资本论》第一卷的出版,马克思在中壮年时期一直使用"亚细亚""亚细亚的"及"亚细亚生产方式"的概念,而且也以此为核心逐渐形成了一个有清晰定性与明确定位的、纵横交织的完整的理论体系。

一、马克思早期的东方观基本上是对以往东方观的继承发挥

马克思从青年时代就关注人类的自由、社会的解放、世界的发展。因此,他不仅关注西方(欧美),也关注东方(亚洲)。但是,作为欧洲人,马克思对世界的认识是从西方开始的,同时他是站在西方眺望东方。他在为《莱茵报》所撰写的一些政论文章中,多次谈到印度、埃及、暹

罗等东方国家,并直接间接地表达了他的东方观。总体而言,马克思早期(《经济学手稿(1857—1858)》撰写之前)的东方观基本上是对以往西方哲学家、思想家东方观的继承和发挥,其中对他影响最大的是英国古典政治经济学家亚当·斯密、理查德·琼斯、约翰·穆勒等,还有法国的印度社会观察家贝尔尼埃、法国启蒙主义思想家孟德斯鸠、德国哲学家黑格尔的《历史哲学》《法哲学原理》中的一些观点与结论,其中包括东方社会停滞、自给自足的农村公社、政府承担公共工程及干预经济、东方专制主义政治制度等。以黑格尔的影响为例,在《历史哲学》中,黑格尔主要是以印度人种姓制度、动物崇拜等愚昧行为作为负面例子,而对印度的现实社会加以嘲讽批判。马克思受黑格尔影响最大的观点,是认为以印度、中国为代表的东方社会长期停滞,处在"世界历史"之外,因而认为印度人"没有历史",东方人"没有历史"。例如马克思在《黑格尔法哲学批判》(1843年)的手稿中,将世界历史划分为四个时期:一是古代(古希腊罗马),二是中世纪(中世纪欧洲),三是现代(又称新时代社会),四是民主制社会(或称未来社会),在这个历史进程的阶段划分中是没有东方位置的。在他谈到亚洲或东方的时候,马克思像黑格尔(乃至孟德斯鸠、古希腊的亚里士多德)一样,认为在东方人民与国家之间不存在同一性,东方实行的是专制主义的政治制度。关于"东方专制主义"的政治制度的属性判断,马克思一生都没有改变。

在马克思和恩格斯合著的《共产党宣言》(1848年)中,谈到资本主义形成与扩张的时候,马克思恩格斯将东方纳入了世界史当中:

> 资产阶级使乡村屈服于城市的统治。它创立了巨大的城市,使城市人口比农村人口大大增加起来,因而使很大一部分居民脱离了乡村生活的愚昧状态。正像它使乡村从属于城市一样,它使未开化的或半开化的国家从属于文明的国家,使农民的民族从属于资产阶

级的民族，使东方从属于西方。①

在这里，马克思恩格斯使用的"文明"的标准，是作为现实中社会发展最高阶段的资本主义文明，在这种判断里，东方国家就属于"未开化或半开化的国家"。而西方资本主义对东方加以征服，从而"使东方从属于西方"，在当时欧洲的主流思想界看来这是历史的进步。关于这一点，马克思恩格斯后来多次反复地强调过。特别是19世纪50年代发表的关于印度社会的评论文章，都贯穿了这一思想。例如在《不列颠在印度的统治》（1853年）一文中，马克思分析了印度农村公社的状态与性质，并做出了这样的价值判断：

> 我们不应该忘记：这些田园风味的农村公社不管初看起来怎样无害于人，却始终是东方专制制度的牢固基础；它们使人的头脑局限在极小的范围内，成为迷信的驯服工具，成为传统规则的奴隶，表现不出任何伟大和任何历史的首创精神……这种失掉尊严的、停滞的、苟安的生活，这种消极的生活方式，在另一方面反而产生了野性的、盲目的、放纵的破坏力量，甚至使惨杀在印度斯坦成了宗教仪式。我们不应该忘记：这些小小的公社身上带着种姓划分和奴隶制度的标记；它们使人屈服于环境，而不是把人提升为环境的主宰；它们把自动发展的社会状况变成了一成不变的由自然预定的命运，因而造成了野蛮的崇拜自然的迷信，身为自然主宰的人竟然向猴子哈努曼和牡牛撒巴拉虔诚地叩拜，从这个事实就可以看出这种迷信是多么糟蹋人了。②

这段话的关键词有"迷信""驯服""传统规则的奴隶""停滞""苟安"

---

① ［德］马克思、恩格斯：《共产党宣言》，《马克思恩格斯选集》中文版，第1卷，北京：人民出版社，1972年，第255页。版本下同。
② ［德］马克思：《不列颠在印度的统治》，《马克思恩格斯选集》中文版，第2卷，北京：人民出版社，1973年，第67—68页。

"一成不变"等,是对印度及亚洲村社的性状的描述与判断。马克思强调指出:这种"田园风味的农村公社"缺少欧洲社会那样的发展与变化——

> 大家都知道,农村公社的自治制的组织和它们的经济基础已经被破坏了,但是,农村公社的最坏的一个特点,即社会分解为许多模样相同而互不联系的原子的现象,却一直残留着。农村公社的孤立状态在印度造成了道路的缺少,而道路的缺少又使公社的孤立状态长久存在下去。在这种情况下,公社就一直处在那种很低的生活水平上,同其他公社几乎没有来往,没有希望社会进步的意向,没有推动社会进步的行动。①

直到西方殖民者的到来,才打破了这一状态:

> 英国的干涉则把纺工安置在郎卡郡,把织工安置在孟加拉,或是把印度纺工和印度织工一齐消灭,这就破坏了这种小小的半野蛮半文明的公社,因为这破坏了它们的经济基础;结果,就在亚洲造成了一场最大的、老实说也是亚洲历来仅有的一次社会革命。②

在马克思看来,上述的以村社为基本单位的东方社会是一直没有根本变化的,直到近代英国的殖民入侵才使这种社会发生了"仅有的一次社会革命"。而这个革命从人类进步的角度看是必要的,因此马克思认为:"如果亚洲的社会状况没有一个根本的革命,人类能不能完成自己的使命。如果不能,那末,英国不管是干出了多么大的罪行,它在造成这个革命的时候毕竟是充当了历史的不自觉的工具。"③ 从而指出了西方殖民侵略

---

① [德] 马克思:《不列颠在印度的统治的未来结果》,《马克思恩格斯选集》中文版,第2卷,第72页。
② [德] 马克思:《不列颠在印度的统治》,《马克思恩格斯选集》中文版,第2卷,第67页。
③ [德] 马克思:《不列颠在印度的统治》,《马克思恩格斯选集》第2卷,第68页。

在道义上的犯罪与造成了社会革命这两种事实与后果的矛盾统一。

资本主义的"文明"是从"资本主义之前"的"半野蛮半文明"的社会发展而来的,因此,要研究资本主义的由来,就必须研究资本主义之前(前资本主义)的这个社会形态,这样一来,东方社会的理论价值就显现出来了。这也是马克思从"资本"入手研究资本主义来龙去脉的基本思路。在《不列颠在印度的统治》(1853年)一文中,马克思以印度为例,对前资本主义的东方社会做了分析,他指出印度有一种"特殊的社会制度,即村社制度"——

> 在印度有这样两种情况:一方面,印度人民也象所有东方各国的人民一样,把他们的农业和商业所凭借的主要条件即大规模公共工程交给政府去管,另一方面,他们又散处于全国各地,因农业和手工业的家庭结合而聚居在各个很小的地点。由于这两种情况,所以从很古的时候起,在印度便产生了一种特殊的社会制度,即所谓村社制度,这种制度使每一个这样的小单位都成为独立的组织,过着闭关自守的生活。①

"村社""村社制度"或"农村公社"是马克思从19世纪西方学者的东方史及亚洲社会研究、英国古典经济学家的东方经济分析中借来的概念,并把村社制度作为印度及亚洲国家的基本的社会单元,马克思进一步说明了这种公社的特征与性质:"这些家庭式的公社是建立在家庭工业上面的,靠着手织业、手纺业和手力农业的特殊结合而自给自足。"② 所谓"家庭式的公社"就是指以家庭为单元的生产生活单位,或者公社本身就是放大了的家庭。这里指出了村社在生产方式上的特点。

就在同一年(1853年),马克思和恩格斯在通信中,从土地所有制的角度谈到了东方社会的特点,两人都认为东方不存在土地私有制,马克

---

① [德]马克思:《不列颠在印度的统治》,《马克思恩格斯选集》第2卷,第66页。
② [德]马克思:《不列颠在印度的统治》,《马克思恩格斯选集》第2卷,第67页。

思说:"贝尔尼埃完全正确地看到,东方(他指的是土耳其、波斯、印度斯坦)一切现象的基础是不存在土地私有制。这甚至是了解东方天国的一把真正的钥匙。"① 恩格斯在复信中说:

> 不存在土地私有制,的确是了解整个东方的一把钥匙。这是东方全部政治史和宗教史的基础。但是东方民族为什么没有达到土地私有制,甚至没有达到封建的土地所有制呢?我认为,这主要是由于气候和土壤的性质,特别是由于大沙漠地带,这个地带从撒哈拉起横贯阿拉伯、波斯、印度和鞑靼直到亚洲高原的最高地区。在这里,农业的第一个条件是人工灌溉,而这是村社、省或中央政府的事。②

在这里,恩格斯谈到了东方不存在土地私有制,甚至也没有达到封建的土地所有制,对于中国而言,就是所谓"普天之下,莫非王土",土地是国有或更确切地说是"王有"或"皇有",国家的代表者对土地拥有最终的主权,而耕作使用者只是拥有占有权和使用权。之所以形成这样的土地制度,马克思同意以往欧洲学者的分析,认为原因在于农业的基础条件——气候、土壤和人工灌溉。接着,马克思又援引印尼爪哇巴厘岛的例子说:

> 在爪哇东海岸的巴厘岛,印度人的这种组织还完整地和印度人的宗教一起保存下来,它的痕迹和印度人的影响一样,在整个爪哇都可以看到,至于所有制问题,这在研究印度的英国作者中是一个引起激烈争论的问题。在克里什纳以南的同外界隔绝的山区,似乎确实存在土地私有制。至于在爪哇,如前英国驻爪哇总督斯坦弗

---

① [德]马克思:《马克思致恩格斯》(1853年6月2日),《马克思恩格斯全集》第1版,第28卷,北京:人民出版社,1955年,第256页。版本下同。
② [德]恩格斯:《恩格斯致马克思》(1853年6月6日),《马克思恩格斯全集》第28卷,北京:人民出版社1973年,第260—263页。

德·莱佛尔斯爵士在他的《爪哇史》中指出的，在这个"可以获得相当可观的地租的"国家中，全部土地的绝对所有者是君主。无论如何，伊斯兰教徒似乎首先从原则上确定了在整个亚洲"不存在土地私有制"。①

在对中国的论述中，结论也是一样。例如在《中国革命与欧洲革命》（1853年）一文中，马克思认为中国也是一个封闭的农业国，长期处在"野蛮的、闭关自守的、与文明隔绝的状态"。而在政治上也是专制主义的"天朝帝国"，"皇帝通常被尊为全国的君父"，正如英国殖民印度客观上会促进印度的社会革命一样，马克思也认为"英国的大炮破坏了皇帝的权威，迫使天朝帝国与地上的世界接触"，并最终会导致旧中国的解体。②

这样一来，马克思恩格斯在其东方研究的早期阶段，就以专题论文、政论文章、书信讨论等方式，确认了构成东方社会的三个要素，一是作为社会基本单元的"农村公社"，二是作为经济所有制的"土地国有"，三是作为政治制度的"东方专制主义"。当然，在马克思恩格斯之前，其他学者对这三个因素都分别论述过，并非马克思恩格斯的独特发现，但马克思恩格斯是将三个要素联系起来加以考察。作为他的"生产关系"和"社会关系"考察的要素，体现了他的历史唯物主义的基本思路与方法，这与黑格尔从唯心主义的"世界精神"来考察东方社会的思路根本不同。早在1849年，马克思就在《雇佣劳动与资本》中，提出了"社会关系"及"生产关系"的概念：

> 总之，各个人借以进行生产的社会关系，即社会生产关系，是随着物质生产资料、生产力的变化和发展而变化和改变的。生产关

---

① ［德］马克思：《致恩格斯的信》（1853年6月14日），《马克思恩格斯全集》第28卷，第272页。
② ［德］马克思：《中国革命和欧洲革命》，《马克思恩格斯全集》第9卷，北京：人民出版社，1961年，第110页。

系总合起来就构成为所谓社会关系，构成所谓社会，并且是构成为一个处在一定历史发展阶段上的社会，具有独特的特征的社会。古代社会、封建社会和资本主义社会都是这样的生产关系的总和。而其中每一个生产关系的总和同时又标志着人类历史发展中的一个特殊阶段。①

在这样的思路下，上述东方社会的三要素决定了"生产关系"，而这种生产关系又决定了东方社会的独特性质及其"人类历史发展中的一个特殊阶段"。这样的逻辑思路，在马克思1857年之后的"资本主义生产方式以前的各种生产方式"的研究中，得以展开和深化。

二、"亚细亚的、古代的、日耳曼的"之横向比较

马克思对东方社会的系统的论述和研究，体现在1857年后他在为《资本论》撰写而准备的草稿、手稿中，在《经济学手稿（1857—1858）》中，专门研究了资本主义之前的各种形式，于是，马克思的东方观便进入下一个时代。

在《经济学手稿（1857—1858）》中的《资本主义生产以前的各种形式》一节中，马克思从所有制的性质出发，即从劳动者与劳动条件——主观条件（劳动者自身）及客观条件（主要是土地）——的关系入手，来分析前资本主义的各种社会形态，他把资本主义生产方式之前的各种所有制形式都统称为"原始所有制"或"原始公社的所有制"，是某些人对土地和财产实施了占有的阶级社会的所有制，并且把资本主义生产方式之前的各种原始所有制形式分为"亚细亚的""古代的""日耳曼的"三种形态。

关于"亚细亚的所有制形式"，马克思称之为"东方特有的形式"②，

---

① ［德］马克思：《雇佣劳动与资本》，《马克思恩格斯全集》第6卷，北京：人民出版社，1961年，第487页。
② ［德］马克思：《经济学手稿（1857—1858）》，《马克思恩格斯全集》第46卷（上册），第477页。

他写道：

> 在大多数亚细亚的基本形式中，凌驾于所有这一切小的共同体之上的总合的统一体表现为更高的所有者或唯一的所有者，实际的公社却只不过表现为世袭的占有者。因为这种统一体是实际的所有者，并且是公共财产的真正前提，所以统一体本身能够表现为一种凌驾于这许多实际的单个共同体之上的特殊东西，而在这些单个的共同体中，每一个单个的人在事实上失去了财产，或者说，财产（即单个的人把劳动和再生产的自然条件看作属于他的条件，看作客观的条件，看作他在无机自然界发现的他的主体的躯体）对这单个的人来说是间接的财产，因为这种财产，是由作为这许多共同体之父的专制君主所体现的统一总体，通过这些单个的公社而赐予他的。因此，剩余产品（其实，这在立法上被规定为通过劳动而实际占有的成果）不言而喻地属于这个最高的统一体。
>
> 因此，在东方专制制度下以及那里从法律上看似乎并不存在财产的情况下，这种部落的或公社的财产事实上是作为基础而存在的，这种财产大部分是在一个小公社范围内通过手工业和农业相结合而创造出来的，因此，这种公社完全能够独立存在，而且在自身中包含着再生产和扩大生产的一切条件。公社的一部分剩余劳动属于最终作为个人而存在的更高的共同体，而这种剩余劳动既表现在贡赋等等的形式上，也表现在为了颂扬统一体——部分地是为了颂扬现实的专制君主，部分地为了颂扬想象的部落体即神——而共同完成的工程上。①

总括起来，马克思的意思是：在亚细亚的所有制形式中，基本的社会单位是相对独立、自给自足、农业与手工业相结合的小的农村公社。农村

---

① ［德］马克思：《经济学手稿（1857—1858）》，《马克思恩格斯全集》第46卷（上册），第473页。

公社作为一种"共同体"是土地等财产的世袭占有者，单个人只是这个共同体的附属物，并不拥有个人的财产，而凌驾于公社之上的是一个"统一体"，即最高的、唯一的所有者，那就是"东方专制制度下"的专制君主，君主通过贡赋的收取而占有了公社的剩余劳动，或者用于公共工程，马克思随后还补充说："在亚细亚各民族中起过非常重要作用的灌溉渠道，以及交通工具等等，就表现为更高的统一体，即高居于各小公社之上的专制政府的事业。""专制政府"因为负责公共工程的建设而具有了存在的合理合法性，而农村公社的意识形态主要是对专制君主的颂扬。

在这种以农村公社为基本社会单位的亚细亚社会中，城市是不独立的。马克思认为，在东方，"与这些乡村并存，真正的城市只是在特别适宜于对外贸易的地方才形成起来，或者只是在国家首脑及其地方总督把自己的收入（剩余产品）同劳动相交换，把收入作为劳动基金来花费的地方才形成起来"。①"真正的大城市在这里只能干脆看作王公的营垒，看作真正的经济结构上的赘疣。"② 这一点与西方的（古代的、日耳曼的）完全不同。

马克思在论述"亚细亚的"所有制形式的特点的时候，随时与"古代的"和"日耳曼的"所有制形式进行比较。马克思指出，在"古代的"（古希腊罗马）的所有制形式中，"不是把土地作为自己的基础，而是把城市即已经建立起来的农村居民（土地所有者）的居住地（中心地点）作为自己的基础。在这里，耕地表现为城市的领土；不［象在第一种形式中那样］村庄表现为土地的单纯附属物。"③ 也就是说，亚细亚社会的基本单元（共同体）是农村公社，而"古代的"社会的基本单元（共同体，

---

① ［德］马克思：《经济学手稿（1857—1858）》，《马克思恩格斯全集》第 46 卷（上册），第 474 页。
② ［德］马克思：《经济学手稿（1857—1858）》，《马克思恩格斯全集》第 46 卷（上册），第 480 页。
③ ［德］马克思：《经济学手稿（1857—1858）》，《马克思恩格斯全集》第 46 卷（上册），第 474—475 页。

公社）是城市，城市也是"作为国家"而存在的；亚细亚的农村公社是相对孤立的、封闭的，很少与外界交往的，而对"古代的"共同体而言，共同体之间因利害冲突常常发生战争，作为共同体的公社也具有军事组织的性质。"一个共同体所遭遇的困难，只能是由其他共同体引起的，后者或是先已占领了土地，或是到这个共同体已占领的土地上来骚扰。因此，战争就或是为了占领生存的客观条件，或是为了保护并永久保持这种占领所要求的巨大的共同任务，巨大的共同工作。因此，这种由家庭组成的公社首先是按军事方式组织起来的，是军事组织或军队组织，而这是公社以所有者的资格而存在的条件之一。住宅集中于城市，是这种军事组织的基础。"① 由于共同体之间的战争，"古代的"村社（部落）经常遭到破坏，人民经常异地迁徙流动，而"部落越是远离自己的原来住地而占领异乡的土地，因而进入全新的劳动条件并使每个人的能力得到更大的发展"。② 同时，由于战争中有胜利者与被征服者，因而公社成员地位又有阶级身份高低（自由人与奴隶）之别。

关于"原始所有制"的第三种形式"日耳曼的"所有制，马克思把它与前两种（亚细亚的、古代的）相对比，指出：在日耳曼的所有制形式下，"公社成员本身既不象在东方特有的形式下那样是公共财产的共有者，也不象罗马的、希腊的（简言之，古典古代的）形式下那样，土地为公社所占领"——

> 日耳曼的公社并不集中在城市中；而单是由于这种集中（即集中在作为乡村生活的中心、作为农民的居住地、同样也作为军事指挥中心的城市中），公社本身这时便具有同单个人的存在不同的外部存在。古典古代的历史是城市的历史，不过这是以土地财产和农业

---

① ［德］马克思：《经济学手稿（1857—1858）》，《马克思恩格斯全集》第46卷（上册），第475页。
② ［德］马克思：《经济学手稿（1857—1858）》，《马克思恩格斯全集》第46卷（上册），第475页。

为基础的城市；亚细亚的历史是城市和乡村无差别的统一（真正的大城市在这里只能干脆看作王公的营垒，看作真正的经济结构上的赘疣）；中世纪（日耳曼时代）是从乡村这个历史的舞台出发的，然后，它的进一步发展是在城市和乡村的对立中进行的；现代的历史是乡村城市化，而不象在古代那样，是城市乡村化。①

马克思指出，日耳曼的公社不像在古代的希腊罗马那样是作为国家组织而存在，也不是作为城市而存在。日耳曼人的每一个单独的家庭就是一个经济整体，它本身单独地构成一个独立的生产中心，每个家庭居住地相距较远，公社成员对共同体的认同主要体现在他们具有共同的语言与历史文化，体现在为了公共目的而举行的集会中。在日耳曼人那里也有一种不同于个人财产的公有地，作为猎场、牧场、采樵地，等等，公有地只是个人财产的补充。马克思将三种所有制方式加以比较，并总结道：

> 在亚细亚的（至少是占优势的）形式中，不存在个人所有，只有个人占有；公社是真正的实际所有者；所以，财产只是作为公共的土地财产而存在。在古代民族那里（罗马人是最典型的例子，表现的形式最纯粹，最突出），存在着国家土地财产和私人土地财产相对立的形式，结果是后者以前者为媒介；或者说，国家土地财产本身存在于这种双重的形式中。因此，土地私有者同时也就是城市市民。从经济上说，国家公民资格就表现在农民是城市居民这样一个简单的形式上。

> 在日耳曼的形式中，农民并不是国家公民，也就是说，不是城市居民；相反地，孤立的、独立的家庭住宅是基础，这一基础通过同本部落其他类似的家庭住宅结成联盟来得到保障，通过在遇到战争、举行宗教典礼、解决诉讼等等时为取得相互保证而举行的临时

---

① [德] 马克思：《经济学手稿（1857—1858）》，《马克思恩格斯全集》第46卷（上册），第479—480页。

集会来得到保障。在这里,个人土地财产既不表现为同公社土地财产相对立的形式,也不表现为以公社财产为媒介,而是相反,公社只是在这些个人土地所有者本身的相互关系中存在着。公社财产本身只表现为各个个人的部落住地和所占有土地的公共附属物。①

马克思在上述三种"原始所有制"及其特征的比较中,"亚细亚的"所有制的特点就很清楚地显示出来。而面对新的生产力与生产关系的出现与冲击,三种所有制形态都面临解体的命运。相比而言,"古代的"(古希腊罗马)的所有制形式早就解体了,中世纪日耳曼的所有制形式也在资本主义的冲击下解体,然而"亚细亚形式必然保持得最顽强也最长久。这取决于亚细亚形式的前提:即单个人对公社来说不是独立的,生产的范围仅限于自给自足,农业和手工业结合在一起,等等。"② 又说:"在东方的形式中,如果不是由于纯粹外界的影响,这样的丧失几乎是不可能的,因为公社的单个成员对公社从来不处于可能会使他丧失他同公社的联系(客观的、经济的联系)的那种自由的关系之中。他是同公社牢牢地长在一起。其原因也在于工业和农业的结合,城市(乡村)和土地的结合。"③ 也就是说,亚细亚的所有制直到西方的资本主义侵入之前都一直存在着。

三、"亚细亚的、古代的、封建的"之纵向论列

如果说,在《经济学手稿(1857—1858)》中,马克思对"亚细亚的""古代的""日耳曼的"三种所有制形式做了横向、平行的比较分析,

---

① [德] 马克思:《经济学手稿(1857—1858)》,《马克思恩格斯全集》第 46 卷(上册),第 481—482 页。
② [德] 马克思:《经济学手稿(1857—1858)》,《马克思恩格斯全集》第 46 卷(上册),第 484 页。
③ [德] 马克思:《经济学手稿(1857—1858)》,《马克思恩格斯全集》第 46 卷(上册),494—495 页。

那么到了一两年后，马克思在《政治经济学批判》(1859年)一书中，则把亚细亚的、古代的、日耳曼的这三种资本主义以前的所有制形式纳入人类社会纵向发展的链条上进行论述了。他在该书的序言中有这样两句重要的话：

> 大体说来，亚细亚的、古代的、封建的和现代资产阶级的生产方式可以看作社会经济形态演进的几个时代。资本主义生产关系是社会生产过程的最后一个对抗形式……①

而且，在这里，这句话把《经济学手稿（1857—1858）》中的三种"所有制形式"改称为"生产方式"。在马克思的政治经济学理论中，所有制形式与生产力、生产方式是相互适应的，生产力与生产关系决定了生产方式，生产方式又受制于所有制形式。两者所指的层面与角度不同，实质是一样的。但是，从所有制的角度对东方社会的分析，是相对静态的，解答的是生产资料与生产者本身的归属问题，而生产方式的角度则是相对动态的，解答的是生产目的、生产过程、产品流向等问题，并最终解答生产方式的变迁与演化。所以，在上引《〈政治经济学批判〉序言》的那句话里，马克思采用的是动态演进的视角，把"亚细亚的"生产方式放在整个人类生产方式的链条上加以论列。这样一来，就与《经济学手稿（1857—1858）》中对三种所有制形式分别加以比较分析的静态方法有所不同。

以往，国内外马克思主义理论界由于对"所有制形式"与"生产方式"的静态分析与动态论列的两种角度方法未加区分，因而对《〈政治经济学批判〉序言》中的这句话，在解读、理解上产生了分歧和持续的争论。争论的焦点是：这里所说的"亚细亚的、古代的、封建的和现代资产阶级的"三种生产方式是一种并列的关系还是一种序列的关系？一种

---

① ［德］马克思：《〈政治经济学批判〉序言》，《马克思恩格斯选集》第二卷，第83页。

认为应该是并列的关系，并以《经济学手稿（1857—1858）》为依据；另一种以这句话本身的表述为依据，认为是序列关系，是"序列论"者；由于《经济学手稿（1857—1858）》的公开整理出版是很晚近的事情，以前的论者看不到，所以"序列论"者一直占上风。实际上，现在看来，"并列论"与"序列论"都不免偏颇。

在上述《资本主义生产以前的各种形式》的手稿中，三种形态是并列的，因为亚细亚的、古代（希腊罗马）和日耳曼（中世纪）的，三者是在不同地域、不同时段独立存在的，其间并没有实质上的相互影响。马克思把这三者所有制形式都作为前资本主义的所有制形式，加以静态的比较分析，在这种语境下三者的关系是并列的关系。而到了《〈政治经济学批判〉序言》则转换了角度，旨在强调"社会经济形态演进的几个时代"，于是把前资本主义的三种形态与资本主义形态排列在一起，就具有了前后的序列性。换言之，单独论述资本主义之前的三种形态的时候，三种形态是并列的；而论述资本主义之前的各阶段，则这三种形态与资本主义形态就构成了一种序列关系。因此马克思说："亚细亚的、古代的、封建的和现代资产阶级的生产方式可以看作社会经济形态演进的几个时代。"在这个强调时代演进的语境里，"亚细亚的、古代的、封建的"三种生产方式，都是按照离资本主义时代的远近来排列的，也有了一定意义上的序列性。无论是在《资本主义生产以前的各种形式》的手稿中，还是在《〈政治经济学批判〉序言》中，马克思都是把"亚细亚的"放在最早位置的，把它看作人类最早的生产方式或所有制形态。而把"亚细亚的"文明作为人类文明的起点，是西方学界自古希腊希罗多德以来的共同持有的看法，特别是在稍早于马克思的黑格尔，在其历史哲学、美学等理论体系的构建中都使用了"东方—古代（希腊罗马）—中世纪（日耳曼）—现代"这样的时序。马克思在《〈政治经济学批判〉序言》中的序列，大体也是如此。而且，即便从这句话的语法上看，四者显然是序列的、递进的，"亚细亚的"是最原初的一种生产方式。联系马克思恩格斯的关于东方社会与西方（西欧）社会的不同性质的论述来看，"亚细亚的"对西方社会而言也是一个古老的开端与渊源。实际上，马克思曾指出，在西欧社会也有"亚细亚的"遗存。（例如1868年马克思在看到毛勒发表的关于德国农村公社"马尔克"等材料之后，3月14日给恩格斯写信说："我提出的欧洲各地的亚细亚的或印度的所有制形式都是原始形式，这个观点在这里……再次得了证实。"①）因为"亚细亚的"生产方式形成很早，保留了古老的原始的公社公有制，所以马克思在《〈政治经济学批判〉序言》中把"亚细亚的"放在最前面，作为一个开端，对西欧社会而言也是适当的。换言之，"亚细亚生产方式"的某些特征（例如土地公有），在西方社会的某些地方和阶段中也存在过，但总体上、本质上，这种生产方式是"亚细亚的"，西欧社会的特点不在这里，因为到了古希腊，则进入了欧洲意义上的"古典的古代"的发展阶段。而在亚洲，却一直是"亚细亚的"。东方社会自从形成到近代解体，是一直没有根本改变的，因而也是没有阶段性，没有根本变化的，因此它不在欧洲的"古代的、封建的、现在资产阶级的生产方式"的发展序列中。在这个意义上，"亚细亚生产方式"与后面的三种欧洲的生产方式，是一种并列（平行）的关系，而不是序列（先后）的关系。只是由于"亚细亚的"生产方式的形成早于欧洲的那些生产方式，所以放在前头，于是就欧洲社会的发展演变而言，又有了一定的序列性。就欧洲而言，从"亚细亚的"的遗留，到古代的（马克思在其他地方又称"古典的古代"，古典即古希腊罗马）、封建的、资本主义的生产方式，确实是序列性的，是欧洲生产方式发展演进的四个阶段，四者的关系是递进的关系。在马克思看来，东方与西方是两种不同的社会，东方在被西方拉进资本主义阶段之前，其发展并不在一个序列中，但后来，西方资本主义的入侵"使东方从属于西方"，改变了东

---

① ［德］马克思：《政治经济学批判》，《马克思恩格斯全集》第32卷，北京：人民出版社，1963年，第43页。

方社会的性质。这样一来,东方与西方又有了交集。

在马克思看来,资本主义之前的"亚细亚的、古代的、封建的"三种所有制形态,它们在原发性的意义上,都是"原始所有制",在这个意义上,它们是各自独立的,并列性的。但是,站在人类社会总体的发展史上看,它们之间并非完全孤立和不相干的,关于这一点,马克思在《政治经济学批判》(1859)所做的一个脚注中这样写道:

> 近来流传着一种可笑的偏见,认为原始的公社所有制是斯拉夫族特有的形式,甚至只是俄罗斯的形式。这种原始形式我们在罗马人、日耳曼人、赛尔特人那里都可以见到,直到现在我们还能在印度遇到这种形式的一整套图样,虽然其中一部分只留下残迹了。仔细研究一下亚细亚的,尤其是印度的公社所有制形式,就会得到证明,从原始的公社所有制的不同形式中,怎样产生出它的解体的各种形式。例如,罗马和日耳曼的私人所有制的各种原型,就可以从印度的公社所有制的各种形式中推出来。①

看来,在马克思那个时代,也有人把几种原始的公社所有制看作存在于某地的孤立的特有形式,而在马克思看来,这是"可笑的偏见",其实它们都是相互关联的。亚细亚的(印度的)公社所有制是最为古老和原始的,而"亚细亚生产方式"的某些特征(如土地公有),在西方社会的某些地方和阶段中也存在过,对此,马克思在此前的《经济学手稿(1857—1858)导言》中,就已强调指出:"人体解剖对于猴体解剖是一把钥匙。反过来说,低等动物身上表露的高等动物的征兆,只有在高等动物本身已被认识之后才能理解。因此,资产阶级经济为古代经济等等提供了钥匙。"②这就是

---

① [德]马克思:《政治经济学批判》,《马克思恩格斯全集》第13卷,北京:人民出版社,1965年,第22页。
② [德]马克思:《经济学手稿(1957—1858)·导言》,《马克思恩格斯全集》第46卷(上册),第43页。

说，了解了高级事物之后，将有助于回溯地理解相对低级的事物；又说："资产阶级经济只有在资本主义社会的自我批判已经开始时，才能理解封建的、古代的和东方的经济。"① 显然，在这里，"封建的、古代的和东方的"亦即"日耳曼的""古希腊罗马的"和"亚细亚的"，形成了一个依次上溯、倒推的序列。

但是，"亚细亚的、古代的、封建的"三者的时序性并不是绝对的、单线的，不是此伏彼起、依次替代的。马克思反复强调：亚细亚的所有制形式或生产方式，从产生以来，几千年间没再有根本的变化，表现为静止、停滞和"没有历史"的性质，直到现代外来的资本主义冲击，才开始发生动摇和解体。但就"亚细亚的"本身而论，它是缺乏时序性的；但是把它放在整个人类社会发展的序列中，特别是资本主义产生前后的历史过程中，它就具有了时序性。所以马克思在这个意义上说，这几个时代"可以看作社会经济形态演进的几个时代"。因此，关于"亚细亚的"与"古代的""中世纪"之间的关系问题，从不同意义上可以说，它们既是并列的，也是序列的，并不是非此即彼。如果我们不做这样的理解，而是把上述四种生产关系要么看作并列的，要么看作递进的，则会各执一端，就会偏离马克思对东西方社会的总体阐述。

四、《资本论》与"亚细亚的"理论的完成

上述的《经济学手稿（1857—1858）》是马克思为《资本论》的撰写准备的草稿，在1867年出版的《资本论》第一卷，乃至马克思逝世后由恩格斯整理出版的第二卷、第三卷中，大概是出于集中论述资本主义生产方式的需要，关于资本主义生产以前的各种生产方式（包括"亚细亚

---

① ［德］马克思：《经济学手稿（1957—1958）·导言》，《马克思恩格斯全集》第46卷（上册），第44页。

的")的专门章节没有了,但在《资本论》中,马克思没有放弃,而是继续使用"亚细亚的"等相关概念,把"亚细亚的所有制"与"亚细亚的生产方式"两种层面综合起来,有关论述也具有总结性或总括性,标志着马克思"亚细亚的"理论体系的完成。例如在第一卷谈到商品时有这样一段话:

> 在古亚细亚的、古希腊罗马的等等生产方式下,产品变为商品、从而人作为商品生产者而存在的现象,处于从属地位,但是共同体越是走向没落阶段,这种现象就越是重要……这些古老的社会生产机体比资产阶级的社会生产机体简单明了得多,但它们或者以个人尚未成熟,尚未脱掉同其他人的自然血缘联系的脐带为基础,或者以直接的统治和服从的关系为基础。①

在这里,马克思一如既往的使用"亚细亚的"概念,并且把"亚细亚的"放在"古希腊罗马"的之前,表明了"亚细亚的"生产方式离资本主义商品生产方式最远。总体上,马克思在《资本论》中进一步把"亚细亚的所有制"与"亚细亚生产方式"两种角度综合起来,把横向的静态研究与纵向的动态考察结合起来,在历史唯物主义立场上形成了完整的、成熟的关于东方社会的理论。以下这段文字集中说明了亚细亚的所有制及生产方式的若干特点——

> 在这里,按照假定,直接生产者还占有自己的生产资料,即他实现自己的劳动和生产自己的生活资料所必需的物质的劳动条件;他独立地经营他的农业和与农业结合在一起的农村家庭工业。这种独立性,不会因为这些小农(例如在印度)组成一种或多或少带有自发性质的生产公社而消失,因为这里所说的独立性,只是对名义

---

① [德]马克思:《资本论》第一卷,《马克思恩格斯全集》第23卷,北京:人民出版社,1972年,第96页。版本下同。

上的地主而言的。在这些条件下，要能够为名义上的地主从小农身上榨取剩余劳动，就只有通过超经济的强制，而不管这种强制是采取什么形式。它和奴隶经济或种植园经济的区别在于，奴隶要用别人的生产条件来劳动，并且不是独立的。所以这里必须有人身的依附关系，必须有不管什么程度的人身不自由和人身作为土地的附属物对土地的依附，必须有真正的依附农制度。如果不是私有土地的所有者，而像在亚洲那样，国家既作为土地所有者，同时又作为主权者而同直接生产者相对立，那末，地租和赋税就会合为一体，或者不如说，不会再有什么同这个地租形式不同的赋税。在这种情况下，依附关系在政治方面和经济方面，除了所有臣民对这个国家都有的臣属关系以外，不需要更严酷的形式。在这里，国家就是最高的地主。在这里，主权就是在全国范围内集中的土地所有权。但因此那时也就没有私有土地的所有权，虽然存在着对土地的私人的和共同的占有权和使用权。①

这里主要是从所有制与生产关系的综合角度来论述的。马克思从所有制的层面，清楚地说明了：一、在东方社会及亚细亚生产方式中，生产者掌握生产资料及劳动条件，可以独立地经营。因此他们不是奴隶，也不是欧洲封建种植园中的农奴，而是"小农"，而东方小农经济与"奴隶经济""种植园经济"是有"区别"的；二、亚细亚生产方式的特点是农业与家庭手工业的结合；三、在这里存在"名义上的地主"，亦即中央集权政府及代表者的专制君王，或者说"国家是最高的地主"，而国家对小农的剥削，依靠的是地租（作为地主的权力）与税赋（作为国家政府的权力）两者合一的形式，这不是奴隶社会那样的人身依附关系，而是一种君臣关系，相比于奴隶制度，其剥削"不需要更严酷的形式"；关于

---

① ［德］马克思：《资本论》第三卷，《马克思恩格斯全集》第25卷，北京：人民出版社，1974年，第890—891页。版本下同。

这一点，恩格斯在 1875 年发表的《论俄国的社会问题》一文中写道："各个公社相互间这种完全隔绝的状态，在全国造成虽然相同但绝非共同的利益，这就是东方专制制度的自然形成的基础。从印度到俄国，凡是这种社会形式占优势的地方，它总是产生这种专制制度，总是在这种专制制度中找到自己的补充。"① 把东方村社与"东方专制主义"政治制度联系起来加以论述，是马克思关于经济基础决定上层建筑、经济决定政治之唯物主义思想的必然结论；四、在这里不存在"私有土地的所有权"，这一点马克思恩格斯之前曾反复强调过。

在《资本论》中，马克思还从"生产方式"及生产的社会分工角度，谈到了亚细亚生产方式的另一些特点，认为在资本主义生产方式中，社会分工的无政府状态和工场手工业分工的专制是互相制约的，但是，在亚细亚的所有制及生产方式中，社会分工是自然发生，随后固定下来的，而且分工只是在很狭小的范围内，他以印度社会为例，论述了在亚细亚生产方式下，印度村社的一些具体特征——

> 例如，目前还部分地保存着的原始的规模小的印度公社，就是建立在土地公有、农业和手工业直接结合以及固定分工之上的，这种分工在组成新公社时成为现成的计划和略图。这种公社都是一个自给自足的生产整体，它们的生产面积从一百英亩至几千英亩不等。产品的主要部分是为了满足公社本身的直接需要，而不是当作商品来生产的，因此，生产本身与整个印度社会以商品交换为媒介的分工毫无关系。变成商品的只是剩余的产品，而且有一部分到了国家手中才变成商品，从远古以来就有一定量的产品作为实物地租流入国家手中。在印度的不同地区存在着不同的公社形式。形式最简单的公社共同耕种土地，把土地的产品分配给公社成员，而每个家庭

---

① ［德］恩格斯：《论俄国的社会问题》，《马克思恩格斯全集》第 18 卷，北京：人民出版社，1964 年，第 618—619 页。

则从事纺纱织布等等，作为家庭副业。除了这些从事同类劳动的群众以外，我们还可以看到一个"首领"，他兼任法官、警官和税吏；一个记帐［账］员，登记农业帐［账］目，登记和记录与此有关的一切事项；一个官吏，捕缉罪犯，保护外来旅客并把他们从一个村庄护送到另一村庄；一个边防人员，守卫公社边界防止邻近公社入侵；一个管水员，从公共蓄水池中分配灌溉用水；一个婆罗门，司理宗教仪式；一个教员，在沙土上教公社儿童写字读书；一个专管历法的婆罗门，以占星家的资格确定播种、收割的时间以及对各种农活有利和不利的时间；一个铁匠和一个木匠，制造和修理全部农具；一个陶工，为全村制造器皿；一个理发师，一个洗衣匠，一个银匠，有时还可以看到一个诗人，他在有些公社里代替银匠，在另外一些公社里代替教员。这十几个人的生活由全公社负担。如果人口增长了，就在未开垦的土地上按照旧公社的样子建立一个新的公社。公社的机构显示了有计划的分工，但是它不可能有工场手工业分工，因为对铁匠、木匠等等来说市场是不变的，至多根据村庄的大小，铁匠、陶工等等不是一个而是两个或三个。调节公社分工的规律在这里以自然规律的不可抗拒的权威起着作用，而每一个手工业者，例如铁匠等等，在他的工场内按照传统方式完成他职业范围内的一切操作，但是他是独立的，不承认任何权威。①

这就很具体地指出了东方传统的农村公社的一些特点，那就是公社社员占有土地和共同耕种，农业与手工业相结合，自给自足；社会分工在公社内部是明确的，不同的职业者各司其职，而生产的目的是满足公社本身的需要而不是商品的交换价值，一部分剩余价值以实物地租的方式被国家抽走。周而复始，自给自足。"这些自给自足的公社不断地按照同一

---

① ［德］马克思：《资本论》第 1 卷，《马克思恩格斯全集》第 23 卷，第 395—396 页。

形式把自己再生产出来，当它们偶然遭到破坏时，会在同一地点以同一名称再建立起来，这种公社的简单的生产机体，为揭示下面这个秘密提供了一把钥匙：亚洲各国不断瓦解、不断重建和经常改朝换代，与此截然相反，亚洲的社会却没有变化。这种社会的基本经济要素的结构，不为政治领域中的风暴所触动。"① 也就是说，"亚洲的社会"及亚细亚生产方式具有巨大的自我修复与重建的功能，政治上的政权更替，却不能造成社会结构与性质的变化，马克思一再强调东方社会的长期稳定缺乏变化的特性，也就否认了它具有西欧社会那样的奴隶社会、封建社会的阶段性的演进和质的变化，它就是由"亚细亚生产方式"或"亚细亚的所有制形式"所决定的独特的东方社会，是政治上的改朝换代的频发与社会形态结构上的静止性或超稳定性的矛盾统一。

在《资本论》第三卷中，还有一段文字，从生产方式的层面，再次概括地指出了传统东方社会政治经济上的自给自足、静止不变的特性：

> 总的说来，我们在这里不可能深入研究使不同地租形式能够结合和混杂在一起的无穷无尽的不同的组合。由于产品地租形式必须同一定种类的产品和生产本身相联系，由于对这种形式来说农业经济和家庭工业的结合是必不可少的，由于农民家庭不依赖于市场和它以外那部分社会的生产运动和历史运动，而形成几乎完全自给自足的生活，总之，由于一般自然经济的性质，所以，这种形式完全适合于为静止的社会状态提供基础，如象我们在亚洲所看到的那样。②

农业与家庭手工业相结合的"自给自足"，使得东方社会不依赖工业产品市场，也不会发生社会运动与历史运动，因而形成了"静止的社会状态"，

---

① ［德］马克思：《资本论》第1卷，《马克思恩格斯全集》第23卷，第396—397页。
② ［德］马克思：《资本论》第3卷，《马克思恩格斯全集》第25卷，第897页。

而到了近代，面临西方资本主义的冲击，东方社会的亚细亚生产方式也做了顽强的抵抗，马克思在《资本论》第三卷中又指出：

> 资本主义以前的、民族的生产方式具有的内部的坚固性和结构，对于商业的解体作用造成了多大的障碍，这从英国人同印度和中国的通商上可以明显地看出来。在印度和中国，小农业和家庭工业的统一形成了生产方式的广阔基础。此外，在印度还有建立在土地公有制基础上的村社的形式，这种村社在中国也是原始的形式。在印度，英国人曾经作为统治者和地租所得者，同时使用他们的直接的政治权力和经济权力，以便摧毁这种小规模的经济公社。如果说他们的商业在那里对生产方式发生了革命的影响，那只是指他们通过他们的商品的低廉价格，消灭了纺织业，——工农业生产的这种统一的一个自古不可分割的部分，这样一来也就破坏了公社。但是，就是在这里，对他们来说，这种解体工作也是进行得极其缓慢的。在中国，那就更缓慢了，因为在这里直接的政治权力没有给予帮助。因农业和手工制造业的直接结合而造成的巨大的节约和时间的节省，在这里对大工业产品进行了最顽强的抵抗。①

至此，马克思基本完成了他的"亚细亚的"理论建构，对亚细亚所有制、亚细亚生产方式做了系统的论述，指出了它作为资本主义以前的一种所有制形式与生产方式所产生的背景根源，比较分析了它与"古代的""日耳曼的"所有制的区别及其特征，揭示了它在西方资本主义冲击下必然解体的命运，并为晚年对东方社会非资本主义发展道路的探索——即跨越资本主义的"卡夫丁峡谷"的理论——奠定了基础。

以上从西方的东方学学术思想史的角度，对马克思"亚细亚的"理

---

① ［德］马克思：《资本论》第3卷，《马克思恩格斯全集》第25卷，第372—373页。

论建构的动态过程加以梳理与呈现,由此可以见出,马克思早期关于"土地国有、农村公社、专制主义"的东方观,基本上是对以往古典政治经济学与哲学的继承发挥,继而从资本主义"生产关系"与"社会关系"研究的需要出发,把"亚细亚的"作为一个参照,在《经济学手稿(1857—1858)》中对"亚细亚的"(东方的)、"古代的"(古希腊罗马)和"日耳曼的"(欧洲中世纪)三种资本主义以前的"原始所有制"做了横向的比较分析,指出了"亚细亚的特点";又在《政治经济学批判》及其序言中,将"所有制"层面转换为"生产方式"层面,把"亚细亚的"生产方式与"古代的、封建的和现代资本主义的"生产方式做了纵向的动态的论列,确立了"亚细亚的"历史位置;到了《资本论》则把"亚细亚的所有制"与"亚细亚的生产方式"两种层面综合起来,把横向的静态比较与纵向的动态考察结合起来,在对现代资本主义的横向与纵向的研究中,指出了"亚细亚的"在社会形态、所有制形式、生产方式上的独特性与历史地位,形成了完整、成熟的"亚细亚的"理论,从而在历史唯物主义立场上将"亚细亚的"纳入了世界历史,体现了社会历史与理论逻辑相统一的建构过程。可以说,"亚细亚的"理论贯穿着马克思恩格斯思想理论建构的整个过程。马克思晚年在关于古代社会特别是东方社会的思考与研究中,虽然几乎不再使用"亚细亚的"及"亚细亚生产方式"的概念,只是因为他关注和研究的历史阶段更往前推了,由"农村公社"推到了阶级社会产生之前的更早的社会形态——古代的氏族公社,那是没有私有制和阶级的社会,即我们通常所说的"原始社会",马克思称之为"原生"的农村公社,而"亚细亚的"和"古代的"乃至"日耳曼的"都不过是那之后的"次生的、再次生"的类型。[①] 因此,马克思晚年(最后的十几年间)在其原始公社及东方社会的研究中虽然不

---

① [德]马克思:《给维·伊·查苏利奇的复信草稿——初稿》,《马克思恩格斯全集》第19卷,北京:人民出版社,1963年,第432页。版本下同。

使用"亚细亚的"或"亚细亚生产方式"的概念,但却是在此前研究基础上的上溯和深化。认识到这一点,将有助于反省一百多年来中外思想理论界围绕"亚细亚生产方式"问题而产生的种种误读与论争,有助于消除各种各样关于"亚细亚生产方式"的否定论与取消论。

马克斯·韦伯的东西方观念差异论[①]

马克斯·韦伯遵循社会学的学术理路，以宗教社会学为切入口，以寻求文化差异性为主要目的进行东西方比较研究，认为东方国家之间虽有差异（例如儒教的"入世"与印度宗教的"出世"）甚至比东西方之间的差异还要大，但总体上东方神秘主义宗教与西方克己禁欲的理性主义新教之间的差异是巨大的和根本的，后者形成了一种独特的"资本主义精神"。韦伯的东西方差异研究处在"东方—西方"二元论向多元文化论渐移与过渡的位置，并由哲学思想意义上的"东方观"发展成为社会学研究上的"东方学"。他的理论成果及其缺陷，也由后来的贝拉等人加以继承和修正。

在西方思想家关于"东方—西方"的思考中，如果说伏尔泰从文明史的角度论证为什么东方各国社会是先发后至而西方是后来居上，孟德斯鸠从法学角度追问为什么东方国家缺乏"法的精神"，黑格尔从客观唯心主义的角度阐明为什么在东方人的精神世界中不可能产生"绝对理念"或"绝对精神"，马克思从唯物主义的角度论证什么是"亚细亚生产方

---

① 原载《东方丛刊》2018年第1期。

式"，那么，德国思想家、历史与社会学家马克斯·韦伯（Max Weber，1864—1920）则从"资本主义精神"论的角度，论述为什么只有在西方的基督教新教中，而不是在东方各国，会产生"资本主义精神"。这一问题的提出与论证，都是以比较宗教社会学的方法，在"东方—西方"对立与对照中完成的。在这个过程中，"东方"既是作为"西方"反衬与反例而存在的，同时东方各国宗教本身也是他研究的相对独立的单元，由此体现了马克斯·韦伯东方学研究的特色。

一、"资本主义精神"的西方属性

首先要明确，马克斯·韦伯作为一个社会学家，是以"社会"为研究的基本单位，因而他不同于那些哲学家、神学（宗教学）家或经济学家，他的"社会"研究采用的是综合的视角，包括政治的、经济的、宗教文化的。在资本主义及资本主义精神研究方面，韦伯试图把唯物与唯心调合起来，也就是把黑格尔唯心主义的"精神"论与马克思的唯物主义"生产方式"论调和起来，把作为一种文化心理的"宗教精神"和作为一种经济制度与生产方式的"资本主义"两者加以浑融地考察，而合称"资本主义精神"，因而很难说韦伯是观念决定论者或唯心主义者。韦伯的目的是要解释资本主义这样一种社会制度何以只能在西方而不是在东方发生，是要强调西方社会的特殊性，说明与资本主义精神相关的其他许多重要方面，包括科学技术、人文社会科学、艺术文化等，为什么都"只有在西方"产生。他在《新教伦理与资本主义精神》（1914—1915）一书前言的第一段，开门见山地这样写道："生为近代欧洲文化之子，在研究世界史时，必然且应当提出如下的问题：即在——且仅在——西方世界，曾出现朝着（至少我们认为）具有普遍性意义及价值的方向发展的某些文化现象，这到底应该归诸怎样的因果关系呢？"[1] 在他看来，对

---

[1] ［德］马克斯·韦伯：《新教伦理与资本主义精神》，康乐、简惠美译，桂林：广西师范大学出版社，2010年，第1页。版本下同。

西方（欧洲）文化的独特性的确认，是"作为近代欧洲文化之子"的一种使命。马克斯·韦伯这种提起问题的方式，也与许多西方学者明显不同。前辈的许多学者，包括从希罗多德到黑格尔，所提出的问题几乎就是：一切人类文明的成果都起源于东方，但后来却在西方得到发展？因此东方与西方是有渊源关系的。但马克斯·韦伯的问题却反了过来：许多东西本来就仅仅起源于西方、发展于西方，而与东方并没有渊源关系。东方只有在作为反例的时候，对说明西方才有价值。他在《新教伦理与资本主义》的前言中，历数了许多这样的现象。认为，"只有在西方，'科学'才发展到一个今日视为'普遍有效'的程度……然而巴比伦的天文学，缺少了希腊人首次发展出来的数学基础……印度的几何学则欠缺理性的证明——这又是希腊精神的产物，而这精神也创造出力学与物理学……印度的医学……缺乏生物学尤其是生化学的基础。至于理性的化学，除了西方外，一概未曾出现于其他文化地区。中国的史学，虽有高度发展，却缺乏修昔底德式就事论事的研究方法……从亚洲的国家理论中，我们找不到任何类似亚里士多德的系统分类与理性的概念。理性的法律学所必备的严谨的法学构架与思考形式，为罗马法（西方法律也源自此），却不见于他处……"他接着还举出了音乐中的和声、记谱法以及各种乐器、绘画中的透视法等，更不必说"我们近代生活里决定命运的关键力量：资本主义"，而"所有这些，唯独西方才有"。[①] 马克斯·韦伯所感兴趣的，正是这些"唯独西方才有"的东西。这样一来，他的文化史、社会史的研究，从研究方法就发生了重大转变，此前的"起源于东方、发展于西方"的种种研究，都含有一种溯源的研究、文化传播与影响的研究，是"东方—西方"事实上的关联研究，但到了马克斯·韦伯这里，"东方—西方"的关联主要不是事实上的，而变为一种没有事实关系的纯粹的平行对比，是一种反衬、反照式的研究。从这个意义上说，

---

① ［德］马克斯·韦伯：《新教伦理与资本主义精神》，第1—3页。

马克斯·韦伯在强化西方文化的自足性、绝对性方面,显然比黑格尔进了一步。

作为一个社会学家,马克斯·韦伯所倾力论证的,就是所谓"资本主义精神"所具有的西方文化的独特属性,而要证明这一点,就要撇开它与东方文化的关联。马克斯·韦伯承认,"资本主义"是一种以"资本"(金钱)为基础、为手段的生产与交换方式,"在中国、印度、巴比伦,在古代和中世纪,都曾有过'资本主义'"。① 但是他所严格定义的"资本主义","指的是近代的资本主义……仅止于此种西欧—美国的资本主义",为此他援引了18世纪美国的富兰克林的一段话,来说明什么是他所说的西方近代的"资本主义"及"资本主义精神",中心意思是:"时间就是金钱""信用就是金钱",要使"钱能生钱",要"勤奋节俭";年轻人要把这个当作人生追求,要在这一努力中实现"功成名就"。马克斯·韦伯认为这里所教导的并非一般的经商才智和营利方法,而是把"营利变成人生的目的,而不再是为了满足人的物质生活需求的手段",它是被看作一种"职业义务",是对人生有明确方向和目的的精心设计,是一种生活方式,也是人生价值的追求,而不是一种靠满足自然欲望、贪欲、享乐而以非法手段、冒险等加以获取的东西。在具体操作实施中,是"在严密精算的基础上进行理性化,对致力追求的经济成果进行妥善计划且清醒冷静的运筹帷幄,实乃资本主义私人经济的一个根本特色。与农夫只图糊口的生活、古老行会工匠依恃特权的陈腐老套,以政治机会与非理性投机为取向的'冒险家资本主义'正相对反"。② 而与这样的"资本主义精神"相比,以前的一切经营与营利方式都是"前资本主义"的。"所谓'前资本主义',指的是:理性的经营方式的投资与理性的资本主义劳动组织尚未成为决定经济行为取向的支配的力量。"③ 因此,过程中有没有"理性"

---

① [德]马克斯·韦伯:《新教伦理与资本主义精神》,第28页。
② [德]马克斯·韦伯:《新教伦理与资本主义精神》,第50页。
③ [德]马克斯·韦伯:《新教伦理与资本主义精神》,第34页。

的支配，是区分"前资本主义"与"资本主义"的根本标准。"资本主义精神"的实质正是所谓"理性"，包括理性的人生目标设计、理性的生活方式与消费方式、理性的方法与途径、理性的预测与计算，而这个"理性"也并非一般意义上的，而是经过他加以特别界定的。"理性"来自近代基督教宗教改革之后形成的以路德派与加尔文派为代表的新教（清教），是新教的理性主义的"理性"，也就是建立在"预选"论与"天职"论基础上的"新教伦理"。清教宣称：人有原罪，就须追求上帝的救赎，根据加尔文派的"预选"的观念，上帝早已经"预选"了一部分"选民"加以救赎，使其进入天堂，但是否被预选，人们全都浑然不知。而只有在现实社会上努力取得事业上的成功，以"选民"应有的德行与作为来增加上帝的荣耀，人们才能不断地证得上帝的预选。因为上帝是"为了上帝荣耀"而创造了这个世界，并让人来管理经营这个世界，所以无论人生来有多大罪过，上帝都希望借着人的罪恶在现实中的克服而显示自己的荣耀。"真正的基督徒，出世而又入世的禁欲者，希望自己什么也不是，而只是上帝的一件工具；在其中，他寻到了他的尊严。既然这是他所期望的，那么他就成为理性地转化与支配这个世界的有用工具。"[1] 就要用上帝赋予的理性来节制人的欲望即"禁欲"（节欲、制欲）[2]，把中世纪僧侣面对来世的禁欲主义，转变为现世的禁欲主义，把世俗的职业作为体现上帝恩宠与荣耀的"天职"，而恪尽职守、克勤克俭、兢兢业业、孜孜不倦地工作，努力营利赚钱，不是为了养家糊口，也不是为了满足贪欲，更不是以拥有更多财富为目的，而是把持续的勤奋劳动（包括人体劳动与精神劳动）这件事本身作为人生价值所在，作为一种在俗世上的修行，

---

[1] ［德］马克斯·韦伯：《中国的宗教：儒教与道教》，康乐、简惠美译，桂林：广西师范大学出版社，2010年，第326页。版本下同。

[2] 禁欲：有时被汉译为"苦行"，但是汉语的"禁欲"一词，很容易带有"禁绝性欲"之意，而西方新教只是主张克己、节欲或制欲，将人的欲望规制到"天职"上面，即为证明上帝的恩宠而努力地、不辞劳苦地从事各自的世俗职业。因此，"禁欲"一词更确切的译词似应为"节欲"或"制欲"。

作为得到救赎的必要条件。韦伯指出：新教反对把财富本身作为劳动的目的，而主张"把劳动本身作为人生的目的"，强调勤奋劳动的重要性，首先是因为"劳动自古以来即为验之有效的禁欲手段。而西方教会对劳动的此种评价，不仅与东方甚而是与全世界所有的修道僧规律都形成尖锐的对比"。① "禁欲"精神与新教的劳动伦理紧密关联，"近代的职业劳动具有一种禁欲的性格……断绝浮士德式的个人全方位发展的念头，而专心致力于一门工作，是当今世界里任何有价值的行动所必备的前提。"② 也就把个人的宗教追求与世俗的职业联系在一起，把基督教徒身份与职业人的身份结合起来。马克斯·韦伯确信，正是这种"新教伦理"成为西方近代"资本主义精神"产生的渊源之一。

很显然，马克斯·韦伯所说的这种精神，若作为一般的商业精神，无论是在东方还是西方的社会发展史上，特别是在成功的商家或商人中，都或多或少地存在着。就经商而言，靠冒险、靠碰运气、靠因循守旧的传统主义，不可能取得商业上的持续成功，它需要的毕竟还是周密的预测、精细的算计、理性的决策。而且事实上，正如韦伯所承认的，在东方各国特别是犹太、巴比伦、印度乃至中国的历史上，都存在着发达的商业活动，历史上都有成规模的经商活动与成功的商人事迹的记载，但韦伯要证明的是，这些都不是他所说的"资本主义精神"。"资本主义精神"是西方所独有的。或者我们可以更确切地说，"资本主义精神"是马克斯·韦伯所建构的一种"理念范型"（ideal type）。这个理念范型并不是现实中本来就存在着的，而是研究者从现实的观察中推导、构拟和预设出来的，然后再用这个"理念范型"来检视社会的经验现实。这就是韦伯的社会学研究的基本方法。"资本主义精神"这种"理念范型"是马克斯·韦伯所预设的研究东西方社会的基本理念范型，但这个理念范型本

---

① ［德］马克斯·韦伯：《新教伦理与资本主义精神》，第150页。
② ［德］马克斯·韦伯：《新教伦理与资本主义精神》，第181页。

身就是从近代西欧社会的观察中构拟出来的，它反过来可以周密地涵盖近代西方，但却不可能涵盖东方。这个问题在进入东方社会诸宗教的研究之前，结论实际上早就被预设了，进入研究过程，不过是对结论具体验证而已。在马克斯·韦伯看来，东方（亚洲）各国的商业与经营活动都没有近代西方那样的理性的驱动即理性主义，而是处在按本能行事的"自然主义"和按惯例行事的"传统主义"，因而未能实现这种革命性的飞跃。为了说明这一点，他首先把这种"资本主义精神"与西方独特的"新教伦理"联系起来，因为新教是西方的，所以建立在新教伦理基础上的"资本主义精神"也是西方的。在"东方—西方"的各种因素都具备了产生"资本主义"的某些条件的情况下，资本主义最初只在西方产生，原因正在于西方存在"新教伦理"，正是新教的"入世禁欲"的精神，导致了资本主义精神及近代资本主义的诞生。

不过，当马克斯·韦伯在《新教伦理与资本主义精神》中提出这一论断后，显然感觉不满足，还必须对相应的东方宗教加以专门研究，来具体地、切实地证明东方诸宗教中不包含"资本主义精神"的因素，才能使"资本主义精神"的西方属性得以最终确认。于是，韦伯便展开对东方宗教的一系列研究，用比较宗教社会学的方法，写出了《中国的宗教：儒教与道教》《印度的宗教》《古犹太教》，还有未完成的《伊斯兰教》等。这一系列的研究主要不是对东方诸宗教的本体论的研究，而是对这些宗教的社会作用、社会价值的研究，目的是为了揭示出东方社会究竟是怎样一种迥异于西方的社会，而西方社会本身独一无二的特殊性也就在这种比较中凸显了出来。

二、作为西方"资本主义精神"之反例的东方

在对东方宗教的一系列研究中，马克斯·韦伯首先所做的是对中国宗教的研究，写出了《中国的宗教：儒教与道教》（1915年）一书。马克斯·韦伯对中国的国家、城市、君侯、官僚、法律、行政制度、农业、

商业、士人阶层等重要问题作了分析研究，然后对儒教及作为儒教之"异端"的道教做了分析研究，最后在对儒教与西方清教的对比中做出了基本的结论。综合起来看，马克斯·韦伯认为，儒教与清教的共同点就是两者都是"理性"的。但儒教的理性建立在人伦关系上，清教的理性建立在人与神（上帝）的关系上。儒教的理性追求是学习圣人并成为一个有教养的"君子"，要成为饱读诗书、恪守传统与祖训的人，为了自己的社会体面与名誉，不求发挥自我个性与创新；清教徒的理性追求是作为上帝的奴仆或工具而生活，为此就须成为一个学有专长的专门家和"职业人"，人生力求创新，为的是更好地担当上帝的工具而让上帝满意。表现在日常具体生活中，普通中国人追求福、禄、寿，是为了获得世人的赞赏、留下名声，而不是清教徒那样的只为上帝负责、只为上帝尽职；表现在经济与商业活动中，一般平民阶层往往流于传统主义的持家过日子的"糊口经济"①。在此前提下，清教与儒教的"理性化"水平与程度并不一样。在清教看来，上帝是理性的根源，期望上帝救赎是背负着原罪的清教徒根本的理性追求，而人们所生活的现实世界却是非理性之所在，这样一来，清教徒与现实世界的关系便处在了一种"紧张状态"。为了消除这种紧张，就要拒否、贬抑乃至改造、支配这个现实世界，而不是被动地顺应这个世界，其途径与方法就是用上帝赋予的理性对这个世界加以"祛魅"，也就是把历史遗留下来的巫术迷信、家族血缘、因袭的传统驱逐出去，并且用理性重新来看待、整理和安排一切。在韦伯看来，"伦理的宗教——尤其是基督教新教的伦理的、禁欲的各教派——之伟大成就，即在于打断氏族的纽带。这些宗教建立起优越的信仰共同体，与伦理性的生活样式的共同体，而对立于血缘的共同体，甚至，在很大的程度上与家庭相对立"。② 而儒教伦理却恰恰相反，它信奉"传统主义"，

---

① ［德］马克斯·韦伯：《中国的宗教：儒教与道教》，第 306 页。
② ［德］马克斯·韦伯：《中国的宗教：儒教与道教》，第 313 页。

对历史所遗留下来的东西,包括巫术迷信、血缘等因袭的东西,对现实世界的既定秩序,都采取了顺应的、接受的态度。这样一来,人与现实的紧张性、对立性就消解了,"在儒教伦理中所完全没有的,是存在于自然与神之间、伦理要求与人类性恶之间、原罪意识与救赎需求之间、此世的行为与彼世的报偿之间、宗教义务与社会——政治的现实之间的任何紧张性。也因此,借着内在力量(不纯粹受传统与因袭所束缚的内在力量)以影响生活态度的任何一种把柄,全都没有。最为强有力地左右着生活态度的,莫非基于鬼神信仰的家内孝道"。① 这样的"由无数的因习所套在中国人身上的(外在)枷锁,与其缺乏一种'由内而外的'(von Innen herans)、由某种中心的、自主的价值立场所呈现出来的统一的生活态度,(与清教徒)形成基本的对比"。② 表现在经济活动中,清教徒将商业信用的基础建立在个人的内在资质上,而不是人情的基础上,而中国的儒教对于血缘的重视、内外的分别,造成人与人之间、特别是对无血缘关系的外人的不信赖,从而缺乏诚信,在经济活动也往往不够"诚实";"中国人彼此之间典型的互不信任,是所有观察者都能肯定的。清教教派里的虔诚弟兄之间的信任与诚实……与此形成强烈的对比"。③ 另一方面,"相当本质的因素是,氏族凝聚性在中国之持续不绝,以及政治与经济组织形式之全然固着于个人关系上的性格……尤其在城市里,一直到缺乏全然客观地以目的为取向的、那种经济的结合体关系与经营等种种类型。这些(类型)几乎没有一个是中国土生土长的。在那里,所有的共同体行为全都受到纯粹私人的,尤其是亲属的关系,以及职业上的兄弟结盟关系,所涵盖与约制。相反地,清教将一切都客观化,并将之转化为理性的'经营';将一切都消融为纯粹客观'事务性'关系,并以理性的法律与理性的协议来取代在中国原则上无所不能的传统、地方风俗、与官

---

① [德] 马克斯·韦伯:《中国的宗教:儒教与道教》,第312页。
② [德] 马克斯·韦伯:《中国的宗教:儒教与道教》,第308页。
③ [德] 马克斯·韦伯:《中国的宗教:儒教与道教》,第308页。

方具体的私人恩怨"。① 原本儒教社会的性格是"入世"而非出世的,在这一点本来就有利于资本主义的生成,但上述的传统主义、家族血缘伦理,其本质是"神秘主义"的,导致理性化程度严重不足,是一种"入世神秘主义"的模式,与西方资本主义精神的"入世理性主义"本质相异。这样一来,虽然有营利发财的欲望,有和平的贸易商业环境,也有相当的贸易自由与职业选择,有精打细算的经营,但却没有促成近代西方式资本主义企业制度以及理性化的经营组织、经营方法,相应地,也就没有形成西方那种基于对上帝虔诚信仰的、理性化设计、专业化经营管理的、以辛勤劳动创造财富从而实现自我价值的资本主义及"资本主义精神"。韦伯对以儒教为正统的中国宗教理论的分析,虽然更多地点到了它的消极面或负面,但他对中国社会文化的观察与反思是深刻的、富有启发性的。20世纪后半期所谓"儒家资本主义"理论思潮的兴起,无论对韦伯观点赞成还是否定,都是受了"新教资本主义"理论方法的影响。

关于印度,韦伯在《印度的宗教》(1916—1917)一书中,也罗列了印度文化中属于理性层面的东西,他指出:"我们目前所用的作为一切'计算'之技术基础的理性的数目制度,乃源自印度。与中国人有异的是,印度人强调理性的科学(包括数学和文法),他们发展出几乎所有社会学类型里可能有过的哲学的学派与宗教的教派。大部分的学派与教派都是基于彻底主智主义的因而也是由系统的、理性的基本要求而发展出来的,所呈现出来的生活层面也极为广泛。宗教思想与哲学思想长久以来都享有几近绝对的自由,至少一直到近代为止,比起西方任何国家都要来得更多些。"② 同时,印度的商人阶层也很壮大,手工业及职业的专业化程

---

① [德]马克斯·韦伯:《中国的宗教:儒教与道教》,第319页。引文括号中的原文略去。
② [德]马克斯·韦伯:《印度的宗教:印度教与佛教》,康乐、简惠美译,桂林:广西师范大学出版社,2010年,第4页。版本下同。

度比较高，印度各个阶层的几乎都不反对货殖，营利欲也很强烈。尽管如此，近代资本主义却没有自发性地从印度产生。原因何在？韦伯认为，"此处我们必须检讨，印度宗教的性格是否构成了妨碍（西方意义下）资本主义之发展的因素之一"，① 于是他对印度主流宗教印度教的社会地位、布教方式、教义与仪式、吠陀经典、作为印度的基本社会制度的种姓制度的本质、婆罗门及四个种姓划分、印度教的法概念、学问与知识形态、禁欲、神秘主义、印度教哲学及救赎理论等，还有作为印度教之异端的佛教的各方面，都做了翔实的分析论述。他强调："我们的中心论点毋宁是：种姓秩序，就其整体本质而言，完全是传统主义的，并且在效果上是反理性的。""我们无论如何都不能认为，工业资本主义的近代组织形态可以在种姓体制的基础上产生出来……是不足以自内部产生出经济与技术之革命的，甚至连最初的萌芽都不能。"② 这种分析可谓一针见血。种姓制度及其遗留甚至在今天仍然是阻碍印度资本主义工业化的障碍，因为它无法把大部分国民平等地培养成能够参与工业化大生产的现代公民，必然导致印度社会长期处于原始社会形态、封建社会形态、资本主义形态奇妙并存的局面。同时，韦伯还指出，在印度教、佛教等都崇信的业报轮回观念里，印度人不可能有西方基督教那样的原罪观念，因为罪与罚是自己的业报，因而缺少在一种超世俗的神（上帝）面前每个人所拥有的"自然的"平等，所以也就不可能产生西方那样的"自然法"，"这不仅永远地阻绝了社会批判性的思维与自然法意义下的'理性主义的'抽象思维之兴起，并且也阻碍了任何一种'人权'观念的形成……根本没有抽象共通的'权利'可言，一如其并无共通的'义务'一样"；"同样的，'国家'与'国家公民'的概念也付之阙如，甚或'子民'的概念也不得见"。③ 在印度教其他异端教派中，其救赎之道，即"解脱"，就是从

---

① ［德］马克斯·韦伯：《印度的宗教：印度教与佛教》，第5页。
② ［德］马克斯·韦伯：《印度的宗教：印度教与佛教》，第144—145页。
③ ［德］马克斯·韦伯：《印度的宗教：印度教与佛教》，第185—186页。

此世中逃离出去,为了解脱而施行的禁欲方式也是非理性的巫术式的苦行,没有如现世的"劳动义务"的要求与规定,也没有任何社会性的目标。因此种种,在印度不可能产生近代西方那样的"资本主义精神"。韦伯的这一揭示也同样切中肯綮,人所共知的印度人整体上的慢腾腾的松垮慵懒和无效率,与印度的这种宗教精神不无关系。

此外,马克斯·韦伯还在《古犹太教》(1917—1919)和《宗教社会学》中,对犹太人及犹太教做了研究,认为犹太人虽然是一个善于经商的民族,也是一个很会活用资本的民族,但犹太人四处流浪的"贱民民族"的身份处境,使他们很难经营具有固定资本的、持续稳定的企业,而只能从事贸易特别是货币贸易。他们对教内教外的人奉行的双重道德标准,尤其不合资本主义精神伦理。关于伊斯兰教,韦伯只在《宗教社会学》中有简短的议论,他认为,伊斯兰教总体上是"顺应现世"、具有相当政治性和军事性的宗教,早期的伊斯兰教没有个人的救赎追求,也没有任何神秘主义色彩,宗教的允诺都是属于现世的,财富、权势以及荣誉都是世俗性的。[1] 但是,这些论述似乎很难有效地说明:伊斯兰教作为众所共知的重商主义的宗教,宗教教义大多与商业活动有关,在横跨欧亚非的广阔区域中建立起了广阔的阿拉伯商业帝国,而且伊斯兰教的主要经济原则是消费讲"适度"、生产与消费讲"效益"、财产与分配讲"公正"。[2] 其按照神的意志托管世界的思想,与基督教新教也有所相似。但是,为什么在伊斯兰世界未能形成"资本主义"及"资本主义精神"?韦伯都未能充分说明论证。由于早逝,韦伯的伊斯兰教研究的专门著作未能完成,留下了一个不小的遗憾。

值得注意的是,马克斯·韦伯虽然在上述著作中对中国、印度、犹太等东方国家做了分别的研究,也指出了东方各国内在的差异,但在与

---

[1] 参见马克斯·韦伯:《宗教社会学/宗教与世界》,康乐、简惠美译,桂林:广西师范大学出版社,2010年,第440—444页。版本下同。
[2] 马玉秀:《伊斯兰经济思想概论》,银川:宁夏人民出版社,2013年,第41—53页。

"西方"比较的意义上,他是把东方(亚洲)作为"整体"和"一般"来看待的。在《亚洲宗教的一般性格》一章中,他指出:

> 对亚洲整体而言,中国扮演了类似法国在近代欧洲所扮演的角色。所有世情通达的"洗练",无不是源自中国,再传布于日本和中南半岛。相反的,印度的意义则可媲美于古代的希腊世界。在亚洲,举凡超越现世利害的思想,很少能不将其根源追溯到印度的。尤其是,印度的(不管正统或异端的)救赎宗教,在整个亚洲地区扮演了类似于基督教的角色。①

不仅从宗教文化的立场上将亚洲(东方)视为一个整体,而且在经济商贸上也是如此:

> 亚洲之一般缺乏经济的理性主义和理性的生活方法论,除了另有精神史的缘故之外,主要关键在于社会结构的大陆性格,而此种性格乃由地理结构造成的。西方的文化发祥地全都是海外贸易或中继贸易的所在……亚洲又是另外一种景观。
>
> 亚洲各民族的对外贸易,主要采取闭锁或极端限制的立场……由于俸禄化,经济被自然而然地导向传统主义式的停滞状态。任何改变都会危及官绅阶层的收入利益。②

而这一切又都与东西方宗教的差异有关。在《宗教社会学》一书第十章中,有一节专门论述"亚洲的救赎宗教与西方的救赎宗教之差异"。他指出:西方宗教中全知全能之神的观念,不可能令信徒产生东方的那种"与神合一"的思想,神所创造的这个世界也不可能成为人的逃离之所;"劳动"(Arbeit)在西方是一种宗教的救赎手段,也是保持健康的理性的制欲方法,并由宗教修行延伸到世俗的工作生活中,这一点在东方宗教

---

① [德] 马克斯·韦伯:《印度的宗教:印度教与佛教》,第455页。
② [德] 马克斯·韦伯:《印度的宗教:印度教与佛教》,第469页。

中也是没有的；在西方，人与神的关系，在社会实践中最终以一种特殊方法变成一种可依法律界定的从属关系，由此产生了基于理性的法律，而亚洲的宗教却往往转向泛神论与冥思的方向。① 他还在《宗教与世界》中，论述了社会学中的三种基本的"支配类型"，包括"卡里斯玛支配"（强人与个人英雄人物的支配）、"传统主义支配"（又叫"传统型支配"，依照传统习俗规范行事）、"法制型支配"（通过官僚制来施行），而"法制型支配"为东方各国所无，只有西方才有。② 通过东方西方的这种总体的比较，他的总体结论是：

> 只有禁欲的新教彻底铲除了巫术与超自然的救赎追求（知识主义、冥想型的"开悟"可以说是这种救赎追求的最高形态）。只有新教单独创生出这样的宗教性动机——从专心致意于一己之现世"志业"（Beruf）以求取救赎……从亚洲的知识阶层的巫术性宗教，是没有道路通往一种理性的生活方法论的；就像从儒教的顺应现世、佛教的拒斥现世、伊斯兰教的支配现世以及犹太教的救世主期待与经济的贱民法无法导向有条理地制御现世一样。③

简言之，在韦伯看来，以理性精神为核心的"资本主义精神"是基督教新教所赐，是西方文化的特殊产物。

三、韦伯东方研究的特色与实质

在马克斯·韦伯之前，无论是孟德斯鸠、黑格尔，还是马克思和恩格斯，他们固然在"东方—西方"的语境中论述到了东方，但是对于东方都没有做出专门的、全面的、深入的研究，而只是在总体地论述人类文化问题，或论述西方问题的时候，不得不引入东方的材料、涉及东方

---

① 参见马克斯·韦伯：《宗教社会学/宗教与世界》，第221—227页。
② 参见马克斯·韦伯：《宗教社会学/宗教与世界》，第315—317页。
③ 参见马克斯·韦伯：《宗教社会学/宗教与世界》，第322页。

的话题，往往是简单化的处理，而不是具体翔实的分析论证。韦伯就不同了。在研究宗教与社会经济的关系这个问题上，他对东方所做的研究，至少从篇幅规模上，甚至比西方本身的论述还要多。虽然，从现代"专业"的角度来看，韦伯并不是东方学家，他的东方研究是从属于他的宗教社会学的。他不懂得东方语言，其基本的材料来自译成德文及其他西文的材料，但是韦伯在他的东方宗教社会研究的著作中却使用了丰富的史料与材料，而且这些史料和材料总体上看是可靠的，由史料分析所得出的观点和理论是扎实的、富有启发性的。从中可以看出，到了韦伯所处的20世纪初，西方世界关于东方各国史料与材料的翻译介绍已经比较全面系统了。像18世纪英国的威廉·琼斯（William Jones, 1746—1794）那样的上一代专门的东方学家，其主要贡献是做语言学、翻译学上的基础工作，为韦伯这一辈的工作打下了基础，那时候的威廉·琼斯等东方学家的主要精力在于实地考察、文献翻译，以及不太系统的评论，而理论建构有所不足。可以说，马克斯·韦伯是充分利用东方学家的基础工作而进一步建构自己的东方研究、从而形成自己的理论思想的最为出类拔萃的学者之一。从西方的东方研究的学术史上看，马克斯·韦伯处在"东方—西方"二元论向多元文化论渐移与过渡的位置。他一方面仍坚守西方文化本位，另一方面不再满足于从哲学观念的角度对东方（亚洲）各国做粗枝大叶的概观，而是进行具体细致的分析研究，并遵循社会学所具有的一套严格学术套路，进行东方与西方的比较研究，特别是寻求差异性为主要目的比较研究。

在马克斯·韦伯那里，东方与西方之间的差异是分为两层的。第一层，是东方国家内部的差异；第二层，是东方与西方之间的差异。在具体问题上，东方国家内部的差异甚至可能比东西方之间的差异还要大，但在总体上，东方与西方的差异是根本的、巨大的差异。在东方国家内，从宗教形态及对现实世界的态度上看，中国儒教的"入世"、印度宗教的"出世"，形成了两个基本的差异；在救赎的方式上，儒教以传统血缘为基础的"神秘主义",印度宗教以出家苦行为救赎方式的"禁欲主义"也颇为不同。但是,这个差异不是根本的。只有将"入世"与"禁欲主义"两者结合起来的"入世禁欲主义",才是以清教为核心的近代西方文化的本质,即"资本主义精神"的本质,以此与存在于东方的"入世神秘主义""出世神秘主义"等类型形成最为本质的对照与差异。

西方"资本主义精神"与东方非资本主义精神,这两者的差异性及其论述,是马克斯·韦伯西方文化本位立场的必然反映。他所提炼的这个"资本主义精神",比上述的其他任何问题,事实上都更能凸显西方文化、特别是以基督教新教为代表的西方近代文化的"优越"或"优势"。因为"资本主义精神"是西方的特产。"资本主义"这个概念、这种制度,毫无疑问只是产生在西方的。不像孟德斯鸠所说的"法",西方有西方的法,东方有东方的法;更不像黑格尔所说的"绝对理念",本来就是一个黑格尔式的形而上学概念,只能思辨而得,无法实证。但"资本主义"不仅如众所公认的那样产生于生产方式和社会制度,而且还形成了一种"资本主义精神"。韦伯所要做的,不是前瞻的预测性研究,而是要对这一既成现象做出解释与说明。这一说明的整个过程,都是事实在先,而论证在后。在韦伯的语境中,无论怎样论证,话语的中心必是"西方",必是"基督教新教",而除此之外的东方各国,只能作为西方之反例的时候才有意义。在这样一个特定语境中,"西方—东方"就必然被置于"本体"与"附属"、"中心"与"陪衬"的不对称关系中。

据说马克斯·韦伯晚年曾提出了学术研究的一个方法论原则,即所谓"价值中立"(Wertfreiheit,value neutrality)论,就是承认价值与意义都不是内在于事物本身,而是人所主观地赋予事物的,所以不能霸道地证明一种价值必然高于其他价值,价值之间无法消解的矛盾只能以共存、妥协和容忍来处理,科学没有能力来裁决。① 他似乎是暗示他对东方—西

---

① 参见《〈韦伯作品集〉导论 三》,钱永祥等译《学术与政治》,桂林:广西师范大学出版社,2010年,第92—99页。

方诸宗教的社会功能的比较研究是以这种"价值中立"的态度来处理的。当然，这可能是马克斯·韦伯所努力要做到的。实际上这也很可能是基于观念的哲学建构与基于经验的社会学研究两种学术形态的一个差别。韦伯的社会学研究的基本方法是客观描述，是基于直接经验（对西方资本主义的观察）与间接经验（对东方社会的史料信息的整理分析）的提炼与概括。在宗教研究中，由于韦伯本人并不是教徒，他就有可能得以最大限度地摆脱宗教信仰的制约，不会因为自己是基督教徒或清教徒而贬低其他宗教或教派。但是他毕竟是西方人，他的文化价值观是内在的，在这个意义上的"价值中立"只能是一种理念形式。关键是，综观韦伯的相关著作，"资本主义"本身不仅仅是一种社会制度的称谓，也是一种价值判断的概念。在他眼里，"资本主义"代表着到那时为止人类社会发展的最高阶段，是通过新教改革，克服了巫术迷信、氏族血缘、习俗传统等非理性的因素之后形成的革命性的社会制度与文化精神。因此，所谓"资本主义精神"本身就是一种正面的价值判断，是一个价值概念。因而也是一个理想化的概念，是一种"理想类型"。这个概念不包括一些非道义的、负面的东西，在关于"资本主义"及"资本主义精神"的论述中，韦伯对负面的东西几乎只字不提。他反而强调："近代资本主义企业家所不可或缺的伦理特质是：极端专注于上帝所昭示的目的；禁欲伦理下的冷静无情而实用的理性主义；事业经营上讲求实事求是的有条理观念；嫌恶非法的、政治的、殖民的、掠夺的、独占的资本主义类型……"① 韦伯显然有意无意地忽略了自16世纪以来的三百多年间"资本形成""资本主义形成"中所引发的一系列问题，包括国家之间争夺资源市场与霸权而发动一次次惨烈的屠杀与战争；他把资本扩张中的血腥的一面、侵略的一面、剥削的一面、劳资双方激烈对立与斗争的一面、环境破坏的一面、金钱欲与拜物教对人的精神荼毒的一面，总之是非理

---

① ［德］马克斯·韦伯：《中国的宗教：儒教与道教》，第324页。

性的一面,统统排斥在"资本主义精神"的范畴之外。实际上,所有这一切,生活在1864年到1920年间的韦伯,应该切身体验、观察到了。然而,他只把资本主义形成的过程视为一个精神建构的过程,一种社会"理性化"的过程,一种基督教新教徒克己律己、勤奋劳作、奉献社会的过程。在这一点上,与同时代马克思、恩格斯对资本主义的反省与批判的立场相比,韦伯的立场是保守的、体制内的,用他自己评价东方宗教的话来说,是"顺应现世"的。因此他的"价值中立"的中立是极其有限的。他在对近代西方的"资本主义精神"的阐发中已经清楚地做出了价值判断,对东方诸宗教的神秘主义、传统主义等所谓非理性因素的指陈分析,也掩抑不住他的负面的、否定的价值判断。他的学术文化立场固然是文化多元主义的,而他的价值立场则显然是西方中心主义的。当代德国学者贡德·弗兰克说韦伯是"最精心致力于欧洲中心论的集大成者"①,是言之有据的。他的价值判断是暗含在客观描述、冷静分析中的,与孟德斯鸠式的对东方人、东方文化直言不讳的厌恶与贬斥、与黑格尔等人直截了当地对"西方—东方"的高低优劣的判断,表现形式有所不同。但是,在强化西方文化的自足性、绝对性、特殊性方面,韦伯显然比黑格尔等人更进了一步,也形成了韦伯的"东方研究"的特色。可以说,韦伯关于东方的研究,已经由此前哲学思想意义上的"东方观",发展成为社会学研究上的"东方学"。

四、贝拉《德川宗教》对韦伯理论的继承与修正

马克斯·韦伯关于资本主义的社会学的溯源研究,成为西方20世纪后半期兴盛的"现代性"研究或"现代化理论"学派的直接源头,产生了很大的影响。依照韦伯的理论逻辑,资本主义精神为西方所独有,东

---

① [德]贡德·弗兰克:《白银资本——重视经济全球化中的东方》,刘北成译,北京:中央编译出版社,2013年,第9页。

方传统主义社会文化中不可能产生现代资本主义,因此,东方社会要实现资本主义化、现代化,必然要从西方移植,东方社会的现代化也必然是西方化。

然而,正如上文所说,马克斯·韦伯的理论也只是对资本主义的"事后的解释",但社会学研究毕竟必须面对社会的发展变化。20世纪50年代后期以来,东方的日本资本主义迅速崛起,在社会管理、经济效率、经营模式等方面,显示出了不同于西方资本主义的许多特点和优势。而且,这些特点和优势恰恰是"东方"式的,而不是从西方传入的,以韦伯的现有方法和结论都无法加以解释与说明。这就促使一些韦伯学派的社会学学者,将日本社会作为研究对象,来运用、验证韦伯理论并且加以补充、修正。而日本研究,恰恰是韦伯东方社会研究中的一个空缺。在这方面,做出了突出成绩的、最有影响的是美国学者罗伯特·贝拉(Robert Bellah,1927—2013)的《德川宗教:现代日本的文化渊源》一书。[1]

《德川宗教》的"平装版前言"中说:"本书所做的持续不辍的努力,就是运用韦伯的社会学观点来分析一个实际例子,这例子连韦伯本人也未认真研究过。"[2] 于是他展开了日本研究。贝拉的基本思路,就是从日本传统中——包括佛教、神道教,以及广义上的儒教,去寻求韦伯所说符合资本主义精神的某些要件,其中包括祛除神秘主义成分的理性化的信仰、勤俭节约的生活态度、恪尽职守的职业精神、勤勉奉献的奉公精神等。贝拉发现这些精神特质在日本的德川时代有鲜明的体现,而德川时代正好介于传统与近代之间,是日本传统社会向近代资本主义社会的

---

[1] 此外比较重要的著作还有以色列学者艾森斯塔特(S. N. Eisenstadt,1923—2010)的《日本文明:一个比较的视角》,中文译本见王晓山、戴茸译,北京:商务印书馆,2008年。

[2] [美]贝拉:《德川宗教:现代日本的文化渊源》,王晓山、戴茸译,北京:三联书店,1998年,第4—5页。版本下同。

过渡时期，可以从德川宗教中找到日本现代化的根源。例如，在日本佛教中，贝拉发现："12、13世纪仍标志着日本佛教的一个伟大的转捩点，在这期间，出现了佛教试图脱离巫术的强烈倾向。这一倾向表现在12、13世纪出现的三大宗派或三大宗派群中，即禅宗、日莲宗、净土宗。"① 禅宗的冥想性否定了巫术行为的价值，日莲宗主张修行要体现为日常生活中的伦理行为，净土宗的莲如上人主张要在生活中实践儒教的美德，反对崇拜诸神而独尊阿弥陀佛，要服从国家权力，服从上司，认真从事本职工作以回报阿弥陀佛。而以佛教与儒教为基础的武士道中，则含有克己奉公、节俭勤勉的观念。同时，也出现一些富有宗教精神而又提倡商业精神的思想家，如农民出身的二宫尊德，强调把劳动、创业、勤俭作为报答父母养育之恩的"报德"的途径；而深受儒学浸淫的町人思想家石田梅岩则系统地论说了商人、商业的作用价值及重商主义思想，提倡勤勉、正直、节俭的商人道德。此后，受石田梅岩影响的日本儒学的重要流派"心学"学派，则进一步强调了商人与商业的伦理，主张尊重契约。

以上这些方面，与马克斯·韦伯提出的资本主义精神是相符合的。但是，另一方面，贝拉也强调了日本作为东方国家不同于西方的特性。首先是"政治优先"。他指出："日本以政治价值优先为特征，政治优先于经济……它关注的中心是集体目标（而非生产力），忠诚是第一美德。支配与被支配比'工作'更为重要，权力比财富更加重要……这种广义化政治价值在西方也非常之重要，有时它处于主要地位，平时则处于次要地位。"② 的确，贝拉所说的"政治"在日本一直处于最重要的地位，表现为各宗教流派对国家的权力的普遍性的配合、服从与忠诚，商人并没有在发家致富后进一步要求政治权力，日本町人（工商业者）没有、也

---

① ［美］贝拉：《德川宗教：现代日本的文化渊源》，第84页。
② ［美］贝拉：《德川宗教：现代日本的文化渊源》，第8页。

不可能有任何政治思想诉求、任何政治行动，而西方的市民阶级、资产阶级却恰恰相反。同时，德川宗教任何宗教及教派，根本上都是顺从、顺应政治权力的，而在西方，宗教势力也形成了一种权力，并对世俗政治权力形成了一种制衡、牵制的力量。

不仅如此，正如韦伯所反复强调的，在西方新教中，最重要的是打破了传统氏族社会遗留的以血缘、家庭关系为纽带的社会结构，而代之以宗教信徒之间的平等互爱、建立在法律之上的人人平等的独立自立的个性主义或个人主义，从而取消了东方社会中常见的那种内部与外部、自己人与外人之间的分别，并认为这才是现代资本主义得以形成的社会关系基础。但是，贝拉发现，德川时代各种宗教并不主张个人与个人主义，而是普遍主张家族主义，在商业活动中，也不是"自我利润主义"，而是追求"家族利润主义"，通过商业而立身处世，不是像西方那样是为了显示"上帝的荣耀"，而主要是为了显示家庭、亲族的荣耀。

贝拉在《德川宗教》中所做的论述，一方面是对马克斯·韦伯理论的证实，一方面却是对马克斯·韦伯理论的证伪。所证实的是：宗教的理性化是资本主义精神得以形成的基础，重商、勤勉、节俭、忠于职守，是资本主义精神的重要组成部分，而资本主义精神则是资本主义发生的一个思想根源；所证伪的是：日本战后在资本主义经营上的成功（而且贝拉承认这种成功在很多方面超越了美国），表明日本有着自己的不同于西方的资本主义精神，而且有些方面与西方的资本主义精神正好相反，例如血缘关系、家族主义、集团主义、政治优先等，在韦伯理论中这些都是与资本主义精神格格不入的。这就表明，日本德川时代的宗教伦理在很大程度上不同于西方的新教伦理。日本资本主义的价值体系主要是从德川时代的宗教中继承发展而来的，而不是从西方输入的。实际上这就颠覆了韦伯关于东方宗教与近代资本主义相克的看法，否定了韦伯所持有的资本主义只会出现在西方的结论。同时也表明，日本近代的资本主义、日本的现代化模式与体制也并非是从西方引进，而是有着自身的传统文化、特别是德川时代的宗教思想根源。日本的资本主义及现代化是德川时代的社会文化自然而然发展的结果。同时也说明，韦伯在《新教伦理与资本主义精神》及《中国的宗教：儒教与道教》中所分析批判的不利于资本主义产生的、以儒教为中心的中国宗教，其实却是日本现代化的重要的思想来源，这就一定程度地削弱、否定、修正了韦伯的西方中心主义。特别是到了20世纪80年代后，属于儒教文化圈却出现经济腾飞的所谓"亚洲四小龙"，给不少学者增添了新的例证，而20世纪90年代后中国市场经济的迅猛崛起，更使得"儒教与东亚资本主义"成为热门话题，为世界及东亚社会经济的宏观研究与比较研究提供了绝好的选题，并造成了持续不断的学术争鸣。这些都是在马克斯·韦伯理论以及韦伯的追随者贝拉等人的理论延长线上进行的。

丹尼列夫斯基与俄国立场的
"东方—西方"观[①]

从东方学学术思想史上看，19世纪俄国思想家丹尼列夫斯基最早站在"西方"的东边，使用当时流行的属于科学主义经验主义的思维方法，把生物学的生命盛衰周期原理运用于历史文化研究，提出了历史文明形态划分的基本原则、十种重要的历史文明体、历史文化类型及其运动发展的五条规律，从而确立了独特的多元文明形态论，否决了西方文明价值的普世性、对此前西方流行的"古代—中世纪—近代"的历史阶段划分、对单线发展的西方中心主义的历史"进步"观念都提出了挑战和批判。但在论述的过程中却断言中国等东方文明衰朽必死，暴露出了社会生物主义的严重缺陷及文化偏见。他的理论对后来的20世纪初俄国的欧亚主义思潮产生了深刻影响，为世界性的"比较文明学"学科领域奠定了理论基础。

从世界范围的东方学思想史上看，最早强有力地、系统深入地对西方中心主义加以批判与否定的学者，并非来自西方的中心区域——西欧，

---

① 原载《东北亚外语研究》2019年第2期。

而是来自西方的边地——俄国,他便是尼古拉·雅科夫列维奇·丹尼列夫斯基(Nikolay Yakovlevich Danilevsky,1822—1885)。丹尼列夫斯基毕业于彼得堡大学的数学物理系,是植物学家、生物学及鱼类研究专家,同时也是著名历史哲学家。当代日本"比较文明学"学者伊东俊太郎编《给比较文明学的学习者》一书认为,丹尼列夫斯基的《俄罗斯与欧洲》(1871年)一书及其提出的"历史文化类型"理论奠定了人类文明比较研究的理论基础,比德国斯宾格勒的《西方的没落》早半个世纪问世,实属"比较文明学的第一人",堪称这个领域的"开山鼻祖"。① 中国的俄罗斯研究学者伍宇星认为,丹尼列夫斯基是"第一个尝试克服欧洲中心论的片面性的思想家……为俄国历史哲学跻身甚至一度超越世界水平立下了汗马功劳"。② 肖德强、孙芳认为:"丹尼列夫斯基提出的'历史文化类型'理论为文化形态学的形成和文明的比较研究提供了重要启示……被诸多学者誉为'斯宾格律和汤因比的真正先驱'。"③ 但是,由于种种原因,丹尼列夫斯基在中国一直未得到应有的重视,只有冯玮、孙芳等陆续发表的几篇评介性的文章,直到最近才有孙芳的专著《尼·雅·丹尼列夫斯基之文化思想研究》(中央编译出版社,2017年)出版。丹尼列夫斯基的代表作《俄国与欧洲》也没有中文全译本。直到前几年,才有伍宇星先生将其中的第四、五章(也是能够反映作者学术主张的最重要的两章)翻译出来,附于他的专著《欧亚主义历史哲学研究》(学苑出版社,2011年)后;此外,肖德强、孙芳先生联袂编选翻译的俄国哲学思想文选《俄国思想的华章》(人民出版社,2013年)也选译了其中的第四章。仅从这两章来看,丹尼列夫斯基逻辑清晰,观察犀利,思想深刻,新见

---

① [日] 堤彪:《比較文明学の先駆者》,伊东俊太郎《比較文明学を学ぶ人のために》,东京:世界思想社,1997年,第43页。
② 伍宇星:《欧亚主义历史哲学研究》,北京:学苑出版社,2011年,第71页。
③ 肖德强、孙芳译:《俄罗斯思想的华章》,北京:人民出版社,2013年,第90页题解。

迭出，而又要言不烦，在文风散漫絮叨的俄国著作家中似乎是少见的例外，因而尤其值得从东方学的层面加以分析解读。

一、对西方中心论及西方价值普世性的否决

丹尼列夫斯基在从事黑土地植物带及黑海鱼类研究之余，也很关注历史文化与国际关系问题。面对当时沙皇俄国与奥斯曼土耳其帝国的战争以及由此引发的与西欧国家的冲突，面对俄国国内日益高涨的俄罗斯民族主义及斯拉夫主义思潮，丹尼列夫斯基从1869年开始，在《曙光》杂志发表了一系列关于俄罗斯—斯拉夫文明与西方（西欧）文明之关系问题的论文，1871年将这些论文汇集成书，即《俄罗斯与欧洲》。论文发表后特别是这部著作出版后，很快在俄国及斯拉夫地区产生了很大反响，对当时方兴未艾的主张俄罗斯——斯拉夫文化独特性与优越感的"斯拉夫主义"思潮以很大鼓舞与刺激。20世纪20年代初该书曾被节译为德文出版，20世纪30年代初俄裔美国社会学家索罗金对该书加以推介，遂使其影响扩大。《俄罗斯与欧洲》的副标题是《论斯拉夫世界与日耳曼—罗曼世界的文化与政治关系》，共分17章，主要内容是论述俄罗斯—斯拉夫世界与欧洲（西欧）亦即"日耳曼—罗曼"世界之间的历史文化与政治的关系，回答了诸如"欧洲为何敌视俄国？""俄罗斯属于欧洲吗？""欧洲文明等于全人类的文明吗？""西方在衰败吗？"还有俄罗斯与欧洲在精神信仰历史教育以及社会生活各个方面的差异，以及所谓"东方问题"（欧洲列强争夺和瓜分奥斯曼土耳其帝国所引发的相关问题），还有如何建立"全斯拉夫联盟"、斯拉夫历史文化类型等理论与现实问题。丹尼列夫斯基并不是孤立地论述这些问题，而是设置了人类文明论、东西方比较论的大语境与大背景。其中，全书第四章《欧洲文明等同于全人类文明吗？》、第五章《文化—历史类型及其运动和发展的一些规律》作为全书理论原理部分，尤其值得加以研读与剖析。

首先需要关注的是丹尼列夫斯基独特的理论方法。作为一个自然科

学家和植物学家，丹尼列夫斯基学术出发点是自然科学特别是生物学，这使他的理论面貌焕然一新。在他之前，西欧的东方学理论家大都是伏尔泰式的风俗文化学、黑格尔式的历史哲学、马克斯·韦伯的经济社会学的模式视角，无论哪种模式都遵循着近代欧洲的主流思想的普世文化论、文明的单线发展进化论，都使用了"落后—进步"或"野蛮—文明"的价值判断，都不同程度地表现出了西方中心主义思想。在这种思路中，"东方—西方"或"亚洲—欧洲"便成为"落后—进步""停滞—发展"论的例证。他们的历史文化研究的目的与旨归就是要论证和说明：为什么只有近代西方才能出现理性与科学的文明，而东方世界则不可能，以此将"东方—西方"加以严格区分，来强化欧洲人的"西方"连带感、自豪感和西方认同。然而，作为一个在地理上和文化渊源上本来主要属于欧洲的俄罗斯，在这些研究中却被排斥在"西方"范畴之外。丹尼列夫斯基显然注意到了这种情况，所以在《俄罗斯与欧洲》中，他要破除的，就是西方的"东方—西方"观所包含的西方中心主义。

在丹尼列夫斯基生活的时代，西方中心主义甚嚣尘上。来自西方的"东方—西方""亚洲—欧洲"二元对立及其观念，也严重地左右了俄国人的意识与思维，对西方的追慕、对"东方"的厌弃，就俄罗斯人而言简直就是一个魔咒，对此，丹尼列夫斯基写道：

> 西方与东方，欧洲与亚洲在我们的意识里是两个矛盾对立体，是两极。西方、欧洲构成进步，不断完善、不停地向前运动的一极；东方、亚洲则是现代人极其憎恨的停滞、萧条的一极。这是任何人都不怀疑的历史—地理公理。而任何一个虔诚地追随现代科学的俄国人，一想到可能被划归到停滞和萧条的范围就不寒而栗。因为，如果不是西方，那就是东方，不是欧洲，就是亚洲——没有一个中间地区，没有欧—亚洲，西—东方，而即使有，那么，模棱两可的中间地位也同样无法忍受。掺入任何停滞和萧条的杂质都意味着有

害和毁灭。这样我们就要尽量大声地宣称我们是欧洲的、欧洲的、欧洲的，宣称进步对我们来说比生命更可爱，停滞比死亡还可怕。①

丹尼列夫斯基对于俄罗斯人的这种"东方—西方"观念与焦虑感的描述，绝不是夸张之词。自从彼得大帝的西方化改革以后，俄国人全面学习西方，而把东方远远地甩开了。例如，在俄国最早提出"东方—西方"关系问题的近代思想家恰达耶夫（Pyotr Chaadayev，1794—1856）完全接受了当时西方人的"东方—西方"二元观，他在《疯人的辩护》中写道："世界自古以来就被划分为两个部分——东方和西方。这不仅是一个地理分界，同时也是以人类自然天性为前提的事物秩序……在东方，恭顺的历史智慧跪在历史权威面前，在对他们的神圣原则顺从的服务中耗尽了自己，最终，他们睡着了……在西方，人们却在高傲地、自由地前进……"他热情讴歌彼得大帝把俄罗斯带进西方，"三百年来，俄罗斯一直追求与西欧的融合，它从西欧借鉴了最严肃的思想，最有益的知识和最快乐的享受"，所以他认为俄罗斯与东方世界完全不同："我们生活在欧洲的东方，这是事实，但是，我们从来不曾属于东方。东方有东方的历史，其历史与我们的历史毫无共同之处。"② 话虽如此，由于种种原因，即便在某些方面如军事方面达到了可以与西方相抗衡的程度，但由于俄国农奴制度的传统社会基础，由于一味模仿西方而缺乏足够的主体性，俄罗斯的西方化流于表面、止于上层。面对西方，俄国人不管在现实中还是在心理上都普遍具有一种深刻的自卑感。但是另一方面，俄国人又具有很强的东正教的正统感与俄罗斯民族自豪感，因而他们很少有人从

---

① ［俄］丹尼列夫斯基：《欧洲和俄罗斯》，伍宇星译，《欧亚主义历史哲学研究·附录 欧亚主义相关文献选译》，北京：学苑出版社，2011年，第249—250页。版本下同。

② ［俄］恰达耶夫：《疯子的辩护》，刘文飞译《哲学书简》，南京：译林出版社，2011年，第133—140页。

>>> 丹尼列夫斯基与俄国立场的"东方—西方"观

宗教上、从俄罗斯民族自身来反省社会文化问题，来思考俄国与西方差距形成的原因，而是习惯性从"东方—西方"的对立中思考问题，甚至认为俄国落后的根源与东方、与亚洲的因素密切相关，是因为东方因素妨碍了俄国的进步。这种思维与论调，甚至在丹尼列夫斯基《俄罗斯与欧洲》一书出版多年之后仍然颇有市场。例如，现代中国人长期尊崇的伟大作家高尔基在1914年发表的题为《两个灵魂》的文章中，极力强调"西方"与"东方"两个世界的对立与背反，他断言："东方是情感、感情因素对智力、理性占优势的地方：它爱思辨胜过研究，爱形而上学的教条胜过科学的假设。欧洲人是自己思想的领袖和主人；东方人是自己幻想的奴隶和仆人……东方为了限制无限度发展的感情，创立了禁欲主义、僧侣主义、隐居修行和一切其他的逃避生活、阴郁地否定生活的形式。烟草、鸦片和别的以加强和克制情感为目的的毒品也是东方喜爱的，并由东方带给世界的……无政府主义的'逃亡''游方'在东方都有其源头。宗教的不宽容性、狂热主义、狂信——这也是东方情感的产物。"在高尔基笔下，东方简直就是野蛮、愚昧、落后，堕落的渊薮，是毁坏人类文化的一群。他甚至颠倒黑白地把鸦片等毒品的发明权甩给了东方。相反地，在高尔基眼里，只有欧洲与欧洲文化才能拯救被东方弄坏了的世界："正是这些欧洲民族的精神力量始终最为卓有成效地追求着个性解放，即将个性从古老东方过时的压迫理智和意志的幻想的阴暗遗产中——从对生活毫无希望的态度的土壤上必然产生的神秘主义、迷信、悲观主义和无政府主义中解放出来。"① 实际上，除高尔基之外，在中国很有影响的19世纪大部分批判现实主义作家及批评家，如屠格涅夫、别林斯基等人都是如此。可见，丹尼列夫斯基所描述的俄国人的"西方—东方"焦虑，实际一直是俄罗斯的一种普遍的社会情结。

---

① ［俄］高尔基：《两个灵魂》，余一中译，见汪介之编《高尔基读本》，北京：人民文学出版，2011年，第356—357页。

对于上述崇拜西方、鄙视亚洲、恐惧东方，认为只有成为西方才能发展进步的言论，丹尼列夫斯基直斥"所有这一切都是彻头彻尾的胡说，它们是如此浅薄，以至于羞于去批驳"。他首先质疑把世界划分为亚洲、欧洲、非洲等几个组成部分的合理性，认为这是人为的划分，唯一客观的划分标准及其对立只是陆地与海洋，人为地划分出来的这几个"洲"并不能构成彼此之间的对立，不能认为每个洲都有其固定的属性，例如认为非洲是落后的，但实际上北非地区及埃及是文化高度发达的地区，而欧洲与亚洲的差异也绝不会比亚洲内部的差异更大。当我们说亚洲、非洲、欧洲的时候，实际上是将其中的局部当成了整体。亚洲非洲欧洲并不能各自成为相对独立的整体，不能认为只有欧洲才是发展进步的地区，"虚构的进步特权就完全不构成欧洲的一个特征"。①

丹尼列夫斯基所处的那个时代的西方中心主义论调，如伏尔泰的东方停滞论、孟德斯鸠的东方专制主义及政治黑暗论、黑格尔的东方早已"处在历史发展进程之外""东方无历史"论等观点言论，对这些欧洲进步、亚洲停滞的谬论，丹尼列夫斯基都给予了强烈驳斥。关于亚洲，他举出了中国作为例子，他知道中国常常被用来作为停滞不进步的典型，与发展进步的欧洲作对比。作为一个植物科学家与农林学专家，丹尼列夫斯基特别举出了中国传统的农业、手工制造业、园艺、养殖业等方面的成就，他指出："中国工业的许多领域迄今仍处于欧洲工厂所无法企及的完善程度，比如，油漆、染布、瓷器、各种丝织品、涂漆制品等等，中国的农业，毋庸置疑，居于世界第一位……中国的园艺也同样差不多是世界第一……他们的园林，用旅行者们的话说，美妙丰富到了极点……中国很早知道人工养鱼而且规模巨大。其他国家未必能提供类似于中国运河那样规模的东西，中国的生活设施在很多方面都不逊于欧洲……科学和知识在中国受到的高度尊重和具有强大的影响力是世界上

---

① ［俄］丹尼列夫斯基：《欧洲和俄罗斯》，伍宇星译，第250页。

<<< 丹尼列夫斯基与俄国立场的"东方—西方"观

任何一个地方都从未有过的。"① 丹尼列夫斯基反问：难道中国这一切在第一个中国人的脑子里生出来，此后四五千年间都没有发展进步吗？难道这些不是一代代人逐渐积累的结果吗？如果说这不是"进步"的话，那又是什么呢？丹尼列夫斯基的意思是，每个民族都有自己发展进步的历史，中国是这样，东方各国都是这样，而不仅仅是欧洲才如此。

但是，历史是历史，现实是现实，生活在19世纪中期欧洲资本主义高度发展时代的丹尼列夫斯基，也不得不面对中国及东方世界相对落后的问题，并试图对此做出新的解释。而他要做出新的解释既要合理，也要有助于驳斥西方中心论，为此他就不能重复此前欧洲中心主义者所使用的那种单线发展论的思路与方法，不能再从"东方—西方"二元对立的角度看问题，于是便独辟蹊径地将生物学作为理论出发点，他指出：

> 一个民族衰老了，过时了，做完了自己的事情，他被赶下台的时候就到了——什么都无济于事。完全跟它在哪里——在东方或西方——无关。任何生物，无论是动植物的单个个体还是整个物种、科目——都只能有一定的生命年限，随着年限的耗尽，它必将死亡。地质学和古生物学显示，各种生物物种和科目都有产生、高速发展、逐渐衰败、最后完全消亡等阶段。为什么会这样，没有人知道，尽管人们试图从各个方面来解释。实际上，整个物种甚至科目的老化、衰败并不比单个个体的死亡更令人吃惊，后者的真正原因同样也没有人知道或了解。历史讲述的就是各个民族这样的状况：他们产生、达到各种发展程度、老化、衰败、死亡——而且不仅仅因为外部原因死亡。②

---

① ［俄］丹尼列夫斯基：《欧洲和俄罗斯》，伍宇星译，第251—252页。
② ［俄］丹尼列夫斯基：《欧洲和俄罗斯》，伍宇星译，第253页。

现在看来，丹尼列夫斯基的思想与方法，就是用生物学原理解释人类文化的所谓"社会生物主义"。但是现在我们学术界似乎还没有确切证据，表明丹尼列夫斯基提出这样的论点是否受到了其他人的影响。我们知道，与丹尼列夫斯基同时代的英国社会学家赫伯特·斯宾塞（Herbert Spencer，1820—1903）用进化论解释社会现象的原理性著作《第一原理》发表于1862年，早于《俄罗斯与欧洲》九年，丹尼列夫斯基是否及时看到此书并受其影响，我们不得而知；同时代英国科学家思想家达尔文（1809—1882）将其物种起源研究推延到人类社会，出版了《人类的由来》一书，该书在1871年出版，正好与丹尼列夫斯基《俄罗斯与欧洲》的出版在同一年，因而很难说丹尼列夫斯基受到了达尔文的直接影响，也很难说丹尼列夫斯基是"社会达尔文主义"者，但他的思想方法确实具有社会达尔文主义的色彩；同时，对于一种生命体到时候为什么会衰败死亡，他坦言"没有人会知道"，人们只是尝试着解释而已。这与斯宾塞所说的推动一切事物发展变化和灭亡的那个神秘不可知的"力"，似乎是一样的，也是一种坦率承认人的认识局限性的不可知论。从这些方面看，丹尼列夫斯基的主张是具有"社会生物主义"性质的。丹尼列夫斯基很可能是凭着他植物科学家的敏锐直觉，而顺乎其然地被生物学原理推延到人类历史文化领域，天才地发现了人类历史文化的发展进化与生物学原理的相似性、同构性。

根据这样的社会生物主义理论，丹尼列夫斯基就为否决西方中心主义准备了有力的理论前提。因为西方中心主义者所依据的，除了欧洲民族论、历史直线发展论，就是基督教中心及西方文化优越论。这些理论本质上都是经验性的"社会学"，而不是"科学"的，缺乏客观科学的依据，带有强烈的主观主义、自我文化中心主义的性质。而丹尼列夫斯基的社会生物学却在社会文化研究中，直接把生物学的现象与规律平移过来，因而更具有说服力，起码比西方中心论要可信得多、可靠得多、有力得多。丹尼列夫斯基据此指出：包括中国在内的东方各国，现在落后了,不再进步了,"生命的精灵从中国飞走了,在过去数个世纪里,生活的重压已使得中国人变得麻木呆滞。但这不是整个人类的共同命运,而只有在东方才出现这样的现象吗?"① 他进而举例说,属于西方文化的古希腊罗马不是也曾经辉煌过吗?拜占庭帝国不是也有鼎盛时代吗?可是它们后来都衰败了。中国算是生命力很顽强的少见的例子,但也不可避免地衰落了,现在的印度也处在这样的老境。因此——

> 进步不是西方或欧洲的特权,而停滞也不是东方或亚洲的特有的标签;前者和后者实际上都只是一个民族所处的那一年龄段的特征,无论这个民族在哪里生活,在哪里发展它的文明,属于哪个民族。②

在这样的论证中,西方中心论者所主张的西方—欧洲的独特性,尤其是其独特的"进步"属性就很难成立了。同时,西方中心主义者常常使用的"东方—西方"二元世界观也就失去了存在的依据,因为无论"东方"还是"西方"都不是独立的、明确的整体,"东方—西方"或"亚洲—欧洲"的划分本身就有问题,因为其划分原则、划分方法就是不科学的、不合逻辑的。

二、历史文化类型划分的三条原则与十种文明

于是,丹尼列夫斯基便由此进入了下一个层面的论述,就是考察所谓的"欧洲—亚洲""东方—西方"到底是怎样划分出来的,我们应该根据什么条件和因素来对人类历史文化类别加以科学、逻辑地划分。为此,他把生物学的分类原则作为出发点,提出了一个"自然分类系统",亦即划分历史文化类型的三条原则:

第一,作为划分的根本依据,其最重要的特征应该能够涵盖被划分

---

① [俄]丹尼列夫斯基:《欧洲和俄罗斯》,伍宇星译,第252—253页。
② [俄]丹尼列夫斯基:《欧洲和俄罗斯》,伍宇星译,第254页。

者的各个方面。①

第二,"同一组别的所有客体或现象之间应该有与其他组别的现象或客体之间更高程度的相似性或共同点"。

第三,"各个组别应该是同类的,即在同一组别中各成员之间的共通性程度应该是同样的"。②

更加简要地概括丹尼列夫斯基的三条意思,第一就是根本特征的一致性,第二是类别与类别之间的共通性,第三是类别中的个别之间的共通性,其中最重要的是第一条。丹尼列夫斯基认为,迄今为止西方人撰写的人类历史都不符合这些原则。他首先质疑:"对所有历史现象和事实进行分类的最一般的方法就是把它们分为古代、中世纪和近代。这一分类方法在多大程度上满足上面所说的自然分类系统的要求?"这一质疑直接指向了黑格尔等西方历史哲学家的历史时期划分的普遍做法。丹尼列夫斯基认为,这一分类方法往往把西欧发生的个别的历史事件视为全人类的事件。例如,将西罗马帝国的灭亡作为划分古代和中世纪的依据,然而无论这一事件的意义多么巨大,按照上述的第一条分类原则,西罗马帝国灭亡都不是整个人类文化史由古代进入中世纪的共同标志与特征,因为它与印度没有关系,与中国、与阿拉伯也没有关系;把西罗马帝国灭亡作为古代史结束的标志,并不是标志性事件本身选得不够好,"而是因为根本不存在这样的事件,它可以把整个人类的命运分截为几个部分……迄今为止,实际上还从未有过一个对全人类都具同时性的事件,大概将来也不会有"。③ 他用生物学的分类举例说,这样"古代史"的划分,把希腊人、埃及人、中国人都统统塞进去,仅仅是因为他们都生活

---

① 关于这一句,中文译文是:"划分原则应该作为一个最重要的特征进入并囊括被划分者的全部范畴。"(见上引吴宇星译文,第258页)笔者根据丹尼列夫斯基论述重新加以概括。
② [俄] 丹尼列夫斯基:《欧洲和俄罗斯》,伍宇星译,第258页。
③ [俄] 丹尼列夫斯基:《欧洲和俄罗斯》,伍宇星译,第260页。

在西罗马帝国之前。这就如同把蘑菇当做蕨类植物，只因为蘑菇不开花。实际上，每个民族都有自己的古代史、都有自己的中世纪史和近代史，正如所有的生物都有自己的不同的发展阶段一样，只有在同一个类型的文明中，才能做这种"古代—中世纪—近代"之类的时期划分，用"古代—中世纪—近代"之类的划分来概括全人类的历史是不可取的，因为这样一来，各民族各种文化的本质差别就完全丧失了。丹尼列夫斯基指出，西方人的历史观念及其文明形态的分类之所以出现这样的错误，直接的原因就是"配景错误"，就是以西方文明为中心和焦点，而把其他文明仅仅作为后景和衬托，而将他们的特征都加以淡化。这样一来，丹尼列夫斯基就从西方人的世界历史时代分期与撰写模式中，点出了其中隐含的西方中心主义的本质，并由此揭示出这种历史叙述的虚构性。

丹尼列夫斯基认为，在历史撰写中应该先找出不同的文化类型，然后再去发现它们的各自的发展阶段。实际上，在人类文明史上，不仅仅有西方文明，还有其他同等重要的文明类型，丹尼列夫斯基按编年顺序排列出了十个文明，即：1）埃及，2）中国，3）亚述—巴比伦—腓尼基，4）印度，5）伊朗，6）犹太，7）希腊，8）罗马，9）新闪米特或阿拉伯，10）日耳曼—罗曼或欧洲，另外还可以举出发展不圆满的位于美洲的墨西哥和秘鲁。这些都是积极的创造性的民族，此外还有一些民族如匈奴、蒙古、突厥等，在历史上起到的是消极的、破坏性作用，他们的功能是把衰老的文明置于死地；而像芬兰那样的小民族，则只是作为一种"民族材料"附属在别的民族文化之上。

丹尼列夫斯基又把上述十个文明类型又分为"继承性的文明"和"孤立的文明"两种。继承性的文明有：埃及、亚述—巴比伦—腓尼基、希腊、罗马、犹太，他们之间相互联系和接续，而中国和印度则被他列为"孤立的文明"类型。至于伊朗、阿拉伯是继承性还是孤立性的，丹尼列夫斯基语焉未详。在这两种类型的文明中，丹尼列夫斯基高度评价了"继承性文明"，因为他们最终都"得到基督教的超自然的恩赐，其连续劳动所取得的成果就应该远远超过中国和印度这样完全孤立的文明",并且断言:"这就是我们西方进步、东方停滞的最简单自然的解释。"① 在这样的结论里,丹尼列夫斯基历史认识的倾向性、局限性和矛盾性也便暴露出来了。倾向性就是对基督教文化的认同,也就是对西方文化认同;局限性就是对中国和印度文化的开放性、发展特点的认识不正确、不充分。中国和印度在何种意义上是"孤立的文明"呢?丹尼列夫斯基在前面曾承认中国文化、印度文化在西方世界的传播与影响,如何能说明它们是"孤立性"的呢?况且,在东方,中印两国的开放性、文化交流的广泛性也是世界史上的常识。印度宗教文化曾深刻影响东南亚地区,由中国通向世界各地的丝绸之路也是常识。这与其说"孤立",不如说是"独立"。因为,中国历史上从来没有失去文化上的独立,更没有无条件地接受一种外来宗教与文化,这一点确实与那些"继承性文明"的民族有着根本的不同。丹尼列夫斯基站在"西方"的边上否决西方的西方中心论,而却又站在西方特别是站在"正统基督教"(东正教)的立场上,有意无意地看低非基督教的东方。这里既有区域文化上的倾向性,也有宗教的成见和偏见。所以他认为只有像埃及、亚述—巴比伦—腓尼基、希腊、罗马、犹太等"继承性民族"才能免于停滞与衰朽,而自成一体的印度与中国却只能因其"孤立"而停滞和衰朽。

三、历史文化类型及其运动发展的五条规律

在上述丹尼列夫斯基所列举的那十个古老文明类型中没有俄罗斯,而在其中的"继承性民族"的名单中,也没有把俄罗斯放进去。这当然不是丹尼列夫斯基的疏漏,因为他的《俄罗斯与欧洲》的全书就是要在与欧洲的关系中,表明和确立俄罗斯文化的独特性质与位置。为此,他在论述俄罗斯文化的独特性之前,基于他的文化生物主义原理,提出了

---

① [俄] 丹尼列夫斯基:《欧洲和俄罗斯》,伍宇星译,第270页。

"文化—历史类型"的五条规律，作为普遍使用的规律原理——

> 规律1：任何一个民族或族群，操同一种语言或有着高度亲缘关系的同一语系的语言——其相似性可以直接感受到，彼此之间不构成理解上的困难，如果具有推动历史发展的精神资质并已经度过婴儿期，就构成独特的文化类型。
>
> 规律2：若要使一个文化—历史类型特有的文明产生并发展，属于该文明的民族必须拥有政治独立。
>
> 规律3：一个文化历史类型的文明本原不会传递给其他类型的民族。每一类型都是在之前或同时代的其他文明活动或小的影响下为自己开创文明的。
>
> 规律4：只有在民族成分及其组成部分多种多样——不会被一个政治统一体所吞噬、享有独立——并构成一个联邦或国家政治体系时，每一个文化—历史类型特有的文明才能达到全面、丰富和多样化。
>
> 规律5：文化历史类型的发展过程与多年生单果植物相似，其生长期不定，但花期和结果期却相对短暂并且一次性永远耗尽所有的生命力。[①]

对上述的五条原理我们可以再加以简单概括，就是：1)"同种语言"，2)"政治独立"，3)"非传递性"，4)"成分多样性"，5)"一次性生命"。

一个民族文化形成的基本规律，需要同种语言和政治独立，这头两条确实是不言而喻的前提条件。第四条"成分多样性"也适合大多数文明体的情况，特别是俄国的情况。值得注意的是第三条和第五条。

第三条"非传递性"，很明显来自丹尼列夫斯基文化生物主义视角，强调一种文明就是文化类型，一种文明具有自己独特的生命结构，它可

[①] ［俄］丹尼列夫斯基：《欧洲和俄罗斯》，伍宇星译，第272—273页。

以受其他文明的影响，但它是独特的，因此断言："人类历史证明了文明不会从一个文化—历史类型传递到另一个，但不能以此得出它们彼此不施加任何影响——只是这一影响不是传递，而是文明传播的方式。"① 他这样严格地区分了"传递"（整体地移动过去）与"传播"（施加某些方面的影响，例如嫁接），指出正如每一种生物体就是独立的，不可能整体"传递"到另一种生命体中一样。这种整体"传递"与部分"影响"之间的区分，有助于人们理解文明的主体性与开放性之间的关系。同时也是为了最终说明，俄罗斯固然受到了西方的"影响"，但不是从西方"传递"过来的，当然也不是从东方传递过来的，俄罗斯文明是独特的。

问题在于第五条。这一条更鲜明地把生物学机械地套用在民族文化类型上，从而暴露了丹尼列夫斯基社会生物主义的文化类型理论中的一个致命的谬误和缺陷，就是混淆了"个体"与"种类"的不同，简单地把个体的死亡与种类的繁衍混为一谈。社会生物学的这种做法在当时是新颖的，但本身就有致命缺陷，对此我们不妨援引一位苏联学者的话："马克思主义表明：物质运动的社会形势的特点，归根到底是由生产决定的。恩格斯写道：'人类社会和动物社会的本质区别在于，动物最多是搜集，而人则能从事生产。仅仅由于这个唯一的然而是基本的区别，就不可能把动物社会的规律直接搬到人类社会中来。'"② 实际上，一种文明，即民族文化绝不像一种植物或者什么"多年生单果植物"那样会"一次性永远耗尽所有的生命力"；一种自成体系的民族文化不是一种生物体那样的个体的生命，民族文化是一个种类。作为个体，它固然有从出生到死亡的全过程，而作为种类或种属，它会按照自己的节律与习惯生息繁衍，会转换、进化、或适应新的条件与环境加以转化、再生、复活。历史可以证明，一个强大的民族文化具有顽强的韧性与生命力，足以与人

---

① ［俄］丹尼列夫斯基：《欧洲和俄罗斯》，伍宇星译，第280页。
② ［苏联］阿·穆·卡里姆斯基：《社会生物主义》，徐若木、徐秀华译，北京：东方出版社，1987年，第245页。

>>> 丹尼列夫斯基与俄国立场的"东方—西方"观

类共始终。它的发展过程中有坎坷、磨难甚至有时眼看就要中断,但又能起死回生、由衰而盛。在这个意义上,不能断言包括印度文化、中国文化等东方文化停滞了、衰朽了。然而,丹尼列夫斯基却像他反对的那些西方中心主义者那样,认为现在的东方已经停滞和衰朽了。结论与西方学者不期而然,与西方学者不同的仅仅是他的社会生物学的视角而已。而且,丹尼列夫斯基在论述"一次性生命"这条规律的时候,举出的例子竟是中国,说中国"满足于所取得的成就,认为古老的遗训也是未来的永恒理想,在自满的漠然中衰弱下去"①,意即中国即将结束其"一次性生命"!丹尼列夫斯基凭什么认为第五条规律适合于中国呢?凭什么说中国、印度等东方文明已经停滞衰朽,不可救药,必然一次性死亡呢?他的立论的依据与标准又是什么呢?虽然丹尼列夫斯基语焉未详,想来这还是承袭了西方人的观点,他是用西方文明及其"进步"标准来衡量中国及东方。他在得出这个结论的时候,完全忘记了他曾说过的"进步并不是所有人都走同一个方向,而是要从各个方向走遍人类历史活动舞台的全部原野"②,忘记了东方人有东方人的方向而不是西方人的方向,也忘记了他曾说过的"中国工业的许多领域迄今仍处于欧洲工厂所无法企及的完善程度"③之类的话。此外,这种观点似乎也是承续了当时和后来大多数俄国人的看法。综观19世纪俄罗斯思想史,其主流观点是对中国人、对中国文明的傲慢与鄙视,在这方面,俄国人绝不比西欧人更有收敛。当俄罗斯人向西看待西欧时,不免自惭形秽;而当他们向东看待东方国家时,就如同西欧人看待亚洲或东方,常常充满莫名的优越感。这也是介乎"东方—西方"之间、游移于"欧洲—亚洲"之间的俄罗斯人所常有的姿态与心态。丹尼列夫斯基也未能例外。

丹尼列夫斯基总结的历史文化类型的五条规律,是他全书的论

---

① [俄] 丹尼列夫斯基:《欧洲和俄罗斯》,伍宇星译,第288页。
② [俄] 丹尼列夫斯基:《欧洲和俄罗斯》,伍宇星译,第268页。
③ [俄] 丹尼列夫斯基:《欧洲和俄罗斯》,伍宇星译,第251—252页。

题——"俄罗斯与欧洲"——的理论前提。这五条几乎条条都是为了说明俄罗斯作为一种历史文化类型的特征；换言之，是为了俄罗斯文化的整合与认同。作为俄罗斯人，他站在"西方"以东，否决了西方中心主义；站在东方以西，确认了中国等东方民族从前的辉煌和现在的行将就木，从而初步勾勒出了"西方—俄罗斯—东方"的世界文明构图，以此来确认和彰显一直以来被西方鄙视、又被东方漠视的俄罗斯文明。丹尼列夫斯基的历史文化类型理论的构造动机似乎就在于此。丹尼列夫斯基用他的这套理论，来强调俄罗斯东正教文化对西方基督教文化的继承性，从而肯定了俄罗斯文化的优势与远大前景。在丹尼列夫斯基这里，俄罗斯文化不属于停滞衰朽的东方文化，又不属于西欧的"西方文化"，或者更准确地说，俄罗斯不应该认同西方，它实际上应该是介于东方西方之间的第三种文化。这一观点，对后来的俄罗斯文化观产生了极其深远的影响，成为俄罗斯独特的哲学文化思潮——欧亚主义——的理论来源之一。

所谓"欧亚主义"是20世纪20—30年代在俄国的欧洲侨民知识分子中产生的一种文化思潮。众所周知，俄罗斯在彼得大帝改革时期有过西方化或欧洲化的运动，但是本质上俄罗斯要赶上西方、融入西方是很困难的。又有一些俄罗斯知识分子受西方的东方观的影响，骨子里瞧不起亚洲或东方。在这种跨越东方与西方、不是西方又不是东方的情况下，19世纪初俄国知识界发生了主张全盘西化的"西方派"，与主张俄罗斯的斯拉夫民族特色的"斯拉夫派"的两派之争，20世纪初期出现了统合两派的所谓"欧亚主义"，继承并修正了斯拉夫派的观点。欧亚主义及其代表人物有特鲁别茨柯依（Nicolai Troubezkoy，1890—1938）、萨维斯基（Petr Savitsky，1895—1968）、苏夫钦斯基（Petr Suvchinsky，1892—1968）等人。他们一致认为，世界应该划分为三：欧洲、亚洲、欧亚洲，而横跨欧亚大陆的俄罗斯就在这个独特的欧亚世界，是自成一体的"欧亚洲"；俄罗斯人是非欧非亚的"欧亚人"，俄国文化是非欧非亚的"欧亚的"文化，俄罗斯要坚持走自己的道路，把建设独特的欧亚俄罗斯、并将境内各民族统一起来作为自己的历史使命。在论证欧亚主义理念的过程中，他们都继承、发挥、确认上述丹尼列夫斯基在《俄国与欧洲》一书中的观点。例如丹尼列夫斯基曾抱怨在西方中心主义"东方—西方"二元世界观中，"没有一个中间地区，没有欧—亚洲，西—东方，而即使有，那么，模棱两可的中间地位也同样无法忍受"，而"欧亚主义者"根本的目标就是确认了"欧—亚洲"或"西—东方"的存在；又如萨维斯基在《欧亚主义》一文中写道："欧亚主义学说的特点是坚决否定文化历史的'欧洲中心论'，但不是出于某种感情，而是根据一定的科学和哲学前提进行否定的。"而在这方面，丹尼列夫斯基的文化生物学的观点就是他们的"科学和哲学前提"之一；萨维斯基又说："欧亚主义者追随否认存在笼统'进步'的思想家。这是由上述'文化'观决定的。假若在不同的领域演进的路线走向不同，那就不可能也决没有共同的上升运动，没有逐渐而不断的共同进步：不同的文化环境及其序列，就一个观点、从一个角度看是进步的，但就另一观点、从另一角度看又衰落了。这种状况最适用于'欧洲的'文化环境：它买到了科学和技术的'进步'，但在欧亚主义者看来，却付出了思想观念尤其是宗教的衰落为代价。"① 这个"进步"的话题就是从丹尼列夫斯基接过来的，但是确实又是对丹尼列夫斯基观点的一个延伸与阐发：某一方面进步了，某一方面却退步了，这应该是对西方"进步"观的更有力的解构。

总之，从东方学学术思想史上看，作为一个俄罗斯人，丹尼列夫斯基的《俄罗斯与欧洲》一书最早站在"西方"的东边，使用当时流行的属于科学主义经验主义的思维方法，把生物学的生命盛衰周期原理运用于历史文化研究，站在社会生物学的角度，提出了历史文明形态划分的

---

① ［俄］萨维斯基：《欧亚主义》，封文译，《哲学译丛》1992年第6期。

基本原则、十种重要的历史文明体、历史文化类型及其运动发展的五条规律，从而确立了独特的多元文明形态论，有力地否决了西方中心主义所主张的西方文明价值的普世性、对此前西方流行的"古代—中世纪—近代"的历史阶段划分、对单线发展的历史进步观念，都提出了挑战和批判。这些在当时都是开拓性、创新性的。但是，他的这些论述毕竟都是为论述俄罗斯文化的独特性提供理论前提，具有鲜明的俄罗斯文化民族主义，乃至以俄罗斯为中心建立所谓"全斯拉夫联盟"的泛斯拉夫主义动机，而且在论述的过程中还断言中国等东方文明衰朽必死，暴露出了社会生物主义的机械因果性与文化宿命论的严重缺陷及文化偏见。无论如何，丹尼列夫斯基的这些开创性的思想成果与思维方式，都对后来的20世纪初俄国的欧亚主义思潮产生了深刻影响，也为当代世界性的"比较文明学"的学科奠定了理论基础，在"东方学"学术思想史上也是一个独特的、坚实的存在。

斯宾格勒"文明观相学"及
东方衰亡西方没落论[①]

  斯宾格勒《西方的没落》为了论证每个文明体都是独立生命的"历史形态学"的主张,摒弃了"欧洲—亚洲"这样的整体概念,但他却没有放弃"西方—东方"概念,并用"西方文化"这一概念来整合西欧乃至北美文化,意在强化"西方"文明形态的认同,同时却把"东方"作为一个"非西方"的模糊概念,并将其拆解为六大文明形态,运用所谓"观相学"的方法做了比较,而"观相"本来是属于东方文化的方法,他却特意强调其"西方文化"的属性,掩盖其东方渊源。"观相"的结果是断言各种非西方的文明形态早已衰朽死亡,唯有"西方文明"将迟至公元23世纪时才进入没落阶段,这显然是"西方文化是世界文化的最高阶段"论的一个翻版。

  在俄国的丹尼列夫斯基之后,受其影响并从社会生物学及文化形态学的角度看待和分析东西方历史文化问题的,是德国历史哲学家斯宾格勒

[①] 原载《中外文化与文论》总第38辑,2018年。

(Oswald Spengler, 1880—1936)[①]。斯宾格勒的名作《西方的没落》(第一卷 1918 年，第二卷 1922 年)，中国已经出版了全译本和多种节译本，学界对其独特的生态学的文明史观、对他的"文化"与"文明"的独特界定、对他的文明"观相学"的方法及其特色都做了一些研究与评论。但是，还需要从西方的"东方—西方"观及"东方学"思想史上加以观照分析。斯宾格勒对"欧洲—亚洲"概念的否定，对"西方—东方"概念的独特见解和独特改造与运用，形成了"西方—非西方"的二元观，在对非西方各大文明体的"观相"中也表现了"西方"的立场与偏见，因此，对西方的东方学思想而言，《西方的没落》是一个不能忽视、值得剖析的特异存在。

一、对"欧洲"概念的否决与解构

斯宾格勒的历史文化观，是所谓"生态学"或"形态学"的历史文化观，与之前俄国的丹尼列夫斯基有许多相似之处。其实质，就是把一种文明看作一个生命体，认为它们都循着一个从出生、成长、壮大到衰落、僵死的过程，都有一个从富有生命创造力的"文化"阶段，到丧失内在生命力的"文明"阶段，亦即"没落"阶段的全过程。斯宾格勒认为，正如每个生命体都是独立的个体一样，每种文化体都是一个活生生的存在，"每一个活生生的文化都有经历内在与外在的完成，最后达到终结——这便是历史之'没落'的全部意义所在"。[②] 因此，不能用抽象的范畴概念去理解活生生的文化及其没落的过程，而只能用"观相"即

[①] 对于斯宾格勒是否受到丹尼列夫斯基的直接影响，学界有不同看法。孙芳在《尼·雅·丹尼列夫斯基之文化思想研究》一书中写道："有资料显示，在斯宾格勒的图书馆里摆有俄文原版和法语译本的《俄国与欧洲》；况且，丹尼列夫斯基的确曾在《俄国与欧洲》一书中提出了'西方正在衰败'的观点，所以很难得出斯宾格勒没有读过丹尼列夫斯基著作的结论……以索罗金为首的一派认为，斯宾格勒至少大体上了解《俄国与欧洲》这本书的。"(北京：中央编译出版社，2017 年，第 192—193 页)

[②] [德] 斯宾格勒：《西方的没落》(全译本)，第一卷，吴琼译，上海：上海三联书店，2006 年，第 104 页。版本下同。

斯宾格勒"文明观相学"及东方衰亡西方没落论

"观相学"（通俗地理解，可以说是"相面术"）的方法，就是从这个文化的形象性的创造物中，找出能够表明这个文明之特质的"基本象征物"（象征符号），并对它做直观的、诗意的观照与理解。他认为，"描述的、创造性的观相学，乃是挪移到精神领域的肖像艺术"，这种方式是与过去的理性主义的、系统建构的世界历史研究方式判然有别的崭新的方式，"在西方，用系统的方式处理世界，在过去一百年中已经达到并通过了它的顶点。而观相的方式的伟大时代尚未到来，在百余年的时间里，在这块土地上仍有可能存在的所有科学，都将成为与人有关的一切事物的一种广泛的'观相学'的一部分。这正是'世界历史形态学'的意义所在"。①

而且，正如每个生命体都是自足的、相对独立的一样，不同的文明虽有关联，但本质上是相互独立的。因此，历史学家不能试图把世界上各种文化都纳入一个人为设计的严整的关联体系中，试图揭示什么共通规律。显然，斯宾格勒这样的主张从根本上否定了以往的欧洲的启蒙主义、理性主义历史文化观。对于以往的历史文化观，斯宾格勒指出：

> 由于把历史再细分为"古代史"、"中古史"、"近代史"——这是一种令人难以置信的、空洞的和没有意义的框架，然而它整个地主宰了我们的历史思维……更糟的是，它左右了历史舞台。西欧的领地被当作坚实的一极，当作地球上独一无二的选定的地区——不为别的，只因为我们生长在这里。而那些千百年来绵延不绝的伟大历史和悠久的强大文化都只能谦卑地绕着这个极旋转。这简直就是一个太阳与行星的怪想体系！我们选定一小块领地作为历史体系的中心，并将其当作中心的太阳，所有的历史事件皆从它那里获得真实的光，其重要性也根据它的角度而获得判定。但是，这一"世界历史"之幻境的上演，只是我们西欧人的自欺欺人，只要稍加怀疑，

---

① ［德］斯宾格勒：《西方的没落》（全译本），第一卷，第98—99页。

它就会烟消云散。①

认为这种历史架构是以西欧人自己为中心的杜撰。这是对"欧洲中心主义"历史观的痛切批判。在这之前,这样的批判似乎还是极为罕见的。这是对"古代—中国—近代"这一时间推移的、纵向的、线性的历史观的否定,与此同时,斯宾格勒还从横向上,对"欧洲—亚洲"的地理观做了否定:

> 历史学家严重地受到源自地理学的有关欧洲是一块大陆的先入之见的影响,并觉得自己必须针对"欧洲"和"亚洲"的自然边界画出一个理想的疆界。"欧洲"这个词应该从历史上删去,历史上并没有什么"欧洲人"类型的。说什么希腊人是"欧洲的古人",(然则,荷马、赫拉克利特是亚洲人吗?)并夸大他们的这种"使命",是十足的自欺欺人。这些说法根本不切合现实,而只是对那幅地图的扼要阐释。②

众所周知,欧洲或欧罗巴洲的这一地理文化概念,是古代希腊人提出来的,是希腊人在有限的视野中对世界的二元划分。当时的欧罗巴洲实际上只限于希腊诸城邦所在的西南欧地区,但是后来,"欧洲"的"版图"扩大了,以致扩大到包括俄罗斯在内的整个"欧洲"。斯宾格勒反对这种传统的大而化之的"欧洲"概念,主要根据似乎基于他的"文化形态学"的文化概念,即一种文化犹如人的生命体,有产生、成长、发展、壮大直到衰落、死亡的周期过程。而就"欧洲"而言,俄罗斯实际上是完全另一种文化的有机体,在希腊文化高度成熟、乃至衰败的时候,俄罗斯还只是"一种原始人群"。为此,他认为俄罗斯文化与欧洲文化根本就是两回事:

---

① [德]斯宾格勒:《西方的没落》(全译本),第一卷,第15—16页。
② [德]斯宾格勒:《西方的没落》(全译本),第一卷,第15页脚注。

只是由于"欧洲"这个词及由此所生的复杂观念,我们的历史意识才能够在一种完全没有根据的统一体——纯粹是从书本阅读中得来的抽象——把俄罗斯与西方联系起来,从而导致了大量实质后果。以彼得大帝为例,欧洲这个词把一种原始人群的历史倾向歪曲了两个世纪之久,而俄罗斯人的本能使得他们怀着敌意十分正确地从根本上把"欧洲"和"俄罗斯本土"区分开来——这种敌意,我们从托尔斯泰、阿克萨科夫或陀思妥耶夫斯基的作品中可以看到。①

斯宾格勒指出,在思维方式上,"西方人的范畴之于俄罗斯的思想是陌生的";"托尔斯泰——他发自内心地拒绝整个西方的世界观,将其看作外来的和遥远的东西"。② 认为俄罗斯文化地处欧洲,但文化精神与西方文化的"浮士德精神"完全不同。如此将俄罗斯文化从西方文化中剔除出去,"西方文化"便得以狭义化了。这种作法实际上是西方许多思想家后来常常做的。当要强调欧洲文化的壮阔的版图时,就把俄罗斯囊括进来;当强调"西方"的"纯粹性"的,就把俄罗斯排除在外。

俄罗斯被排除出去之后,它不再属于"西方文化"了,然而它属于"东方"吗?斯宾格勒没有明言,在他的文明形态学的语境中,俄罗斯文化作为一种独立的文化形态而存在,不属于西方,但也不是"东方",对"西方"而言它是"非西方"。问题是,这样一来,"东方"的概念实际上就被他虚化了、架空了。虽然他也强调"'东方'和'西方'是包含着真正历史的概念,而欧洲则是一种空谈",但是,"东方"只是在他解构"洲"的概念是才使用的一个词——

> "东方"和"西方"是包含着真正历史的概念,而欧洲则是一种空谈。古典世界所创造的一切伟大事物,都是在完全不承认罗马与塞浦路斯、拜占庭与亚历山大里亚之间存在有洲界的情形下创造出

---

① [德]斯宾格勒:《西方的没落》(全译本),第一卷,第15页脚注。
② [德]斯宾格勒:《西方的没落》(全译本),第一卷,第22—23页。

来的。我们用欧洲文化一词所指的一切事物，就存在于维斯杜拉河、亚得里亚海和瓜达尔奎维河之间，即便我们承认希腊、伯利克里时期的希腊位于欧洲，可今天的希腊肯定不在欧洲。①

斯宾格勒的意思是，古代希腊罗马的文化（古典文化）的疆域是超出了所谓"欧洲"范畴的，是跨到了"东方"范围的，因此，不能说希腊文化就是"欧洲"文化。这样一来，他就把"欧洲"这一概念否决了、解构了，从而凸显了"西方"这个概念的重要价值。

二、"东方""西方"概念的不同处理方式与"西方文化"形态的整合

否决了"欧洲"概念的同时，斯宾格勒认可"西方"与"东方"的这个概念，认为这对概念"包含着真正的历史概念"。但正是在对"东方—西方"这对概念的使用上，斯宾格勒显出了他由于使用双重标准而造成的矛盾混乱。

斯宾格勒并没有相应地、对等地确立"东方"这个概念，"东方"仅仅是作为与"西方"相对的词语而偶尔使用的。例如，"东方那严格的二元论世界感……""东方的图像是静止的"②，或者"东方的艺术"③"东方形式"④之类。但是可以肯定的是，"东方"在他那里缺乏实在的本体，而只是一种非西方的漠然的所指，不是一种特定的文明形态，而"西方"却是一种独立的文明形态的概念。在《西方的没落》中，"西方"不同于此前的孟德斯鸠、黑格尔等思想家所说的从古希腊到当下的欧洲或欧美世界，他的"西方"作为一个"文明形态学"的概念，就像一个生命体的存在一样，是有时间和空间的限定的。因而这个"西方"无论是时间还是在空间上都被限定了，空间范围大大地缩减，时间上大大缩短了。

---

① ［德］斯宾格勒：《西方的没落》（全译本），第一卷，第15页脚注1。
② ［德］斯宾格勒：《西方的没落》（全译本），第一卷，第17页。
③ ［德］斯宾格勒：《西方的没落》（全译本），第一卷，第200页。
④ ［德］斯宾格勒：《西方的没落》（全译本），第一卷，第204页。

在空间上,"西方"大体指的是不包括俄罗斯(东欧)的欧洲,基本相当于广义的"西欧"的概念。

在时间上,斯宾格勒把公元前 1100 年前开始到公元 300 年的古希腊—罗马文化,作为一种独立的文化形态,称为"古典文化";① 而把公元 900 年至未来的公元 2200 年这一段时期、在同一片区域中形成的、包含了北欧日耳曼民族的文化,称为"西方文化"。然而,问题是,这样一来,在差不多是同一个区域(不包含俄罗斯的欧洲),斯宾格勒就设想了两个前后相继的文明形态——"古典文化"与"西方文化"。当"古典文化"的没落之后,在大体同一片土地上,又更生了"西方文化"。"古典文化"是"西方文化"的"古典"的形态,而"西方文化"的近代形态则是"西方文化"。

于是,斯宾格勒划分文化形态的标准就有了两个。一个是历史的客观标准,一个是非历史的价值标准。他把同一地区的文化按历史阶段而划分为两种文化体。于是,先有了"古代"和"原典"两重意义。"古典"首先是意味着在时代上属于"古代",其次还意味着它的文化遗产被后人认可、继承下来并作为文化原典,亦即"古典",而成为一种价值。通观《西方的没落》全书,这样的双重标准只在这里使用了一次,只被用于划分西方的文化。至于为什么要这样操作?这样的操作方式为什么不能用于"非西方"的文化体?例如,印度文化,在莫卧儿建立王朝建立后,占统治地位的宗教、民族都改变了,为什么不能视为两种文化形态?再如中国,在汉代"没落"后,新的宗教(佛教)传入了,民族融合了,为什么在此后的上千年间都没有更生出新的文化形态?他们为什么不能有"古典文化"与"近代文化"之分?而且,斯宾格勒一开始表示反对"古代—中古—近代"的线性演进的历史学框架,但以此看来,实际上

---

① 这样的界定或许是因为古代希腊罗马的文化有相当一部分区域在东方(亚洲),所以在斯宾格勒看来不能称之为纯粹的"西方文化"。

他只是反对把这个框架用于包含东方与西方在内的"世界历史",却不反对把"古代—近代"这样的演进逻辑运用于西方文化形态,他所谓"古典文化—西方文化",所对应的不正是"古代—近代"吗?至于为什么这一模式只能用于西方,斯宾格勒没有给出任何特别的解释。这也许是因为他的"文化的观相学"本身所推崇的正是排斥逻辑的判断与说明。

不过,略加分析,就可以看出他还是含有内在逻辑的:那就是:除非欧洲那片区域由"古典文化"到"西方文化",产生出了两种文明形态,此外的非西方区域即东方各国都没有此种文化的更新或再生的能力,其文化一旦死亡,就是彻底死亡,而不能更生或复活。因此,按照这样的逻辑,"西方的没落"也许就是西方的再造或再生,而非西方的、东方的没落,则是完全的死亡。按照这个逻辑。看标题,想当然似乎是说"西方的没落",其实就是旧西方的没落。从这个角度看,斯宾格勒对"西方"的执念,其实比起他所批判的那些"西方中心主义"者,实乃有过之而无不及。"西方中心论"毕竟还没有大胆宣布非西方世界的死亡,而斯宾格勒是先论证非西方世界的六大文明形态相继都死去,而预断西方却要到将来的23世纪才开始没落,离他所处的20世纪初还有将近二百多年!并且,西方即便没落了,西方文化还可以再生,而非西方文化则不能。将来西方文化没落后,会再生出一个新的西方文化,到那时(其实在"这时"已经是)整个世界都成为一种文明形态了。因而将来的世界,将更加是"西方的"世界。——这就是斯宾格勒《西方的没落》中所暗含的逻辑。这个逻辑实际上宣布了,"西方的没落"可能就是"西方的再生",正如历史上"古典文明"没落后,诞生了"西方文明"一样。在其他土地上,一种文明一旦衰落,就永远成为没有"精神"的、徒具形骸的木乃伊,非西方的各个文明形态没有这样的再生机缘,而一去不复返。唯有"西方文明",却又在"古典文明"的基础上获得新生,并且当其他文明都早已"衰落"的时候,"西方"却依然没有衰落。唯有"西方文明"

还在发展中,虽然也开始显示衰老迹象,但毕竟是这个世界存在的唯一的"活着"的文明。即便到时候衰落了,也可以再次重生。这种算命式"观相学"的预言,从未来学上预言了西方的永续性。其彻底的"西方中心论"和优越论,竟然是以表面上反对"西方中心论"开始的。这是所谓"文化悲观主义"吗?很显然,它只是对"非西方"文化的"文化悲观主义",其反面,实则是用另外一种新颖的方式表达的西方的文化乐观主义。它固然是对"非西方文明"的"悲观主义"论调,却是对于"西方文明"的乐观论调。

其实,客观的学术研究,本来无所谓悲观主义,也无所谓乐观主义,斯宾格勒既然是把所有文明形态都看作一个有特定时空存在的生命体,则任何文明的衰落乃至死亡都在所难免,正如每个肉体生命的死亡都在所难免一样。他所要揭示的本来是一个普遍现象,一个规律,以此来代替理性主义史学观、进化论文化观所宣扬的人类(世界)文化不断发展、不断进化、进步的一元论的规律性原理。但是,由于对西方和非西方使用了双重标准,斯宾格勒表面上的文化多元论,却暗含了西方文化一元论,这种"文明形态学"对理性主义文化史学的批判与超越,就是很有限的了。

有了他的"西方",但斯宾格勒相对应的"东方"在哪里呢?是除了"西方"之外的其他文明都是"东方"吗?他完全语焉不详。虽然他曾表示"西方—东方"是"包含着真正历史的概念",但从他的"文化形态学"看来,"东方"这个整体的区域概念实际上也是与其"文化形态"概念不相符合的,因为文化的形态是个体性的(除去上述的双重标准不说)。尽管他不太使用"东方"的概念,但他毕竟使用了"西方"和"西方文化"的概念,那么与之相对应的起码有"非西方"的概念,"非西方"也就是"东方"。斯宾格勒所划分的历史上存在的世界主要文明形态有八个,其中六个都在"东方"的范畴内。但"东方"本身显然不是独立的一种"文明形态",而仅仅是若干文明形态的集合概念。

问题在于,"东方"固然是文明集合体的概念,"西方"岂不是也是一种集合体概念吗?"西方"即便是指狭义上的"西欧",起码应该是包含英国、法国、德国等若干文化体,但是,斯宾格勒却把"西方"看作一种独立的文化形态。这样一来,"东方—西方"在他那里,也就有了两种不同的划分与界定的标准。"东方"被他分别开来,拆成了巴比伦文明、印度文明、阿拉伯文明、中国文明等几个不同的文明形态,而另一方面,"西方"却被他整合起来,成为一个独立的文明形态。斯宾格勒的这种处理方式确实是独特的、前所未有的。一如《西方的没落》全书的建构与结论,是超(无)逻辑的。读者不禁会问:在"西方"这个区域内,有没有相对独立的"英吉利文化""法兰西文化""德意志文化""意大利文化""西班牙—葡萄牙文化"等文化形态呢?或者再概括一些,有没有独立的"拉丁文化""日耳曼文化""盎格鲁—撒克逊文化"呢?如果承认有,那么为什么要把这些文化都整合为同一的"西方文化"?更值得注意的是,他有时甚至把"美洲"也纳入"西方"的范畴。例如在《西方的没落》的导言中,开篇伊始就写道:

> 在这个书中,我第一次做出大胆的尝试,想去预断历史,想在一种文化的命运中去追踪尚未被人涉足过的各个阶段,尤其是我们和我们星球上那唯一实际上已处于完成状态的文化的各个阶段,那就是西欧及美洲的文化。①

有的译本把最后一句译为"西方的欧美文化"②。不管怎样,这里的"西方"概念,不仅包括了欧洲,甚至也包括了美洲(大概是指"北美"。因为在斯宾格勒的世界八大文化的划分中,属于中南美洲的"墨西哥文化"是其中一种)。这样的"欧美"(不包括俄罗斯)即"西方"的概念,与此

---

① [德]斯宾格勒:《西方的没落》(全译本),第一卷,第1页。
② [德]斯宾格勒:《西方的没落》(节译本),第一卷,陈晓林译,哈尔滨:黑龙江人民出版社,1988年,第1页。

前西方几乎所有思想家使用的"西方"概念,几乎没有任何区别。从这一点来看,实际上,上述斯宾格勒对"欧洲"概念的否定和解构,其实并非是要把欧洲的各个文化体独立出来,反而是扩大了"欧洲"的范围,将"欧洲"置换为"欧美",进而把"欧美"作为"西方"。

也许可以说,斯宾格勒对"西方"的这样的整合,是因为欧美这些文化体之间具有密切的关联性。但是,实际上所有的文化与周边的文化都有关联性,例如中国与其他东亚国家的文化,印度与南亚东南亚各民族的文化,俄罗斯文化与东欧的斯拉夫文化,都有关联性,那么为什么不把它们分别整合为统一的"东亚文化"或"南亚文化"或"东欧文化",而唯独把"西方"的各文化体统一整合为"西方文化"呢?这种只有对"西方"才使用的文化确认的标准,显然并不是斯宾格勒在逻辑上的疏忽所致,而是源于一种根本的动机,那就是对"西方文化"作为一种独立的文化形态的整合与认同。他要表明:"西方"虽有许多国家与民族,但它们属于是同一个生命体。在这一点上,与其说斯宾格勒是一个德国民族主义者(正如一些学者所说的那样),不如说斯宾格勒是一个"西方主义者"。"西方文化"的立场在斯宾格勒的行文中随处可见。他反复使用"我们西方""我们西方文化"这样的短语,既表明了他自己的"西方"立场,也表明了他撰写《西方的没落》时的"西方"文化的立场。

三、"观相学"的方法:"西方的"还是"东方的"?

除了上述的对"欧洲"及"东方—西方"的概念批判与重新考察界定之外,斯宾格勒对"西方文化"作为一种独立的文化形态的整合与认同,还有一个重要途径,就是重新界定"文化"与"文明"这两个相近的概念,并在此基础上把"同源""同阶段"作为可比性的条件,在此基础上,用"观相学"的"观相"的方法,展开了"西方文明"与其他的非西方文明的比较。

斯宾格勒认为把"文化"与"文明"作为人类历史的先后不同的两

个发展阶段。他指出:"每一文化,皆有其自身的文明。……文明是文化的必然命运……文明是一种发展了的人性所能达到的最外在的和最人为的状态。它们是一种结论,是继生成之物而来的已成之物,是生命完结后的死亡,是扩张之后的僵化。"① 这种对"文化"与"文明"的界定与康德关于"文明"与"文化"区别相近,似乎是受了康德的影响,但显然也是斯宾格勒从生命体的形态"观相"而来的。在斯宾格勒看来,"文化"是一种生命的生成和成长的阶段,"文明"是长成与定型的阶段;"文化"是朴素的、简洁的、粗放的,"文明"是修饰的、繁缛的、矫揉造作的;"文化"是乡野的,"文明"是城市的;"文化"注重富有幻想的、直觉的、宗教的、艺术的精神,"文明"注重政治的、功利的、理性的、怀疑主义的、观念的、科学的、金钱的和现实的;"文化"是吸收模仿和学习进步的,"文明"是向外扩张和施加影响力的;"文化"的国家形态是"帝国"之前的国家形态,"文明"的国家形态是复杂而又庞大的国家权力形式"帝国",等等。总之,"文化"与"文明"正如一个充满活力的人与一个垂暮的老人,正如季节中的春夏到秋冬。这样一种区别显然是饶有新意的,在我们的汉语语境中,这种区分也是容易理解和接受的。"文化"是处在"化"的过程中,"文明"则是完成后的静止和固态化,因此,文明最终会成为一种"类型"。的确,我们不得不承认,一种文化发展到高度成熟的阶段,身上必然带有层层累积的精神与物质的遗产,既成的东西往往束缚住了活力与创造性,正如一个高度文明的社会,法律法规细致入微,中规中矩,但要做成一件事情常常备受掣肘,一个行业单位往往有太多清规戒律,管制下的人们往往丧失创造活力。正如一只桑蚕作茧自缚,正如失去创造力的一个老年人,徒有声名外传。在这一点上看,斯宾格勒对"文化"与"文明"的区分界定,是颇有启发性的。而且,在西方思想史上,斯宾格勒似乎也是最早地将"文化"与"文明"作为

---

① [德] 斯宾格勒:《西方的没落》(全译本),第一卷,第30页。

两个相互联系的概念加以清晰的界定的人。从而为"比较文化"和"比较文明"确立了立场与基准,并对后来的东西方文明的比较研究产生了深远的影响。例如稍后的德国学者诺贝特·埃利亚斯（Norbert Elias, 1897—1990）的《文明的进程》（1936年）① 一书中对"文明"与"文化"的辨析与界定显然就受到了斯宾格勒的影响。斯宾格勒的"文明"的比较研究的对象,是业已成为形态的"文明",即八大文明体。其中除了属于西方世界的"古典文明""西方文明"外,非西方的文明包括巴比伦、中国、埃及、阿拉伯、俄罗斯和墨西哥。他宣称,这八个非西方的文明形态,除了"西方文明"外,其他都早已经走完了从出生到衰落死亡的过程,现在至多只保留僵死的"文明"躯壳。不过,它们虽然死了,却留下了文明的"象征物",因而可以把"同源"（指不同生命形态在起源上的相同、相近或相似性）和"同时代"（即发展过程中的对应的相同阶段）作为相互比较的前提条件,找出这些文明的"基本象征",然后进行不同文化形态之间的比较分析。这种方法,就是所谓"观相学"的方法。斯宾格勒指出,这种"观相学"方法本身,是一种"西方的方法"：

> 在我眼前,一种迄今为止未被想象到的卓杰的历史研究方法……实际上是西方心灵的方法,因而必定与古典心灵和我们以外的其他所有心灵格格不入——这是所有生存的一种综合观相,是所有渴望最高最后的观念的人类生成的一种形态学；它是一种责任,不仅要透视我们本有的心灵的世界感,而且要透视所有心灵的世界情……但丁是这样感受的,歌德也是这样的感受的。从交织变换的世界事变中提取一个千年的有机文化史,把它当作一个整体,当作一个人一样的东西,抓住它最深处的精神状态——这就是历史研究

---

① 该书中文译本由上海译文出版社2013年出版。

的目标。①

他强调这是"西方文化"之象征人物曾使用的"歌德式的方法",所以纯粹属于"西方的方法"。但是实际上,征诸东方哲学与东方美学,这种所谓的审美观照式的"观相"方法其实并不是歌德始发的。在东方,印度教主流哲学,不承认我们所看到的物质世界的真实性,认为这只不过是最高的真实"梵"的幻影,称为"摩耶"(幻),佛教表述为是"相"或"色",是没有真实性和自性。既然没有自性,就没有什么目的性与规律性,其表现就是不断变化、难以把握的"无常"。因此,印度哲学并不像西方哲学理性主义那样,试图寻求世界的规律,将世界加以体系化,而是对其加以观照。在中国哲学和美学中,相当于"摩耶""相"或"色"的基础概念是"象"。"象"是"道""气"的一种表现,但"象"不是"道"与"气"本身,因为"象"是有限的、个别的、具体的,流转的,它只是人所直面的对象。《易经》的"观物取象"论、《道德经》中的"玄鉴"论、南北朝时代书画美学家宗炳的《画山水序》的"澄怀味象"论、《宋书·隐逸传》中的"澄怀观道"论,等等,讲的都是对自然万物的诗意的、超越的观照,亦即"观相"。斯宾格勒之前的德国哲学家叔本华深受这些东方思想的影响,在《作为意志与表象的世界》中,就大量使用"直观"一词。其关键词"表象",就是人们所观之"相"。从他的定义来看,"直观"就是"观相"。叔本华明确承认他的思想受印度典籍的启发,他的书是"接受了远古印度智慧的洗礼、并消化了这些智慧"。② 然而对于叔本华及其思想,斯宾格勒只字未提。他这样做也许是因为一旦提及,他的"观相"方法的"西方"属性论,就立刻站不住脚了。至于他反复推崇的歌德,其实也是一个对东方文化饶有兴趣、并接受了东方文化影

---

① [德]斯宾格勒:《西方的没落》(全译本),第一卷,第155页。
② [德]叔本华:《作为意志与表象的世界》,石冲白译、杨一之校,北京:商务印书馆,1982年,第6页。

响的人。歌德承认:"我和整个时代是背道而驰的,因为我们的时代全在主观倾向笼罩之下,而我努力接近的却是客观世界。"① 这样的创作取向是有意识地与当时的主流的主观抽象的表达方式不同,而努力地去把握活生生的客观,是受到了包括印度文学的人与自然和谐、波斯诗人率真性格、中国文学的自然平易等东方影响,而这些都早已是众所共知的事实。可以说,"观相"或"观照"是东方文化的一个显著特点,表明了东方文化在面对世界的时候所表现出的"泛审美化"的特点,而绝不是斯宾格勒所说的,是什么纯粹的"西方的心灵",这种"观相"方式更不是所谓"与我们(西方)以外的心灵格格不入"的,相反,倒是"东方心灵"的产物。西方擅长的是概念与逻辑(正如斯宾格勒所批评的那样),东方人所擅长的把握世界和事物的方式恰恰是"观相"。斯宾格勒本来是拿东方的东西(无论他是否意识到否)来批判、克服西方的理性主义的、形而上的体系史学,而他却为了强调"观相学"的自我独创,为了凸显"观相学"的"西方文化"的方法属性,而有意无意无视了、掩盖了其东方思想方法的渊源。

再看看斯宾格勒对八种基本文明的"观相"中,各自都看出了什么样的"面相",就可以知道他是秉持什么样的基本立场和标准,对不同文明的价值与性质做出判断了。

例如,关于属于西方范围的两个文明形态,一是古希腊罗马的"古典文化",其面相及基本象征,斯宾格勒概括为"就近的,严格地限定的、自足的实体"。他指出,这一象征,是通过具体可感的物质形态来探讨世界的本源,体现在政治中就是各自独立的城邦,体现在雕塑艺术中就是裸体雕像,体现在建筑中就是没有内部空间的、实体性的多立克式神庙,等等。其特点是关心当下,是"纯粹现在的",对于过去与未来则不太措

---

① [德]歌德:《歌德谈话录》,朱光潜译,北京:人民文学出版社,1988年,第40页。

意,即便是历史著作也只是还原具体历史时间的当下性。一句话,这些象征及特征所揭示的"古典文化"的明朗性、理性、现实性、审美性、实践性,人性即人的独立自主性,显然是一种健康的、曾经充满活力的文化。而"西方文化"的基本象征是"纯粹而无穷的空间"。斯宾格勒借用他最推崇的歌德的《浮士德》,认为浮士德的那种不知满足、不断探索、不懈追求,期望实现全面发展的完美人生的精神,亦即"浮士德心灵",就是"西方文化"的最好的象征。他进而从西方的科学(数学)、建筑(贵族城堡与哥特式教堂)、音乐等,来说明西方文化的这一特征。在斯宾格勒的"观相学"的考察之下,西方世界中这两种先后相继的文明形态,实际上是相互关联的,"古典文化"的"自足的实体",在"西方文化"中获得了"无穷的空间";"古典文化"的当下性,到"西方文化"中延伸开去,在无穷的空间的基础上自然也获得了无限的时间感,上下求索的"浮士德心灵"充分显发了人的活力与创造性。"古典文化"的"限定的实体性"与"西方文化"的"无穷的空间",造就了创造的可能与条件。

  然而,另一方面,其他六个非西方文明形态及其"基本象征",在"面相"价值上却有明显的美丑优劣之分。斯宾格勒的诗意的、观相的判断,并不排斥其间的美丑优劣的价值判断,甚至他并不掩饰这种价值判断。例如,关于阿拉伯,他把清真寺作为其基本象征物,看出其象征是"世界洞穴"。然而,为什么以其广袤著称、拥有一望无际的草原戈壁沙漠,建立了横跨欧亚非地区的庞大帝国的阿拉伯,其文明形态的基本象征却是令人有窒息感的"洞穴"呢?斯宾格勒并未做充分的解释;又说古埃及文明的基本象征是"道路",是从金字塔陵墓中"观相"出来的,所谓"道路"是陵墓中的"空间连续",是北向死亡之路。俄罗斯文化的基本象征是"没有边界的平面",是与西方文化的"仰视"完全不同的缺乏高度的"平视",来形容俄罗斯文化的广阔而又闭塞。而且,他还用"假晶"(由于地质作用而形成的外层形状与内部构造不相一致的结晶体)这个地质学概念,来形容俄罗斯文明和阿拉伯文明的性质,也就是内在

斯宾格勒"文明观相学"及东方衰亡西方没落论

与外在的扭曲与分裂。至于中国,他说中国文化的基本象征是"道",却做了一些不着边际的解释,"道"在中国本来是无形的,何以"象征"?而举出的例子却是可见的中国园林建筑。对于巴比伦、印度、墨西哥,他似乎没有找出他们的基本象征物。

这也难怪,本来《西方的没落》的主旨,就是为了说明"西方"。非西方只是作为西方的比照、比较而存在的,全书大部分的篇幅讲的是西方,作者自身的立场是西方。这种西方文明与其他非西方文明的比较,与其说是各文明形态之间的比较,不如说都是为了说明"西方文明"而做的比较;换言之,比较的中心是西方文明,比较的基准也是西方文明。斯宾格勒最终是为了说明:为什么"西方文明"是目前世界上仅存的、或者未死的、但已经处于没落阶段的文明形态;为什么"西方文化"的寿命这么长,"西方文明"的太阳沉没得这么缓慢,他宣称:

> 还有一个没落,一个在过程和持久性上完全可以与古典的没落等量齐观的没落,将占据未来一千年中的前几个世纪,但其没落的征兆早已经预示出来,且今日就在我们周围可以感觉到——这就是西方的没落。①

在他的"观相学"的预断里,各种非西方的文明形态早已衰朽死亡,唯有"西方文明"将迟至公元23世纪时才进入没落阶段,这一预言显然是"西方文化是现代世界文化的最高阶段"论的一个翻版。不知道斯宾格勒有没有意识到,他虽然否定、批判了一种欧洲中心论、西方中心论,却由坠入了另一种西方中心论。跟先前的"欧洲中心论"相比,斯宾格勒只是承认了各个文明的各有不同,并非依赖西方产生,也并非围绕西方运动。同样的,先前理性主义、进化论的史学所揭示的东方古老文明对西方的影响,也被斯宾格勒最大程度地淡化了、漠视了。"东方"世界的

---

① [德]斯宾格勒:《西方的没落》(全译本),第一卷,第104页。

各大文明体早已经徒具形骸、失去光和热,一片昏暗。而在未来的几个世纪内,世界只剩下了西方文明的那片天地,火红夕阳,一片灿烂。这一壮丽图景,与理性主义者黑格尔所说的西方文化代表着人类文化的"老年"("老年"意味着高度理性与成熟)阶段即最高阶段,人类文明发展到那时的普鲁士德国就达到了顶点,岂不是如出一辙的吗?有论者说《西方的没落》"这本书是半个世纪的历史悲观主义和文化歧见的集大成"。①"文化歧见"说的是对的,但如果说表达了所谓"历史悲观主义"的话,那是对非西方(东方)的历史悲观主义,而对西方则完全没有悲观主义。其实所谓"西方的衰落"讲的是"西方的长盛难衰",是"西方的光辉灿烂",体现的是西方人的文化优越感,这不是一种乐观主义吗?只不过,这种乐观主义是以貌似忧郁、貌似深沉的表情与方式加以表现的。

---

① [德]阿瑟·赫尔曼:《文明衰落论:西方文化悲观主义的形成与演变》,张爱平、许先春、蒲国良等译,上海:上海人民出版社,2007年,第251页。

比较文明论四大形态与
"东方—西方"的消解整合①

从西方的东方学与东方学思想史的角度看,现代欧美的比较文明论可分为四大形态,包括汤因比的多元文明论、雅斯贝斯的轴心期文明论、亨廷顿的文明冲突论、艾森斯塔特的多元现代化论,对此加以比较分析,可以看出他们都要面对如何界定"东方文明"、如何处理"东方"这一概念、如何看待"东方—西方"的关系、如何看待西方化与现代化的关系等问题。虽然立场不同、主张各异,但共同取向都是奉持多元文明观,解构"东方—西方"二元观,逐渐否定和消解"东方"这一概念而以"非西方"代之,并在此基础上对今后世界文明的格局与走向做出预断。

所谓"比较文明"(又称"比较文明学"或"比较文明研究")是20世纪新兴的一个学术领域,是以历史学为基础、以"文明"为基本单位的比较研究,既有总体的比较文明学,也有比较史学、比较民族学、比较宗教学、比较社会学、比较经济学等具体形态。其理论的源头是俄国

---

① 原载《北方工业大学学报》2018年第1期。

丹尼列夫斯基、德国斯宾格勒的历史文化类型理论与文明形态学。20世纪40年代汤因比和阿尔弗雷德·韦伯（Alfred Weber，1868—1958）在普林斯顿大学相遇时，最初提出建立"国际比较文明学会"的构想，该学会自1961年成立以来，带动了世界范围的比较文明研究，使"比较文明"成为一门学科。"比较文明"建立在"多元文明论"的基础上，其基本出发点就是"东方—西方"或"西方—非西方"的文明差异论。因此它与东方学、与东方学思想史有着极为密切的关系。从西方的"东方学"及东方学思想的角度看，主要有以汤因比为代表的"多元文明论"、雅斯贝斯的"轴心期文明论"、亨廷顿的"文明冲突论"、艾森斯塔特的"多元现代化"这样四种形态。如何界定"文明"与"文化"的概念，如何看待"东方"这一概念的有效性，如何以"多元"来拆解一元的"东方"世界并消解"东方"概念，如何看待"东方—西方"之间的关系，决定了比较文明论的基本思路与结论。

一、欧洲各国"文化""文明"概念及其差异

"文化"与"文明"这两个近义词在古代汉语中虽然可以找到用例，但其含义却与现代汉语颇有不同，因为它只是在本国传统文化内部而言。而现代汉语中的"文化"与"文明"作为外来语的释译，常常是在跨越民族与国家的语义上使用的，即便并非直接这样使用，那也暗含着国际意识和比较意识，而这种语义显然也是作为外来语所固有的。

从欧美的东方学史与东方观角度看，"文化"与"文明"这两个概念与西方人的东方观密切相连。进入20世纪后，特别是从斯宾格勒《西方的没落》问世之后，西方有不少学者把"文化"与"文明"作为研究包括东方、西方在内的人类史或世界史的基本单位，并形成了"文明史""文化史"这样的总体研究的模式，如阿尔弗雷德·韦伯的《文化社会学视域中的文化史》、汤因比的《历史研究》、雅斯贝斯的《历史的起源与目标》、布罗代尔的《文明史》等。同时，还有一些历史学家和思想家则把

它作为价值评价用语，于是形成了"文明论"或"文化论"这样一种模式，如斯宾格勒的《西方的没落》等；或者，把文明的研究基本单位与价值判断用语两者都结合起来，形成了史论结合的模式，如埃利亚斯的《文明的进程》等。这些模式都从"文化观"与"文明观"的角度表达了他们的东方观，或者，至少从"西方观"的立场间接地表达了他们的东方观。

其中，德国学者诺贝特·埃利亚斯《文明的进程》（1937年试印，1939年初版）一书，所论述的"文明的进程"只是西方文明的进程，极少提到东方，但是对我们而言，该书的价值主要在于对"文化"与"文明"两个概念的梳理与辨析。埃利亚斯指出：

> "文明"一词的含义在西方国家各民族中各有不同。首先，这个词在英、法两国和在德国的用法区别极大。在英、法两国这一概念集中表现了这两个民族对于西方国家进步乃至人类进步所起的作用的一种骄傲；而在德国，"文明"则是指那些有用的东西，仅指次一等的价值，即那些包括人的外表和生活的表面现象。在德语中，人民用"文化"而不是"文明"来表现自我，来表现那种对自身特点即成就所感到的骄傲。①

埃利亚斯指出的德国的"文化"与"文明"的概念及其与英法两国的区别，在斯宾格勒的《西方的没落》中也可以看到。在德语中，"文明"多指一个民族外在的、礼仪、规则之类的虚饰之物，强调的是共性的东西；而"文化"却是指民族之间的差异及特性或个性。从西方与东方的关系上，埃利亚斯认为："如果说'文明'表现了殖民和扩张的倾向，那么'文化'则表现了一个民族的自我意识。"这是因为英法两国对外殖民扩张历史较长、殖民地较多，并在外国传播和确立了他们的"文明"，而德国

---

① ［德］诺贝特·埃利亚斯：《文明的进程》，王佩莉、袁志英译，上海：上海译文出版社，2013年，第2页。版本下同。

则有所不同,"因此,通过'文化'与'文明'这两个概念所体现出来的民族意识是很不相同的。德国人自豪地谈论他们的'文化',而法国人和英国人则自豪地谈论他们的'文明'",而且,第一次世界大战中,英法两国也是"以'文明'的名义对德国进行了战争"。① 埃利亚斯的这些论述,对我们理解英法德这三个欧洲学术大国之间的"文明—文化"概念的差异,可以提供很好的参照。

从这种差异出发,可以看到,在德国人的东方学与东方观中更多地强调东方民族文化之间的差异性,虽然也有总体的"东方"概念,但却十分注意揭示东方各民族内部的差异性。这在斯宾格勒、马克斯·韦伯、雅斯贝斯等人的著作中都有集中的体现。即便是他们的西方中心论,也是从差异论中表现来的,是在以求异为主导的比较研究中呈现出来的;而英法两国(还有此后的美国)的学者,却更多地从普遍性的"文明"的角度来撰写世界史或世界文明史。当然,英国、法国这些学者和思想家同时又是多元文明论者,承认世界文明是多样性的。但是,他们同时也持有"文明"的标准,因为"文明"本身不是客观描述,而是包含着价值判断的。所以他们往往既是多元文明论者,同时也是西方文明的普世价值的鼓吹者,因而最终走向了西方中心论。

在这方面,法国的例子,我们可以先举出著名历史学家费尔南·布罗代尔(Fernand Braudel,1902—1985)的名著《文明史》(1963年),这是一部全球文明史,其中对"文明"的定义是:文明"指的是一种文明或文化的全部内容……是其文化财富(biensculturels)的总和"②。这个界定中同时使用了"文明"和"文化"两个概念,但是把"文明"作为上位概念,文明是文化的总括,是文化的精炼形态。在此基础上,布罗代尔承认此前欧洲人常用的是"单数文明"的概念,认为其中往往含有进

---

① [德]诺贝特·埃利亚斯:《文明的进程》,第3—5页。
② [法]布罗代尔:《文明史》,常绍民、冯棠、张文英、王明毅译,北京:中信出版社,2014年,第39页。版本下同。

步或落后之类的价值判断,指出:"20世纪在某种程度上已经摒弃了诸如此类的价值判断,人们很难确定——以什么标准——哪种文明最好。"① 因而他主张使用"复数形式"的文明概念。这里所谓"复数"的"文明"定义,显然就是多元文明论的另一种表述方式。但是另一方面,他仍然把"文明"分为"欧洲(西方)"和"非西方"两个部分,亦即"西方"与"东方"(非西方)的二元划分,而且最终将世界文明史落脚于欧洲,力图证明公元1500年以后的世界文明是西方文明,这与此前西方的主流历史观是一脉相承的。在这部《文明史》中,单从篇章构造上看,对东方(非西方)论述的篇幅不少,约占一半,但这些非西方的记述都是为着说明西方何以兴起、何以能够在现代和未来主导世界。这如果不是传统意义上的那种"西方中心主义",那也是一种"西方重心主义"了。其要害,在于布罗代尔的"文明"观所包含的价值判断。

二、汤因比的多元文明论以"非西方"消解"东方"

在多元文明研究中,最突出的成果当是著名历史哲学家阿诺德·汤因比(Arnold Joseph Toynbee,1889—1975)的《历史研究》②,也是我们研究当代欧洲及英国"东方—西方"观的最好的例子。

在多元文明研究的理论与方法上,汤因比对德国思想家斯宾格勒多有借鉴。斯宾格勒认为文化与文明是历史形态之"观相学"研究的基本单位,汤因比也认为"文明"(而不是"国家")是比较研究的最基本的单位,因为国家是政治性的共同体,是容易崩溃和改变的,而文明则是相对稳定的,指出:"历史研究的可以自行说明问题的单位既不是一个民

---

① [法]布罗代尔:《文明史》,第39页。
② 《历史研究》原书全12卷陆续出版于1934—1961年,索麦维尔改编的节选本出版于1946年。中文译本有两种,曹未风等译、上海人民出版社1959年第1版、1966年第2版的《历史研究》上中下册,郭小凌等译、上海人民出版社2016年版《历史研究》上下册,皆据上述节选本译出。

族国家,也不是另一极端上的人类全体,而是我们称之为社会的某一类人群。"① 故而"文明"也称为"社会"或"文明社会";斯宾格勒曾将世界文明划分为八种基本形态,在此基础上,汤因比的文明形态划分较细较多,他把人类六千年的文明形态初分为二十个、二十二个,后来又增加到二十三乃至二十八个。另一方面,汤因比对斯宾格勒也有明显的扬弃,尤其对"文明"的定义与斯宾格勒明显不同,他没有像斯宾格勒那样把"文明"与"文化"加以区分并把"文明"看作"文化"的凝固、衰落状态,而是把"文化"与"文明"作同一观,而更多是使用"文明"的概念。在他那里,"文明"只是超越国家的历史比较研究的基本单位而已,而与其历史阶段及存续状态无关,既有古老的早已死去的文明,也有正在衰落的文明,还有至今仍没有死亡但将来势必会衰落的文明,但是值得注意的是,斯宾格勒说的是"文明"的衰落("文化"是发展成长的状态),而汤因比却合而言之;同样是多元文明论者,斯宾格勒更多地强调多元中的根本差异,而汤因比更多地强调多元中的统一。在多元文明比较中,他比斯宾格勒更为露骨地凸显西方文明的价值。

从"东方—西方"观上看,汤因比与斯宾格勒也有不同。斯宾格勒把"西方文明"作为世界文明的一个独立的单元,而把西方文明以外的文明都作为"非西方"来处理,但斯宾格勒没有完全抛弃"东方—西方"的概念及二分法。在这一点上,汤因比比斯宾格勒更进一步,在《历史研究》中,作为与"西方"相对的"东方"这一概念完全被摒弃了。诚然,汤因比在行文中也偶尔会用到"东方",例如说"东方和西方的基督教徒"②,指的是东正教的"东方";有时"东方"仅仅是用来表示方位,

---

① [英]汤因比:《历史研究》上卷,曹未风等译,上海:上海人民出版社,1966年第2版,第14页。版本下同。
② [英]汤因比:《文明经受着考验》,沈辉等译,浙江人民出版社,1988年,第231页。版本下同。

比较文明论四大形态与"东方—西方"的消解整合

例如说伊斯兰教"也顺利地传播到更远的一些地方,譬如在东方,传入了印度尼西亚和中国,在西南方传入了热带非洲";① 有时在说到古希腊时代的时候,"东方"是对古希腊而言的那个"东方",即希腊诸城邦以东的地区。

汤因比为什么要摒弃"东方"的概念,而完全用"非西方"来取代呢?综观《历史研究》,他的研究范围虽然是"历史"以及人类文明史,但他的出发点、立足点却是西方,它是为了说明、解决和解答西方文明的一系列问题,才去研究那些"非西方"文明的。换言之,之所以去研究那些"非西方"的文明,目的也是为了更好地在比较中来说明"西方文明",而各个"非西方"之间的联系性、共通性,则不是他所要揭示和呈现的。于是在他那里,作为若干文明体之更高一级集合概念的"东方"就成为不必要的概念了。本来,"东方"作为文化、文明体的集合概念是有其内在相通性的,相比之下"非西方"却不是一个概念,不具备内在联系性,不是一个整体,而是"西方"之外的散落的存在。

在这里,汤因比也表现出了如同斯宾格勒一样的矛盾悖论。一方面,他否定了"西方中心论",承认这个世界的文明是多元的,西方文明仅仅是其中的一个,认为整个人类文明的历史并没有统一的规律可言,从而否定了以黑格尔为代表的理性主义史观。他指出:

> 除了由于西方文明在物质方面的世界性胜利而产生的假象外,所谓"历史统一"的错误概念……还有三个来源:自我中心的错觉,"东方不变论"的错觉,以及说进步是沿着一条直线发展的错觉。②

他指出的这三个"错觉"中,有一个是"'东方不变论'的错觉"。这里所谓的"东方"指的是"包括从埃及到中国的全部地方"。既然这个"东方"概念是发生错觉的人此前所使用的,那么汤因比当然就不再使用了,偶

---

① [英]汤因比:《文明经受着考验》,第241页。
② [英]汤因比:《历史研究》上卷,第46页。

尔使用的时候则加上了引号。他反对这种"东方"概念及"东方不变论",认为:"对于一般的西方人来说,他们所熟悉的唯一有关'东方'的古代历史就是《旧约全书》里讲的那些故事。当近代西方游客们怀着又惊又喜的心情看见了阿拉伯沙漠边缘的外约旦的人民生活在今天如同《创世记》里所描写的族长们的生活一模一样的时候,这种所谓'东方不变论'就好像获得了铁证。但是这些游客们所遇到的并不是什么'不变的东方',而是不变的阿拉伯草原。"① 汤因比反对"东方不变论"显然是与他的"任何一种文明都像生命体一样有一个从出生到死亡的过程"这一斯宾格勒式的论断联系在一起的。"东方不变",那就意味着"东方不死",这不符合文明发展由生到死的通律。在汤因比看来,在"东方",各种文明是变化的,有的已经死了,有的正在衰落,因而不能笼统地说"东方不变"。

西方文明虽则是众多文明中的"这一个",但是在汤因比看来,西方文明与其他文明并不是对等的,不可相提并论。虽然他也说过:"事实上,我们认为所有的二十一个社会(文明)可以假定在哲学上是属于同一时代的,在哲学上是价值相等的。"② 他解释说,与"人类史"比较起来,"文明史"很短,几千年实际上在历史上只是短短的一瞬间,因而是"同一时代的",也是可以互相比较的;而所谓"在哲学上是价值相等的",在我们理解看来,并不等于在"历史学"上也是"价值相等的"。因为文明本身就是一个历史过程,不是哲学上的抽象,因而"文明"的价值只能放在历史进程中来判断。在这个问题上,汤因比继承了斯宾格勒"文明"这个词的价值判断功能。汤因比所说的"文明"是有级差的,有高低优劣之分、先进与落后之别。他的文明比较的全部结论,就在于说明这一点。在他举出并分析的所有二十八种文明中,许多早已经死亡了,而现在还没有死亡的八种文明中,除了西方文明之外都处在衰落之中。因此,

---

① [英]汤因比:《历史研究》上卷,第47页。
② [英]汤因比:《历史研究》上卷,第53页。

比较文明论四大形态与"东方—西方"的消解整合

直到汤因比所处的20世纪上半叶的后期,"西方文明是它这种社会中没有显示出不可置辩的解体征兆的唯一现存的代表……只有西方社会可能还是处在生长阶段"。这一结论与斯宾格勒的《西方的衰落》中的"西方文化衰落"论相比,对西方文化生命力的预断显然更为乐观。虽然斯宾格勒说的衰落是在将来23世纪才会发生的,但是汤因比对西方文明的预断,所用的词不是"没落",而是"生长阶段"!这样一来,世界文明都是死的死、老的老,只有西方文明一枝独秀了。而且,他接着指出了眼下的另一个"事实":就是"西方社会的扩张和西方文化的辐射已经把其他一切现存文明和一切现存原始社会卷进了一个囊括世界的西方化范围之中"①,认为现在是全世界都处在"西方化"的过程中,他的结论是:"西方文明"就是西方使全世界都"西方化",因此,西方文明实际上就是今后的世界文明。

从这一判断出发,当1952年汤因比应英国广播电台(BBC)做关于"世界与西方"的讲座并将讲稿收编成书的时候,他努力要说明的也是这一点。本来,先前西方的那些历史哲学家们在讲到西方的时候,都是拿"东方"作为对义词的,但是在汤因比这里,却是把"世界"与"西方"作为对义词。他意识到这样做会导致读者的迷惑不解:"为什么书名被称作《世界与西方》?西方……成了世界的另一个代名词了吗?"虽然他接着做了解释,但是他的"西方"本位的立场是不加掩饰的。不是"东方与西方",而是"世界与西方"。在这样的表述里,"东方"已经无法与"西方"相提并论了。因为"东方"中不能含有"西方",而"世界"中则可以含有"西方",而且"世界"也是由西方主导的"世界"。他进而断言:"在目前为止已经持续了四五百年的世界与西方的冲突中,是世界而不是西方成为获得有益经验的一方。不是西方受到世界的冲击,而是世界受

---

① [英]汤因比:《历史研究》下卷,第371页。

到西方的冲击。"① 也就是说，四五百年来西方让世界学到了许多的"有益经验"，同时也给了世界以冲击，而不是"世界"给"西方"以有益经验，或"世界"给"西方"以冲击。这样一来，他所讨论的就已经不再是以前的许多思想家提出的"东方与西方"的问题了，而是"世界与西方"的问题。在这样的语境下，"东方"无论从概念还是实体上，就都被他消解殆尽了。当需要找一个与"西方"相对的概念时，他就使用"非西方"。显然，"非西方"这样的表述，是完全以"西方"为本位的。"非西方"与"西方"并不是对等的、对称的、并列的概念，因而它和"东方—西方"这一对概念的含义也完全不同。

这样看来，汤因比的《历史研究》虽然秉持"多元文明"的立场，但实质上他的"多元文明"本身不是与西方文明对等的，而是为了"西方"的论述而存在的。综观全十二卷、约合中文五百万言的庞杂冗长的《历史研究》——经由索麦维尔（D. C. Somervell）整理删节的本子也仍然芜杂——实际上所说的只有一件事：就是"西方文明"如何能够在众多文明中胜出，如何给众多文明以滋养和恩惠，并且在众多文明已死亡、已没落的时候，如何仍然能够一枝独秀，使全世界都逐渐"西方化"。他认为这是因为西方有两大优势：一是科学技术，二是宗教，即基督教。西方教给了非西方以科学艺术，反过来这些非西方国家却以西方的科技手段来对抗西方；西方教给了俄罗斯那样的国家以共产主义思想，而俄国却反过来以共产主义来对抗西方。因此，汤因比认为，只有基督教才是根本，西方文明的灵魂就是基督教，基督教作为宗教具有终极价值，而"西方化"的理想指向就是扩大基督教的影响。这一观点在《历史研究》特别是《一个历史学家的宗教观》一书中表述得很清楚。按照这样的逻辑，汤因比实际上由多元文明论开始，暗中直接指向了以基督教为核心的西方文明一元论。"西方"即"世界"，"世界"即"西方"，这就是

---

① ［英］汤因比：《文明经受着考验》，第229页。

一元论的逻辑。在汤因比这里，比起先前的"东方—西方"的二元论来，"西方"甚至连对象化的"东方"都不需要了，所以就"要抛弃唯信仰主义的历史学家通常认可的'欧洲'、'东方'及其他模型碎片"①。埃利亚斯在《文明的进程》一书中，在谈到18世纪法国等西方的"文明观"时曾说过："随着市民阶级的崛起，'文明'这一概念成为民族精神的表现，成为民族自我意识的传达方式……这些西方国家认为'文明'这一进程在他们自己的社会内部已经完成。从根本上说，他们自以为自己是一个现存的、或者是稳固的'文明'的提供者，是一个向外界传达'文明'的旗手。"② 这段话也有助于我们理解汤因比的历史观与文明观。在此前的汤因比历史文明观的评论与研究中，人们更多地看到了他的多元文明论的一面，认为这是对西方中心主义的解构。但是，从他对"东方"的解构上看，他的文明多元论与"西方中心主义"其实是一种思想的两个方面。"多元文明论"是就以往的历史进程而言的，而"西方中心"则是就现实和未来而言的。他认为，公元1500年以后的这个世界实际上就是"西方化的世界"，原来所谓的"东方"已经不存在了，"非西方"不是"东方"，因为"非西方"将来的趋势就是"西方"，而"东方"作为"西方"的对立面则永远不能是"西方"。汤因比在《历史研究》及有关著作中对他为什么不用"东方"这一概念，为什么消解"东方"这个概念，都没有做任何解释，但想来其实也不必解释。因为"西方—非西方"的关系，表示的就是"西方"对非西方的"西方化"，本质上就是西方文明的一元论。

三、雅斯贝斯"轴心期文明"论对古代"东方"的拆解

要在欧洲的多元文明研究中举出一个德国学者的例子，那么卡尔·

---

① ［英］汤因比：《一个历史学家的宗教观》，晏可佳、张龙华译，刘建荣校，上海人民出版社，2016年，第15页。
② ［德］诺贝特·埃利亚斯：《文明的进程》，王佩莉、袁志英译，上海：上海译文出版社，2013年，第48页。

雅斯贝斯似乎最为合适。

卡尔·雅斯贝斯（Karl Jaspers，1883—1969）与汤因比生活在同一时期，他以德国人喜爱的方式——哲学——来撰著构架人类历史，写出了《历史的起源与目标》（1949）一书，其中有这样一段论述：

> 从希腊以后，西方就开始在东方和西方的精神对立中建立起来了。从希罗多德起，人们就意识到了西方和东方的对立。它们是永远以崭新形式再现的永恒对立。只是由于这种意识，对立才完全变成真正实在的东西。因为一个事物只有在人认识了它之后，才在精神意义上成为一种现实。希腊建立了西方，但却是以这样的方式，即只有当西方目不转睛地注视东方和面对东方时，它才继续存在。西方理解东方并脱离东方。它把东方文化的各种因素接受过来，将它们一直重新改造到成为自己的文化为止。西方投入到东方的斗争；在斗争中，时而西方占到上风，时而东方占到上风。①

在雅斯贝斯看来，"东方—西方"首先是希腊人为了确认自我的需要而建立起来的一种二元世界观，它体现的是一种"精神对立"，实际上是一种假定、一种象征性的建构，因为被自觉地意识到了，便具有了实在性，于是就"在精神意义上成为一种现实"。在这个意义上，若没有"东方"，那么"西方"也就不存在了。但是，雅斯贝斯所要说的还有另外一层意思，就是"东方—西方"是古希腊人的观念，后来成为欧洲人的一种思想传统，然后经过基督教的普世的世界观的改造，才形成了关于世界历史的统一性的建构。实际上，只有当希腊人和西方人需要寻求对立的一方的时候，或试图将自我加以对象化的时候，"东方"才是真实存在的；反过来说，作为一种实体的"东方"，或者被东方人所意识到的"东方"，实际上并不存在。

---

① ［德］卡尔·雅斯贝斯：《历史的起源和目标》，魏楚雄、俞新天译，北京：华夏出版社，1989年，第79页。版本下同。

雅斯贝斯在《历史的起源与目标》一书就在这种思路中展开。对西方人来说，"东方"是一个存在，那么对东方人而言，"西方"是存在的吗？历史研究可以证明，东方人的"东方—西方"观念是到了近代才从西方陆续接受过来的。那么，在拥有"东方—西方"的观念之前，"东方"世界是如何存在的？东方人意识到了自己世界之外的世界吗？换言之，除古希腊文明之外的其他文明，都是像希腊那样将外界加以对象化而建构自己的文明，抑或是以另外的方式建构自己的文明的吗？

于是，就产生了雅斯贝斯的"历史的起源与目标"论及"轴心期"的理论。"轴心期"（又译为"轴心时代"）的理论建构，其最显著的特色有两点：一是以"轴心"的概念取代"中心"这一概念，二是以"轴心期"取代传统历史观中的"东方—西方"二元对立的历史建构模式。由此，他建立起了自己的独特的多元文明观。

雅斯贝斯认为，在人类历史上，经历了史前时代、古代文明时代、轴心时代、科技时代这样四个时代。在经历了前两个时代后，以公元前500年左右的时期为中心，和在公元前800至前200年的这段时期内，人类的精神基础同时并且独立地在中国、印度、波斯、巴勒斯坦、希腊开始奠定，在这里各自形成了一个"历史轴心"。历史轴心出现的标志是：中国出现了孔子、老子、庄子等诸子百家，印度出现了《奥义书》和佛陀，波斯出现了琐罗亚斯德，巴勒斯坦地区出现了以利亚、以赛亚、耶利米等犹太教先知，希腊出现了巴门尼德、赫拉克利特、柏拉图、修昔底德等一系列先哲。这五个地方，有四个在通常所说的东方。雅斯贝斯的此后的行文中，往往缩减为三个最大的轴心或三个地区，即中国、印度、希腊。以"历史轴心"的立场看，无论是五个地区，还是其中最重要的三个地区，"东方—西方"的概念都没有存在的必要了。因为"东方—西方"本来是希腊人的观念，其他几个文明都没有这样明确的概念。可以说，"轴心期"理论的前提，是从希腊的立场退出来，而面对实际上存在的三大"历史轴心"。世界在相当长的一段时期中，是五星璀璨或三足鼎立的。各个不同的民族以自己的文化内核为中心，形成了不同的轴心期的文明。对历史研究而言，对于"历史的起源与目标"的探索而言，"轴心期"是重心之所在。之前的两个时代都可以理解为轴心期的准备时期，轴心期之后的科技时代也可以理解为由轴心期参与并隐隐决定着的历史进程，而这个世界"也许会进入崭新的第二个轴心期"，但与第一个轴心期密切相关。不过在雅斯贝斯看来，第二个轴心期形成的"这个过程十分遥远，隐而不露"。①

雅斯贝斯的轴心期理论，消解了以往希腊式的"东方—西方"二元论，在此基础上，实际上也就否定了关于"西方"文明是重心，而其他相似的历史现象的形成都是西方影响的结果这一历史传播主义的结论。它们之间没有互相影响，而是不期而然。雅斯贝斯认为："这个时代的新特点是：世界上所有三个地区都开始意识到整体的存在，自身和自身的限度。人类体验到世界的恐怖和自身的软弱。他探寻根本性的问题。面对空无，他力图解放和拯救……这一切皆由反思产生，意识再次回到自身，思想成为它自己的对象……这个时代产生了直到今天仍是我们思考范围的基本范畴，创立了人类仍赖以存活的世界宗教之源端。无论在何种意义上，人类都已迈出了走向普遍性的步伐。"② 这样的观点，可以说是属于一种"多元共生"的理论。一方面是互不相干的独立运作的轴心，另一方面又都不约而同地体现了"历史的起源与目标"。

值得追问的是，为什么雅斯贝斯用"轴心"而不用"中心"这个概念呢？对于这个问题，雅斯贝斯本人及雅斯贝斯的研究者、评论家们，并没有做出任何解释与说明，其实这是需要加以说明的。依照最为直观的理解，如果世界是一个场域，那么"中心"实际上只能有一个，而一旦形成了多个"中心"，称之为"轴心"就更为恰当了。因为"中心"给

---

① [德]卡尔·雅斯贝斯：《历史的起源和目标》，第33页。
② [德]卡尔·雅斯贝斯：《历史的起源和目标》，第8—9页。

人的感觉是平面化的、相对静止的,而轴心的感觉是立体的、不断转动的。"轴心"的形成运转是在一定的时间、同时也是在一定的空间之内的。在一定的空间内,它突破了"东方—西方"的二元格局;在一定的时间内,它形成了"轴心期"。而且"轴"是在一台机器中运转的不同部分,还可以同时有几个轴。当轴转动的时候,就带动了周围相关部件的运动,形成了一个"轴心"。它们是各自独立运转的,甚至并不知道其他的存在,但是从世界总体来看,这个轴心的运转并不是孤立的,还有别的轴心也在形成并运转着。尽管各个轴心之间并不是都互相意识到了它们的相关性,但是从历史研究的立场上观察,它们实际上是相互关联的,因而"轴心"这个词更能体现世界文明形成的不自觉的互动、呼应、相互共振的那种状态。

不过,人们自然会问:这种关联是如何形成的呢?如果人类文明是一部由各种的"轴"来运转形成的巨大的机器,那么最终的驱动力在哪里呢?人类不同的文明在起源时,都是遵循同一种意志吗?文明的发展都朝向同一个目标吗?于是,"轴心期"理论就成为雅斯贝斯历史解释的一种方法,也就是他对所谓"历史的起源与目标"的解释:

> 我的纲要以一条信念为基础:人类具有唯一共同起源和共同目标。起源和目标为我们所不知,完全为任何认识所不知。我们只能在模糊的象征之微光中感觉到它们。我们的现实存在在这两极之间移动;我们可能在哲学反思中努力接近起源和目标。①

既如此,那么谁知道这个起源和目标呢?雅斯贝斯认为,当然是上帝。紧接着,雅斯贝斯强调说:"所有人都与亚当相联,都源于上帝之手,并依上帝之想象而被创造出来。"上帝"使我们走上了一条道路,这条道路通过具有时间目标的有限的实践活动和认识,达到在意识上表现出来的

---

① [德]卡尔·雅斯贝斯:《历史的起源和目标》,第6页。

洞察力"。① 也就是说，上帝才是"文明"这架巨大机器的操纵者和驱动者，上帝赋予了我们以哲学反思的能力，使我们去寻求和理解"历史的起源与目标"。诚然，雅斯贝斯的"轴心期"扬弃了19世纪以黑格尔为代表的理性主义哲学的"中心"思想即西方中心主义，而代之以多元文明的"轴心期"理论。但是从以基督教上帝为中心这一点上看，雅斯贝斯的存在主义的历史观与黑格尔的理性主义的历史观并没有本质的差异。这也难怪，在西方，除了马克思主义等唯物主义的无神论者之外，主流的哲学、历史观的核心是基督教的，不同的思想家与学派，万变不离其宗。上述的汤因比是如此，雅斯贝斯也是如此。

不过，"轴心观"的理论在历史发展的一个阶段上的解释中，毕竟在一定意义上抛弃了西方中心主义，并且解构了"东方—西方"的二元观，同时也就消解了"东方"这个概念的有效性。在轴心期的理论解释中，西方以外的那个"东方"实际上并不是一个叫做"东方"的整体，而是一个多元的存在，更不是黑格尔历史哲学体系中所说的东方只是西方精神发展史上的前期或原始的状态，而是与西方并列的，不依赖西方的意志而存在的。中国文明、印度文明是与西方文明并列的轴心期的三大文明。至少是在轴心期，世界文明是三足鼎立的，而不是"东方—西方"二元对立的。比起在整个历史叙述中都以"东方—西方"或"西方—非西方"的模式加以处理，雅斯贝斯的这一思路与方法是历史主义的，是充分尊重文明之个性的。"轴心期"的理论，究其本质是一种有着独特表述的多元文明论。

但是，当一旦脱离"轴心期"这个历史时期，而进入下一个时代的论述时，雅斯贝斯却又拾起了"西方—东方"这对概念，而把中国文明、印度文明等都处理作为"非西方"的"东方"。他和同时代的德国文化社会学家阿尔弗雷德·韦伯在《文化社会学视域中的文化史》② 一书中的看

---

① ［德］卡尔·雅斯贝斯：《历史的起源和目标》，第6页。
② 中文译本参见姚燕译《文化社会学视域中的文化史》，上海：上海人民出版社，2006年。

法一样,认为公元 1500 年以后,中国、印度等都进入了文化衰退,而西方却迈出了决定性的步伐,此后的历史进入了以西方的科技文化所主导的新时代,雅斯贝斯称之为"科技时代"。他认为,"轴心期"过去之后,"西方"以科学技术主导了世界。他接着追问:西方在"轴心期"是否就已经预示了这种可能性——

> 为什么发生在西方而不是发生在其他两大文化区域?轴心期期间,西方可能已经存在某种特殊因素吗?它们只是在最近几世纪的进程中才产生那些影响吗?那最终在科学中显示自己的东西,在轴心期已经作为胚胎而存在了吗?西方有某种特殊性吗?①

在这样的追问与阐述中,"西方"成了关键词,并且专用一章(第六章)的篇幅以《西方的特殊性》为标题,对"西方的特殊性"加以阐述。例如,他总结说,"西方懂得政治自由的思想";西方人"不停地追寻着本身进程的理性,坚持使自己面对合乎逻辑的思想和经验事实的说服力";西方人"决定性地、永久性地获得了完全的个人自我中心的意识本质";西方人一方面有着普遍原则,另一方面也不守固定的教条,"突破普遍原则的'例外',它正是产生无限的西方推动力的动力";"西方是一个永远把自己引向一个普遍原则、但不被任何普遍原则封闭起来的世界";等等。② 在总结和论述西方的这些特性的时候,雅斯贝斯当然是把"西方"同"东方"加以比较而言的,而且做出了自己的价值判断。他认为:"欧洲的发展路线单独地通到技术时代,这给予整个世界以一种欧洲的面貌。此外,思想的理性模式变得无所不在,这似乎进一步证实了那种卓越。诚然,中国人和印度人也感到自己是真正显示人类特点的民族,并以不亚于欧洲人的信念坚持认为,他们的卓越是不言而喻的。不过,如果每一种文化都把自己看作世界中心,它们的实际情况看起来也并不完全相

---

① [德] 卡尔·雅斯贝斯:《历史的起源和目标》,第 74 页。
② [德] 卡尔·雅斯贝斯:《历史的起源和目标》,第 73—78 页。

同，因为似乎只有欧洲通过实际成就证实了它的卓越。"① 这也就是说，公元1500年之后整个世界必然是西方化的世界。这个看法跟汤因比几乎完全一样。既然整个世界都必然是西方化的，那么"东方"实际上也就变得无意义了，因为"东方"无法像古希腊时代那样是一种与西方相对的文明形态。这样一来，雅斯贝斯在谈到古代历史的时候所使用的"东方"的概念，在谈到轴心期历史的时候更多使用"轴心"的概念，而在谈到科技时代的时候，则在地理的意义上使用了"亚洲"这个概念，而较少使用"东方"这一概念了。例如他声称："我们时代全新全异的因素，就是现代欧洲的科学和技术，它不仅与亚洲的产物迥然不同，甚至于希腊的成果也不是一脉相承的。"② 这也意味着，在雅斯贝斯看来，在普遍地"西方化"了的新时代，与"西方"相对的"东方"这一文明史的概念已经不存在、已经没有价值可言了。

可见，在《历史的起源与目标》中，雅斯贝斯以"轴心期"理论构架了他独具特色的"多元文明论"，亦即世界文明的多元的"起源"论，从而解构了"东方—西方"二元论。但在历史的"目标"的追寻上，雅斯贝斯却做出了16世纪以来世界"西方化"这一论断。于是，实际上他是由历史文明多元论走向了现代世界乃至未来世界的一元论。在这种判断中，"东方"已经无法与"西方"相对了，已经不能与"西方"相提并论了，于是"东方"这一概念被他彻底消解。雅斯贝斯对"东方"概念的两次消解，分别体现了他对"历史的起源"和"历史的目标"的独特阐释。

雅斯贝斯对西方资本主义文明将统治未来世界的乐观预测，随着20世纪90年代初苏联和东欧社会主义体制的解体，似乎得到了很大的应验与印证。在这种情况下，美国自由主义政治学学者弗朗西斯·福山

---

① ［德］卡尔·雅斯贝斯：《历史的起源和目标》，第79页。
② ［德］卡尔·雅斯贝斯：《历史的起源和目标》，第95页。

(Francis Fukuyama)很快地写出了《历史终结和最后的人》（1992年）一书，宣称西方的自由民主制度已经取得了最终的胜利，人类政治的历史就此完满并趋于"历史的终结"，生活在自由民主制度下的公民也将是"最后的人"。① 在福山那里，多元文明变成了一元文明，在清一色的西方化的"自由民主"世界中，"东方—西方"的概念也被他放逐了。

四、亨廷顿"文明冲突"论及对"东方"的再消解

可是，就在弗朗西斯·福山的《历史终结与最后的人》刚刚出版不到一年，1993年夏，弗朗西斯·福山的老师、美国国际政治学者塞缪尔·亨廷顿（Samuel P. Huntington，1927—2008）就在美国《外交》杂志上发表《文明的冲突》一文，后来在此基础上形成了《文明的冲突》（1996年）② 一书，否定了福山的乐观主义论调，也跨越了福山的一元文明论。亨廷顿重申从斯宾格勒到上述的汤因比、雅斯贝斯以来的多元文明观，但是其宗旨与观点却发生了变化——由历史上文明的共生共存，到现实与未来中的"文明的冲突"，而且主要是"西方"与"非西方"之间文明的冲突。

亨廷顿《文明的冲突》写作于东西方冷战结束后不久。从二战结束后开始的所谓"冷战"指的是"东西方冷战"，即西方资本主义自由民主阵营与以苏联为代表的东方社会主义阵营之间的没有硝烟的战争。引发冷战的关键要素是两种不同的意识形态及政治制度的冲突较量。随着苏联和东欧社会主义体制的崩溃，冷战实际上宣告结束，"东方—西方"的冲突结构自然也发生了变化，若再以"东方—西方"的视角看世界就不

---

① ［美］弗朗西斯·福山：《历史的终结与最后的人》，陈高华译、孟凡礼校，桂林：广西师范大学出版社，2014年。
② 《文明的冲突》主要应属于国际关系研究的著作，但在分析论证时又必然涉及历史文化问题，因而也是一部独特的多元文明论著作。周琪等译、新华出版社的中文译本初版于1999年，译名为《文明的冲突与世界秩序的重建》，修订本译名缩略为《文明的冲突》，新华出版社2013年精装版。

合时宜了，而冷战结束后发生的世界各地的局部冲突与战争却有愈演愈烈的趋势。在这种情况下，亨廷顿撰写了《文明的冲突》一书，指出"文明"的异同是确认敌友关系的关键依据，从20世纪后期开始的一系列冲突，已经由国家民族之间及不同意识形态之间的冲突，转变为"文明的冲突"。而最可能爆发的是"西方文明"与其他"非西方文明"之间的冲突。这样的看法，与先前的文明多元论者所说的今后世界将进一步"西方化"、西方文明将成为主导世界的唯一文明这一预断大相径庭，也是从文明学的视角对世界格局的新观察与新判断。

亨廷顿的"文明冲突"论的理论方法，似可追溯到斯宾格勒和汤因比。"文明冲突"论自然会使人想起汤因比提出的那个"挑战—应战"的文明发展模式论，但稍有不同的是，汤因比是从文明的发展的动因（动力学）这一角度说的，而亨廷顿是从文明之间的关系而言的。正如汤因比主张把"文明"而不是国家作为历史研究的基本单位一样，亨廷顿也强调了同样的主张；同时，在把"东方—西方"的世界模式转换为"西方—非西方"模式这一点上，进而在强调"非西方"实际上属于各自独立的文明这一点上，亨廷顿与汤因比、与亚斯贝斯也是一样的。

与斯宾格勒将世界文明划分为八个基本文明形态差不多，亨廷顿把当代世界划分为七个或八个"主要文明"，包括中华文明、日本文明、印度文明、伊斯兰文明、东正教文明、西方文明、拉丁美洲文明，还有一个待确认的可能存在的非洲文明。亨廷顿认为，以"文明"为单位来看待世界，比从"东方—西方"二元的世界范式、比以184个主权国家为单位的国家主义范式，更容易理解和把握世界。因为国家主义的模式为了现实而牺牲了简化和概括，而"东方—西方"模式则是为了概括简化而牺牲了多样的现实。

为此，亨廷顿对流布已久的"东方—西方"的概念做了彻底的否定，认为"西方"这个概念尽管有"严重缺陷"，但仍是可以沿用的。他认为，这是因为"'西方'一词现在被普遍用来指以前被称为西方基督教世界的那一部分。这样，西方是唯一的一个根据罗盘方向，而不是根据一个特殊民族、宗教或地理区域的名称来确认的文明"。所谓"西方"是把文明从其历史、地理和文化环境提升出来形成的一个概念，历史上指的是欧洲文明，现代指的是欧美或北大西洋的文明，其实是一个文明集合体的范畴。但是另一方面，亨廷顿却把另一个与"西方"相对的、作为文明集合体的"东方"概念，彻底地予以否决了。他不认为"东方"是一个可以与"西方"形成对称的文明体，认为"东方"国家之间没有共同性，故而使用"东方—西方"来识别地理上的区域是令人困惑不解的。他强调说：

> 把世界在文化上划分为[东方—西方]两部分更没有意义。西方在某种层面上是一个实体。然而，非西方国家除了它们都是非西方的之外还有什么共同性吗？日本、中国、印度、伊斯兰和非洲文明在宗教、社会结构、体制和普遍价值观方面，几乎没有共同之处。非西方的统一和东西方的两分法是西方制造出来的神话。这些神话带有东方主义的缺陷……"东方"和"西方"文化上的两极化，部分是由于把欧洲文明称为西方文明的普遍的但却是不幸的做法所致。代替"东方和西方"的，是"西方和非西方"这一较恰当的提法，它至少暗示着存在着许多非西方。世界太复杂，以致不能简单地在经济上把它划分为南方与北方，或在文化上把它划分为东方和西方，就大多数目的而言，这样想象是毫无意义的。①

在他看来，"西方"无疑是一个文明整体，而所谓"东方"则是由好几个文明组成的区域，因而不能算是一个整体，于是主张抛弃"东方—西方"二元论。

但是，在《文明的冲突》中许多地方，在论述"文明"之间冲突的

---

① [美]亨廷顿：《文明的冲突》，周琪等译，北京：新华出版社，2013年精装版，第11页。版本下同。

时候，亨廷顿又不得不正视在一定条件下必须作为一个整体来看待的"亚洲"概念。本来，"亚洲"以及"欧洲"的概念由于不是历史文化概念，早就被斯宾格勒否定了，但是亨廷顿却不得不在一些语境下使用"亚洲—欧洲"的概念。既然否决了"东方"，那么在指称中国、日本、印度等若干文明集合体的时候，他只能使用"亚洲"以及从属概念"东亚"。他一方面使用"中华文明""日本文明""伊斯兰文明"这样的单个文明体概念，另一方面又使用"东亚文明"①或"亚洲文化""亚洲人"这样的集合概念。而且，他意识到了亚洲人对"亚洲文化"的整体性是有认同的，指出："虽然中国和日本在自己的文化中发现了新价值，但他们也共同地更广泛地重申亚洲文化相对于西方而言的价值。"② 既然这样的话，"亚洲文化"与"西方文化"岂不就是一个相对的概念了吗？在这个意义上，"亚洲"概念当然就不仅仅是一个地理的，而且也是文明意义上的界定，与他所否定的"东方"概念有很大程度的重合。因而所谓"亚洲文化"，实际上也就是一般所说的与西方文化相对的"东方文化"。可见，要完全彻底地消解"东方"的概念，其实是难以做到的。但是，对"东方"的消解，至少可以使得"东方—西方"的对称性不再存在，这似乎也是亨廷顿的内在动机。

亨廷顿不仅知道中国和日本等亚洲国家"共同地更广泛地重申亚洲文化相对于西方而言的价值"，把整个亚洲作为一个整体与西方相比较，从而取得面对西方所具有的自信，因而他对亚洲内部的文化认同的观点也做了概括，称之为"亚洲的自我肯定"。亨廷顿认为"亚洲的自我肯定"表现在四个方面：第一，是亚洲各国在经济方面的快速增长增强了亚洲人的自信；第二，是"亚洲人相信这种经济成功在很大程度上是亚洲文化的产物，亚洲文化优越于文化上和社会上颓废的西方文化"；第三，是

---

① 例如他写道："亚洲的挑战表现在所有的东亚文明……都强调自己与西方的文化差异。"见中译本第83页。
② ［美］亨廷顿：《文明的冲突》，第87页。着重号为引者所加。

东亚的成功依赖于东亚的更强调集体意识而不是个人主义的价值观,"尽管东亚人意识到亚洲各社会和文明之间的差异,但他们仍认为存在着重要的共性",核心就是儒教的价值体系;第四,就是东亚人试图把这种价值观返过去给予西方和全世界,以促进西方的自我更新。① 可以说,亨廷顿对亚洲尤其是东亚一些知识界、政界精英们的观点的这种概括是很精到的。其中四条中的第一、二、四条说的都是亚洲对西方的拮抗,后一条是亚洲文明的内部认同。这些概括又都可以说明,在亨廷顿所划分的属于亚洲的四种文明(中华文明、日本文明、印度文明、伊斯兰文明)中,事实上存在一种文明集团,那就是"亚洲文明"。在与"西方文明"相对的意义上,其实就是"东方文明",特别是更具有紧密联系的"东亚文明"。从这一点上说,亨廷顿对"东方"的消解,实际上更多是概念本身的消解,而不是本体的消解。因为"亚洲文明"或"东方文明"作为一个互有差异而又互有关联的、与西方文明相对而言的文明集合体,是客观存在的、难以否认的。

亨廷顿在"东方—西方"概念处理上既要消解"东方"或"东方文明"、又不得不客观面地面对实际存在的"亚洲文明"或"东方文明"。这种矛盾,是由他撰写《文明的冲突》的基本宗旨与立场所决定的。那就是站在美国及西方的立场上,消解东方、分化亚洲,特别是遏制中国,继续强化美国在亚洲的"核心国家"的地位,让西方文明在全球政治中发挥主导作用,谋求以美国为主导的"西方"来主导世界秩序的重建。他强调"面对西方力量的衰落,保护西方文明对于美国和欧洲国家是有利的",而美国作为西方最强大的国家,应该承担这一使命,为此他提出了美国需要尽到的"责任",其中包括"抑制伊斯兰和华人国家常规和非常规军事力量的发展","延缓日本脱离西方而顺应中国"②。其实质是主

---

① [美]亨廷顿:《文明的冲突》,第88—89页。
② [美]亨廷顿:《文明的冲突》,第287页。

张遏制中国，对亚洲文明或东方文明加以分化。为了达到这一点，他甚至重新界定了"亚洲"的范围，他写道：

> 亚洲是多种文明的大杂烩。仅东亚就包含属于六种文明的不同社会——日本文明、中华文明、东正教文明、佛教文明、伊斯兰教文明和西方文明——南亚还增加了印度教文明。四种文明的核心国家——日本、中国、俄罗斯和美国——是东亚舞台上的主角。①

在这里，亨廷顿的"亚洲"概念，甚至比广义上的"东方"更为宽泛。他不但把"东正教文明"的东欧和俄罗斯纳入了"亚洲文明"，甚至将"西方文明"以及"美国"也纳入了亚洲的范畴，而且把美国也说成是"东亚舞台上"的主角。这样一来，亚洲的概念实际上就被看作"亚太"的概念甚至是更宽泛的"亚欧"概念了。这显然也是他对亚洲、东方及东方文明加以消解的一个策略，就是把"亚洲"既有的内涵打破，外延加以扩大，把作为"西方文明"的美国插到"亚洲"乃至"东亚"来。然而，这样的界定显然是空前未有的。令读者困惑的是，把美国及西方文明放在亚洲文明中，依据是什么呢？美国及西方文明是以何种方式在亚洲存在的呢？这个问题显然是不能回答的。但是，亨廷顿的目的却是不言而喻的：西方文明作为亚洲文明的组成部分，可以消解"东方"及"东方文明"的概念。亚洲因为西方的介入固然还是亚洲，而"东方"有了"西方"的介入，则不能称其为"东方"了。亨廷顿否决"东方"概念而不否决相对的"西方"概念，内在动机似乎就在这里。

实际上，"东方"的概念可以消解，但"东方"的本体不但没有消解、难以消解，而且随着"亚洲的自我肯定"而强化了。亨廷顿正确地看到了这一点。他发现，有的亚洲精英人物甚至想借用西方的"普世主义"的思维模式，把亚洲的价值观作为普世的价值观推广于世界，表现

---

① ［美］亨廷顿：《文明的冲突》，第195页。

在学术思想上就是,"与亚洲普世主义伴随而来的是亚洲人的'西方学',它几乎是用西方的东方学曾用来描绘东方时所持的同样的否定态度来描绘西方的"。① 亨廷顿的这一发现极富观察力。实际上,东方各国研究西方的学问,已经开始由先前的宣扬西方文明的、作为启蒙主义的"西学"或"洋学",而悄悄地发展到了反思、批判西方文明的"西方学"。如果说20世纪传统的"洋学"或"西学"是西方学问思想是在东方的分支,那么21世纪东方对西方的研究则逐渐转换为站在东方人、东方文明立场上的"国人之学"了。

在这种情况下,亨廷顿也清楚地看到,最近几十年来,随着亚洲的发展特别是中国的崛起,"欧洲人在全世界的扩张已经结束,美国的霸权也正在后撤",西方人难以将自己的文明看作普世的了,因而他也意识到:"西方文明的价值不在于它是普遍的,而在于它是独特的。因此,西方领导人的责任,不是试图按照西方的形象重塑其他文明,这是西方正在衰落的力量所不能及的,而是保存、维护和复兴西方文明独一无二的特性。"② 这个意思,若用中国的古话来比喻,就是西方文明应由"兼济天下"的阶段进入"独善其身"的阶段,因而西方今后不能再对其他国家的事务随意加以干预了,因为这"可能是造成多文明世界中的不稳定和潜在全球冲突的唯一最危险的因素"。③ 可见,这些看法与雅斯贝斯的近半个世纪前的看法明显不同。雅斯贝斯曾认为现代世界将是"西方化"的世界,亨廷顿则认为世界不可能再持续"西方化"了,亨廷顿的文明观由此前的理想主义不得不转向了更为务实的现实主义。他的多元文明论也比之前的多元文明论更接近实际的世界状况,但是"多元"的思想显然仍是不够彻底的。在多元文明中,他仍希望以美国为代表的"西方文明"能够保持独一无二的强势地位,他最为忌惮的似乎还是最有发展

---

① [美] 亨廷顿:《文明的冲突》,第89页。
② [美] 亨廷顿:《文明的冲突》,第286—287页。
③ [美] 亨廷顿:《文明的冲突》,第288页。

潜力、最有实力挑战西方文明的中国（中华）文明以及亚洲文明。他对"东方"及"东方文明"刻意的解构，对"亚洲"外延的莫明其妙的新界定，都清楚地表明了这一点。

五、艾森斯塔特"多元现代化"论与"西方—非西方"观

在进入21世纪之际，以色列社会学家艾森斯塔特（Shmuel N. Eisenstadt，1923—2010）① 从现代化理论及"反思现代性"的角度，面对当代新的世界格局，对于上述各家的多元文明论做出了自己的扬弃与判断。艾森斯塔特借鉴了雅斯贝斯的"轴心文明"及"轴心时代"的理论，但是他将雅斯贝斯的轴心理论从特定历史阶段，推延到当下新的历史时代，以此来概括世界各国现代化的总体格局，并在《迈向21世纪的轴心》一文中提出了"21世纪的轴心"（又称为"全球轴心社会"）的概念，又把这个观念与现代化理论结合起来，提出了"多元现代化"的概念。

艾森斯塔特的"多元现代化"不仅超越了以黑格尔为代表的西方古典著作家的"东方—西方"二元论，也否定了此前汤因比、雅斯贝斯等多元文明论者关于公元1500年以后世界将走向一元的西方化的主张，否定了福山关于"历史终结与最后的人"西方政治制度将一统天下的论调，还否定了亨廷顿关于今后世界的主导趋势将是西方与非西方之间的"文明的冲突"的观点。艾森斯塔特指出："发生于现代舞台上的全球化过程既没有造成'历史的终结'（不同现代性文化方案之间的冲突已经结束），也没有引起'文明的冲突'（推出和否定现代性方案）……相反，所有这些发展趋势都涉及如下一些方面：不断地重新解释和重新建构现代性文化方案；建构多元的现代性；不同的群体和运动按其自身的全新方式重

---

① 艾森斯塔特是亚洲的以色列人，但他的文化教育背景主要是西方的，而且在美国的多个大学执教，故在此权且把他作为"西方学者"来看待。

新利用现代性,重新界定现代性话语。"① 既然是这样,那么"现代化"或"现代性"这一社会现象的"西方"属性就被否定了,就如同存在于公元前的那个"轴心文明"的多元世界格局那样,这就是"多元现代性"。正是在这个意义上,艾森斯塔特虽然像其他多元文明论者那样仍然使用"西方—非西方"的对蹠概念,但是他对"西方"做的是减法而不是加法。他强调:在多元现代性的格局中——

> 尤其重要的是,出现了一个非西方化的趋势,切断了现代性与"西方"模式的联系,在某种程度上剥夺了西方对现代性的垄断权。在这个广阔的背景下,欧洲或西方的现代性(或几种现代性样式)不能被看成是唯一真实的现代性。②

也就是说,在这样的多元现代性中,西方的现代性只是其中的一元。尽管相对于其他现代化社会而言,西方现代化在历史上出现最早,并可能会继续成为其他现代化社会的重要参照,但毕竟只是一元。而"非西方"的现代化社会则成为多元,其中包括各个轴心文明——中国、印度等,还有"非轴心文明"的日本。在论述的过程中,艾森斯塔特并没有"东方"的概念,而是使用了"非西方"这一概念。表面来看,艾森斯塔尔这一点上与汤因比、雅斯贝斯、亨廷顿等似乎完全一样,但其中的用意、含义却大不相同。艾森斯塔尔弃用"东方"的概念,是由他的"多元现代化"的主张相适应的,因为"东方"这个概念所意味的是一种具有共通性的区域,他的"非西方"概念比起"东方"来更强调了其多元性的构成,"非西方"既不是"西方"也不是"东方",因为所谓"东方"实际上也是多元的。况且,汤因比、雅斯贝斯等人是要用"西方"同化"非西方",把世界逐渐归并于"西方",而艾森斯塔尔是在给"西方"做减法

---

① [以色列]艾森斯塔特:《反思现代性》,旷新年、王爱松译,北京:三联书店,2006年,第105页。版本下同。
② [以色列]艾森斯塔特:《反思现代性》,第105页。

的同时而给"非西方"做加法,强调"非西方"的轴心性、多元性、独特性。

在这样的认识基础上,艾森斯塔特强调:"现代性确实蔓延到了世界大部分地区,但却没有产生一个单一的文明,或一种制度模式,而是产生了几种现代文明的发展,或至少多种文明模式。"① 于是,艾森斯塔尔对这些不同的模式进行了比较。在这个过程中,他以民族国家为单位,对日本、印度、中国等"东方"国家各自独特的"意识形态动态"和"制度动态"都做过专门的比较研究。

例如,艾森斯塔特作为一个有影响的日本学专家,曾出版《日本文明:一个比较的视角》(1996年)的巨著。在这部书中,他利用译成西文的相关材料,运用比较文明的方法,对日本的历史、社会、宗教、文化等做了全面系统的论述,分析了传统文化对日本现代化独特模式的形成所起的作用,指出日本在多元现代化的研究中具有特殊意义。他认为,日本"是第一个并且至少到直到最近,且唯一完全成功的非西方的现代化,也是一种非轴心文明的现代化……在日本所产生的经济、政治和文化的现代性模式明显不同于西方原版"。② 艾森斯塔特分析了日本现代化过程中的诸多"悖论",例如既追求纯粹的日本精神又认同普遍主义,既注重传统又热切追求现代新事物等。在《日本和现代性文化方案的多元性》一文中,艾森斯塔尔指出了日本明治维新的特征,认为它是将"强烈的复辟成分"与现代化社会的功能要件结合起来,因此"'革命性的复辟'或'革命性的革新'的名称最适合描述明治维新……因为它设想了一种新型的社会,——一种新的现代化方案"。③ 这就否定一直以来关于日本的现代化就是西方化的主流看法。

---

① [以色列]艾森斯塔特:《反思现代性》,第6—7页。
② [以色列]艾森斯塔特:《日本文明:一个比较的视角》,王晓山、戴茸译,北京:商务印书馆,2008年,第508页。
③ [以色列]艾森斯塔特:《反思现代性》,第146页。

印度作为"多元现代化"中的一元，也是艾森斯塔特"多元现代化"的一个很好的实例。一般认为印度作为曾经的殖民地国家，其现代化的模式是西方赋予的。艾森斯塔特则强调印度历史文化的特殊性，在题为《印度民主之谜的文明框架》的长文中指出，在印度的历史上"尽管出现过诸多'帝国'，却从来没有产生国体是一个独特的、绝对本体论上的实体的观念，也没有产生任何专制主义的政治概念"，① 这一点使它不同于一神论国家或中国。对于印度的现实，曾有人预言印度由于多种族、多宗教和地域主义的原因，其现代民主国家制度及联邦国家很可能会土崩瓦解，但艾森斯塔特认为，印度固然社会一直充满冲突与抗议，但它作为世界上人口最多的宪政国家却一直在保持并发展，印度的一个重要特点就在于其民主政治模式的特殊性，"这种民主政治的特点，是强烈倾向权力分享"②；"在印度，原则性的意识形态维度没有构成政治进程和政治斗争的一种主要成分"，③ 政府广泛接受各类社会团体的政治参与，对于各种抗议、抵触、冲突都采取了一种"高度通融的姿态"，而这些团体一般也接受中心政治制度的合法性。他指出："这种高度通融的姿态在印度作为一个宪政国家迄今为止的连贯性中占有核心地位。"④ 而这些都与其他一些国家包括欧洲国家正好是相反的。显然，作为"多元现代化"的主张者，艾森斯塔特更多强调印度的这一特性，但他没有明确指出这种"高度通融"现象是一种人为的设计还是基于现实的一种无奈的顺应，是施政能力问题还是有意通融，不过无论怎样，印度作为多元现代化中的一元，其独特性是有目共睹的。

关于中国的现代化，艾森斯塔特在题为《中国历史经验和中国现代性的某些方面》的短文中认为，从传统上看，中华文明最为独特的特点，

---

① ［以色列］艾森斯塔特：《反思现代性》，第212页。
② ［以色列］艾森斯塔特：《反思现代性》，第237页。
③ ［以色列］艾森斯塔特：《反思现代性》，第229页。
④ ［以色列］艾森斯塔特：《反思现代性》，第203页。

在轴心文明中，中国在政治上集中稳定，领土、政治和文化的连续性几乎独一无二。而现代中国则"以一种现代的集权主义的方式"，"'再现'了古代帝国的某些特征"。由于种种原因，艾森斯塔特对当代中国的论述相对粗略，似乎没有论及这样的中国作为"多元现代化"中的一元，对于今后的现代化的意义与作用究竟意味着什么。

在多元现代化的图景中，在世界各国及其不同宗教中都出现了原教旨主义、异端、宗派主义倾向，一般认为这些是与现代化方向背道而驰的。对此，艾森斯塔特在《原始原教旨主义运动建构中的异端、宗派主义和乌托邦主义》《有关穆斯林社会公共领域现代转型的一些观察》中，做了分析论述。他强调："尽管现代原教旨主义运动传播一种反现代，或更确切地说，反启蒙的意识形态，然而它是彻头彻尾的现代运动。同时，我们将看到异端宗派运动在文明动态中的重要性，在现代文明的成形即扩张和动态中的重要性。"[①] 他主张把这些问题作为"多元现代化"的特殊现象加以观察研究，而不是简单地视为反现代化的现象加以否定。

从西方的"东方学"及"东方观"的角度看，艾森斯塔特的"多元现代化"理论是"多元文明论"的最新形态，一直以来"现代化就是西方化"的定见被否定了，在现代化的进程中"西方"对"东方"的支配关系在理论上便站不住脚了，同时"西方—东方"的二元对立自然就被消解了。"东方"已经也不再是西方的"东方主义"的东方，而是恢复了各个民族国家的本来具有的独立姿态，而"西方中心"也被否决，于是新的"轴心时代"即"21世纪的轴心"得以形成。看来，从汤因比、雅斯贝斯、亨廷顿的"多元文明论"，再到艾森斯塔特的"多元现代化论"，表明西方学者对世界格局之观察角度的不断调试。

---

① ［以色列］艾森斯塔特：《反思现代性》，第285页。

"世界体系"理论中的"东方—西方"论[①]

  "现代化理论"及"传统—现代"论是当代西方中心论的新形态，"依附—反依附"理论及"中心—边缘"二元观则对此提出了挑战。在此基础上，沃勒斯坦的"现代世界体系"理论把"世界体系"作为基本单元，对人类现代社会进行综合整体把握。其"中心—边缘—半边缘"三元结构论是对"东方—西方"或"西方—非西方"二元对立模式及西方中心主义史观的超越，形成了全球观与现代世界史的新模式，启发了阿布-卢格霍德、彭慕兰等一些学者发现"现代世界体系"之前的"早期世界体系"，从而对世界历史的结构做出了新的解释。柄谷行人"资本—民族—国家"三元构造论及"走向世界共和国"的瞻望，则是对"现代世界体系"理论的进一步发挥、对"东方—西方"二元结构论的再超越。

  第二次世界大战结束后亦即20世纪后半期，欧美学界对资本主义、现代化或现代性问题，以及东方世界与西方世界的关系问题，从不同角度进行研究，出现了不同的学术流派、理论思潮与观点主张。以布罗代

[①] 本文原载《国际比较文学》2018年第1卷第3期。

尔、麦克尼尔（William McNeill，1917—2016）为代表的全球史或世界史著述，以古斯菲尔德（Joseph R. Gusfield，1923—2015）、艾森斯塔特、茨阿波夫（Wolfgamg Zapt，1937—2018）等人为代表的西方中心主义的"现代化理论"建构，都是建立在西方中心主义基础上的。与此同时也出现了以劳尔·普雷维什（Rawl Prebisch，1901—1986）、萨米尔·阿明（Samir Amin，1931—2018）等人为代表的作为现代化理论之对立面的"依附—反依附"理论及"中心—边缘"二元论。接着，沃勒斯坦（Immanuel Wallerstein）提出并建构了"现代世界体系"中的"中心—边缘—半边缘"论，珍妮特·L. 阿布-卢格霍德（Janet L. Abu-Lughod，1928—2013）在此基础上加以上溯，提出了"早期世界体系论"，还有一些学者论述了存在于亚洲地区的"区域体系"，都试图从"世界体系"的立场重新观察调整、从经济史的角度重新阐发"东方—西方"世界及其相互关系。"世界体系"理论及其相关研究是欧美学界东方学研究的一种当代变体，因而很有必要从东方学史的层面上对此加以考察与评析。

一、"公元 1500 年史观"及"中心—边缘"论

从 18 世纪孟德斯鸠一直到 20 世纪前期的马克斯·韦伯，欧洲思想界占主导地位的是"东方—西方"二元论与西方中心论。进入 20 世纪后，西方中心论观念仍然没有根本改变，但却变换了不同的面貌、使用了不同的论法。其中最有代表性的是从斯宾格勒到汤因比的"多元文明"理论。多元文明论将基本的研究单位（单元），由"东方—西方"二元文化形态转换为历史上存在的、往往大于现代民族国家的各种不同的"文明"，于是由二元变为多元。但是，无论是斯宾格勒还是汤因比，其多元文明研究论都带有不加掩饰的西方中心主义意识，甚至可以说，他们的"多元文明"是为了以"多元"来衬托、烘托或凸显西方文明的"一元"。

多元文明论的西方中心立场，极大地影响了后来标榜多元文明的历史学家、思想家。按照西方中心主义的逻辑，希腊罗马是西方的源头，

>>> "世界体系"理论中的"东方—西方"论

中世纪为西方文化奠定基础,现代史就是自从14世纪末欧洲人发现新大陆之后的历史,此后(公元1500年以后)人类历史已经进入了以"西方文明"为主导的现代史时期即资本主义时代。在世界史著述研究中,德国学者阿尔弗雷德·韦伯的《文化社会学视域中的文化史》(1935年)较早明确地将公元1500年作为世界历史前后两个截然不同阶段的分界线。随后,西方许多历史学者都依照此例撰写世界史或全球史,形成了一种模式,我们不妨称之为"公元1500年史观",可以概括历史研究中欧洲中心论的核心内容。即便是二战后在西方兴起的世界史撰著新模式——"全球史",也仍然沿用"公元1500年史观"。例如全球史的开山之作、美国历史学家麦克尼尔著《西方的兴起》(1963年)一书的书名是"西方的兴起",其实却是一部世界文明史而不是单讲西方历史的著作。全书将世界历史分为三个时代,第一个是"中东统治的时代"(至公元前500年),第二个是"欧亚文明的均势的时代"(公元前500年—公元1500年),第三个是"西方统治的时代"(1500年至今)。全书的宗旨是在世界史的背景下,揭示"西方兴起"的必然过程。① 在此书出版的次年,麦克尼尔把这部庞大的著作加以简化,以《世界史》为名推出,但基本内容与结构却保持不变。可见在他那里,"西方的兴起"的历史就等于"世界史",一部"世界史"最终归结于从东方到西方的"西方兴起"的历史,也是人类文化不断发展进步的历史。美国学者斯塔夫里阿诺斯(Leften Stavres Stavrianos,1931—2004)独立著述的《全球通史》(1970年),分为"1500年以前的世界"和"1500年以后的世界"两卷,将公元1500年西方人发现新大陆及资本主义的形成与扩张,作为整个全球史的前后两部分。换言之,他的全球通史实际上就是1500年以前的旧世界、旧时代与1500年以后的新世界、新时代演变交替的历史。这样的"公元1500年史

---

① 参见麦克尼尔:《西方的兴起》(上下),孙岳、陈志坚、于展等译,北京:中信出版社,2015年。

观"的全球史当然得到了西方世界的喝彩,而其中文译本却也在中国不断再版,并被一些大学用作历史课的教材。①

在世界史、全球通史中是如此坚持"公元1500年史观"及西方中心主义的思路,那么在断代史、特别是现代史的撰写又如何运用呢?难道要把公元1500年以后的东方世界全都省略,把世界现代史仅仅写成西方世界的历史吗?按照西方学界的主流看法,在公元1500年以后世界历史进入了资本主义的发展历史,世界历史的发展已经多线归并为单线,由多元归并为一元。而东方世界已经不处在这个发展进程中了,东方的历史已经凝固了。如黑格尔所言东方已经处在"世界历史"之外了,如马克思所言东方早已经停滞不前了,如斯宾格勒所言东方文明已经死亡了,如汤因比所言东方文明已经衰落了,如雅斯贝斯所言世界历史已经由古代的多个"轴心"的时代,走向了现代的一个"中心"的时代。因此,这样的"东方"已经没有资格与现代资本主义的"西方"并置,甚至连烘托西方文化的资格都丧失了。按照这样的逻辑,东方虽然还在这个世界上存在着,但它已经没有历史。如果有历史,那就是东方在什么时候西方化、在多大程度上西方化的历史。

这种现代世界史观的最鲜明的体现,就是在20世纪50—60年代后兴起的、以帕森斯(T. Parsons)等人为代表的所谓"现代化理论"。本质上,"现代化理论"是上述的世界史、全球史模式在社会学理论中的迁移,两者具有共生关系。前者是把公元1500年作为世界现代史的起点,而后者则把1500年后的"现代化"进程加以理论上的阐发,因而"现代化理论"在很大程度上是关于世界的"西方化"的理论。它把西方理性主义、进步主义史学的发展进步论与韦伯的比较社会学方法结合起来,以"现

---

① 斯塔夫里阿诺斯的《全球通史》至少有两种中文版本。上海社会科学院出版社1999年初版,几年后北京大学出版社出版新版,并多次重版重印。北大版有北大历史学教授的推荐词,说该书"一直是北京大学历史系本科教学的首要参考教材之一,对我国高校世界史教材编写工作产生了革命性影响"。

代化"作为价值尺度,把民族国家作为研究单元,对不同国家加以比较分析,认为西方式的现代化进程是人类社会发展的唯一出路和大势所趋,欠发达的国家只要遵循西方的发展道路,迟早都会进入现代化社会。

正如有学者所指出的,"现代化理论的核心概念是'传统'与'现代'"。① 但需要注意的是,"传统—现代"这对概念是纵向的、历时的概念,而非横向的、空间的概念,它所着眼的本质上还是一个动态发展的序列,而不是一种平行并列的横向联系。换言之,"现代化理论"没有很好地界定和确立空间维度上的研究单元问题。因而现代化理论家很少使用"东方—西方"概念,要么就使用"发达国家""发展中国家"这样的笼统概念,要么就使用"东亚""拉美"这样的区域性概念,但都包含着"传统—现代"的价值判断,都是为着说明"传统—现代"如何转换发展,都是之前西方思想传统中的单线发展进步论的延伸,而不是对各国各地区的位置关系、区位关系或国际关系做出的客观描述。即便现代化理论揭示的是一种世界大势,但它也暗含着一种矛盾悖论——既然"现代化"的趋势是使世界越来越趋于一体化,现代化理论家们却仍然以"国别"为基本的研究单元,而这本来就是20世纪初多元文明论者早就明确反对过的。实际上,现代世界的许多问题,包括气候与环境变化、疾病传染与防疫、民族与宗教、战争与和平、贸易与人口流动等,都不是国家范畴的问题,而是一个全球问题,至少是一个区域性的问题。另一方面,现代化理论假定"现代化"是西方所铺就的一条康庄大道,不同的国家都要以不同方式与途径,义无反顾地从"传统"走向"现代",实现现代化。实际上,现代化本身就不是一个简单地由"传统"走向"现代"的直线发展的问题,因为"传统"与"现代"的关系其实并不仅仅是历史与现实的关系,而是同时存在着的两种现实。"传统"往往是"现

---

① 谢立中:《二十世纪西方现代化理论文选·编者前言》,谢立中、孙立平编《二十世纪西方现代化理论文选》,上海:上海三联书店,2002年。

代"所不能覆盖的、不能取代的。这世界既有"传统—现代"的纵向结构,也应该有表明现实关系的横向结构。

于是,紧接着,与现代化理论的"传统—现代"纵向演进正相反的、横向的"中心—边缘"论就产生了。

20世纪60年代的在美国的拉美和亚裔的一批左派学者,包括劳尔·普雷维什、萨米尔·阿明等人,他们不认可"现代化理论"的西方路线及现代化主张,他们不从"传统—现代"的线性的向度上看问题,而是着眼于横向的"中心—边缘"的关系,把世界分为"中心—边缘"两个部分,认为西方发达国家是世界经济的"中心"(发达国家),而发展中国家则是"边缘"(欠发达国家),边缘受控于中心,形成了"边缘"对"中心"的依附关系,而"中心—边缘"的关系是一种不平等关系、是剥削与被剥削的关系。边缘国家要真正实现自身的发展,就必须首先取消对中心国家的依附关系,谋求自主发展,与现代资本主义世界市场实行脱钩,从而提出了反对依附的、"脱中心"的主张,学界把这种主张理论称之为"依附论"(或"欠发达理论")。实际上准确地应该称之为"依附—反依附"论或"反依附论"。且不论"反依附论"是否把现代世界经济关系做了简单化、偏激化的理解,也不论这种取消"依附"关系的"脱中心化"的主张是否可行,若站在西方的"东方学"立场上看,就可以看出反依附论者的"中心—边缘"关系实际上就是此前"西方—东方"关系的一种置换性的表达。"中心国家"大体相当于西方,"边缘国家"大体相当于东方。

假如我们考虑到,当"东方"世界及"东方—西方"的二元关系被20世纪上半期的多元文明论者消解之后,世界仿佛一下子变得散乱了,在这种情况下,文明史研究也好,世界史研究也好,全球史研究也好,在对"世界"或"全球"进行宏观把握的同时,也总要对它加以分析,否则无法切入。第一次分析必然就是一分为二。"西方—东方"就是传统上的二分法,而"中心—边缘"就是现代的二分法。名称概念虽然不同,实质却是相通的。不过，反依附论者的"中心—边缘"论，本质上是一种现代国际关系（主要是经济关系）中的虚拟地理学的概念，缺乏此前"东方—西方"概念所具有的丰富的历史文化内涵。

二、"现代世界体系"理论对"东方—西方"的置换

当"东方—西方"的世界二元结构被多元文明论拆解之后，"公元1500年史观"，还是现代化理论的"传统—现代"史观，都带有露骨的西方中心论的立场。站在这个立场上书写作为断代史的世界现代史，那实际上就只能写成西方世界的历史。现代世界史也就丧失了多元的空间结构。在这种情况下，如何寻求新的概念，组成新的空间结构，来整理和解释现代世界的历史与格局，就成为一些学者和思想家的当务之急。正在这个时候，美国社会学家沃勒斯坦的"现代世界体系"理论出现了。

沃勒斯坦接受了马克思主义对资本主义的批判立场，运用其政治经济学的资本分析与市场分析的方法，把现代资本主义作为一个"世界体系"加以把握，把各区域、各环节、各部分作为这个"世界体系"的构件，研究了它们之间的矛盾运动和运行机制，从而创建了他的"现代世界体系"的理论。在其代表作《现代世界体系》（*The Modern World-System*，1974—2011）[①] 一书中，沃勒斯坦以四卷本（其余卷册未出）的浩繁篇幅，运用世界经济史的丰富材料，分别以《16世纪的资本主义农业和欧洲经济的起源》《重商主义与欧洲世界经济体的巩固：1600—1750》《资本主义经济大扩张的第二时期：1730—1840》《中庸的自由主义的胜利：1789—1914》为题，对16—20世纪五百年间的"现代世界体系"分时段地做了横向的剖析、描述、分析与研究。沃勒斯坦认为，人类历史是包含着各个不同的部族、民族和民族国家的历史，但它们之间都不是

---

① ［美］沃勒斯坦：《现代世界体系》（全四卷）有高等教育出版社（1997年）和社会科学文献出版社（2013年）两种中文译本和版本。

孤立的，而是相互联系的，从而形成了一定的"世界性体系"。他认为，世界体系是大于任何国家政治的单位，是一个超越了民族国家的社会体系，"一个世界体系是一个社会体系，有着它的边界、结构、组织成员、合法的规则和一致性……至今只存在两种这样的世界体系：世界帝国。其中有一种单一的政治体系统治着大部分地区，但却削弱了它有效控制的程度；另一种体系……我们用'世界经济'这个名词来描述"。① 他认为，"世界帝国"并非全球性的，而"世界经济"则是全球性的，这个世界经济体系中的单个国家或地区的经济，则可称之为"世界经济体"。

沃勒斯坦指出，16世纪以前主要表现为以"世界性帝国"为中心的相互联系，例如波斯帝国、罗马帝国、中华帝国、阿拉伯帝国等。"世界性帝国"主要是政治性的而不是经济性的，也没有形成广泛而密切的"世界经济"上的联系。到了16世纪，西北欧的荷兰等国家通过在美洲等地的殖民活动，通过暴力掠夺世界资源、开拓市场，特别是对黄金白银等贵金属的开采掠夺并实施货币化，从而扩大了资本流通、扩张的范围，初步形成了以这几个国家为"中心"的"世界经济"及其"体系"。这个世界体系囊括了整个世界，这就是前所未有的资本主义世界体系。它总体上呈现三重结构，形成了"三个世界经济区"，沃勒斯坦称为"半边缘带、中心带、边缘带"②（或译为"中心区—半边缘区—边缘区"③）。其中，以西欧国家为"中心区"，地中海沿岸地区是"半边缘区"，东欧和美洲地区是"边缘区"。到17世纪下半叶以后，英国占据了世界体系的"中心区"的地位，为了确保原材料供应和扩大产品市场，而把亚洲和非洲大部分地区也逐渐强行纳入世界体系，使其成为世界体系的"边缘区"，俄国则成为"半边缘区"。到了19世纪下半叶之后，美国和德国作为新兴

---

① ［美］沃勒斯坦：《现代世界体系》，第一卷，郭方、刘新成、章文刚译，北京：社会科学文献出版社，2013年，第421—422页。版本下同。
② ［美］沃勒斯坦：《现代世界体系》，第一卷，第45页。
③ ［美］沃勒斯坦：《现代世界体系》，第一卷，第170页。

<<< "世界体系"理论中的"东方—西方"论

资本主义国家崛起，两者为争夺"中心"和霸权地位而酿成大战，加上俄国的革命，使20世纪上半叶的世界体系进入了剧烈动荡、裂变的"收缩"时期。20世纪下半叶美国占据了"中心"位置，而西欧与日本也一定程度地分享中心并进入中心区。这种"中心—边缘—半边缘"的区位的形成及其变动，形成了"现代世界体系"的发展演变的过程，也造就了"现代世界体系"的基本的功能结构。"中心区"国家拥有从中世纪封建社会发展来的"绝对君主制"（绝对主义）的强大国家政治制度，政治上的君主极权往往与经济上的繁荣相辅相成，两者形成世界体系中的"霸权国家"。"霸权"成为世界体系的权力保障。沃勒斯坦认为，真正的霸权国家必须具备领导世界、设计规划世界的能力，"霸权国家提供一种对世界的设计。荷兰提供的是宗教宽容……尊重国家主权（威斯特伐利亚条约）和开放海洋。英国提供的设计包括在欧洲建立以立宪议会制度为基础的自由国家，赋予'危险阶级'以政治权利、金本位和结束奴隶制。美国提供的是多党选举制度、人权、（温和的）非殖民化和资本的自由流动"。① 他们把这些设计强加于世界体系，以这些来影响并干预世界经济，在经济活动中利用边缘区提供的原材料和廉价劳动力组织生产，向边缘区销售产品牟利，还控制金融和贸易市场的规则制定与运作；边缘区则不得不向中心区提供原材料、初级产品和廉价劳动力，还为中心区提供销售市场；半边缘区介于两者之间，既对中心区输出边缘区的产品，又对边缘区输出中心区的产品，作为"中心"与"边缘"之间的缓冲，维持着两者之间的平衡。

站在西方的"东方学"及东方学思想史的角度看，沃勒斯坦的"中心—边缘—半边缘"三个区位的理论，作为资本主义世界体系的地缘研究的理论，是对传统的"东方—西方"二元论及其西方中心主义的一次

---

① ［美］沃勒斯坦：《现代世界体系》，第二卷，郭方、吴必康、钟伟云译，北京：社会科学文献出版社，2013年，第二卷序言，第15—16页。版本下同。

超越与修正，这表现在如下四个方面。

第一，确立在现代世界研究中，以"世界体系"作为研究的唯一单位。如上所说，在西方中心主义的世界史、全球史的线性演进的把握与撰写中，在"西方—非西方"的二元对立中，"东方"被否决了，"非西方"被边缘化了，甚至被挤出世界历史，现代世界史就成为西方世界的兴起与发展的历史，从而丧失了世界史的多元立体的空间结构。在这种情况下，沃勒斯坦的"现代世界体系"理论试图寻求新的概念，组成新的空间结构，来整理和解释现代世界的历史与现实图景。他把"世界体系"作为现代世界的单一的单元，或唯一可供分析的单位，这个"世界体系"大于西方古典著作家所说的"东方"或"西方"，也大于马克斯·韦伯所说的"社会"，更大于汤因比、斯宾格勒所说的"文明"。"现代世界体系"就是对"世界"的整体化把握与体系化描述，就是相互联系的现代人类社会，也是一个不完善、不完美的人类共同体，是一个不平等、不均衡的全球经济网络。在现代世界体系中，并不是"边缘"和"半边缘"地区依赖、依存于"中心"地区，而是恰恰相反，假如没有对边缘、半边缘地区的利用压榨与剥削，则中心则难以维系。因此，"现代世界体系"十分重视对边缘、半边缘地区的叙述与分析，肯定了它们在现代世界体系中的牺牲与贡献，对"边缘区"和"半边缘区"常常充满更大的兴趣，在论述中用了较多的篇页。由于"半边缘区"特别是"边缘区"大都属于亚洲及东方世界，故而许多的论述与研究也可以视为"东方学"的范畴。

第二，有效地解决了拉美的区位归属问题。"东方—西方"是古代文明世界的二分，而拉丁美洲究竟属于东方还是西方，一直令人颇为困惑。作为印第安人的旧大陆，它是独特的文明区域，不属于"东方"；作为殖民者的新大陆，它是西方文化的扩展和延伸。从政治制度上看，拉美国家大都是西方制度的移植；从经济状况来看，拉美却属于落后的非西方的世界。反依附论者的"中心—边缘"的划分便是把拉美作为边缘区。

>>> "世界体系"理论中的"东方—西方"论

沃勒斯坦的"中心—边缘—半边缘"的划分,也是把它划归边缘区。于是,拉美在现代资本主义的世界体系的区位性质得以落实。

第三,"中心—边缘—半边缘"是不断流转的。"中心—边缘—半边缘"的理论,由"东方—西方"永恒对立的、相对静止的二元,变成了互为犄角、相互依存、相互矛盾而又相互转化的三元,形成了一个动态结构。它显示,"中心—边缘—半边缘"之间始终充满压迫、剥削和不平等,充满复杂的国际斗争和民族冲突,并常常表现为周期性的经济危机和社会震荡。但这个体系本身具有一种自我调节机制,使其一直存续、发展至今。但能够控制和支配世界经济的"中心区"的国家——沃勒斯坦称之为"霸权国家"——其霸权地位并不是保持不变的,而是到时候必然衰落并被取而代之。他指出:"在荷兰的霸权衰落后,两个竞争霸权的国家是英格兰和法国。在英国霸权衰落后,两个竞争霸权的强国是美国和德国。在美国的霸权衰落后,两个竞争霸权的强国是新兴的东北亚国家组织(日本—韩国—中国)和仍只是部分地得到稳定发展的欧盟。"① 霸权国家的这种霸权交替,前三次都是通过"争霸战争"实现的,而且每次战争都持续约三十年时间,沃勒斯坦称之为"三十年战争"。(第一次争霸战争是1618—1648年,第二次是1782—1815年,第三次是1914—1945年。)② 霸权国家的更替变动及各种环境条件有所变化,但"中心—边缘—半边缘"的基本结构不变,只是其位置的占据者有所变动,某些"边缘区"可能会变为"半边缘区",某些"半边缘区"可能会发展为中心国家,而中心国家由于衰落,也可能落入半边缘国家。基于这种变化的观点,沃勒斯坦展望说,21世纪中叶世界资本主义体系会让位于(一个或多个)后继的体系,而"占人类四分之一的中国人民,将

---

① [美]沃勒斯坦:《现代世界体系》,第二卷,序言第12页。
② [美]沃勒斯坦:《现代世界体系》,第二卷,序言第14—15页。第一次争霸战争是1618—1648年,第二次是1782—1815年,第三次是1914—1945年。

会在决定人类共同命运中起重大作用"。① 现在二十年过去了,这话愈加显示出了一定的前瞻性,虽然他并没有具体说明中国的"重大作用"将有多大。

第四,"中心—边缘—半边缘"的理论,倒转了"东方—西方"论的价值立场。"东方—西方"二元论主要是站在西方文化立场上对东方传统的否定与批判,但"中心—边缘—半边缘"理论却加以反转,一定程度地继承了反依附理论中"中心—边缘"的对立论及对资本主义的批判,常常站在"边缘"(东方)的立场上对"中心"(西方)加以批判,特别是对资本主义世界体系的不平等性、中心国家对边缘国家的剥削榨取采取了批判的态度。但沃勒斯坦的批判并非全面的,主要是从经济角度进行的,具有经济主义、商业主义倾向,而且总体上看是温和的,是对传统的西方中心主义的温和的修正与调整。沃勒斯坦承认这个"现代世界体系"建构的现实性与有限合理性,也批判了作为"中心"的欧美或西方世界的霸权,但他的论述毕竟是在承认西方"中心"的前提下进行的,因而他的批判性、反叛性较之反依附论者是大为减弱了,与此同时也更多了一些理性的思考和冷峻的分析。不过总的看来,沃勒斯坦的"现代世界体系"所描述的毕竟还是以欧美或西方为中心的现代世界体系,本质上仍是西方中心主义的话语体系。

三、对"现代世界体系"的修正及东方观

沃勒斯坦的《现代世界体系》第一卷问世后,"世界体系"论不但几乎完全覆盖了反依附论的"中心—边缘"论,而且其"世界体系"的发现及建构的方法也在学界产生了相当大的影响,启发了一些学者从"世界体系"的立场、从经济史角度重新看待世界、看待东方与西方。从而催生了几部"世界体系"的著作。其中较早的重要著作是美国社会学家

---

① [美]沃勒斯坦:《现代世界体系》,第一卷,中文版序言第1页。

<<< "世界体系"理论中的"东方—西方"论

珍妮特·L. 阿布-卢格霍德的《欧洲霸权之前：1250—1350年的世界体系》（1989年）。阿布－卢格霍德承认她受到了沃勒斯坦的影响，但她同时认为，沃勒斯坦的"现代世界体系"接受的是韦伯和马克思关于资本主义起源于16世纪的欧洲这一传统的看法，本质上仍是西方中心主义的。通过对欧洲、中东、亚洲（东亚）三个地区的经济生产、商业贸易的历史考察，她发现，早在沃勒斯坦所谓的"现代世界体系"产生之前，在公元1250—1350年间，已经形成了一个世界经济体系，她称之为"欧洲霸权之前的世界体系"或"早期世界体系"，也就是沃勒斯坦以西方为中心区的"现代世界体系"之前的世界体系。

这个早期世界体系由西欧地区、中东地区和远东地区三个中心区域（亚体系）组成。这个世界体系不是全球性的体系，因为没有把当时仍然与世隔绝的美洲大陆与澳洲包含进来，但已经是空前未有的庞大的世界体系了。三个地区互通有无，取长补短，均衡发展，不存在某一个世界霸权者和唯一的"中心"。三个"亚体系"之间存在广泛的相同和相似点，其中包括：都先后发明和使用了货币和借贷制度，都建立了资金筹集的风险分担机制，商人的活动都具有相当程度的自由并非处处受到官府支配。如果说这三者有什么差异，就是当时位于东方世界的中东和远东两个体系，在生产技术、贸易制度上总体上先进于西方的西欧。阿布－卢格霍德指出，这个存续了一百年的早期世界体系，后来却因为黑死病从中国到欧洲大陆（英伦三岛除外）的大规模传播导致商路上大城市的人口锐减，又由于东方地区的战乱与政治动荡导致的生产凋敝与商路衰败，而使早期世界体系趋于解体，同时却也给此后西方世界的兴起提供了契机。阿布－卢格霍德强调：

最为重要的事实是，"东方的衰败"先于"西方的兴起"，正是先前存在的体系的转移为欧洲的轻易占领提供了便利。因此，那些将"西方的兴起"看作对先前运行中的体系的简单"接管"，或者仅仅是欧洲社会内部特点所产生的结果的观点,都是不正确的。相反,"西方的兴起"是两股相互冲突的力量共同作用的结果。①

也就是说,"西方的兴起"基于"东方的衰败",是东方与西方"两股相互冲突的力量共同作用的结果",是西方人在东方的瘟疫肆虐、战乱频仍、政局混乱的情况下,由下风转为上风,于是重整13世纪就已形成的这一世界体系。阿布-卢格霍德指出:"一系列欧洲国家'占有'和改造了在13世纪形成的通道和路线。欧洲不必去创造体系,因为13世纪的世界体系已经打好了根基。在这个意义上讲,西方的兴起得益于它对先前存在的世界经济体的重组。"② 显然,阿布-卢格霍德的这一看法从根本上否定了韦伯等人所坚持的资本主义文明是西方所特有的新教伦理所造就的观点,认为这类观点是将既有事实加以合理化,而不是寻求这个事实形成的渊源。

从东方学与东方观的角度看,阿布-卢格霍德在对这个"早期世界体系"的发现、呈现的过程中,又回到了被"现代世界体系"一时屏蔽了的"东方—西方"的世界结构中。她强调:"本书的论点是,没有内在的历史必然性在调整世界体系,让它青睐西方、疏远东方;也没有内在的历史必然性妨碍东方文明成为现代世界体系的缔造者。这个论点起码和它对立的观点一样具有说服力。"③ 也就是说,"欧洲霸权之前的世界体系"是东西方共同造就的,而且大部分是东方造就的,后来西方加以利用了。因此,研究这个体系,也就是研究"东方—西方"的关系;当偏重东方的研究时,就进入了东方研究或者东方学。

阿布-卢格霍德的上述著作是受了沃勒斯坦"世界体系论"影响而又有所超越。此外还有一些学者显然也受到"世界体系"理论的启发,同

---

① [美]阿布-卢格霍德:《欧洲霸权之前:1250—1350年的世界体系》,杜宪兵、何美兰、武逸天译,北京:商务印书馆,2015年,第351页。版本下同。
② [美]阿布-卢格霍德:《欧洲霸权之前:1250—1350年的世界体系》,第351页。
③ [美]阿布-卢格霍德:《欧洲霸权之前:1250—1350年的世界体系》,第19页。

时又接受了阿布－卢格霍德将世界体系加以位移的方法，把"世界体系"的范围加以缩小，变为对某个经济贸易区域的整体研究，可以称为"区域体系"研究。如美国历史学家彭慕兰（Kenneth Pomeranz, 1958— ）的《大分流——欧洲、中国及现代世界经济的发展》（2001年）一书，赞同"世界体系"论的主张，不把民族国家作为研究单位，而是寻求可供研究、可资比较的"体系"。彭慕兰强调说："在进行东西方比较（或者任何比较）时所用的单位必须具有可比性，而现代民族国家理所当然不是必然构成这些单位。因而中国作为一个整体（或印度作为一个整体）更适合于整个欧洲而不是与具体的欧洲国家进行比较。"① 显然，这一思路和操作过程并非完美，但在东西方比较研究中实在是别开生面，表明"体系"既是现代多种民族国家的综合或整合，也可以是从一个民族国家的历史上析出的一部分特定区域，从而发现若干缩小化了的较小的"体系"。在此基础上，彭慕兰对18世纪欧洲和东亚的社会经济状况做了研究考察，特别是把中国的江南地区与欧洲的英格兰做了具体的比较，认为在18世纪末期之前，中国在人口、农业、手工业、消费等各个方面都与欧洲了无差别，甚至强于欧洲。他认为："无论我们可以把资本主义的起点推回到多久远，工业资本主义——矿物质能源的大规模运用使之摆脱了前工业社会共用的制约——是到19世纪初期才诞生的。在资本积累和经济制度方面，都没有什么东西能够显示出西欧经济在那之前有决定性优势。"② 1800年的世界是一个多元的、东西方基本平衡的世界，没有一个经济中心。而在19世纪工业化以后欧洲才在世界经济上占据主导地位，并成为世界经济的中心，从而造成了西方与东方（中国）之间的分道扬镳、各奔东西的所谓"大分流"。而造成这种"大分流"的、或者说促使西方崛起两个关键因素，一个是美洲新大陆的偶然发现，一个是英国储

---

① ［美］彭慕兰：《大分流——欧洲、中国即现代世界经济的发展》，史建云译，南京：江苏人民出版社，2010年，作者中文版序言，第2页。版本下同。
② ［美］彭慕兰：《大分流——欧洲、中国即现代世界经济的发展》，第17页。

藏的独一无二的便于大规模开采的煤矿，这都是偶然的巧合。否则，就不可能发生英国乃至欧洲的工业革命，使其很快领先于东方。这一结论，对沃勒斯坦及此前一直流行的"以公元1500年为界"的历史观、全球观是一个较大的矫正或回调，彭慕兰由此把"现代世界体系"的"欧洲五百年中心"论缩短为两百年。由此，使"现代世界体系"中的作为中心的西方，也被大大缩减了。

依照差不多同样的思路，澳大利亚学者安东尼·瑞德（Anthony Reid）的《东南亚贸易时代：1450—1680》（2010年）一书，把东南亚作为一个体系单位，研究了公元1450—1680年间"东南亚贸易时代"的形成与运作。他赞同法国历史学家布罗代尔的看法，认为原产于东南亚的胡椒、丁香、肉豆蔻等香料，作为远程贸易的重要商品"直接促进欧洲的商业资本主义的形成"。[①] 对"东南亚贸易时代"的研究实际上是在"世界体系"的框架下进行的东方与西方之间经贸关系的研究，也是对"现代世界体系"的一种发挥与补充。法国学者弗朗索瓦·吉普鲁（Francois Gipouloux）的《亚洲的地中海：13—21世纪中国、日本、东南亚商埠与贸易圈》（2011年）一书，也接受了"世界体系"理论的方法与主张，不以民族国家作为研究单元而是研究整个体系，作者把亚洲从海参崴到新加坡的海洋区域称为"东亚经济走廊"，形容为"亚洲的地中海"，并将东方与西方的"地中海"加以比较。作者指出："它（亚洲的地中海）既不以中国、日本或韩国等国界线为边界，也不以东南亚等地区组织来划分。相反，这是一条海上走廊。"[②] 它是亚洲的海上商业体系。作者揭示了其中的航线、港口、城市之间的密切的经贸关系，描述并展望了这一区域在21世纪的兴盛崛起。

---

① ［澳］安东尼·瑞德：《东南亚贸易时代1450—1680》，第二卷，孙来臣、李塔娜、吴小安译，北京：商务印书馆，2013年，第6页。
② ［法］弗朗索瓦·吉普鲁：《亚洲的地中海：13—21世纪中国、日本、东南亚商埠与贸易圈》，龚华燕、龙雪飞译，广州：新世纪出版社，2014年，第1页。

四、"资本—民族—国家"三元构造的世界体系论

进入 21 世纪后,学者们对现代世界体系的把握与探索仍在进行。受沃勒斯坦"现代世界体系"理论与方法的影响,日本思想家柄谷行人(1941—)在《跨越性批判——康德与马克思》(2001 年)、《走向世界共和国》(2006 年)、《世界史的构造》(2010 年)等著作中,接受了马克思对资本主义商品经济的分析方法,使用了沃勒斯坦"世界帝国""世界经济"的概念,用"资本—民族—国家"这个三位一体的结构来分析世界构造,并以此摒弃了"东方—西方"的二元结构论,形成了自己的其独特的"世界体系"理论。

柄谷行人认为,"资本—民族—国家"三个要素的相互结合与相互作用,形成了现代世界的整体循环性。这三要素打消了沃勒斯坦的"现代世界体系"的"中心—半边缘—边缘"的三元世界结构,是把感性凝结起来的软性的共同体"民族",与靠政治凝聚起来的刚性的共同体"国家",视为世界的基本构件。然而"民族"具有感情上的排他性,"国家"具有政治权力上的排他性,两者本身并不能构成具有广泛联系的"世界"。而"资本"则是市民社会的产物,它的出现及其追求广阔市场、谋求最大利润的本性,决定了它是跨国界的、世界性的,成为跨越民族与国家之界限的关联物。而"资本—民族—国家"这三者的性质又都是由商品的"交换方式"而不是"生产方式"所决定的。"民族"所尊崇的交换方式是平等互惠,"国家"的交换方式是"掠夺—再分配","资本"的交换方式是跨国的自由流动及追求利润(剩余价值)。"资本"所带来的贫富不均及阶级分化,"国家"的暴力性质,常常被"民族"所想象的互惠的共同体所冲淡甚至消解。这三者相生相克,相互矛盾而又相互依存——这就是柄谷行人"资本—民族—国家"三位一体论的大概的逻辑。

在此基础上,柄谷行人对"资本—民族—国家"三要素做了分析与阐述。关于"民族",柄谷行人使用的是片假名"ネーシヨン",意即英文的"nation",而不是作为"nation"之汉字译词的"民族"。为什么不用

"民族"而用"ネーシヨン"（nation），显然是因为"民族"这个词不足以涵盖其词义。"ネーシヨン"（nation）可以译为"民族"，也可以译为"国家"或"国民"。但是，在"资本—民族—国家"的三位一体的构造中，已经有了"国家"这个词，可见"ネーシヨン"（nation）不是指"国家"，那么剩下的义项就是"民族"与"国民"。但是，柄谷行人不太赞成译为"国民"，因为这个词听起来有"国家之民"的感觉。所谓"ネーシヨン"（nation）不是建立在血缘和地缘基础上的种族（ethnic），"应该理解为由脱离了此种血缘地缘性共同体的诸个人（市民）而构成的"。① 换言之，它不是此前一般所认为的基于血缘、种族、宗教、语言等客观性的因素而形成的社会共同体。在做了这样的说明之后，汉语权且译为"民族"（实际上柄谷行人几部著作的中译本都是这样译的）。这样的"民族"只能是一种"想象的共同体"。"想象的共同体"的命题来自美国学者本尼迪克特·安德森（Benedict Anderson，1936—2015）《想象的共同体——民族主义的起源与散布》② 一书，指的主要是依靠情感、思想理论、舆论宣传、文学启蒙、美学趣味等主观的因素而被想象出来、创造出来的一种共同体。安德森认为是民族主义造就了民族，而不是民族造就了民族主义。感情的认同是民族形成的全部基础，民族本质上是感性的，其价值观是民族成员之间的平等互惠；若没有感情的认同，即便具有共同的血缘、种族、宗教、语言等客观性的因素，也不得聚合而终会分离。关于"国家"，在柄谷行人那里，"国家"与"民族"的主观感性认同相对，是具有客观性的，它不是在民族内部产生的，而是在与其他国家的外部关系中形成的，因而国家不能在其内部被消灭。即便一时国家因内部原因而崩溃，也会因立即引来其他国家的介入和干预，而重新整合成一个新的国

---

① ［日］柄谷行人：《日本近代文学的起源》，赵京华译，北京：三联书店，2003年，中文版作者序第4页。
② ［美］本尼迪克特·安德森：《想象的共同体》，吴瑞人译，上海：上海人民出版社，2005年初版，2016年增订版。

家。因此,国家是一种客观的存在。与感性的民族不同,国家在本质上是知性的。国家在政治经济上的主要功能是"掠夺—再分配",即依靠税收、货币政策等国家权力掠夺一些人而再分配给另外一些人,以保证社会的基本秩序与公平。因而,国家实际上就成为"资本"的主要牵制力量。"资本"追求利润最大化,若任其横行,必然会动摇了民族国家的边界,并导致社会不平等,就会破坏"民族"所具有的追求平等互惠的价值观,于是"国家"的功能在于利用资本而又规制资本。虽然资本、民族和国家三者有着不同的逻辑,却在这里形成一个相互补足的整体。

这样的思路显然也是"世界体系"理论的一个翻版。不同的是,沃勒斯坦的"现代世界体系"理论描述的是公元1500年至今的五百年间以西方资本主义为中心的世界历史,而柄谷行人则摒弃了西方中心主义,或者在他那里,"东方—西方"的分野几乎不存在,即便偶尔使用"亚洲""欧洲"的概念,也基本上是地理学意义上的。在他那里,没有了"东方—西方"概念,也没有了"中心—边缘"的意识,只有"资本—民族—国家"三者的运转与运动。而且,柄谷行人与沃勒斯坦的最大不同,在于他具有"未来志向",他的理论是对以往历史的分析,也是指向未来的。他分析"资本—民族—国家"的世界构造与世界历史,目的是并非纯粹解释历史,而是为了打破三者之间无休止的冲突矛盾,为了超越"资本—民族—国家"的世界结构。他强调,人类目前所面临的急需解决的三个问题——战争、环境破坏、贫富差距——集中反映了人与自然、人与人的关系,最终会归结为国家和资本问题,人类若是不能统御国家和资本,只有走向穷途末路,而这些问题又不能放在"国家"这一单位里加以考察。柄谷行人提出的解决之道就是所谓"联合主义",即不诉诸暴力即可达成的各国的联合,"即通过各个国家让渡主权形成'世界共和国'"[①]。他指出这个主张是康德在《论永久和平》一文中提出来的,可

---

① [日]柄谷行人:《走向世界共和国》,东京:岩波书店,2006年,第201页。

惜一直被人忽视了。这种"世界共和国"并非"多民族的国家",而是"各民族的联盟"。这是对"国家"的扬弃,而不是对国家的否定与消灭。其宗旨是避免人类基于"反社会的社会性"而必然发生的国家的战争,这是"作为世界体系的各民族联盟",① 并认为现在的"联合国"就是"走向世界共和国"的产物,联合国及在此基础上形成的"联合国体系",虽然作为世界体系还存在种种缺陷和问题,但需要而且可以在已有的基础上加以完善。

柄谷行人关于"资本—民族—国家"三要素及对世界历史的分析,基本上是对以往欧美思想界政治经济学说的再叙述与再阐发,虽然大部分观点并不新鲜,几部相关著作的重复率很高,但也显示出了他出色的思想批判、知识整合与体系建构的能力。从创新的角度看,柄谷行人作为文学评论家出身的思想理论家,其最为新颖的、最有启发性的,是他在《走向世界共和国》《世界史的构造》《民族与美学》等著作中提出的"民族与美学"的命题。

在安德森"想象的同共体"命题基础上,柄谷行人对"民族"("ネーシヨン",nation)的分析做了进一步的延伸与发挥,强调民族的形成与认同靠的是"想象力",是人们"感性化"的产物,也是"美学化"的产物。他采取的是鲍姆嘉登、康德的广义美学(感性学)的概念,即美学不仅仅像黑格尔所说是艺术的哲学,其对象是人类的感性认识。而这种感性认识正是"民族"得以形成的基础。柄谷行人发现,"一般而言,民族主义就是在美学的意识中得以成立的。在日本民族主义的萌芽——江户时代的国学家本居宣长那里,其学说的展开也始于将美学的视角(物哀)凌驾于知识和道德的视角(来自印度和中国的)。"② 他还提到日

---

① [日] 柄谷行人:《世界史的构造》,赵京华译,北京:中央编译出版社,2012年,第276—287页。
② [日] 柄谷行人:《民族与美学》,薛羽译,西安:西北大学出版社2016年,第101页。版本下同。

本近代思想家冈仓天心在反对西方中心论,弘扬东洋(东方)的整体性与同一性的时候,所取的也是美术。冈仓天心把日本本身看作一座"美术馆",是要以"美术"(艺术)的共同成就,来在世界上代表日本及东方文化,柄谷行人强调"冈仓将亚洲的历史理解成作为理念自我实现的美术的历史,在这个意义上是非常黑格尔式"。① 也就是说,柄谷发现黑格尔在建构"西方"认同的时候也同样落实在西方所拥有的共同美学上面。柄谷还提到,日本现代"民艺学"的创始人柳宗悦对现代朝鲜民族独立的支持和认同,也是从朝鲜的美学认同开始的,因为柳宗悦认为"朝鲜是产生伟大之美的国度,生活着拥有伟大之美的民众"②,在早期著作《日本现代文学的起源》一书中,他也论述了日本现代的"言文一致"运动及近代小说,在塑造现代日本民族国家过程中所期的重要作用。要之,在柄谷行人看来,"民族"的形成离不开美学,研究"民族"就一定要涉及作为感性的美学。这就为文学史以及艺术与美学的研究提供了一个新的思考向度。按着这样的思路加以深化发挥,我们可以认为,人类社会的感情的认同靠的就是感性,就是共同的美学趣味。而民族、国家,乃至将来的柄谷行人所展望的"世界共和国",也需要共同的感性、共同的艺术、共同的美学。没有共同的审美趣味的养成(我们不妨可以成为"审美共和国"),而单靠资本的运作及其商品的交换,不同民族、国家的人们是难以走向普遍认同的。

总之,柄谷行人的思想理论是在欧美思想家的延长线上进行的,是对马克思、康德等西方古典思想家及本尼迪科特·安德森等欧美现代思想家的创造性解读和"跨越性批判"的结果,也是对沃勒斯坦"现代世界体系"理论的发挥与展望。从"东方学"的角度看,也是以"资本—民族—国家"三元结构论对"东方—西方"二元结构论的超越。

---

① [日] 柄谷行人:《民族与美学》,第107页。
② [日] 柄谷行人:《民族与美学》,第170页。

对西方中心史观的矫正、逆写与"重归东方"论[①]

20世纪后半期,西方的"西方中心论"的史观出现了不少新版本,就是在"东方—西方"的比较中阐述"西方兴起"或"欧洲奇迹"。拉赫、奥斯特哈默等人则改变"从西方到东方"的叙述方式,反转为"从东方到西方",从东方如何影响西方、如何施与西方的角度,对东西方关系史加以"逆写";伯克特、马丁·贝尔纳、约翰·霍布斯等人更将"逆写"上溯到古代史,发现了古希腊的"东方化革命"乃至各个历史阶段的"西方文明的东方起源";伊恩·莫里斯将世界历史描述为东方与西方相互竞争赶超的历史,弗兰克·贡德从宏观经济史的角度将东方视为现代西方兴起的契机与根源,他们的"逆写"所得出的最终结论也都与"西方兴起"论相反,都预断西方主宰行将结束。这些逆写都从不同侧面对西方中心主义有所矫正,都体现了"反西方中心主义"的立场,但本身也是一种鲜明的"西方"立场。

[①] 本文原载《中外文化与文论》2019年第2期。

>>> 对西方中心史观的矫正、逆写与"重归东方"论

从18世纪末到20世纪上半期二百多年的时间里,从孟德斯鸠到黑格尔再到马克斯·韦伯、汤因比等人,"西方中心"作为西方学术界主流观念日益强化。二次世界大战结束后,美国主导的西方世界的新秩序得以稳定,西方学界的西方中心主义史观有了不同于此前的表现方式,出现了新时代的新版本,麦克尼尔1963年出版《西方的兴起——人类共同体史》后,影响很大,围绕"西方的兴起"这一主题的著述层出不穷,以"西方的兴起"为书名的相关著作往往成为畅销书,以至于一些不属于历史学的著作也以此做书名。① 可见"西方的兴起"已经成为一些西方人表达文化优越感的最有力的关键词。稍后,出现了一些对此加以矫正的著作,在东西方关系史的研究中揭示东方文化在西方的传播与影响,强调东方文化在西方文化兴起成长过程中的重要作用,从而改变了"从西方到东方"的叙述方式,反转为"从东方到西方",亦即对东西方关系史的"逆写"(或称为"逆说")。不仅如此,有些"逆写"的最终结论也是与"西方兴起"论相反,预言了进入21世纪后东方的崛起和西方主宰的结束。

一、"西方的兴起"论与西方中心史观的新版本

在西方的学术思想史上,"西方兴起"论源远流长,至少在18世纪的启蒙主义时期,这种论调就已经产生了。例如法国的孔多塞(Condorcet,1743—1794)在其名作《人类精神进步史表纲要》(1795年)② 一书中,就把"人类精神进步"的历史描述为西方人的科学与理性觉醒的历程。最近半个多世纪以来,"西方兴起"论新版本仍然层出不穷,其中最有代

---

① 例如诺贝尔经济学奖获得者道格拉斯·诺斯的一部经济学理论的书,主题是论证"有效率的经济组织是经济增长的关键,一个有效率的经济组织在西欧的发展正是西方兴起的原因",其关键词是"有效率的经济组织",却也冠以"西方世界的兴起"的书名(中译本由厉以平翻译,华夏出版社,2017年版)。
② 中文译本参见何兆武、何冰译:《人类精神进步史表纲要》,北京:北京大学出版社,2013年。

表性的著作是当代美国历史学家麦克尼尔的《西方的兴起——人类共同体史》（*The Rise of the West: A History of the Human Community*，1963）。

单从正标题上看，《西方的兴起》是一部关于西方的历史，讲述的是西方兴起的历史过程，但副标题又是"人类共同体的历史"，意在把"西方的兴起"与"人类共同体"形成作同一观。而且，整个书的逻辑架构建立在"东方—西方"或"欧洲—亚洲"二元对立论的基础上。全书共三篇，第一篇是"中东统治的时代（至公元前500年）"，第二篇是"欧亚文明的均势"（公元前500年—公元1500年），第三篇是"西方统治的时代（公元1500年至今）"。很显然，这仍是此前阿尔弗雷德·韦伯、雅斯贝斯等人的"公元1500年史观"及西方中心论史观的延续。所不同的，多元文明论的多元文明在这里简化为欧亚或"东方—西方"两种文明。人类历史成为西方人后来居上、打破与东方的均势，终于得以兴起并统治世界，进而形成"人类共同体"的历史。而且，与此前的多元文明论者的观点不同，麦克尼尔把人类文明的发轫地置于中东的美索不达尼亚，这是一个极其靠近希腊及欧洲的地方，许多人把这里看作一个泛西方的区域，或者认为希腊文明曾是美索不达尼亚文明的"外围文明"。但是，麦克尼尔却把印度、中国的文明，同希腊文明一样，也看成是了美索不达尼亚文明的"外围文明"。中华文明远在东亚，自成体系，起源上决不晚于美索不达尼亚地区，如何成为它的"外围文明"了呢？在麦克尼尔看来，太阳不是升起于东方，而是原本就在美索不达尼亚升起的。之前的欧洲中心主义的世界历史著作毕竟都承认太阳升起于东方，承认东方是人类文明的发源地，麦克尼尔却把文明的起源地大大地往西移迁了。这样一部从内到外都渗透着西方中心主义偏见的著作，出版后在西方世界好评如潮，此后五十年间成为畅销书。当然，在此期间，西方的反驳西方中心论的著作也不断出版，不能不对麦克尼尔有所触动。尤其20世纪后期，由于东方世界特别是东亚的一些显著变化，包括日本经济在战后的高速成长、韩国等"亚洲四小龙"的崛起、中国大陆改革开放的成就，使得一些学者不得不重新检讨一些理论假设的有效性。麦克尼尔在《二十五年后再评〈西方的兴起〉》一文中也表示："我没能理解中国公元1000—1500年间的领先地位是特别令人懊悔的。"承认对东方文明的低估"确实是本书的主要失误"，但又说："不过这几乎都是在细节方面。"① 的确，对他"西方的兴起"的中心主题而言，东方的有关表述只能围绕这个主题进行，因而属于"细节方面"的问题，而无关宏旨。

在英国，西方中心主义、"西方兴起"论模式的新版本中，影响最大、成为畅销书的是埃里克·琼斯（Eric Jones）的《欧洲奇迹》（*The European miracle*，1981）一书。作者是经济学教授，与麦克尼尔《西方的兴起》的世界通史视角不同，本书从经济史视角切入来论述"欧洲奇迹"的发生，但同样基于欧亚或东西方之间的比较。埃里克·琼斯在第二版序言中自我概括说："本书的主题是一个大主题：为什么经济的增长和发展属于欧洲？毕竟这些更有可能出现在世界的其他地方。因此，本书研究对象是，技术变革、结构变化和收入增长是如何全面开始的，也就是说研究的是位于经济史核心的一些问题，还涉及地理方面（在自然环境和政治社会的地区差异意义上）影响了经济变化形态的范围内的历史地理学，因而进行了与欧洲以外地区的比较，以图考察欧洲的情况有何特别之处。"② 很明显，作者是要把"欧洲奇迹"与"欧洲以外的地方"——主要是"亚洲"——做对比的，就是为了凸显"欧洲奇迹"而揭示"亚洲平庸"。埃里克·琼斯所谓的"欧洲奇迹"，并不是通常所说的欧洲在近代以后逐渐走向发达资本主义社会，而是说欧洲走上繁荣发达并不是建立在外部环境与条件的基础上，并没有受到亚洲或东方的影响，

---

① ［美］麦克尼尔：《二十五年后再评〈西方的兴起〉》，见孙岳、陈志坚、于展译《西方的兴起——人类共同体史》（上），北京：中信出版社2015年，第22页。

② ［英］埃里克·琼斯：《欧洲奇迹》，陈小白译，华夏出版社，序言第7页。版本下同。

并不是因为吸收利用了东方文明的成果，并不是因为发现和攫取了新大陆的资源与财富，更不是靠殖民与掠夺，而是完全靠欧洲自身的潜力与创造，靠欧洲自古代以来特别是中世纪以来在各个方面的基础与积累。在这个过程中，因为并没有亚洲及欧洲以外的其他地区的启发与贡献，纯粹是欧洲人自己创造的成就，所以它才算是"欧洲奇迹"。于是，埃里克·琼斯把欧洲与亚洲在经济发展上的环境与条件做了总体的比较，从"技术漂移""地理大发现""市场经济""诸国体系""民族国家"五个方面，对"欧洲奇迹"的缘由做了阐述。他认为，欧洲与亚洲不同，欧洲在本质上有一个"技术共同体"①，各国之间可以发生"技术漂移"，任何一地的技术一旦发明，其他地方很快学习并使用。他站在欧洲本位的立场上，把美洲大陆看作"欧洲的大边疆"，是欧洲财富的扩大，而不提对原住民的杀戮与掠夺；他把"市场经济"看作欧洲在中世纪就已经产生了的发明，而恰恰在这一章中，他没有把欧洲与亚洲做比较，也不提同一时期，或者更早的时期，亚洲（如阿拉伯帝国）发达的市场与商业文化是否属于"市场经济"的范畴；他将欧洲各国整体的政治结构称为"诸国体系"，认为欧洲在罗马帝国灭亡后就没有建立起别的帝国，而是形成了相互独立而又相互关联的"诸国体系"，形成了造就"欧洲奇迹"的整体社会环境；而在政治事务的处理上，欧洲在封建时代后期形成了许多独立的"民族国家"，也是纯粹的欧洲产物，是欧洲奇迹的政治基础。而欧洲之外的东方亚洲则是庞大的、僵化的、专制的帝国，阻碍了社会经济的发展。埃里克·琼斯具体分析了奥斯曼土耳其帝国、印度的莫卧儿帝国、中国的明清帝国，并使这些帝国与欧洲的"诸国体系"与"民族国家"形成对比，结论是："欧洲作为一个创新的、分权的但却稳定的体系，实属异类。我们的目的是设法了解，到底是什么促进了欧洲长期的经济变化，以及是什么阻碍了在亚洲那些富有成效的、最初前景光明

---

① ［英］埃里克·琼斯：《欧洲奇迹》，第37页。

的土地上的变化。"① 他不同意一些经济史学者,如彭慕兰、戈德斯通(Jack Goldstone, 1953—)等人关于欧洲只是在19世纪领先亚洲、而在此前一直较为落后的看法,认为亚洲(即便是东亚的日本江户、中国的明清)从来都没有领先过欧洲。总之,埃里克·琼斯的《欧洲奇迹》是经济学与经济史视角的欧洲特殊论、优越论的集大成,其书名"欧洲奇迹"后来已经成为一个表述西方中心主义的代名词。由于该书从观点到论证都存在许多偏颇、不当与问题,理所当然受到了后来一些学者的驳斥与批判,而作者埃里克·琼斯在后来的著述中对其偏颇的观点也做过一些调整和修正。

从经济学的视角表述西方中心主义的另一部有影响的著作,是美国经济学、历史学教授戴维·S. 兰德斯(David S. Landes)《国富国穷》(*The Wealth Poverty Nations*, 1998)。这是一本论述自古及今各国经济发展差异的厚重的著作,有意继承亚当·斯密的《国富论》的套路,围绕"国家的穷与富是如何造成的"这一主题展开,特别是要说明本来最有条件成为世界经济文化中心的欧洲与中国,为什么后来是欧洲而不是中国。正是在这样的论述中,兰德斯以欧洲得天独厚论、欧洲特殊论为主题的西方中心主义论述得以充分展开。与其他研究经济史的学者关于西方社会"后发而先至"的看法不同,兰德斯认为西方社会从一开始就是"先发"的,因而是先发先至,处处领先于东方;欧洲不仅自然环境得天独厚,而且社会文化上的先进性合理性也是无与伦比;欧洲从古希腊时代就有了民主观念与传统,从古代就有了私有财产观念与产权保护,从中世纪就拥有了积极进取的企业家精神,就有了尘世与宗教的分离,就有了分权的封建制度而不是大一统的帝国,有了半自治性的城市,并且有了一系列的发明,包括水车、眼镜、机械钟等,又有效地发挥和改进了从中国传入的印刷术、火药等技术。总之,"这些事例都清楚表明,在地理大发现(15世纪始)和大对抗之前,其他社会已经落后于欧洲"。② 在

---

① [英]埃里克·琼斯:《欧洲奇迹》,第181页。
② [美]兰德斯:《国富国穷》,门洪华等译,北京:新华出版社,2010年,第56页。

兰德斯看来，世界上仅有的在文明及发明上可能会超越欧洲的是中国，却因为其传统文化的保守、专制主义的统治、缺乏活力的社会、没有居统治地位的宗教、缺少自由市场和产权制度等原因，而未能发挥其潜力。以至于在欧洲实现地理大发现之后，整个世界都是西方主导的了。兰德斯使用了数十多万字篇幅，在东西方比较中凸显西方的文明、先进、特殊和优越。由于他衡量这一切的价值标准本身也都是西方的，东方只是为西方提供反面例证，得出这样的结论就是自然而然的了。与此同时，兰德斯对西方学界出现的一些反西方中心主义的论点反唇相讥，称那不过是"政治上正确的善良学说"，是"糟糕的历史认识"，毫不含糊地伸张自己的西方中心的立场。

从政治学、政治史的角度全面表现西方中心主义观点的，是英国社会学家、政治学家迈克尔·曼（Michael Mann，1924—2013）的《社会权力的来源》（*The Sources of Social Power*）[①]，是作者倾毕生心血写成的鸿篇巨制。迈克尔·曼把马克思、恩格斯的阶级分析与国家理论、马克斯·韦伯的权力类型与权力支配理论结合起来，把社会学、历史学、政治学结合起来，提出社会权力有四个来源：意识形态（主要是指身份认同）、经济（阶级）、军事、政治（国家、政党），认为这四个权力的交互作用及其网络结构形成了"社会权力"及重大社会制度，人类社会历史的发展过程就是从这四个方面不断获取权力的过程。迈克尔·曼所说的"社会权力"不是以往社会学研究中所使用的"社会"（society），不是基于政体的"国家"，不是考古学和人类学所说的"文化"或"民族文化"，也不是更宽泛的跨国经济关系的"资本主义"或"工业社会"等。迈克

[①] 迈克尔·曼《社会权力的来源》全书共分四卷。第一卷《从开端到1760年的权力史》、第二卷《阶级和民族国家的兴起》（1760—1914）、第三卷《全球诸帝国与革命1890—1945》、第四卷《全球化1945—2011》，分别于1986、1993、2012、2013年出版。中文译本全四卷分别由刘北成、陈海宏、郭台辉、郭忠华等翻译，上海人民出版社，2015年。

尔·曼所说的"社会"是"多重交叠和交错的权力结构",认为要对人类社会历史做出总体的说明,"最好依据这四者的相互关系,即我所谓的社会权力的四个来源"。① 为此,迈克尔·曼反对单一因素决定论,认为人类历史的发展并非由单一因素(例如经济)所决定,也不是唯物的因素或唯心的因素所决定的,而是上述四种社会权力相互作用的结果。他以"社会权力"及其形成、来源的分析研究作为人类历史综合整体研究的切入点,构架了自己的"权力社会学"②的理论体系,从而在宏观总体的世界史研究中别开生面,在西方学界也获得了很高的评价。要全面地评述这部博大精深的著作需要许多篇页,而单从"西方中心"论的表现而言,可以说《社会权力的来源》中的"西方中心"论与以前的著作相比,是大同小异的。一方面,他试图以自己的权力社会学来分析包括东西方在内的整个人类历史特别是社会发展史;但是另一方面,由于涉及范围太过广泛,他对东方历史文化显然又缺乏深入研究,因而在具体的论述中,实际上多以西方的社会历史为中心展开,东方只是旁及,往往是大标题而小篇幅,实际只是西方的陪衬。由于他没有对东方做过专门研究,所以不得不使用此前欧美学者关于东方的相关论述,尽管他自己也警惕勿要陷入西方中心论,但还是一不小心就落入了西方中心论的窠臼。所以 J. M. 布劳特(J. M. Blaut,1927—2000)在《殖民者的世界模式》中把迈克尔·曼视为埃里克·琼斯《欧洲奇迹》的同道,说他"是'欧洲奇迹'的当代理论家之一",认为他在社会权力的分析中把马克思、马克斯·韦伯、魏特夫(Karl August Wittfogel,1896—1988)关于东方的论述都编入了自己的著作。③ 实际上,迈克尔·曼确实多次使用了"欧洲奇

---

① [英]迈克尔·曼:《社会权力的来源》第一卷,刘北成、李少军译,上海:上海人民出版社,2015年,第3页。版本下同。
② [美]安德森:《迈克尔·曼恩的权力社会学》,见安德森著,郭英剑、郝素玲译《交锋地带》,北京:中国社会科学出版社,2008年,第90—102页。
③ [美] J. M. 布劳特:《殖民者的世界模式》,谭荣根译,北京:社会科学文献出版社,2002年,第108页。

迹"一词，而且与埃里克·琼斯的《欧洲奇迹》一样，其基本的主题就是为了揭示"造成欧洲奇迹的必要原因"①。通观全书关于东方世界的论述，迈克尔·曼总体上是把孟德斯鸠关于东方专制主义的理论及气候环境决定论、马克思的亚细亚生产方式论、马克斯·韦伯关于东西方宗教比较中的基督教优越论与东方社会停滞不前的"传统主义"理论、魏特夫关于治水社会产生东方专制主义的理论等，基本都继承下来。这样一来，他的《社会权力的来源》用了四卷七册的庞大篇幅，实际上是从政治学的权力分析角度，再次弱化和贬低东方世界的成就、作用与地位，不厌其烦地论证西方如何在上述四个方面有效地持续获取着权力、如何有效地形成和使用了强制性的意识形态、如何有效地控制经济生产方式、有效地使用军事与暴力，强调西方在权力的形成、运作及交互作用上的优越，强调这个世界的权力从始至终都主要来自西方，显示西方的权力如何支配着这个世界。对于这个主题宗旨，迈克尔·曼自己也直言不讳。2002年他在为《社会权力的来源》所写的《中文版序言》中，对中国读者承认："本书的前两卷包含着我对至1914年，即第一次世界大战前为止的权力史的叙述。第一卷提到了中国，第二卷则几乎没有提到中国。对于我的叙事中这种愈益严重的欧洲中心主义，我向中国读者道歉。造成这种情况原因主要在于，我对世界其他地方缺乏学术研究的能力（语言能力更是为零），我的理论兴趣之一可能也带有一点欧洲中心论，即努力解释所谓的'欧洲的奇迹'——17—20世纪欧洲人（原先是一群相当落后的民族）异乎寻常地突进到世界领先地位。"② 他的"道歉"看起来是诚挚的，但对欧洲中心主义思想形成的原因的解释显然是不充分的，因为对中国及东方知识语言上的欠缺并不必然导致西方中心主义观。关键

---

① ［英］迈克尔·曼：《社会权力的来源·新版前言》，刘北成等译《社会权力的来源》第一卷，第17页。
② ［英］迈克尔·曼：《社会权力的来源·中文版前言》，刘北成等译《社会权力的来源》第一卷，第2页。

问题是，迈克尔·曼的"权力"的价值观本身就是纯粹西方的，他的权力社会学中的"权力"含有一切方面的强制力量，因为这个权力是强制性的，因此权力中含有"暴力"。由此，迈克尔·曼的《社会权力的来源》实际上是将近代西方的两个关键词——"暴力"与"权力"——演绎到了极致。实际上，"暴力"与"权力"是理解西方文化的两个关键词，总体上与东方特别是中国的"和"（和平）的文化、"止戈"的军事文化、"仁政"和"无为而治"的政治文化，以及印度佛教的非暴力、反杀戮的文化，都是格格不入的。而且，西方的"权力"既是对内的，更是对外的。对外的权力实施则更为暴力。暴力的意识形态权力的来源就是强制性的身份认同，往往等于宗教压迫；暴力的经济权力的来源是殖民掠夺，暴力的政治权力的来源是对外侵略。迈克尔·曼《社会权力的来源》尽管偶尔有对西方权力与暴力的反省与检讨，但总体上是把它作为"欧洲奇迹"及欧洲的权力加以欣赏与赞美的。《社会权力的来源》也是20世纪以来西方学界甚嚣尘上的"权力"话语的产物，将一切社会现象、社会关系都视为权力现象和权力关系，通篇弥漫着米歇尔·福柯（Michel Foucault, 1926—1984）权力理论的影子。同时，这种关于权力的理论又为整个社会结构的日益"权力化"思潮推波助澜，其文化价值观带有根深蒂固的"西方"属性。

不仅是在上述的英美学术界，在法国，以"西方兴起"论、西方优越论为主题的著作也很多。例如法国学者菲利普·尼摩（Philippe Nemo, 1949—）的《什么是西方——西方文明的五大来源》（*Qu'est—ce que L'Occident*, 2004）一书，从"希腊奇迹"开始写起，认为西方文化的形成建立在五大因素的基础上，一是古希腊的民主、科学与教育，二是古罗马法律、私有财产观念、"人格"与人文主义，三是《圣经》的伦理学与末世论，四是中世纪"教皇革命"将雅典、罗马与耶路撒冷相融合，五是启蒙运动的自由民主改革。这五大因素都来自西方自身，从而将西方充满矛盾的历史整理成一个合乎逻辑的自然过程，由此显示西方的特殊性与优越性。他在书中没有拿西方与东方做对比,反而更显得西方世界是在自在自足的条件下形成自己独特的历史与文化。虽然作者在中文版序言中承认他对东方与亚洲知之很少,也承认"西方人欠缺对亚洲的认识,这与亚洲人相比是一个劣势"①。

二、对东西方关系史的逆写

上述的著述体现的是西方本位、西方主体、西方优越、西方特殊、西方中心的意识,都属于"西方中心主义"。为了表达西方中心主义意识,就不能孤立地书写西方,必须把西方置于世界史的平台上,置于西方与东方的交流关系或比较的框架中。在这种语境下,东方实际上就是为西方而存在的了。提到东方只是为了说明西方,是为了证明西方如何影响东方。对此,当代欧美另外一些学者也意识到需要加以改变。其中,美国学者唐纳德·F. 拉赫（Donald F. Lach, 1917—2000）较早地看到了东西方关系史书写中的这种严重的不对称与不平衡,下决心系统研究东方如何影响西方,并在1965年出版了《欧洲形成中的亚洲》（*Asia in the Making of Europe*）第一卷《发现的世纪》（二册）,1970—1977年出版了第二卷《奇迹的世纪》（三册）,1993年出版了第三卷《发展的世纪》（四册,与范·克雷 [Edwin J. Van Kley] 合著）,一共三卷九册②,成为迄今为止最系统、最详实的关于东方如何影响西方、西方如何吸收与理解东方的专门史著作。

从西方的东方学的角度看,《欧洲形成中的亚洲》最大的贡献是对东西方交流史之流向的逆写。所谓"逆写",就是将东西方之间的交流之流向加以倒转。当然,拉赫的立场仍然是西方的,全书的建构仍然建立在

---

① [法] 菲利普·尼摩:《什么是西方:西方文明的五大来源》,阎雪梅译,桂林:广西师范大学出版社,2009年,第159页。
② [美] 拉赫:《欧洲形成中的亚洲》（全三卷九册）中文译本,周宁总校译,北京:人民出版社,2013年。

西方历史的发展演进上,但他不再把西方作为那种施与的一方,而是作为接受的一方,这不是立场的变化,而是姿态的变化、态度的变化。采取这样的姿态,他也就能够在很大程度上摆脱西方中心主义惯常的叙述套路,独辟蹊径,从而有可能把西方对东方所接受、所想象、所理解的一切东西尽可能摆出来、说清楚。这样一来,《欧洲形成中的亚洲》就不是一般的东西方交流史。交流史需要建立在实物与实体的交换交往的基础上,而《欧洲形成中的亚洲》虽然也写了东西方之间的实体层面的交流,但更多的是不受此限制,而注意揭示在欧洲的历史发展过程中东方如何被知晓、被发现、被理解、被表述,东方又如何对欧洲的学术研究、文学艺术、宗教文化、社会经济等发生作用;换言之,不是描述亚洲或东方原本是什么样子,而是说欧洲眼里的、头脑里的亚洲是什么样子。这就使得《欧洲形成中的亚洲》成为欧洲人关于亚洲的观念史、知识史。如此,拉赫对东西方关系史的"逆写"实际上只是在特定意义上的,他只是把欧洲中心主义常用的"东方—西方"的"施与—接受"关系加以反转而已,欧洲本位的立场并没有改变。因此他对西方中心主义的矫正不是从正面,而是从侧面迂回进行的,不是旗帜鲜明的反西方中心主义,而是一定距离地绕开了西方中心主义的老路。而且,他所揭示的欧洲接受亚洲的影响,不是亚洲"送去"的,而是欧洲"拿来"的,都是欧洲人自主的行为。从这个角度看,《欧洲形成中的亚洲》对欧洲中心主义的矫正是有限度的。也许是为了避免"东方—西方"这对概念的意识形态色彩,拉赫没有使用这对概念,虽然也时常有"西方文明"之类的表述,但通篇使用的是"欧洲—亚洲"这对地理学的概念。实际上,他所说的"欧洲"并不是整个欧洲,而主要是西欧,也就是狭义的"西方"。在许多人看来,在文化价值上欧洲(例如东欧)并不全都属于"西方"。而拉赫所说的"亚洲"也并不是亚洲的全部,主要是南亚、东南亚和东亚。总体上看,《欧洲形成中的亚洲》采用的是以排比史料为主的较为传统的历史学写法,而不是历史哲学或历史社会学的写法。史料固然丰富、篇幅堪称浩繁，但逻辑架构与叙事不免枝蔓混乱，思想的建树也显得相对贫乏。但不管怎样，《欧洲形成中的亚洲》在东西方交流史的"逆写"上对西方中心论的矫正作用，是应该给与充分肯定的。

《欧洲形成中的亚洲》写了三十多年，实际上只写到17世纪末，18世纪以后未写出来，作者拉赫便故去了。实际上，整个18世纪以后三百年间，"欧洲形成中的亚洲"显得更为重要，欧洲中心主义意识恰恰是从18世纪以后开始形成的，非常需要加以反顾与清理。但由于事件头绪十分复杂纷繁，难以通盘驾驭。好在，在拉赫《欧洲形成中的亚洲》之后，德国东方学家于尔根·奥斯特哈默（Jürgen Osterhammel，1952— ）出版的《亚洲的去魔化》（*Die Entzauberung Asiens*，1998）一书，副标题是"18世纪的欧洲与亚洲帝国"，研究的是18世纪（准确的时间范围是1680—1830年间）欧洲人的亚洲知识与印象观念，正好接续了拉赫的《欧洲形成中的亚洲》。

在《亚洲的去魔化》一书中，奥斯特哈默指出："在18世纪，对文化的欧洲来说，亚洲愈来愈不是奇幻王国，反而逐渐成为欧洲文明中的人类与历史研究的巨大资料田野。这个研究并不只是那个时代以经验为依归的另一种科学，也触及了虚构文学。"[①] 他认为，站在欧洲的角度，从西方出发，去观察亚洲、研究亚洲、表述和描写亚洲，是18世纪欧洲的东方学与东方观的主流。为此，奥斯特哈默对18世纪欧洲人的亚洲—东方观的各种文本做了有针对性的分析，其中包括欧洲人对东方的学术研究，如巴泰勒米尔·戴伯罗（Barthélemi d'Herbelot，1625—1695）在1697年出版的集东方研究大成的、含八千多个词条的《东方图书馆和认识东方民族的通用词典》，给予高度评价，对欧洲人的各种东方旅行记、报道及各种其他类型出版物中的东方见闻与东方观做了分析，对欧洲的东方

---

① [德]于尔根·奥斯特哈默：《亚洲的去魔化——18世纪的欧洲与亚洲帝国》，刘兴华译，北京：社会科学文献出版社，2016年，第188页。版本下同。

文学作品的翻译及在欧洲的东方观与东方学中的作用做了论述,还对欧洲学术思想界的东方研究,包括政治制度、社会与生活方式、女性与家庭等问题做了考察。特别是对孟德斯鸠《论法的精神》中"东方专制主义"论所引起的争论争鸣进行了较为深入的剖析,指出孟德斯鸠的观点在当时并不是主流,因为当时欧洲人心目中的专制暴君主要是在西方而东方极少,至于中国到底有没有专制政体,大部分人认为没有。奥斯特哈默指出,总体上,整个 18 世纪,此前亚洲在欧洲人心目中的美好想象还在持续,但也出现了质疑与鄙夷,而最先遭到鄙视的是欧洲东边的邻居——奥斯曼土耳其帝国。当地理概念与身份认同的意识混合在一起时,"一个新的东方观念形成,'东方'和伊斯兰划上了等号"①。奥斯特哈默的研究再次表明,实际上直到 19 世纪,欧洲人狭义的"东方"实际上指的就是近东与中东的伊斯兰世界,具体到国家,主要就是指奥斯曼帝国,这也同时使"东方"这个词带有更多的负面色彩。到了 20 世纪 20 年代,当黑格尔在德国的大学讲授世界史哲学的时候,对东方的否定性论断才成为定论。从那之后,一般欧洲人及学校学习东方语言(梵文或波斯文)的兴趣大大减弱了。但与此同时,欧洲的亚洲研究的专业化、团体化、职业化也在迅速形成,出现了法国的商博良(Jean Francois Champollion,1790—1832)、英国的威廉·琼斯那样杰出的东方学家。奥斯特哈默对威廉·琼斯为代表的东方学家给与高度评价,指出琼斯虽然从未质疑过西方的优越地位,一直崇信古希腊罗马的美学标准,但同时他也十分重视、喜爱波斯诗歌与印度史诗,"这种兼容并包的欧洲中心论自始至终是启蒙运动的特征,而局限在西方白人'文化世界'的排他性欧洲中心论,则是 19 世纪的注册商标"②。这就对 18 世纪以启蒙主义思想为核心的欧洲

---

① [德]于尔根·奥斯特哈默:《亚洲的去魔化——18 世纪的欧洲与亚洲帝国》,第 55 页。
② [德]于尔根·奥斯特哈默:《亚洲的去魔化——18 世纪的欧洲与亚洲帝国》,第 64 页。

知识界主流的亚洲观及其特征做了一个概括，那就是"兼容并包的欧洲中心论"。奥斯特哈默把 18 世纪欧洲对亚洲的认识与研究，概括为"亚洲的去魔化"。他指出："对东方文明而言，亚洲的去魔化夺走了其神秘性的固有特性。东方文明成了科学猎奇的对象，成了洞察事物的学者与善于组织贯彻的行政管理者的责任。去魔化解决了含义模棱两可的问题，分隔了不同世界，阻碍了跨界与角色交流。"① 因而"亚洲的去魔化"就是欧洲人结束 18 世纪以前的东方的想象化（魔化），而直接面对亚洲，就是西方直接研究东方。这一方面导致了一些人的"东方狂热"，一方面也造成了一些人的东方歧视。而后者成为西方中心主义兴起的契机，为 19 世纪西方中心主义思潮的泛滥准备了条件。从作者所持的立场来看，《东方的去魔化》与上述的《欧洲形成中的亚洲》一样，是站在欧洲本位的角度来写西方人所见的东方的，同时也是对东西方关系史的一种逆写。

逆写，还表现在观察东西方关系史的出发点的逆反。长期以来，以"欧美人发现……"或"西方人发现……"之类的著作有很多，但反过来书写的少。在这方面，英国的著名东方学家及中东史及伊斯兰研究家伯纳德·路易斯（Bernard Lewis，1916—2018）的《穆斯林发现欧洲》(1982)② 很有代表性。该书从伊斯兰世界的角度出发，描写了穆斯林与西方世界的交流与关联、战争与和平、影响与反影响的历史，揭示了穆斯林对西方世界的认知过程、穆斯林对西方挑战的主动被动的应对等问题，并在研究中尽可能保持客观公正的文化态度，而注意不带西方学者常见的对东方的傲慢与偏见。

东西方关系史，不仅仅包含东西方之间的交流史，从西方的东方学角度看，也包括西方人的东方与西方的比较论。因此，对东西方关系史

---

① ［德］于尔根·奥斯特哈默：《亚洲的去魔化——18 世纪的欧洲与亚洲帝国》，第 527—528 页。
② ［英］伯纳德·路易斯：《穆斯林发现欧洲》，李中文译，北京：三联书店，2013年。

的逆写,也包括对东西方比较论中的流行观点加以逆向的反思。在这方面,英国历史社会学家杰克·古迪(Jack Goody,1919—)《西方中的东方》(*The East in West*)一书很有代表性。杰克·古迪对西方思想界长期以来对"西方发达/东方落后"所做的"文化主义"的解释做了逆向思考并提出质疑。他特别对马克斯·韦伯基于新教伦理的"西方理性"决定论提出了质疑与批判,认为东方人也同样存在着"理性",并且一直贯穿于东方人的生产活动、经济与商业活动、家庭生活等各个方面。他认为迄今为止已有的对西方崛起、欧洲奇迹所做的种种解释,包括沃勒斯坦的世界体系理论的外在性的解释、韦伯新教伦理的内在性解释,都受到了种种挑战,因为任何一种解释都难以充分说明问题。杰克·古迪强调说:"事实已经十分清楚,西方人所取得的惊人成就,不再被视为是其一成不变的或恒久存在的文化特征之必然,而是千百年来早已有之的钟摆现象在这些社会中的一种体现罢了。"又说:"无论是在西方还是在东方,很多成就的取得,其原因恰恰是非常偶然的。这就给许多问题留下了比事实更为独特的、更缺乏民族可比性的解答空间。"①"钟摆现象"有其偶然性,当然也有其必然性。杰克·古迪的这种解释与此前经济学家所说的世界经济发展的"周期性规律"理论有相同之处,他强调的是东西方社会文化的差异并不是根本的因素,"学者们选定的所有这些特征,对于工业资本主义的发展来说,也并非那么至关重要"。② 那些被认为是西方所独有的东西,实际上东方也有。像杰克·古迪这样不承认西方崛起的文化决定论、必然论,而用"偶然论"(实际上也就是钟摆一下子摆过来的"突然论")取而代之,也是对西方中心主义的一种消解方式。

还有一些学者对东西方关系史的逆写一直上溯到了古希腊时代,力图在源头上清理"东方—西方"二元关系。较早的著作是英国学者威

---

① [英]杰克·古迪:《西方中的东方》,沈毅译,杭州:浙江大学出版社,2012年,第8、10页。版本下同。
② [英]杰克·古迪:《西方中的东方》,第276页。

廉·雷姆塞（William Mitchell Ramsay, 1851—1939）的《希腊文明中的亚洲因素》（*Asianic Elements in Greek Civilization*, 1927），主题为"在亚细亚（Asia Minor）寻找希腊文化的源头"①，以专题讲座的形式，从语言学、考古学、历史地理学的角度，研究小亚细亚的语言、神话、法律、宗教、文学艺术、社会习俗、贸易等对希腊的影响，以微观研究见长。近年来，西方学界在这方面的研究又有了显著进展，其中有代表性、影响较大的是德国的古希腊研究专家、苏黎世大学教授瓦尔特·伯克特（Walter Burkert, 1931—）的两部著作——《东方化革命——古风时代前期近东对古希腊文化的影响》（*Orientalizing Revolution*, 1992）和《希腊文化的东方语境——巴比伦·孟斐斯·波斯波利斯》（*Babylon, Memphis, Persepolis: Eastern Contexts of Greek Culture*, 2004）。其中，《东方化革命》一书较早、较系统地地明确指出古希腊文化中的近东文化影响。众所周知，地中海作为内海，海上交通极其便捷，沿岸各民族往来方便，文明形态错综复杂，你中有我我中有你，难分难解。希腊古典文献中"东方—西方"更多地带有地理上的意味，而且是相对的。但是，欧洲文艺复兴开始于南欧的意大利，所要复兴的古希腊文化的原址就在南欧，于是一些学者作家便在有限的材料的基础上，努力再现和复兴古代希腊。后来被人们所熟悉的那个纯粹、特出、自足的古希腊，那个与"东方"文化判然有别的古希腊，在很大程度上是文艺复兴以来的西方人一步步建构出来的。由于古希腊原始典籍湮没了上千年，文艺复兴时代的古希腊文本文献很多需要依赖阿拉伯帝国时代的阿拉伯译本来加以复原，没有足够文献可征，为人为的"复兴"与古典重构提供了条件、创造了可能。其基本的操作套路，就是强调古希腊人的"东方—西方"的区别意识，一方面不得不承认希腊人受到了周边民族的影响，同时又强

---

① [英]威廉·雷姆塞：《希腊文明中的亚洲因素》，孙晶晶译，郑州：大象出版社，2013年，前言第1页。

调希腊人在政治、经济、文化上后来居上、高人一筹,具有独特性和优越性。一直到20世纪末为止的五百年间的西方学术界,尤其是"古典学"界,包括语言学家、文学史家、宗教学家、美学家与艺术家等,合力塑造了古希腊文化的完美形象。不管这个形象离事实真相有多远,西方主流的知识界一直不加怀疑,因为近代兴起的西方需要有一个辉煌的源头,古希腊的文艺的复兴与再现,为近现代西方人找到了作为与东方人相区别的"西方人"(欧洲人)作为身份认同的意识形态,找到了欧洲人的精神故乡。在这个过程中,德国人和德国的古典学家、像黑格尔那样的哲学家对希腊文化的"古典"化定位、温克尔曼那样的浪漫主义艺术史家关于希腊文学艺术"高贵的单纯和静穆的伟大"的审美特征论,都起了很大的作用。也就是在19世纪,随着考古学的进展,埃及和两河流域以巴比伦文明为代表的早期东方文明的存在被发掘和证实;随着比较语言学的发展,埃及的象形文字、巴比伦的楔形文字被释读出来,表明在古希腊时代,希腊的东方存在着更早、更先进的文明,希腊文明是在吸收东方个民族文明的基础上形成发展起来的,因此文艺复兴以来的"言必称希腊"就不合时宜了。到了20世纪末,像瓦尔特·伯克特这样的当代德国学者,在此前相关研究的基础上,以专门著作的方式对古希腊与东方的关系史做出"逆写",也有一定的必然性。

在《东方化革命》中,伯克特试图扭转一直以来西方的古典学及希腊研究中的西方中心论倾向。他指出:"拙著窃望能充当打破藩篱的使者,将古典学家的注意力引导到他们一直太少关注的领域,并使这些研究领域更加接近,甚至非专业人士也能理解。也许它也能激励东方学者(他们几乎同古典学家一样有孤立的倾向)继续保持或重新恢复与相邻研究领域的关系。"① 正是在这种"东方—西方"关联研究的基础上,伯克特

---

① [德]瓦尔特·伯克特:《东方化革命·导论》,刘智译,上海:上海三联书店,2010年,第8页。

在本书中提出了"东方化革命"这一概念,认为在公元前7世纪到前6世纪,在地中海及希腊的周边地区,埃及文明已经成熟,亚述帝国业已强大,善于经商的腓尼基人十分活跃,在此过程中希腊广泛接受近东各民族影响,希腊文化也在形成和扩张,伯克特称之为"东方化革命"。诚然,"东方化革命"这一概括是建立在"西方—东方"亦即"希腊—非希腊"的二元结构的基础上的。在这里,"东方化"的希腊就不再是纯然的希腊了,而且这个"东方化"是"革命"性的,是深刻而又广泛的。为此,伯克特研究了东方商人、工匠在希腊的活动,商人带进的东方商品,工匠带入的工艺技术,如何影响了希腊的生活与劳作;东方的占卜师和医生把巫术与医学带到了希腊,又如何影响了希腊人的宗教性活动。随着与东方各民族交流的深入,希腊人学会了腓尼基字母,并由此产生了希腊人的文字书写,产生了希腊的文学。在《希腊文化的东方语境——巴比伦、孟斐斯、波斯波利斯》(2004)一书中,伯克特又对前著的观点做了进一步的补充和发挥,特别从语言文学的角度,论述了以巴比伦的尼尼微、埃及的孟斐斯、波斯的波斯波利斯等城市为中心的东方文化在古希腊文化形成发展中的作用,包括字母与书写的形成、荷马史诗中的东方化特征、东方的智慧文学和创世神话及对希腊的影响、希腊神话中的俄耳甫斯与埃及的关系,等等。但是,尽管希腊受到了东方的种种影响,但与其他东方国家相比,还是具有自己独特的优势。伯克特强调:"毋庸置疑,希腊的成功离不开自由——事业的自由、言论的自由、想象力的自由,乃至宗教的自由。"他认为:

> 假如说高度文化曾在东方建立,王室权威和国家行政的发展从一开始就成为必要的先决条件的话,那么高度文化获得进一步发展,依靠的则是国家暂时隐退,为小集团和个人提供毫无限制的开放性机会。证明这一点的例子就在希腊,尤其是希腊所从事的海上贸易,这项事业虽然伴随无数的危险,但它还是大大地提高了人们整体的生活水平。

>>> 对西方中心史观的矫正、逆写与"重归东方"论

那些具有高超技能的手工匠人也是自由的人群，他们当初为了寻找工作和见识迁徙到了希腊……为了追求个性，匠人们在自己的作品上标上自己的真实姓名。通常，希腊人多半会排斥本国的国君或者激烈地削弱国君的势力。在一些小城市，群众也参政议政，要求自治权。这种倾向最终导致男性公民在法律上的平等。民主精神大行其道。①

看得出，尽管瓦尔特·伯克特强调东方文化对希腊的影响，但他仍把民主、自由看作希腊文化值得骄傲的独擅的特征，视为希腊文化与东方文化的本质区别。在这一点上，他的观点、他的价值标准与其他古典学家相比并没有根本的不同。值得提到的是，对希腊特别是希腊之民主的代表雅典，历史上并非所有的西方人都认可其拥戴"民主"，近年也有学者对雅典民主进行了"逆写"。如美国学者珍妮弗·托尔伯特·罗伯兹（Jennifer Tolbert Roberts）出版了《审判雅典——西方思想中的反民主传统》（1994年），指出当时许多雅典人对雅典民主是敌视和反对的，以致形成了"西方思想中的反民主传统"。②

与上述两部研究古希腊文明的东方起源有所不同，当代美国学者马丁·贝尔纳（Martin Bernal）的三卷本《黑色雅典娜：古代文明的亚非起源》（*Black Athena*，第一卷1987），则从学术史的角度梳理了欧洲学界对希腊文明来源问题的观点分歧，他认为解释希腊文明之来源有两种模式，"一种是将希腊视为本质上是欧洲的或雅利安的，另外一种则将其视为黎凡特的，处于埃及与闪米特文化区域的边缘"，并将这两种模式简称为"雅利安模式"和"古代模式"。③ 贝尔纳指出："雅利安模式"是19世纪

---

① ［德］瓦尔特·伯克特：《希腊文化的东方语境·导论》，唐卉译，北京：社会科学文献出版社，2015年，第19页。
② 参见［美］珍妮弗·托尔伯特·罗伯兹：《审判雅典——西方思想中的反民主传统》，晏绍祥等译，长春：吉林出版集团，2011年。
③ ［美］马丁·贝尔纳：《黑色雅典娜：古代文明的亚非起源》第一卷，郝田虎、程英译，长春：吉林出版集团，2011年，第1页。

上半期才形成的，是西方中心主义的产物，这个模式宣扬希腊文化作为欧洲文化源头的雅利安的正统性与纯洁性，不能接受希腊文化受到北非埃及人和西亚腓尼基人等东方文化影响的任何说法和观点。为此，《黑色雅典娜》第一卷作者围绕古希腊文明来源问题对西方中心主义的史观进行了深入细致的剖析批判，系统地评述了两种模式形成的时代背景、代表人物、基本观点主张及其论点冲突，指出了19世纪后"古代模式"如何退隐，"雅利安模式"如何甚嚣尘上，古希腊如何被构造、被夸张、被美化、被圣洁化、被崇高化，因而如何成为欧洲中心主义及雅利安主义的精神故乡，因而可以说第一卷就是围绕古希腊文明的东方之根问题的学术思想史。而在第二卷《考古学即书面证据》、第三卷《语言学证据》中，作者用具体的史料证据全面批驳了雅利安模式，指出希腊女神雅典娜的肤色是非洲的黑色，揭示了"希腊文明的亚非之根"。该书出版后在欧洲学界引发了强烈反响，对西方中心主义的批判力度、厚重度、深度及学术意义，堪比萨义德的1978年出版的《东方学》，而就历史学的专业性、实证性而言，则是萨义德的《东方学》不能企及的。

此外，英国东西方关系史学者约翰·霍布森（John M. Hobson）的《西方文明的东方起源》（*The Eastern Origins of Western Civilization*，2004）一书，采用的是从古代到20世纪的通史的写法，篇幅不太大、但问题点突出、观点鲜明。他吸收了此前阿布-卢格霍德、贡德·弗兰克（Andre Gunder Frank，1929—2005）、佩里·安德森（Perry Anderson）等人的材料与观点，对西方中心主义者关于各个历史阶段中的西方中心主义观点都进行了剖析与批判，试图呈现东方对于西方的重要性，以此来纠正西方主流知识界对世界历史的理解。霍布森认为，在整个西方文明发展史上，在各个不同的重要节点上，东方文明都对西方具有引领、启发的作用，在历史发展的各个阶段或时期，东方都对西方的发展具有重要的带动、影响、启发作用，因而东方文明一直就是西方文明源头。霍布森指出："东方（公元500年至1800年比西方更先进）在促进近代西方文明的崛起方面发挥了至关重要的作用,西方并不是自主地发展起来的。正是基于这一原因,我试图用'东方起源的西方'来代替'自主和纯粹的西方'的概念。"① 通过大量史实梳理和对已有研究成果的概括,霍布森发现:"关于西方崛起不存在什么必然性,确切地说,西方远非欧洲中心主义者所设想的那样富有独创性或确实是进步的。如果没有更先进的东方在公元500年至1800年期间的帮助,西方无论如何难以率先进入现代化。"② 在此前多年间,欧洲的所有重要的技术、行之有效的思想与制度,大都来自波斯、阿拉伯、印度、中国等东方地区,乃至15世纪西方人引为自豪的航海大发现、1700年以后刺激英国农业变革与工业革命的相关技术,实际上都是从中国及东方传入的。上千年间整个世界实际上形成了一个网络,形成了全球化的世界,霍布森称为"东方全球化",也就是东方主导的全球化。指出公元500年至1800年间,东方一直是全球集约型和粗放型经济的主导力量,直到19世纪西方才在吸收、攫取东方成果的基础上取而代之。其中,公元650年至1000年全球经济的主导力量是伊斯兰世界,"东方全球化"的诞生很大程度上应该归功于阿拉伯帝国时期发达的国际远距离贸易,及一整套的投资、交易、合伙、结算、簿记制度,从而驳斥了阿拉伯伊斯兰文化只是沙漠游牧文化的论调;而公元1000年至1800年,世界上第一次工业奇迹、包括冶炼钢铁、使用焦炭燃料、制造水利纺纱机、三大发明等,都发生在中国宋代,从而驳斥了关于中国宋代科技创新是"夭折的革命"、明代海禁是"选择了孤立主义",以及东方专制主义造成东方社会禁锢停滞、东南亚地区和日本是"孤立主义"社会等一系列西方中心主义的论断。当然,霍布森批判西方中心主义的历史观,并非要建立与之对立的"东方中心主义",他也不是全盘否定西方中心主义的所有论点。和所有的西方学者一样,他最后还

---

① [英]约翰·霍布斯:《西方文明的东方起源》,孙建党译,济南:山东画报出版社,2009年,第3页。版本下同。
② [英]约翰·霍布斯:《西方文明的东方起源》,第17页。

是将结论落座在"西方的崛起"上面。他只是对西方的崛起做出了与西方中心主义相反的解释,强调正是东方世界为西方的崛起准备了条件、做出了决定性的贡献。

上述的拉赫《欧洲形成中的亚洲》、奥斯特哈默《亚洲的去魔化》、杰克·古迪《西方中的东方》、伯克特《东方化革命》《希腊文化东方语境》、马丁·贝尔纳的《黑色雅典娜》、霍布森《西方文明的东方起源》等著作对东西方关系史的研究及对东西方关系史的逆写,既是对长期以来西方历史学、社会学研究领域中的"西方中心"论的反拨,也是20世纪后半期东西方世界现实关系变化的反映;既体现了西方学界学术一直保持的学术争鸣、知识更新与思想反省的能力,也表明西方学者根深蒂固的"东方—西方"二元世界观。此前曾被轴心文明理论、多元文明理论、世界体系理论所解构的"东方—西方"二元结构,在这里又被突显出来,无论是"欧洲奇迹"的西方中心论,还是与之对立的"欧洲形成中的亚洲"论、"西方的东方起源""东方化革命"及"东方全球化"论,实际上从根本上显示了"西方"或"西方人"的身份认同,显示了鲜明的"西方"立场,一种"反西方中心主义"的西方立场,这是我们必须正视的。

三、弗兰克"重归东方"论和莫里斯东方再兴的预断

在西方中心主义的矫正与东西方关系史的逆写中,德国学者安德烈·贡德·弗兰克的《重归东方》(*Reorient*, 1998)[①] 一书最有冲击力。所谓"重归东方",就是要挑战、扭转西方人根深蒂固的"西方中心主义"史观。在他看来,包括亚当·斯密、马克思、韦伯、涂尔干等现代西方

[①] 本书英文版原书的书名为"REORIENT: Global Economy in the Asian Age",直译为"重新面向东方"或译"重归东方",中文译本改题为《白银资本:重视经济全球化中的东方》(中央编译出版社2001年初版,2013年第2版)。"白银资本"译名固然醒目,但只是该书第三章中的论题,而且在这一章中似乎也没有出现"白银资本"这个概念。

思想家，乃至当代的学者斯宾格勒、汤因比、布罗代尔、沃勒斯坦等人，都缺少真正的全球眼光，未能摆脱欧洲中心论。他认为："在迄今为止的一段时间里，'西方把世界其他地区的大部分都归到'东方学'的名下来认识的。'西方'（West）和'其他地区'（Rest）的对偶概念出自亨廷顿……西方世界到处都有'东方'研究及其机构……尤其是美国的全部西方社会科学和历史学，几乎都捍卫所谓的西方特殊论。"① 对此，他宣称："我要向众多被公认为'经典的'和'现代的'社会理论的基础——欧洲中心历史学挑战……我不是用新的证据来挑战公认的证据，而是要用一种更充分的人类中心的全球范式来对抗公认的欧洲中心范式。"②

贡德·弗兰克消解西方中心主义的策略就是"重归东方"。在这方面，他作为一个早期的"反依附论"者，深深地接受了沃勒斯坦的"现代世界体系"的影响，后来又受到了阿布－卢格霍德"早期世界体系"的启发。与这两位"世界体系论"者一样，弗兰克从"世界体系"的"全球学"的、"整体主义"的立场，试图进一步打破沃勒斯坦的"世界体系"的时空限定，通过时间后延、空间扩展，来重新界定"世界体系"并以此消解西方中心主义。

在纵向上，贡德·弗兰克将"世界体系"的形成时间重新加以界定，以打破西方通行的"公元1500年史观"。如上所说，沃勒斯坦的"现代世界体系"的时间限定是1500年至20世纪的五百年，并且反对将这一体系范式运用于1500年之前的世界，也就是把欧洲资本主义诞生之后的时期作为"现代世界体系"存在的前提，来论证这五百年的"中心"就是西方或欧美。在此基础上，阿布－卢格霍德《欧洲霸权之前》进一步指出13世纪就已经存在着一个"早期世界体系"了，指出那个时候欧洲并没有成为中心，却为15世纪后"现代世界体系"奠定了基础。弗兰克则进

---

① ［德］贡德·弗兰克：《白银资本：重视经济全球化中的东方》，刘北成译，北京：中央编译出版社，2013年，第8—9页。版本下同。
② ［德］贡德·弗兰克：《白银资本：重视经济全球化中的东方》，第4页。

一步上溯，打破"现代世界体系"的"现代"及"现代性"的紧箍咒，甚至直接抛却"资本主义"这个关键概念，直接在人类历史上寻求不受资本主义现代性限制的"世界体系"。结果他发现，世界体系的存在不是五百年，而是有五千年了。这一叛逆性的观点表现在贡德·弗兰克与英国学者吉尔斯（Barry Gills）合著的《世界体系：五百年还是五千年？》（1993年）① 一书中。他的理由似乎很简单：人类自有文明以来，都是相互联系与交往的，都生活在一个体系中；资本主义的"现代世界体系"之外的世界体系，早就存在五千年了。为什么不呢？为什么非得要以公元1500年作为时间上的限定呢？这样一来，"现代世界体系"就变成了"世界体系"，限定条件被取消了，"公元1500年史观"就不再为他所承认了。这表现在概念的使用上，沃勒斯坦用的是"世界—体系"，表示公元1500年后的"世界"成为了一个"体系"，但贡德·弗兰克去掉了中间的这个连接号，直接使用"世界体系"一词，要表达的意思是世界本来就是一个体系，而不需要限定或对应的条件。在这个意义上，我们似乎可以把贡德·弗兰克的"世界体系"称为"泛世界体系"。这是一个没有意识形态、国家制度形态来限定的纯经济商贸意义的世界体系，亦即"世界经济体系"。

那么，没有了"现代"或"资本主义"的限定条件，"世界体系"是缘何形成的呢？众所周知，关于现代资本主义，亚当·斯密、涂尔干把劳动分工看成是其本质特征，卢梭、孟德斯鸠、梅因（Henry Maine, 1822—1888）等人把"法的精神"与"契约"作为其本质特征，马克思及马克思主义者从唯物主义出发，把"生产方式"及其所适应的国家制度作为其本质特征，韦伯及韦伯主义者把基于新教伦理的"资本主义精神"作为其本质特征。而贡德·弗兰克则独辟蹊径，把资本积累、商业贸易

---

① ［德］贡德·弗兰克、巴里·吉尔斯著：《世界体系：五百年还是五千年？》，郝名玮译，北京：社会科学文献出版社，2004年。

看作世界体系形成的基本标志。乍一看来,资本积累、商业贸易属于政治经济学的范畴,并且带有一点马克思主义色彩。但是,贡德·弗兰克的资本积累、商业贸易是不带有社会形态、意识形态判断的纯粹的经济活动,因而是纯粹"经济主义"的。本来,沃勒斯坦的《现代世界体系》就带有经济主义倾向,他认为经济因素对世界体系的形成具有决定性,而政治的、文化的、意识形态的因素则是受制于经济的,在世界体系中只有辅助性的作用。相比而言,贡德·弗兰克的"经济主义"比沃勒斯坦更进一步。他轻视生产方式的作用,认为人类社会的发展进步并不表现为一种先进的生产方式取代落后的产生方式,实际上在不同的历史阶段,不同的生产方式都是同时并存的;同样的,贡德·弗兰克也不承认社会制度的决定作用,认为社会制度只不过是一些经济活动的衍生物而已,它能够促成变化,却不能决定变化。因此,贡德·弗兰克强化"经济主义"立场,高度重视货币与商贸的作用,把它们看作世界体系形成的基础。

但是,即便是经济贸易,也存在不同的动机、方式与形态。沃勒斯坦为了论证"现代世界体系"的特性,对不同时期、不同地域的贸易的性质做了规定。沃勒斯坦认为"现代世界体系"内部的贸易主要是大宗必需品的长距离贸易,而此前的欧亚之间的贸易或此外的贸易(例如亚洲的朝贡贸易)主要是供少数上层阶级消费的奢侈品贸易,故而对社会影响不大,只有长距离大宗贸易才能促使"现代世界体系"形成。而贡德·弗兰克则从商品价值、资本积累的角度否定了两者的分别,认为通常被认为是奢侈品的商品实际上有些是必需品,他肯定了奢侈品贸易的社会作用,认为奢侈品与大宗必需品的贸易同样可以促成世界体系的形成,最决定性的指标则是直接的贸易量,而贸易量又是可以用金银货币来衡量的,是可以用金银的流向来判断的。

于是,贡德·弗兰克通过对世界经济史料的分析研究,借鉴了此前一些学者们(如日本的滨下武志)的相关研究成果,特别细致地梳理了金银货币的世界流向，指出自从欧洲发现新大陆并在那里开采银矿以后，约有一半的白银流向了亚洲，特别是中国和印度。这是因为欧洲人需要亚洲的商品，却不能拿出对等的商品来交换，虽然当时欧洲也奉行贸易保护主义，希望多出口少进口，但无奈其商品生产水平与能力低下，所以不得不用贵金属来结算，出口贵金属是欧洲弥补贸易逆差的唯一手段。而亚洲的商品流通、财富积累也正好需要贵金属。亚洲对贵金属的旺盛需求足以表明其旺盛的生产能力与经济活力，足以驳倒"亚细亚生产方式"论关于亚洲经济"自给自足"、社会"封闭停滞"的成见。而欧洲人对新大陆的发现以及对贵金属的开采，使其偶然地获得了进入以亚洲为中心的经济体系的机会与条件。那么，"西方是如何兴起的呢？"对此贡德·弗兰克形象地描述道：

> 严格地说，欧洲人先是买了亚洲列车上的一个座位，然后买了一节车厢。名副其实贫穷可怜的欧洲人怎么能买得起亚洲列车上哪怕是三等车厢的车票呢？欧洲人想法找到了钱……从他们在美洲发现的金银矿那里获得了金钱。①

这就是贡德·弗兰克的核心观点。他强调："自1500年以来就有一个全球世界经济及其世界范围的劳动分工和多边贸易……直到1800年前后，亚洲人至少继续支配世界经济达三个世纪之久。"② 他认为："欧洲人根本就没有什么独特的（更不用说是高超的）种族的、理性的、组织的或资本主义的精神优势使他们能够在亚洲提供、传播其他什么东西或做些其他什么事情。"③ 欧洲人只是用从美洲挖来的贵金属作为货币资本，搭上了亚洲的经济列车，由起初的三等座，到包下了一个车厢，最后在1800年前后，趁着亚洲经济的周期性衰退（即经济学中所谓"康德拉捷夫周期B

---

① ［德］贡德·弗兰克：《白银资本：重视经济全球化中的东方》，第261页。
② ［德］贡德·弗兰克：《白银资本：重视经济全球化中的东方》，第52—53页。
③ ［德］贡德·弗兰克：《白银资本：重视经济全球化中的东方》，第266页。

段"）而趁机爬上了火车头。或许在这个主题意义上，中文译本把原题《重归东方》改译为《白银资本》。这译名虽然不能覆盖"重归东方"的反西方中心主义的中心主题，但"白银资本"确实是贡德·弗兰克全书的主要论据、支撑点与亮点。

贡德·弗兰克的《重归东方》由于立场的鲜明、观点的新颖、立论的大胆、批判的彻底，而尤其引人瞩目。他的论据、论法、结论，是从宏观经济史的角度做出的，从经济史的微观上看，还存在许多有懈可击之处，招致了西方世界和中国学界一系列的质疑、误解与批评。但是无论如何，他在所谓的非西方中心论者中，对西方中心主义的解构、对所谓现代化理论及现代性的否定，是最激进、最彻底、最系统，最有解构性和颠覆性，也最有建设性和预断性，显示了西方思想界自我批判能力的活跃。正如他所辩白的，他颠覆西方中心论，并非要建立东方中心或中国中心论，而是强调"世界体系"本来在大部分时间段上都是无中心的，即便有中心也是不断推移变化的，各个部分之间是相互共生的。而西方人在近两三百年来的学术思想传统中，自命中心的做法沿袭已久，由此产生了许多的傲慢与偏见，已经妨碍了西方人对世界的正确观察。贡德·弗兰克所反思批判的正是这个。

对东西方关系史的逆写，还表现在对以往以"西方兴起"或"欧洲奇迹"为主题的书加以反逆，而以"西方还能主宰多久"这样的问题为论题。在这方面，美国学者、斯坦福大学历史学与古典学教授伊恩·莫里斯（Ian Morris）《西方将主宰多久》（*Why the West Rules Now*，2010）一书最有代表性。正如书名所示，这里提出的是一个挑战性的话题。"西方将主宰多久"？这个问题与"西方奇迹"或"西方兴起"论有一些关联，但后者不仅解释欧洲奇迹形成的原因，往往还暗示着西方兴起并未终结、欧洲奇迹还将继续。而"西方还能主宰多久"则对此提出了反问。

实际上，关于"西方缘何能主宰世界"的话题并不新鲜。伊恩·莫里斯承认："这一问题提出至今，已有250年之久。在18世纪之前，这一问题很少有人提及,因为那时它并无多大意义。17世纪,西方知识分子首次开始认真琢磨中国,他们中的大多数人在东方的悠久历史和成熟文明面前自惭形秽……欧洲的革命家、反革命分子、浪漫派和现实主义者都在思索西方为何主宰世界,思索得如痴如狂,产生了千奇百怪的语言和理论。"① 伊恩·莫里斯把这些理论概括为两种:一是"长期注定理论",二是"短期偶然注定理论"。他指出,"长期注定理论"就是马克思、戴维·兰德斯所代表的理论,认为东方社会的停滞是东方的政治与经济制度所决定的;而在"短期偶然注定理论"看来,长期注定理论认为西方从很早时候、从根本就领先于东方、优越于东方的看法是错误的,实际上直到19世纪鸦片战争前夕西方才开始确立领先的地位。伊恩·莫里斯所说的"短期偶然理论"的代表人物就是我们中国读者所熟悉的贡德·弗兰克、J. M. 布劳特、杰克·古迪、彭慕兰、王国斌、杰克·戈德斯通、约翰·霍布森等(这些人恰好大都在美国的加州大学任教过,所以被称为"加州学派")。伊恩·莫里斯对以上两种理论都不满意。他指出,自古以来东方和西方的社会发展有着惊人的相似性,两个地区的文化特性并没有很大不同,每个时代都各有其需要的思想,因此不管是唯物主义的决定论还是唯心主义的文化决定论,不管是长期还是偶然的"注定理论",都不能很好地解释历史。需要纵览整个历史进程,比较东方与西方两个世界,观察其社会的兴衰起伏,才能找到答案。

为了进行有效的、独辟行径的比较,伊恩·莫里斯从"常识"与地理的角度对"西方"和"东方"两个概念做了自己的界定,"我用'西方'一词描绘所有从欧亚大陆核心地带最西端演化而来的社会……使用'东方'一词指代欧亚大陆核心地带最东端(古老程度仅次于西端)演化而来的社会";"把这些各具特色的地区最西端的称为'西方',最东端的称

---

① [美]伊恩·莫里斯:《西方将主宰多久》,钱峰译,北京:中信出版社,2014年,前言。

为'东方',以地理标记来区分东西方,而不是通过价值观进行判断"。①"东方—西方"用来指历史上社会最为发达的两个核心地带,而不包括拉丁美洲、黑非洲等地。根据这样的界定,他把东西方比较的焦点或重心放在了"西方"的西端即西欧(主要是英国),和东方的东端即东亚(主要是中国),这样的划分似乎较为符合一般美国人对"东方"的地理感觉与理解。据萨义德说,美国人对东方的区位感受不同于英法德等欧洲国家,对美国人而言,"所谓'东方'更可能与远东(重要是中国和日本)联系在一起"。②

西欧和东亚是东方—西方的核心区,在地理上靠近西方核心区的就属于西方,在这种情况下,古代的中东及地中海地区,包括古代文明最为发达的古代埃及和古代美索不达尼亚,这两个传统上被看作"东方"范畴的区域,就都可以划归为西方;相应的,越靠近东亚或中国的,就属于东方。而"东方—西方"之间远离着两个中心的区域,包括南亚中亚,就不在他的论述的重点范围。很明显,这种"东方—西方"的区分实在别具一格,但也清楚地反映出了随着中国经济的腾飞和国力的壮大,美国学界近年来兴起的所谓"中国中心观"的历史观。正如美国学者柯文(Paul A. Cohen)所论述的那样。③

《西方将主宰多久》就是建立在作者所界定划分的"东方—西方"二元世界的基础上。伊恩·莫里斯把数千年间的世界历史看成"东方—西方"此起彼伏、相互竞争、相互赶超的历史,是东西方两个社会之间互联互动的历史,两个世界一直存在竞争,同一时期较为发达的社会,要

---

① [美]伊恩·莫里斯:《西方将主宰多久》,钱峰译,北京:中信出版社,2014年,前言。
② [美]爱德华·W. 萨义德:《东方学》,王宇根译,北京:三联书店,1999年,第2页。
③ 参见[美]柯文:《在中国发现历史——中国中心观在美国的兴起》,林同奇译,北京:社会科学文献出版社,2017年。

么在西方，要么在东方，因此要揭示西方缘何主宰世界，就必须进行东方与西方的比较。在比较中，伊恩·莫里斯认为应该从生物学（生态、进化的视角）、社会学、地理学三个层面加以观照和解释，并在社会学的层面上提出了所谓"莫里斯定理"——"导致变化的原因是懒惰、贪婪、恐惧的人们寻求更为简便易行、获利丰厚、安全可靠的做事方法"。① 因而无论东方还是西方，懒惰、贪婪、恐惧这些原本是负面的人类秉性，都成为文明进步的动力。与此同时，他根据人类学、考古学、历史学的研究成果以及动态分析、测量分析的方法，用他独创的"社会发展指数"及图表，来直观地呈现东方—西方之间的竞争赶超的动态过程，以此描述和解释了在公元前的第一个 1000 年里，东西方如何并驾齐驱，公元 541 年—1100 年间，东方如何领先，但同时发展也达到了最上限；公元 1400 年开始西方开始发挥"后发优势"，开始了"西方领先的世纪"，直到 19 世纪西方统治世界。到了 20 世纪末期，东亚、中国产生了儒家资本主义。伊恩·莫里斯预断：到了 21 世纪以后，西方将被东方、被中国赶超。他给出的东西方发展量化指数图表显示，到 2050 年前后，东方社会会迅速赶上西方，而到 2103 年，西方统治的时代才会结束。伊恩·莫里斯就这样，在东方西方此起彼伏的规律性的考察中，较为精确地回答了"西方将主宰多久"的问题。看起来，伊恩·莫里斯的观点与英国学者杰克·古迪《西方中的东方》一书中提出的"钟摆现象"论有相似之处，但由于他使用了"社会发展指数"做了量化的刻画，因而不同于"钟摆现象"论的印象性描述。但是，无论是伊恩·莫里斯的东西方竞争赶超论，还是杰克·古迪的东西方钟摆现象论，他们都共同揭示出：世界是相互密切关联的，不同部分实际上是存在竞争关系、相对关系的，此消彼长也是规律性的。

伊恩·莫里斯的东西方比较研究的最终结论，是"西方主宰"在可

---

① ［美］伊恩·莫里斯：《西方将主宰多久》，钱峰译，北京：中信出版社，第 20 页。

>>> 对西方中心史观的矫正、逆写与"重归东方"论

以预期的未来行将结束。对于这一点，20 世纪初的斯宾格勒在《西方的没落》一书中曾预言西方世界要到公元 2300 年以后才"没落"，但是作为西方中心主义者和历史悲观主义者的斯宾格勒并没有因此而预言"东方的兴起"。而伊恩·莫里斯不但将西方主宰世界的时间大大提前，还指出导致西方统治结束的原因来自东方，特别是因为中国的崛起与赶超。这一明确的结论，在西方思想史及西方的东方学思想史上似乎还是前所未有的。这是当代美国及西方学界对西方世界发展相对缓慢、中国及东方国家迅猛发展这一全球趋势的一种自然的反应，也折射出来西方人的危机意识。但是伊恩·莫里斯也同时认为，随着东西方世界的交流交汇的广泛与深入，"东方—西方"的划分将不再有意义。"从现在起的一个多世纪之后，东西方的区分再一次变得没有意义。在这个中间时代，东西方的重要性只是地理意义上的副作用……东西方时期只是我们经历的一个阶段。"① 或许到了那个时候，全球化达到难舍难分的程度。

在东方—西方比较即东方赶超西方的预断这一点上，美国另一位学者杰克·戈德斯通《为什么是欧洲》（*Why Europe?*）一书，与上述伊恩·莫里斯的《西方将主宰多久》有相通、相近之处。杰克·戈德斯通同样着眼于东方西方的比较，副标题是《世界史视角下的西方崛起（1500—1850）》，论述了西方世界在 1500—1850 年间的崛起。他也同样认为，西方的三百五十年的崛起过程，并不意味着它在此间就超越了东方，西方的崛起也不是通常认为得益于西方的宗教更有利于经济发展，事实上任何宗教只要是宽容的，都会有利于社会经济发展；他认为，在 1500 年前后的世界，中国和印度控制了亚洲大部分的贸易活动，财富主要集中在东方，东方大部分地区的平均收入、生活水平都高于西方，西方真正赶超东方只是在 19 世纪之后。而从历史上看，"西方的崛起——作

---

① ［美］伊恩·莫里斯：《西方将主宰多久》，钱峰译，北京：中信出版社，第 412 页。

为一个仅持续了从 1800—2000 年这 200 年间的事件——将会被看作全球历史中一个短暂而具有变革意义的阶段"。① 换言之，2000 年后，"西方崛起"的历史阶段将告终结，而进入东方崛起的历史时期。

最后，我们必须看到，无论是贡德·弗兰克、伊恩·莫里斯、戈德斯通也好，还是上述对东西方关系史加以逆写、对西方中心论加以解构与批判的其他学者也好，他们都是西方人，他们对东方世界的重新回望，显示的是西方人的一种姿态。归根到底，他们仍然是把"东方"作为一面镜子，作为"西方"的一种对象化的客体。我们还应该意识到，所谓"重归东方""东方再兴"的理论，一方面表明思考全球问题或世界问题时往往免不了要把"东方—西方"二元世界作为切入点，而且这个切入点有时还是相当重要和相当本质的；另一方面，这也并非意味着西方人在热情欢呼、衷心瞩望东方世界及中国的崛起，更不是期待着"未来 21 世纪全球经济的中心必将回归东方特别是中国"，这只是西方人观察世界之角度、之姿态的一种调整，是 20 世纪末东方及中国经济繁荣与崛起在西方世界所引发的一种因应，只是以一种特殊形态表现出来的"东方—西方"观。

---

① ［美］杰克·戈德斯通：《为什么是欧洲——世界史视角下的西方崛起（1500—1850）》，关永强译，杭州：浙江大学出版社，2010 年，第 205 页。

从东方学史看"东方专制主义"与东方国家政治特殊论[①]

在采用马克思的政治经济学概念来论述东方国家政治属性的学者及著作中,卡尔·奥古斯特·魏特夫的《东方专制主义》和佩里·安德森的《绝对主义国家的系谱》颇有代表性,他们都用马克思恩格斯所使用的"东方专制主义""绝对主义""亚细亚生产方式"等基本概念来论述东方国家的政治并对东西方进行比较研究,但魏特夫的"东方专制主义"论带有冷战时代鲜明的政治指涉,而安德森对西方从"封建主义"社会发展到"绝对主义"国家的分析描述,意在凸显西方社会从"封建主义"发展到"绝对主义"的独特性,并在此前提下对"亚细亚生产方式"论做了反思分析。魏特夫与佩里·安德森都从不同角度认同并强调了东方国家的"专制主义"政治属性,都是"西方"特殊论与"东方"特殊论者。我们有必要从西方的东方学思想史的角度,对此加以分析与批判。

在多元文明论中,被雅斯贝斯、汤因比等人一定程度上加以消解了

[①] 原载《北方工业大学学报》2020年第3期。

的"东方"及"东方—西方"二元世界的概念,在各个分支学科——例如政治学、经济学、自然科学——等的语境中,却依然被学者们不断地、反复地使用着,而且被赋予鲜明的特定学科的性质与规定。例如在政治学领域,"东方"成为一个政治学研究的重要单元,"东方专制主义"成为一个用来标注和判断国家属性的重要概念。在这一点上,从信奉马克思主义到背离马克思主义的德国裔美国学者卡尔·奥古斯特·魏特夫的《东方专制主义》、英国左派"新马克思主义"者佩里·安德森的《绝对主义国家的系谱》,都是在使用马克思恩格斯相关重要概念的基础上,展开东方西方国家政治性质的论述,这两个人作为左派与右派不同价值倾向的学者,似可以代表20世纪后半期西方政治学关于东方国家政治体制及属性问题研究的价值取向及基本特点。

一、魏特夫"治水社会"及"东方专制主义"论

德国犹太裔美国学者卡尔·奥古斯特·魏特夫(Karl August Wittfogel, 1896—1988)的《东方专制主义——对于极权力量的比较研究》(1957年,以下简称《东方专制主义》)一书,作为一部战后西方世界出现的重要的政治学著作,具有鲜明的冷战时代的特色。该书的关键词是"东方专制主义"和"东方治水社会""东方治水文明"或"治水专制主义""农业专制主义"。一方面承袭了19世纪从孟德斯鸠、到黑格尔的"东方—西方"二元对立的思维方式及"东方专制主义"概念,再到马克思恩格斯的"亚细亚生产方式"的概念,另一方面,把马克思所说的"利用渠道和水利工程的人工灌溉设施成了东方农业的基础"这句话,提炼并概括出"东方治水社会"或"治水文明"这个概念。

众所周知,古代东方文明大都繁荣于大河两岸,包括古埃及的尼罗河、巴比伦的幼发拉底河和底格里斯河、中国的黄河与长江、印度的印度河与恒河、拉丁美洲的亚马逊河及其支流。这一事实至少说明了两点:第一,东方社会是农业社会,这一点不同于古希腊的商业社会,也不同

从东方学史看"东方专制主义"与东方国家政治特殊论

于逐水草而居的游牧社会;第二,从环境上说,亚洲的这些大河的流域是最为适合人类生存和发展的地域之一,虽然有水灾,但比起水患水灾来,河流给人的恩惠更多,因此东方文明的发展首先是利用河水,而不是干预性的人工"治水"。换言之,起源于大河流域的东方诸种文明,首先是人与自然环境互存互惠的产物,而不是人与自然斗争、人改造自然的产物。比起利用河流来,"治水"是第二义的。第三,河水泛滥是经常发生的,因而河水的治理成为关乎生存的首要问题,面对水灾,被动的逃难与主动的治理防御,一直是东方诸文明的两种选择。而治水就需要调动全流域的人力物力协同劳动,那么谁来指挥、组织和管理呢?于是人们就必然认可一个强大的组织者和管理者的出现,并主动地听从他的管理与指挥。正如马克思所说:"在东方,由于文明程度太低,幅员太大,不能产生自愿的联合,所以就迫切需要中央集权的政府来干预。因此亚洲的一切政府都不能不执行一种经济职能,即举办公共工程的职能。"①

东方大河文明的地域特征,以及上述马克思的关于政府干预水利工程的简短的几句话,似乎极大地启发了魏特夫。他由此延伸开去,加以发挥,把东方文明起源的大河环境,与水利灌溉农业生产方式这两者结合起来,创制了"治水社会""治水文明"的概念,设想在大河周而复始的泛滥、一代一代的治水过程中,政府管理者的权力得到巩固,人们对权力的依赖认同得到加强,很少发生反抗权力的社会革命,于是"治水经济"不仅形成了官府的专制主义的长期统治,而且养成了东方人的甘受专制主义统治的奴役意识,他称之为"治水专制主义"或"农业专制主义",这就是魏特夫《东方专制主义》这部鸿篇巨制的基本思路。实际上,关于"东方专制主义"的政治制度、关于东方人的奴隶思想,早在魏特夫之前,从亚里士多德到黑格尔,都是一个既定的、明确的结论。

---

① [德]马克思:《大不列颠在印度的统治》,《马克思恩格斯选集》第二卷,北京:人民出版社,1972年,第64页。

魏特夫的"创新"之处，就是从"治水"及"治水社会"入手，把孟德斯鸠的地理环境决定论与马克思的物质生产方式决定论结合起来，从而走向了"社会管理活动"决定论。

魏特夫为什么选择"治水"这一论述视角呢？在魏特夫看来，"东方专制主义"极权政治的形成依赖于"治水"。或者说，"治水社会"是东方专制主义的基础。因为"治水"重在"治"，必然要求一种管理、一种权力干预。他要用"治水"来说明"官僚政治的国家奴役制度"[①] 是如何形成的，并且声称："我逐渐相信，'治水社会'和'治水文明'这些名词，较之传统名词更能恰当表达我们所讨论的制度的特点。新名词与其说强调地理，不如说强调人们的活动，它易于同'工业社会'和'封建社会'作比较……我所命定的'治水'一词是要提醒人们注意这些文明的农业管理和农业官僚机构的性质。"[②] 而东方的"治水社会"又不同于西欧或日本的"封建社会"，因为治水所涉及的地域的广袤、资源使用的强度、人员调动的庞大、徭役劳动的征用，乃至军事化、准军事化的严格管制，都是其他社会所不能比拟的。管理者绝对的支配权力是大规模治水所需要的，也是人民所认同的。魏特夫指出："治水国家在［人员与物资］两方面用强制手段来征用并控制所需要的劳动力，而封建主只能在有限的范围内使用这种强制方法，这种方法同资本主义条件下所惯用的方法完全不同。"因此，他认为"治水国家"对劳动力的控制的权力，大于现代资本主义企业的这种权力。[③] 因此，"治水国家是一个真正的管理者的国家。这个事实具有深远的社会意义。作为水利建设和其他巨型建筑的管

---

① ［美］卡尔·奥古斯特·魏特夫：《东方专制主义——对于极权力量的比较研究》，徐式谷、奚瑞森、邹如山译，邹如山校订，北京：中国社会科学出版社，1989年，第473页。版本下同。
② ［美］卡尔·奥古斯特·魏特夫：《东方专制主义——对于极权力量的比较研究》，第13页。
③ ［美］卡尔·奥古斯特·魏特夫：《东方专制主义——对于极权力量的比较研究》，第39—40页。

理者，治水国家阻止社会中的非政府力量形成势力强大得足以对抗和控制政府机器的独立机构。"① 也就是说，在治水国家中，国家权力大大强于社会权力，政府权力大大强于民间权力。魏特夫进一步指出，在治水社会中，居于绝对统治地位的是国家管理者，即官僚阶层。治水国家的政治也是一种"官僚政治"，就是"通过官僚机构进行的统治"。② 换言之，治水社会的统治阶级是国家的官僚阶级，他们不仅组织管理治水，而且对国家政治经济具有全面的支配权。当治水工作暂时完成后，"治水国家的统治者象他们关心治水、交通和防御工作一样，逐渐关心征敛财富的工作"。③ 当治水的管理模式推延到整个国家管理的时候，就使得国家的政治带有贪得无厌、横征暴敛的"东方专制主义"的特性。

通常，人们一般认为，"治水"是一种为了民生的、公益性的事业，治水对人民是有利的工作。然而，曾经是德共党员、信奉过马克思主义的魏特夫，却对马克思关于国家的思想做了片面的、绝对化的理解。他认为国家作为暴力统治机关，本质上是邪恶的；在国家政权统治下的人民与代表国家的政府，两者是永远敌对的。就治水社会而言，魏特夫认为，由于从根本上说统治者依靠治水工作来维持他们自己的统治地位，很难认为他们的政策是仁慈的，那种"治水专制主义"不过是"仁慈的形式、暴虐的实质"。④ 在这种体制下，暴君由于害怕被取而代之而深陷恐惧与孤独，为摆脱恐惧与孤独而对手下官吏加以笼络或迫害，造成官吏们永远处在相互猜疑中，而普遍平民则也担心被牵连，形成了自上而

---

① ［美］卡尔·奥古斯特·魏特夫：《东方专制主义——对于极权力量的比较研究》，第42页。
② ［美］卡尔·奥古斯特·魏特夫：《东方专制主义——对于极权力量的比较研究》，第45页。
③ ［美］卡尔·奥古斯特·魏特夫：《东方专制主义——对于极权力量的比较研究》，第61页。
④ ［美］卡尔·奥古斯特·魏特夫：《东方专制主义——对于极权力量的比较研究》，第134页。

下人人自危的社会。与此同时，魏特夫也承认，在治水国家中，人民也并非总是处在政府的治水模式的严密管理控制之下，他们虽然也拥有一些自主和自由，但他认为，那只是自生自灭、无人过问的"乞丐式的民主"而已，自由也是"和政治无关的自由"。①

治水社会的政治状况是如此。在经济上，魏特夫把经济的属性划分为"生存经济"与"权力经济"两种，认为"治水社会"是一种"权力经济"。治水国家的"权力经济"表现为国富民穷，财富集中于管理者手中，非官僚阶层的人虽然也有人拥有自己丰厚的私人财产，但这些财产是没有受到权力的充分保护的。魏特夫写道："历史表明，许多治水社会存在着活跃的（生产性的）私有财产；但是历史也表明，这种发展并不威胁着专制政权，因为私有财产持有人，作为财产的持有者，本身处于无组织的状态，在政治上是没有力量的。"②再加上国家权力对百姓征收沉重的苛捐杂税、没收和处置失势官员与犯罪富人的财产，因而人们的那些财产都属于"软弱的财产"③。

上述魏特夫对东方专制主义的政治、经济状况的描述，基本上都是先前欧洲的一些古典著作家的相关看法的祖述，并没有多少新鲜感。以"治水"作为"东方专制主义"的社会特点，也是马克思关于"人工灌溉设施成了东方农业的基础"④ 那句话的取便发挥。但是，魏特夫的发挥显然是过度了。关于东方国家的治水，魏特夫显然不能提供全面详实可靠的相关史料，而只能是支离破碎的、出处模糊的材料。更多地是在想当

---

① ［美］卡尔·奥古斯特·魏特夫：《东方专制主义——对于极权力量的比较研究》，第 122—123 页。
② ［美］卡尔·奥古斯特·魏特夫：《东方专制主义——对于极权力量的比较研究》，第 14 页。
③ ［美］卡尔·奥古斯特·魏特夫：《东方专制主义——对于极权力量的比较研究》，第 73 页。
④ ［美］马克思：《大不列颠在印度的统治》，《马克思恩格斯选集》第二卷，北京：人民出版社，1972 年，第 64 页。

然的分析中，举例式的点缀一些佐证材料而已。靠这些东西，根本无法解答一些基本的问题。例如，关于中国历史材料的举例中，他将发生在远古时代的大禹治水的传说作为"治水社会"及"东方专制主义"的佐证，说不清在中国这样的国家是先有了专制主义的政治，然后再组织治水，还是先有了治水然后才形成了专制主义。同时他也说不清，治水是由国家的"专制政府"组织的，还是地方官衙、乡绅或村民的协调自发的水灾救助行为，治水主要是为了农业灌溉还是主要为着水运交通或军事的目的。其实中国水利史的史实已经表明，中国的大规模的兴修水利，多在汉代和隋唐时期，而这恰是在中央政府巩固了自身的统治之后。而在政治上不统一、战乱频仍的时代，例如三国与两晋南北朝时代，治水无力顾及，则导致水利失修。① 而且，中国的复杂的水系是自然形成的，河川水系更多的是与河川祭祀的宗教功能、地域权力联系在一起，而不是人为的"治水"。② 这就表明，起码在中国，"治水"绝不是导致极权国家政权产生的条件，当然也绝不是"专制主义"产生的条件。中国历史上固然有发达的水利文化，但实际上，水灾水患的问题却一直未能有效解决。除了都江堰之外，几千年的历史上留下的治水工程与大规模遗迹并不多。所谓"治水文明"只是整个中国文明的一个具体的构件，而不是主干与根本。因此，起码对中国而言，"治水社会"或"治水文明"决不能概括中国传统社会与传统文明的性质，东方其他地区的情形大体也应该如此。

不过，魏特夫将"治水社会"或"治水文明"作为关键词来论述"亚细亚生产方式"和"东方专制主义"，其实根本目的并不是客观正确地解释东方历史，而是有着强烈的明确的现实指向。他明言："我……把全

---

① 参见陈绍金主编：《中国水利史》第一章，北京：中国水利水电出版社，2007年，第1—35页。
② 参见鹤间和幸：《中国古代的水系和地域权力》，钞晓鸿主编《海外中国水利史研究 日本学者论集》，北京：人民出版社，2014年，第304—321页。

部研究结果应用于我们时代的'亚细亚'发展情形——应用于转变中的四分五裂的亚细亚社会和苏联与中国共产党的亚细亚复辟的现实。"① 他强调:"《东方专制主义》的宗旨在于阐述世界历史上的这一特点和其他一些特点……论证这些特点将为奴役和自由问题提供一个新的解答,我们老早就认为当然应该解答这些问题。"② 他对东方"治水社会"的研究与解释旨在证明:"治水社会"是马克思提出的"亚细亚生产方式"的根本。"治水社会"的组织者、管理者即官僚阶层,也就是国家的拥有者和支配者亦即国家的统治阶级,(他指责马克思没有把这一点说清楚,反而加以模糊化。)认为东方的"治水社会"与现代共产主义"极权社会"有着同构关系与继承关系。"在马克思列宁主义旗帜下努力于建立一个极权主义的'社会主义'国家的运动"③,其实质就是"亚细亚复辟",亦即"治水社会"的东方专制主义的复辟。魏特夫甚至认为当年"马克思不得不承认东方专制主义和他计划建立的国家之间存在着某些令人烦闷的相似之点"④,认为列宁早年曾接受马克思的"亚细亚生产方式"论,但到了后来他也意识到了社会主义与东方专制主义的相通,又怕被人戳穿,于是便摒弃了马克思曾使用的"亚细亚生产方式"的概念。魏特夫的意思相当明显,就是认定当时苏联、中国的社会主义社会不过是"东方治水社会"的原型,是"东方专制主义"的现代翻版,是"亚细亚生产方式"的"复辟"。除此之外,在那些原来属于治水社会的东方国家里,"尽管引进了各种各样的代议制政府,东方的政治领袖们仍然非常向往于一种官

---

① [美]卡尔·奥古斯特·魏特夫:《东方专制主义——对于极权力量的比较研究》,第52页。
② [美]卡尔·奥古斯特·魏特夫:《东方专制主义——对于极权力量的比较研究》,第58页。
③ [美]卡尔·奥古斯特·魏特夫:《东方专制主义——对于极权力量的比较研究》,第434页。
④ [美]卡尔·奥古斯特·魏特夫:《东方专制主义——对于极权力量的比较研究》,第407页。

>>> **从东方学史看"东方专制主义"与东方国家政治特殊论**

僚管理机构的政策,这种政策使得国家无比强大,使得社会中非官僚的和私有的部分极其软弱"。① 这样一来,魏特夫的《东方专制主义》就形成了自己的论述逻辑:古代东方的"治水社会""治水文明"孕育了以国家的官僚支配阶层为统治阶级的"东方专制主义",而现代的苏联、中国等国家的社会主义制度则与此有着直接的承继关系。在这样的逻辑下,从传统到现代"东方—西方"就成了截然不同的壁垒森然的两个世界。其实魏特夫是站在"西方"立场上,为20世纪50年代冷战时代的世界格局做了一个注脚。

在这样的语境下,魏特夫的"东方"(以及同义词"亚细亚")的概念就完全成了政治性的概念了。"东方"概念的内涵规定是"东方专制主义",在表现上是"治水社会"或"治水文明"、"治水国家"或"治水专制主义"。在外延上,则大大突破了"东方"本有的地理文化规定性。特别引人注目的是,在一般公认的"东方"的范畴中,日本被排除在外。经过一番分析论述,魏特夫认为日本不属于"治水社会",因而也不属于他所说的"东方"范畴。但是,他也注意到,不属于"西方"的自由民主阵营的其他国家和地区,就应该属于作为政治概念的"东方"范畴,但那些国家和地区有许多并不存在"治水"问题,于是魏特夫在这个问题上便不再拘泥于"治水"的标准,而是把"治水社会"分为"治水的核心地区""边缘地区""次边缘地区",后两个地区把俄罗斯、乃至拉丁美洲都纳入"东方"的范畴。这种"东方—西方"的划分,是前所未有的。但也较为集中地反映了当时东西方冷战状态的二元世界的格局。从这一点上可以说,魏特夫的"东方专制主义"及"治水社会"的理论,是西方的东方观在冷战时期的典型形态。对此,以学术态度严谨著称的英国的中国科技史研究大家李约瑟在1964年发表的《东西方的科学与社

---

① [美]卡尔·奥古斯特·魏特夫:《东方专制主义——对于极权力量的比较研究》,第20页。

会》一文中指出:"有些作者认为,魏特夫新近的著作《东方专制主义》(Oriental Despotism)是反对新旧俄国和新旧中国的宣传品。这种看法很可能是正确的。"① 李约瑟的这话也是正确和公正的。

二、安德森的"非封建主义""非绝对主义"的东方国家论

上述的魏特夫,通过歪曲、肢解马克思主义经典作家的言论思想,以意识形态的冷战思维,杜撰"治水社会"的概念并通过分析论述来确认"东方专制主义"的存在,从历史到现实把东方社会加以污名化,从一个起初的马克思主义者,走向了彻底的反马克思主义者;与此相对照,属于"西方马克思主义者"(或新马克思主义者)的英国左派学者佩里·安德森则运用马克思主义的基本理论与方法,特别是马克思恩格斯关于国家问题的理论学说与批判反思的方法,对东方与西方、欧洲与亚洲的各国国家形态形成的历史过程与性质做了分析研究,并对马克思恩格斯关于"亚细亚生产方式"论做了反思,从而从"国家"建构的角度,阐述了他对"东方—西方"国家形态与性质的见解。在佩里·安德森与魏特夫两人的论述中,"亚细亚生产方式""东方专制主义"等都是关键词,但两人的结论与观点却截然不同。

佩里·安德森在1974年出版的两部关于欧洲国家政治史研究的著作《从古代到封建主义的过渡》《绝对主义国家的系谱》中,对欧洲的政治形态的发展演变做了史论式的分析研究,行文中也不时地穿插欧洲与东方国家的比较。他反对关于世界各国都按照同一模式、同一规律、依次经历各个发展阶段的所谓"单线发展论"或"简单进化论"。在"东方—西方"的问题上,他是"西方特殊"论者;在西方的论述中他也强调西欧国家与东欧国家的不同,但这种不同并非本质的不同,在从"封建主义"

---

① [英]李约瑟:《文明的滴定》,张卜天译,北京:商务印书馆,2016年,第189页。

发展到"绝对主义"的过程中,欧洲形成了大致相似的国家形态。相应地,在"东方"的问题上,佩里·安德森不承认东方国家的政治建构有一种统一模式,因而否定所谓"亚细亚生产方式"这一概念的有效性,从而强调东方各国之间的特殊性。这是他的基本的学术立场。

为了强调"东方—西方"之间的区别,在《绝对主义国家的系谱》中,佩里·安德森表示"封建主义"只是欧洲、特别是西欧的国家政治形态,东方各国中除了日本有些地方较为相似之外,并没有欧洲那样的"封建主义"。而在封建主义制度瓦解之后,欧洲各国所形成的中央集权的君主国家形态是"绝对主义"(absolutism)或"绝对君主制"(absolute monarchy;德文 die absolute Mondrchie)。这个概念是马克思、恩格斯所经常使用的,但马克思恩格斯经典著作中文译文通常译为"专制君主制"或"专制君主国"。佩里·安德森《绝对主义国家的系谱》的中文译者之一刘北成先生主张更准确地翻译为"绝对主义",认为这有助于搞清马克思经典著作中关于"绝对主义"与"专制主义"两个概念的区别。因为"专制主义"和"绝对主义"有相似之处,都是中央集权的君主制。"但是,在马克思、恩格斯的著作中,'专制主义'(德文:Despotismus,英文:despotism)一般是用于'东方',特指'东方专制主义'(又译为'东方专制制度')。这可见于《大不列颠在印度的统治》等文章。"[1] 佩里·安德森在上述两部著作中,把欧洲国家社会描绘为从古代到封建主义,再从封建主义发展到绝对主义的历史进程。在这个历史进程的揭示中,"封建主义"与"绝对主义"是两个标注不同历史阶段的不同范畴。典型的、狭义的欧洲"封建主义"是从国王到大小领主层层封受土地与爵位(即"封土—封臣"制)的等级制度,是由"效忠—封地—豁免权"三者的结合产生的采邑制,国家的财产表现为等级所有制,国家与地方

---

[1] 刘北成:《绝对主义国家的系谱·中译者序言》,上海:上海人民出版社,2016年,第1—2页。

的统治权是分散的、不统一的，呈现出各方土地贵族在自己私有领地上各自为政的"封建割据"状态，因此，在封建主义制度下，不可能存在大一统的"专制主义"。与此相反，从16世纪以后，在土地贵族与新兴资产阶级的斗争中，欧洲各国的封建割据状态逐渐被统一为以君主为核心的、拥有职业化军队、官僚机构、税收制度、贸易体系、外交活动等要素的中央集权，形成了所谓"绝对主义"的国家体制，是现代欧洲资本主义国家的早期形式。从欧洲的政治历史上看，"绝对主义"是对"封建主义"的在一定意义上的否定与超越，就是由封建主义的国家政权的"相对"性，而整合为君主集权统治的"绝对"性的国家体制。

从"东方—西方"即世界历史上看，欧洲的"绝对主义"可以与东方的"专制主义"相区分。在阐述欧洲"绝对主义"国家特点的时候，佩里·安德森随时与东方国家的"专制主义"相比较。在比较中，他认为，从权力的"绝对性"上看，"'绝对主义'这一术语是一个错误的命名。从不受约束的专制主义（despotism）的意义上看，没有一个西方君主享有统治其臣民的绝对权力。所有君权都是有限的，即使根据所谓'神授'或'自然'法则的混合信条使他们的特权达到顶点时，亦如是"。① 他认为："没有一个绝对主义国家能像同时代的亚洲暴君那样，可以随意剥夺贵族或资产阶级的自由或地产……不应忘记，由于西方绝对主义国家从未行使过绝对权力，因此，国家与贵族之间的斗争也都不是绝对的。"② 又强调："欧洲的绝对主义君主国毕竟有一个基本特征，使之区别于世界其他地方流行的、无数种由一个君主所体现或控制的专制、专横或暴虐的统治。王权国家政治权势的增强，所伴随的不是贵族土地所有权的降低，而是普遍的私人产权相应的扩大。"③ 在这一点上，"绝对

---

① ［英］佩里·安德森：《绝对主义国家的系谱》，刘北成、龚晓庄译，上海：上海人民出版社，2016年，第28页。版本下同。
② ［英］佩里·安德森：《绝对主义国家的系谱》，第29页。
③ ［英］佩里·安德森：《绝对主义国家的系谱》，第321页。

主义"是从国家的绝对统一管理而言,而不是君权的至高无上的绝对性而言。

为了说明这一点,把欧洲的这种绝对主义国家与东方的"专制主义"国家相对比,就成为必不可少的了。因此,在《绝对主义国家的系谱》的第二部分《东欧》中,佩里·安德森设立了最后一章(第七章),讲的是中东地区最后一个帝国——奥斯曼土耳其帝国——的国家形态。奥斯曼土耳其帝国本来属于东方帝国,放在此章讲述,不仅是因为这个帝国的版图延伸到了东欧乃至巴尔干半岛,而且作为与欧洲毗邻的东方帝国,与欧洲的"绝对主义国家"具有极大的可资对照性。用佩里·安德森的话说,是因为奥斯曼土耳其帝国"提供了与欧洲绝对主义两种形态的对照物"①,"与同时代的欧洲绝对主义形成奇特的反差"②。"土耳其社会—政治秩序同整个欧洲,无论是西欧还是东欧,有着根本的不同。实际上欧洲封建主义同与其毗邻的地区没有任何相似之处,它单独处于欧亚大陆的西方一隅。"③ 正因为这样,奥斯曼土耳其帝国一直以来都被马基雅维利(Niccolo Machiavelli, 1469—1527)、让·博丹(Jean Bodiu, 1530—1590)等欧洲政治理论家们作为欧洲绝对主义国家的对立物。这个东方专制主义帝国没有土地私有制,没有欧洲那样的封建主义制度,帝国的土地等一切财产都是最高统治者苏丹的个人财产,所有人本质上都是苏丹的奴隶,因此帝国内没有世袭的、稳定的贵族,因为任何人的财产都可能被随时剥夺而没有保障,也没有制衡君权的任何社会力量。

佩里·安德森就是基于这样的比较,进一步揭示了西方(欧洲)与东方(亚洲)的国家形态的根本差异。他认为当代一些马克思主义学者认为欧洲的社会发展阶段论可以涵盖全部的亚洲非洲各国,把"封建主义"这个概念任意推广到欧洲之外的东方各国,是错误的。他指出:

---

① [英]佩里·安德森:《绝对主义国家的系谱》,第271页。
② [英]佩里·安德森:《绝对主义国家的系谱》,第274页。
③ [英]佩里·安德森:《绝对主义国家的系谱》,第306页。

> 在这种用法中，封建生产方式的基本界定是，大土地所有权同小农生产相结合，剥削阶级用超经济强制的习惯方式——劳役、实物贡赋、货币地租——来压榨直接生产者的剩余，另外，商品交换和劳动力流动也因此而受到限制。这种复合体被认为是封建主义的经济核心，它可以存在于许多各式各样的政治外壳下……这样，政治和法律上层建筑就同经济基础结构脱离了，后者单独构成这种实际的封建生产方式。①

佩里·安德森认为，出现这样的偏差就在于只考虑经济剥削的方式，而未能同时考虑国家的政治形态的差异。而他《绝对主义国家的系谱》所做的研究恰恰就是国家的政治形态，包括法律制度、意识形态等。他认为，解决这个问题，还需要从马克思关于前资本主义社会形态的界定中去寻找。

> 资本主义之前的所有的阶级社会的生产方式都是用超经济强制来压榨直接生产者的剩余，另外，资本主义是历史上第一个用"纯粹"经济方式——工资契约——来压榨直接生产者的剩余的生产方式。那种工资契约是自由当事者之间的平等交换，但却每时每日地再生产出不平等和压迫……因此，前资本主义生产方式不可能脱离其政治、法律和意识形态上层建筑来加以界定，因为它们……决定着前资本主义社会形态，而绝不仅仅是附属的或偶然的暂时现象；它们构成了前资本主义社会中占主导地位的决定性生产方式的主要参数。②

也就是说，对一种社会形态的判断，不能仅仅从经济的生产方式本身去看，也必须联系政治社会制度形态一并做出判断。从这个角度说，"封建

---

① ［英］佩里·安德森：《绝对主义国家的系谱》，第302页。
② ［英］佩里·安德森：《绝对主义国家的系谱》，第303页。

从东方学史看"东方专制主义"与东方国家政治特殊论

主义"作为社会形态只是西方所特有的。佩里·安德森还援引马克思当年与俄国一位年轻的历史学家科瓦列夫斯基（Maksim Maksimovich Kovalevski，1851—1916）通信中的观点，指出马克思本人实际上并不同意将欧洲的封建主义与东方印度或中东社会的形态混为一谈，不同意将印度的莫卧儿帝国说成是"封建社会"。佩里·安德森认为马克思的论述正是"涵盖了法律、政治、社会、军事、司法、财政和意识形态等所有领域"[①] 来判断"封建社会"，而不单单从经济生产方式上看问题。

但是，虽然"封建主义"这个范畴是欧洲启蒙运动时期的发明，是从欧洲的社会形态中总结出来的，但随着欧洲学者对东方国家研究的深入，发现欧亚大陆的另一端的岛国日本，也具备了欧洲封建主义的诸多特征。这一点马克思也曾指出过。但是，在佩里·安德森看来，恰恰在国家制度层面上日本明显落后于西欧，因而从日本的封建主义中并没有自然产生出欧洲那样的绝对主义的新型国家，日本近代新型国家的形成是西方影响的结果。这样一来，日本与欧洲的相似性，并不能说明"封建主义"是超出欧洲之外的，严格而言，"封建主义"仍然是欧洲所特有的。

既然东方不存在欧洲那样的"封建主义"社会，也没有从封建社会中自动发展出欧洲那样的"绝对主义"的近代国家，那么，"非封建主义""非绝对主义"的东方社会是什么样的社会呢？对此，佩里·安德森没有做出明确的肯定的回答，但他并没有否定一直以来欧洲学者、思想家们对"东方专制主义"的基本概括，并且也时而使用这个概念。我们在他的论述中可以看到，从"封建主义"分裂割据发展到"绝对主义"的君主王权国家的演进历程，在东方历史上是不存在的；与西方社会这两个发展阶段相对应的，仍然是"东方专制主义"社会，此外并没有给出别的概括或别的概念。而且，佩里·安德森从国家政治史的角度对西方的

---

① [英]佩里·安德森：《绝对主义国家的系谱》，第306页。

"封建主义"及"绝对主义"的研究,有助于从反面进一步反衬、确认、强化东方的"非封建主义"和"非绝对主义"的"东方专制主义"的存在。在这个问题上,它与魏特夫论述方向、方式虽颇有不同,但在东方国家政治属于"非封建主义"和"非绝对主义",是属于"东方专制主义"这一结论上,其实并没有什么区别。

三、安德森对"亚细亚生产方式"概念的辨析与解构

在对欧洲的"封建主义"与"绝对主义"的考察之外,佩里·安德森还专门考察了东方。在《绝对主义国家的系谱》一书中,《亚细亚生产方式》这篇长文作为一篇"笔记"附录于书后,但从佩里·安德森的东方观来看,这篇文章的重要性却不亚于全书正文。佩里·安德森大略考察了欧洲的"东方专制主义"这一概念的形成。包括马基雅维利、贝尔尼埃(Francois Bernier,1620—1688)、让·博丹、孟德斯鸠、黑格尔、亚当·斯密、理查德·琼斯、约翰·穆勒等人的主张,以及东方社会没有土地私有制、缺乏法律约束、没有世袭贵族、奴隶般的社会平等、孤立的村社、炎热的气候环境、公共水利工程、历史的停滞性等一系列关于东方专制主义社会的特征的发现与概括,认为其中孟德斯鸠对"东方专制主义"做了成熟的理论概括,亚当·斯密从经济学角度对东方人的皇权依附的分析,代表了19世纪上半期讨论东方专制主义所达到的最高水平,指出这些思想观点对马克思恩格斯的东方观所产生的影响,认为马克思对东方社会的认识基本上承续了这些观点,特别是黑格尔《历史哲学》中的关于印度社会的看法对马克思影响最大。然后详细地分析了马克思、恩格斯在有关文章和私人通信中对东方社会性质的认识与讨论。佩里·安德森指出,马克思和恩格斯都认为"东方有一种特殊的'亚细亚生产方式',从而使其历史和社会都有别于西方"。① 从《经济学手稿》

---

① [英]佩里·安德森:《绝对主义国家的系谱》,第361页。

到《资本论》,马克思"一再地把自给自足的村社的土地公有制同中央集权的亚洲专制主义联系起来,宣称前者是后者的社会经济基础"①。然而,对东方社会究竟有哪些本质特征,马克思恩格斯在看法和表述上一直有着摇摆和调整,"亚细亚生产方式"的概念只是在1859年"第一次也是唯一一次正式谈到"②的。"由于上述的这种摇摆,从他们(的)著述中不可能提炼出关于'亚细亚生产方式'一以贯之的或系统的论述。"③ 在佩里·安德森看来,所谓"亚细亚生产方式"是缺乏系统论述与严格规定的。但是当人们意识到不能把"封建主义"这个概念普遍用于西方以外的社会时,那么东方社会的特点应该如何概括呢?于是就拾起了"亚细亚生产方式"的概念。由此,佩里·安德森对"亚细亚生产方式"这个概念的有效性开始了批判性的考察和辨析。

佩里·安德森指出,把手工业和农业结合起来的、自给自足的村社及其土地村社共有制,是"亚细亚生产方式"的基本内涵,所描述的实际上是一种原始的、部落社会的形态,所以马克思在《经济学手稿》中甚至把这种"亚细亚生产方式"也用于说明西班牙征服美洲之前的墨西哥与秘鲁等原始社会。这种概念的扩大化,使得"亚细亚生产方式"的所指发生了滑动和变化,它所指涉的其实"既不是地理位置上的'东方'的,也不是有相对发达'文明'的[社会]"④,这样一来——

> 自然就会不知不觉地把部落社会形态或具有依然很原始的农业经济的古代国家纳入与现代诸文明相同的范畴里。而这是由马克思和恩格斯开的头。正如我们已经看到的,马克思本人是始作俑者。

---

① [英]佩里·安德森:《绝对主义国家的系谱》,第360页。
② [英]佩里·安德森:《绝对主义国家的系谱》,第359页。这里指的是马克思在《政治经济学批判·序言》中所说的一段话:"大体说来,亚细亚的、古代的、封建的和现代资产阶级的生产方式可以看作社会经济形态演进的几个时代。"见中文版《马克思恩格斯选集》第2卷,北京:人民出版社,1972年,第83页。
③ [英]佩里·安德森:《绝对主义国家的系谱》,第362页。
④ [英]佩里·安德森:《绝对主义国家的系谱》,第363页。

后来在理论和历史研究方面的混淆不清，明确无误地显示，整个"自给自足的村社"及其"公社所有制"的概念乃是马克思的理论大厦中的基本实证缺陷。①

而且，"自给自足的村社"这种看法主要是从马克思对印度社会的观察而来的。而现代历史研究表明，印度农村一直是种姓等级制，高级种姓占有土地，低级种姓是受剥削的佃农。没有任何历史证据表明在莫卧儿王朝统治下或王朝崩溃后的印度还存在着这样的公社所有制，印度的村社是一直被强制向国家缴纳沉重赋税的，所以最终爆发农民起义，加速了莫卧儿王朝的覆亡。因此，说印度村社是一种自给自足的、与世隔绝的、平等的社会，其实不过是一个虚假的神话。既然肯定有一个强大的中央集权国家，那么作为社会基础的村社如何能够保持那种与世隔绝、自给自足的原始状态呢？"强大的专制国家同平均主义的村社是根本无法结合的，在政治、社会和经济上，它们实际上是相互排斥的。只要出现了强大的国家，而且社会分工比较发达，那么剥削和不平等的复杂关系就总会深入到最底层的生产单位。"② 也就是说，在他看来，"亚细亚生产方式"与"东方专制主义"这个概念是不相容的，专制主义的最大特点就是其极权性。有了专制主义，就不可能有自给自足的、相对封闭的"亚细亚生产方式"的存在。这里实际上就触及了作为国家政治概念的"东方专制主义"与作为经济概念的"亚细亚生产方式"之间的不相容性的问题。

佩里·安德森进一步指出，马克思最初指出了兴修水利工程是东方国家政府的一大任务和东方社会的一个重要特征，如果这是事实的话，那么其实那就是国家对农业生产活动直接的干预，这与村社自给自足性这一判断之间又形成了矛盾悖论。而且，历史研究也已经表明，那些不

---

① ［英］佩里·安德森：《绝对主义国家的系谱》，第364页。
② ［英］佩里·安德森：《绝对主义国家的系谱》，第366页。

从东方学史看"东方专制主义"与东方国家政治特殊论

存在土地私有者的东方帝国——土耳其、波斯、印度,从来就没有什么重大的公共水利工程建设;相反地,拥有大型水利灌溉工程的中国反而存在着土地私有制。同样,马克思还多次把俄国划归"东方",作为"东方专制主义"的一个例子,但是俄国实际上存在土地私有制,却没有什么国家水利工程。

佩里·安德森还指出,"亚细亚生产方式"这一概念中还包含着关于亚洲千百年来没有变化的所谓"停滞性"的判断。当马克思用"亚细亚生产方式"所规定的"历史停滞"论来观察晚近东方的时候,问题就更突出了。例如,佩里·安德森提到,马克思在1862年的一篇文章中评论了中国的太平天国起义,"再一次把关于东方专制主义和亚细亚生产方式的标准公式套在中华帝国身上"①,把这次起义看成以往的那种历史停滞中的改朝换代。佩里·安德森写道:"事实上,在东方大帝国中没有西方的那种运动,并不意味着它们的发展因此就仅仅是停滞的或循环往复的。在近代早期的亚洲历史上几乎充满了极其重大的变革和进步……只要把伊斯兰世界的社会政治体制同中国的社会政治体制作一比较,就足以说明问题……进入17世纪时,伊斯兰文明的威力达到了地理上的极致,东南亚被征服,印度尼西亚、和马来亚的大部分地区都归顺了伊斯兰教,同时并立着三大伊斯兰帝国——奥斯曼土耳其帝国、波斯萨非帝国、印度莫卧儿帝国;各个帝国都拥有雄厚的经济财富和军事实力。18世纪,中华文明达到最大范围的扩张和最高程度的繁荣。当时,清王朝包括了蒙古、新疆和西藏的广大内陆空间,人口在一个世纪里翻了一番,大约为300年前的5倍。"② 这些事实,与"亚细亚生产方式"论中的"亚洲停滞"的观念是完全不同的。因此,佩里·安德森认为,"亚细亚生产方式"作为一个概念是残缺不全的,"实质上是一个一般性描述非欧洲发展

---

① [英]佩里·安德森:《绝对主义国家的系谱》,第367页。
② [英]佩里·安德森:《绝对主义国家的系谱》,第368页。

道路的概念残余,因此必然把在不同社会形态里发现的特征混合在一个模糊不清的原型中"。① 这一结论,后来得到了西方许多学者的认同和响应。如德国学者贡德·弗兰克就明确指出:"亚细亚生产方式"论"其目的在于证明子虚乌有的欧洲'独特性'。"②

佩里·安德森站在现代学术成果的基础上,对"亚细亚生产方式"这个概念的批判考察,显示了一个西方马克思主义史学家所具有的批判的、反思的、超越的思考方式。他没有完全否定马克思这个概念的理论意义,但是指出了这个概念的内在缺陷和局限性,认为马克思恩格斯的"亚细亚生产方式"论之所以出现这些与事实的不合及逻辑上的矛盾,是因为他们当时所依据的材料来源大多是英国殖民者和媒体上充满误解的报告和报道,也是当时欧洲的东方学研究刚刚起步阶段的局限性所在。从方法论上看,佩里·安德森意在强调的是,要概括东方传统社会的特征,仅仅从物质的生产方式着眼是不够的,还必须综合地考察国家的构成要件,包括政治体制、法律制度等国家权力的各个方面,并以"国家"的统治权力为中心,分析物质生产方式与经济活动。这样的研究模式,就是所谓"国家中心理论"(state-centered theory)。众所周知,"国家"作为阶级社会的暴力机关,是马克思主义政治经济学的关键概念之一,以国家的建构或构造为中心,可以更有力地从宏观上揭示政治的构造与政治史的演变,这无疑是值得注意和借鉴的研究模式。"国家中心论"的研究本质上是政治学的研究而不是经济学的研究,这似乎与正统马克思主义关于经济基础决定国家制度等上层建筑的思路有所不同,它是反过来由国家的政治制度"倒推"经济生产方式的。也就是说,由"东方专制主义"的确认与存在,来倒推"亚细亚生产方式"的不存在。在这里,政治制度与经济生产方式构成了相互依存的关系,而不再是简单的决定

---

① [英]佩里·安德森:《绝对主义国家的系谱》,第368页。
② [德]贡德·弗兰克:《白银资本——重视经济全球化中的东方》,刘北成译,北京:中央编译出版社,2013年,中文版序言第2页。

与被决定的关系。这也许是佩里·安德森作为"新马克思主义"者不同于正统马克思主义的地方吧。假如这一观点能够被普遍接受,则一百多年来,从西方、苏联及俄国,到日本和中国,思想理论界围绕"亚细亚生产方式"所进行的旷日持久的讨论与争论则可以告终,把"亚细亚生产方式"的概念套用于亚洲研究或东方研究的做法,也可以就此告终了。

但是,在东方国家的政治制度属性的研究中,佩里·安德森虽然解构了"亚细亚生产方式"这个概念,却没有相应地提出另外的用以概括东方国家社会及东方传统生产方式的概念。而且,他对"亚细亚生产方式"概念的解构,却在一定意义上进一步确认了"东方专制主义"的存在。或者说,正是因为他确认了"东方专制主义"的存在,才得以解构"亚细亚生产方式"。在这一点上,它与上述卡尔·奥古斯特·魏特夫"东方专制主义"论具有相同性与相通性,两人都是"东方特殊"和"西方特殊"论者,都在从不同角度认同并强调了东方国家的"专制主义"政治属性。不同之处在于,魏特夫把现代东方有关国家的社会主义制度视为"东方专制主义"的延伸和"亚细亚的复辟",而佩里·安德森只在东方历史的范畴中谈"东方专制主义",并与西方从"封建主义"到"绝对主义国家"这一独特的发展演进历程相对照。一方面,他通过解构"亚细亚生产方式"的概念而指出了东方各国生产方式的复杂性,同时也指出了"东方专制主义"与"亚细亚生产方式"两个概念的不可并立的矛盾性,认为在"东方专制主义"政治制度下不可能同时存在所谓自给自足、封闭停滞的"亚细亚生产方式"。于是,"东方专制主义"在东方国家的普遍存在,再次在他这里得以确认。

西方对东方哲学之价值的再发现与再确认①

当代西方学者研究证实，18世纪以来的三百多年间，西方在不同时期接受了东方哲学思想的影响，用以自我反省、自我批判与自我更新，从而推动了哲学思想的演进。进入20世纪后，西方对"东方哲学"的再发现、再确认是在两种意义上而言的。一是对东方哲学的灵魂论、直觉论等精神主义价值的重新认识与高度评价，二是指出东方哲学对物质现象的描述、对最高本体的不可言说的复杂性之领悟，对超越主观与客观、时间与空间等二元对立的不断变化中的动态宇宙的把握，对世界的绝对统一性的认识，都与近代物理学的相对论与量子理论有着惊人的相似与相通，并由此而发现、确认了东方哲学在宇宙现象论与本质论上所具有的出人意料的科学价值，这些都集中体现在卡普拉《物理学之"道"——近代物理学与东方神秘主义》一书中。

把中国、印度等亚洲国家的传统哲学作为一个整体，以"东方哲学"这一概念加以统御和把握，较早始于黑格尔《哲学史讲演录》。黑格尔的

---

① 本文原载《东方丛刊》2020年第2期。

贡献在于明确使用了"东方哲学"这一统括性概念,但他是把"东方哲学"作为西方哲学的背景来看待的,并未充分承认并论述东方哲学的自足的独立价值,甚至断言东方哲学不能体现人的主体自由,没有所谓的"理念",只有一些"没有灵性的知解"和"枯燥的理智"。① 而黑格尔之后以《哲学史》为名的著作,如威廉·文德尔班(Wilhelm Windelband,1848—1915)的《哲学史教程》(1892年),干脆不再提东方哲学。但是,这并不意味着"东方哲学"退出了西方的视野,相反,18世纪以降的三百年间直至今日,对东方哲学的认知、接受、理解与确认,一直伴随着现代西方哲学思想发展演变的全过程。

一、克拉克对"东西方思想的遭遇"三百年的历史考察

关于历史上西方人对东方哲学思想的认识、东西方哲学思想之间的关联与交流问题,近年来西方学者做过专门系统的研究,其中有中文译本的是英国金斯顿大学思想史教授 J. J. 克拉克(J. J. Clarke)的《东方启蒙——东西方思想的遭遇》(*Oriental Enlightment*: *The Encounter Between Asian and Western Thought*,1997)一书。

哲学思想的交流,是东西方精神交流最为深入的层面。克拉克的《东方启蒙》用了"启蒙"这个词,意在解释东方哲学在西方哲学思想史发展的若干时期或若干节点上,如何发挥了"启蒙"的作用与价值。这种启蒙,就是东方赋予西方原本没有的东西,照亮西方原本昏暗的领域,并能帮助西方打开思路。按克拉克的描述,西方接受东方学者思想的影响并用来启蒙,大体开始于18世纪法国的启蒙运动。他写道:

> 18世纪,中国成为最炫目的魅力之源。孔子就被伏尔泰这样的欧洲知识分子奉为礼教主臬。在浪漫主义时期,欧洲的注意力则转

---

① [德]黑格尔:《哲学史讲演录》第一卷,贺麟、王太庆译,北京:商务印书馆,1983年,第118页。

> 向了印度，印度的种种神秘现象，如个体与全体的灵魂合一，灵魂与婆罗门的融合，以及对东西方远古纽带的想象，都引起了欧洲顶尖思想家的兴趣和热情的共鸣。19世纪是佛教的转机，佛教以其强大的精神启示力量与经验主义的科学理论在西方产生了显著影响……20世纪则见证了东方趣味的蓬勃兴起，从广为人知的禅宗对"垮掉的一代"及嬉皮士的影响，神秘的藏传佛教智慧在西方虔诚信徒中的传播，到西方学术界与东方在一系列为人所知的学科领域（如神学、哲学、心理学与精神疗法）的对话，莫不如此。①

这段话实际上就是对近三百年来东方思想如何影响西方的一个概括。克拉克把西方这种对东方思想的热情与兴趣称为"东方主义"，并在基本正面的意义上使用了"东方主义"这个词，指的是哲学思想领域中的东方主义。克拉克指出，东方哲学思想在西方哲学思想史上的独特功能，就是每当欧洲的知识界对西方传统思想发生叩问、质疑和反省乃至反叛的时候，东方思想就被引进来。克拉克列出了启蒙主义时期对东方哲学思想抱有兴趣并加以推崇的思想家，如蒙田、皮埃尔·贝尔（Pierre Bayle，1647—1706）、莱布尼茨、魁奈、伏尔泰等，他们把东方社会特别是中国的儒家社会作为理性、人性社会的正面参照；也有人把东方及中国思想视为僵化停滞、缺乏自由的专制主义并用作反面例证，如孟德斯鸠、狄德罗、爱尔维修（Claude Adrien Helvétius，1715—1771）、卢梭等人。无论正面还是反面，启蒙主义时期西方人对东方哲学思想的关注主要是中国，而到了19世纪欧洲的浪漫主义时代，中国哲学思想的影响则明显退却萎缩，印度的宗教哲学则被浪漫主义哲学家、思想家所热衷。关于为什么会发生由中国到印度的转换，克拉克分析认为，启蒙主义时期对中国的兴趣主要出于法国人在政治理想上的要求，中国作为政治乌托邦而

---

① ［英］J. J. 克拉克：《东方启蒙：东西方思想的遭遇》，于闽梅、曾祥波译，上海：上海人民出版社，2011年，第23—24页。版本下同。

被理想化,而19世纪浪漫主义推崇印度哲学,则大都出于德国人纯哲学方面的渴求,他们把印度视为精神王国,视为梦想家和神秘主义者的国度。正如中国的儒教为启蒙主义思想家们提供了符合理性的、自然神论的哲学一样,印度教特别是《奥义书》的哲学为德国唯心主义所共鸣,是被用来矫正启蒙主义时期占统治地位的唯理论与机械论的哲学。不过,赫尔德、歌德、谢林、施莱格尔、叔本华等虽然推崇印度哲学,实际上也只是推崇纯粹的印度哲学本身,而对印度社会学层面的风俗习惯,如妇女殉葬、种姓制度等并不赞同。

克拉克指出,在浪漫主义思潮消褪之后,印度哲学对19世纪的欧洲思想界的影响仍然不减,但却由印度教哲学转向了佛教哲学。一些人致力于翻译和研究佛教哲学,如德国人弗里德里希·马克斯·缪勒(Fredrich Max Müller, 1823—1900)编译出版了《东方圣书集》(1874年),将重要的佛学及东方哲学名著系统地介绍到欧洲;法国学者布赫诺夫(Eugène Burnouf, 1801—1852)在《印度佛教史导论》(1844年)首次清楚地区分南传佛教与北传佛教,并指出南传小乘佛教才是佛教的正宗,造成了欧洲思想界对小乘佛教的推重。当时的许多欧洲人是将佛教作为无神论哲学来看待的,这种现象一定意义上反映了维多利亚时代作为"怀疑的时代"的人们对基督教的怀疑厌倦,从而使得东方佛教思想尤其具有吸引力。与此同时导致了一些哲学家站在西方基督教哲学思想的角度抨击佛教,并形成了两种宗教哲学的是非优劣的论争。也有一些哲学家主张东西方哲学的融合,如德国哲学家 E. 哈特曼(Eduard von Hartmann, 1842—1906)在其名著《无意识哲学》(1869年)中,就预言基督教哲学与印度哲学之间将出现融合。进入20世纪,佛教的禅宗哲学、藏传佛教、中国道家哲学又受到欧美人的推崇。这种推崇与20世纪60年代发生的年青一代对现代资产阶级生活正统的反叛密切相关。

通过对这些东西方思想"遭遇"的梳理,克拉克指出:"有一个事实已经越来越清楚,即东方主义在最近三个世纪以来扮演了一个反文化、反霸权的角色,它像牛蝇一样,以各种各样,以令人不胜其扰的方式叮咬着各种各样的正统观念,它是激进反抗的充电器,它在扮演这些角色的时候不是加强欧洲的自我确认,而是在破坏欧洲。"① 东方哲学思想的确具有这样的"反霸权、反文化"功能,这足以说明了东方哲学在欧洲的作为"异端"思想的功能,东方哲学是西方正统哲学之外的非正统,在某种意义上也是欧洲正统哲学的一种补充,东方哲学思想被用作西方哲学思想的自我扬弃、自我反省、自我批判与自我更新、从而推动西方哲学的演进,因而要说东方哲学"不是加强欧洲的自我确认,而是在破坏欧洲",恐怕是言过其实了。

二、对东方哲学及精神主义特性的发现

20世纪的现代西方哲学,特别是尼采、叔本华的唯意志论哲学,海德格尔、雅斯贝斯等人的存在主义哲学,弗洛伊德主义心理学等都从东方哲学思想中汲取灵感。例如叔本华曾承认"接受了远古印度智慧的洗礼,并已消化了这种智慧"②,甚至说《奥义书》是"这个世界上最为有益和最能提高人的品性的读物。它是我生命的安慰,也将是我死的慰藉"③;德国文学家思想家奥·施莱格尔(A. W. Schlegel,1767—1845)称赞"东方唯心主义的丰富多彩的生命冲撞和四溢的活力",认为是希腊哲学所不能比的;④ 海德格尔也曾表示"紧迫的事情"是与"东方世界的思想家进行对话"。⑤ 这些都促使人们开始注意现代西方哲学与印度教哲

---

① [英] J. J. 克拉克:《东方启蒙:东西方思想的遭遇》,第38页。
② [德] 叔本华:《作为意志与表象的世界》,石冲白译,北京:商务印书馆,1982年,第6页。
③ [德] 叔本华:《附录和补遗》,转引自中村元著、吴震译《比较思想论》,杭州:浙江人民出版社,1987年,第14页。
④ 转引自 J. M. 肯尼迪:《东方宗教与哲学》,董平译,滕复校,杭州:浙江人民出版社,1988年,第48页。
⑤ 张祥龙编译:《海德格尔关于东、西方思想言论》,见张祥龙:《海德格尔思想与中国天道》,北京:三联书店,1996年,第450页。

学、佛教哲学、东亚禅学、中国儒学与道家哲学等东方哲学思想的关联,促使西方人"重新发现"东方哲学的价值。于是"东方哲学"成为西方的"东方学"的一个重要组成部分,也是当代西方的东方观的重要载体。

对西方知识界而言,东方哲学一直以来都是较为陌生的领域,虽然东方的哲学经典,例如中国的《老子》《庄子》《论语》《易经》、印度的《吠陀》《奥义书》《薄伽梵歌》等典籍及若干佛教经典在18世纪后陆续被译为英法德等西方语言出版,但由于这些典籍古奥艰深,与西方读者隔阂甚大。在这种情况下,一些东方哲学家如印度的维韦卡南达(辨喜)、达拉克里希南、泰戈尔,日本的铃木大拙,中国的林语堂,噶文达喇嘛(甘苏旺秋)等,都曾在西方各国做关于东方哲学的演讲,或用西文及西方式的表述方式撰写、出版有关东方哲学的著作,遂使得东方哲学逐渐为知识界所知晓。同时,西方学者也写出了不少相关著作,其中大部分是国别性的,如中国哲学、印度哲学之类,同时也出现了为数不多的整体上把握东方哲学、并以"东方哲学"为主题词的著作,仅按理查德·奥斯本(Richard Osborne)等著插图畅销书《视读东方哲学》(1996年)[①] 一书后记中所列推荐的英文阅读书目,就有萨斯特利(Prabhu Dutt Shastri)的《东方哲学要义》(1928年)、哈克特(Stuart Hackett)的《东方哲学——关于东方思想的西方人指南》(1979年)、科勒(John Koller)的《东方哲学》(1985年)等,大都在普及与评述中包含着西方人对东方哲学的独特理解。此外德文法文方面重要的著作还可以举出德国的鲁道夫·奥托(Rudolf Otto,1869—1937年)的《东西方神秘主义》(1929年),马松-乌尔瑟(Paul Masson-Oursel,1882—?)的《东方哲学》(1938年),法国学者雷纳·盖农(Rdené Guénon)的《东与西》(1941年)等。而被译成中文的著作则有美国学者 J. M. 肯尼迪(J. M.

---

① [英] 理查德·奥斯本、博林·梵·隆:《视读东方哲学》,隋思喜、张文生译,合肥:安徽文艺出版社,2009年。

Kenedy)的《东方宗教与哲学》、英国学者 L. A. 贝克（L. A. Beck）的《东方哲学的故事》、德国荣格的《东洋冥想的心理学》（1943 年）、美国学者 A. 马塞勒（Anthony Marsella）等著《文化与自我——东西方人的透视》（1985 年）、德国学者范笔德（Peter van der Veer）的《亚洲的精神性——印度与中国的灵性和世俗》（2013 年）等。其中两部书——《东方宗教与哲学》和《东方哲学的故事》——最值得注意。两部原作出版时间都是 20 世纪初，正值 19 世纪西方古典哲学向现代的现象学及存在主义转换形成的时期，集中代表了西方学者对东方哲学思想的认识上的转换。

当美国学者 J. M. 肯尼迪的《东方宗教与哲学》（1913 年）出版的时候，德国的马克斯·韦伯研究中国、印度、犹太宗教思想的几部著作也刚刚写完。韦伯的研究是按东方国别社会分头进行的，而肯尼迪则把东方宗教与哲学作为一个整体来把握，并且明确地使用了"东方宗教与哲学"这样的词组，不但把"东方"作为一个整体，而且把"宗教"与"哲学"两者结合起来，论述东方各国的"宗教的哲学"。肯尼迪指出，到他那时为止，有关东方宗教的言说著述"都是由传教士、旅行家或政府官员撰写的，没有任何的心理学见解。这些人撰写的每一本著作几乎都有意或者无意地带有这样一种偏见——基督教是宗教中的最高成就，而所有其他的信仰都必定是低级的……人民对于基督教传教士的这种厚颜无耻与狂妄自大不能不感到惊讶"。[①] 作为尼采思想的研究者和推崇者，肯尼迪表示赞同尼采的观点，认为宗教是出于保护每种类型的人并使其永恒存在的目的而创造出来的，因而每一种宗教的形成都有其合理性、必要性与必然性，东方的宗教当然也是如此。从这一论断出发，肯尼迪就从宗教哲学的角度否定了西方中心主义，转而从"多元文化—多元宗教"论的立场来论述东方宗教。在论述印度教、佛教、伊斯兰教、犹太

---

① ［美］J. M. 肯尼迪：《东方宗教与哲学》，董平译，滕复校，杭州：浙江人民出版社，1988 年，第 4 页。版本下同。

教等东方宗教时，肯尼迪看到了这些宗教的起源上的多元性，也论述了它们的传播性，并在传播与接受的论述中，看到了东方宗教之间的联系性、相通性。不仅如此，在行文中他还常常将东方宗教哲学与西方的作比较，来凸显东方宗教哲学的特色及其与西方的差异。例如在谈到东方宗教哲学中的宿命论的时候，他指出："在西方，人们都普遍相信，印度人或阿拉伯人认为它们所有行为都是由不可避免的宿命所操纵的。事实上，这种'宿命'或'命运'基本上乃是东方人的强烈意志相符合的……由于宗教的退化与哲学的退化，欧洲人的意志几乎消磨殆尽了。"他赞叹东方宗教的信仰者为了信仰，以其意志力而使肉体达到神奇的力量极限，认为"这种影响了东方人精神的观念力量，对于完全依赖于其自身之理性或者论辩的西方人来说，乃是难以完全领悟的"。① 显然，肯尼迪从对东方宗教与哲学的论述中，再次声援了尼采关于西方的基督教精神已处于没落的观点，从而表现出了他对西方宗教文化的反思批判。

另一部著作《东方哲学的故事》的写作意图也是如此。作者贝克认为，与充满精神活力、以神秘主义为核心的东方宗教哲学相比，基督教及其哲学"衰退沉闷、缺乏活力"②，因此西方人需要了解东方的宗教哲学思想，以达到与东方哲学思想的互借与互补。他意识到，现在"这些亚洲思想正与西方的科学和商业交锋，相互竞争，互不相让，必欲驯服对方而后快。如果哪一方被征服了，都将是世界的灾难。因为，未来的希望是东方和西方相互混合，融合而成精神上的兄弟关系"。③ 由于贝克长期旅居于锡兰，也到过北京、拉萨、白沙瓦、德里、贝拿勒斯、德黑兰等许多东方城市，对印度及东方文化有一定的体验、和理解的同情，这就使得他的书不是用枯燥的学究式文体、而是用充满激情与诗意的语

---

① ［美］J. M. 肯尼迪：《东方宗教与哲学》，第117—118页。
② ［锡兰］L. A. 贝克：《东方哲学的故事》，傅永吉译，王碧莹校，南京：江苏人民出版社，1998年，第269页。版本下同。
③ ［锡兰］L. A. 贝克：《东方哲学的故事》，第498页。

言，传达出了作为一个西方人对东方传统哲学的认识与体验。也许是因为这个原因，他的书取名为"The Story of Oriental Philosophy"，即"东方哲学的故事"①，意在用讲故事的方式来阐述东方哲学的蕴含与精髓，然而这并没有削弱他对东方哲学认识与探索的深度，却正好与东方哲学所具有的直观性、体验性、诗性的特质相对应，并且由此取得了成功。全书表达了该书写作的特定的历史时期——20世纪20年代——西方人普遍感受到的精神危机，以及试图从东方哲学精神中寻求疗救的内里期望。在他看来，西方人专注于俗物实利，追求金钱，固执己见，排斥异端，"在精神发展的层次上较之东方人落后了许多许多"；② 认为"西方的成就主要是在智力开发与应用方面，而东方人则发展了人类的意识"③，而现在，"对于许多人来说，产生于亚洲的东方思想似将再次君临西方世界，以拯救西方的实利主义"。④ 这些看法不仅是当时西方知识界流行的看法，也与当时印度诗人泰戈尔所持有的"西方文明是物质与科技的文明，东方文明是精神文明"的看法完全一致。基于这样的判断，贝克怀着极大的热情，向西方人推介东方哲学。他对东方哲学不是持批判的态度、而是欣赏和学习的态度；不是纯粹理性的研究考察，而是同情的理解。

在东方哲学中，贝克最为推崇的是印度哲学，他的《东方哲学的故事》也先从印度讲起。在他看来，"在某种意义上，印度是亚洲思想登峰造极的关键所在。这样的说法，就中国而言，有这样那样的例外。但中国在后期无保留地接受了印度的影响和印度思想，因此对那些例外就不宜过分强调了"。⑤ 在这个意义上，他强调东方哲学的整体性，亦即中国与印度哲学的内在相通性。在谈到中国哲学例如老子的哲学的时候，贝

---

① 该书的另外一个中文译本译名为《东方哲学简史》，赵增越译，中国友谊出版公司，2006年。
② [锡兰] L. A. 贝克：《东方哲学的故事》，第10页。
③ [锡兰] L. A. 贝克：《东方哲学的故事》，第1页。
④ [锡兰] L. A. 贝克：《东方哲学的故事》，第10页。
⑤ [锡兰] L. A. 贝克：《东方哲学的故事》，第3页。

克惊叹老子关于悟"道"的论述竟然与印度瑜伽思想那样相似,以致"有时我们简直不能设想老子不曾直接接触过印度的神秘主义思想"。① 而介乎中印哲学之间的是西藏地区的哲学和波斯哲学,所以在讲完了印度哲学之后,贝克就专章讲到了西藏哲学及其《死经》,接着便讲到波斯哲学特别是苏菲派神秘主义。他指出古代波斯的《阿维斯塔》与印度的《吠陀书》本来就有文化上的同源关系,两者"比任何有亲缘关系的民族在语言上都有更多、更亲密的相关性,以至可以说成是同一语言的两种方言"。② 而且波斯苏菲派也受到了印度神秘主义学者的影响。波斯之后便是中国的孔子哲学与老庄哲学,最后则是处在东方哲学最东方地带的、作为中国哲学之延伸的日本的哲学,故而最后一章是《禅宗在中国和日本》,以禅宗哲学将日本—中国—印度联系起来。就这样,贝克以印度哲学为起点,在空间维度上自西向东地建立起了"东方哲学"之"故事"讲述框架。其中两个中心点是印度与中国,中心点的延伸部分是西藏地区与波斯,而贯穿其中的一条红线就是东方哲学中的人生哲学及精神主义、神秘主义,是东方哲学对精神世界的探索。例如,在讲述印度哲学的时候,贝克强调,在以《吠陀》及以《奥义书》为中心的吠檀多派的哲学中,印度一直存在着灵魂(精神)的自由,而即便在《摩奴法典》那样的古代律法书中也包含着极富智慧的人生哲学,他甚至赞赏《摩奴法典》中对四个种姓的划分与理论,认为这种灵活种姓制度与现代僵化的种姓制度完全不同,体现了古代社会合理的社会分工,维护了人群和谐。贝克特别赞赏印度《奥义书》《薄伽梵歌》关于灵魂与死亡问题的哲学思考,指出印度人认为一切可见的物质(包括人的身体)都是虚假的幻象,早晚会坏灭,于是他们把哲学的思考面向了内在的看不见的幽冥世界,认为肉体不过是灵魂的衣服,年龄不过是衣服的变换,而灵魂与

---

① [锡兰] L. A. 贝克:《东方哲学的故事》,第 408 页。
② [锡兰] L. A. 贝克:《东方哲学的故事》,第 251 页。

精神却是永恒的、不朽的，它没有出生也没有死亡，对灵魂的崇拜就是对神的崇拜，通过冥想沉思、通过瑜伽修行，达到精神与肉体的和谐；认识到灵魂与精神的伟大与永恒，就是获得了最高的智慧，就可以达到了与神的合一。他指出，佛教就是让人把自己的神性、灵性、精神性作为唯一的真实，佛教哲学中关于"'人是有肉体的灵魂'——这恰与西方人所谓人是'有灵魂的肉体'的观点截然对立"，他希望佛教的这种精神主义能够矫正西方的"实利主义（庸俗物质主义）所造成的社会分裂"，为此他甚至做出了大胆的预见："我预见，佛教将以最精致的形式在西方社会再生、复活、流行，这种情况必将出现。"① 所谓"最精致的形式"的佛教，指的显然是佛教的精华，亦即其灵性或精神主义的特性。

三、卡普拉对东方哲学宇宙现象论、本体论的科学性之确认

如果说，上述东方哲学的研究者鼓吹者，或者像肯尼迪那样，在东方—西方多元价值论的语境中肯定东方哲学不可取代的价值，或者像贝克那样，在矫正、反思西方正统的理性主义哲学意义上推崇东方哲学的神秘主义与精神主义，那么到了 20 世纪 70 年代，美国物理学家、科普作家 F. 卡普拉（Fritjof Capra）的《物理学之"道"——近代物理学与东方神秘主义》（1976 年）② 一书，则独具慧眼地发现了东方哲学、特别是东方神秘主义哲学与现代物理学之间的惊人的关联性与相通、相同性，于是，东方哲学受到科学意义上的肯定。

包括印度教哲学、佛教哲学、东亚禅宗哲学、中国道家哲学内在的东方哲学，其主流是神秘主义的，其探索世界的方式是沉思默想的、体

---

① ［锡兰］L. A. 贝克：《东方哲学的故事》，第 230 页。
② 该书有三个中文译本（版本），包括《现代物理学与东方神秘主义》（灌耕编译，成都：四川人民出版社，1984 年）、《物理学之"道"——近代物理学与东方神秘主义》（朱润生译，北京：北京出版社，1999 年；北京：中央编译出版社，2012 年）。

验的，其表达的方式是文学的、诗意的。因此，至少从西方的理性主义哲学、科学哲学看来，这样的东方哲学离科学最远，甚至是格格不入的。

然而，20世纪30年代，随着物理学探索不断地向微观世界推进，科学家们发现，微观世界的现象图景竟然与东方神秘主义哲学家们所判断和描述的，有惊人的相似。卡普拉在《物理学之"道"——近代物理学与东方神秘主义》中告诉我们：随着物理学的进步，新一代科学家发现，牛顿的经典物理模型对宇宙现象之描述的适用范围是有限的，它只能用来解释和描述由大量原子构成的物体，而且其运动的速度小于光速。如果面对的是亚原子构成的微观世界，那就必须采用量子理论来描述；如果运动的速度大于光速，那就必须采用相对论来描述。于是，相对论与量子理论，就成为现代物理学的两个支柱，以此我们得以进入更为复杂神秘的微观世界。科学家们在那里所"看到"的一切都与常识的世界截然不同，以人们的日常经验为基础的经典物理学的许多定理便被颠覆了，对此卡普拉指出："我们将会看到，20世纪物理学的两个基础——量子理论和相对论——如何迫使我们差不多用印度教徒、佛教徒或道教徒的眼光来观察世界。"① 而《物理学之"道"》的写作目的就是"要探索近代物理学②概念与远东哲学和宗教传统中的基本概念之间的这种联系"，于是古老的东方哲学及神秘主义思想，便与最科学最前沿的现代物理学邂逅相遇了。我们会发现古代东方哲学凭沉思冥想、凭直觉感悟所描述的世界宇宙，与物理学家在精密仪器的实验中所观察到的世界宇宙，竟然呈现出惊人的相似；东方哲学及神秘主义思想家对宇宙本质所做出的基本描述，也与量子理论的判断表现出了惊人的相似。

卡普拉所说的"东方神秘主义"哲学主要是指印度教、佛教、东亚

---

① ［美］卡普拉：《物理学之"道"——近代物理学与东方神秘主义》，朱润生译，北京：中央编译出版社，2012年，第4页。版本下同。
② 近代物理学：与牛顿的经典物理学相对而言，指的是20世纪30年前后出现的相对论与量子力学。译作"现代物理学"似乎更恰切。

禅宗和中国的道教的哲学。他认为这些宗教哲学的理论主张虽然各有差别，但他们的宇宙观是基本相同的。他承认，神秘主义思想不仅东方有，西方哲学中也存在，但在西方哲学中神秘主义是支流，在东方哲学中则是主流，因而东方哲学的基本特征是神秘主义的。卡普拉在书中多次援引东方哲学典籍，包括印度的《吠陀》《奥义书》，中国的《老子》《庄子》，佛教的《华严经》及禅宗公案，也常常援引古代印度的龙树、阿湿缚篓沙，现代印度人奥罗宾多、维韦卡南达（辨喜）、达拉克里希南，日本的铃木大拙，噶文达喇嘛等哲学家的论述。意在表明，东方神秘主义哲学关于宇宙的形象与本质的表述与现代物理学是相通的。在以《奥义书》为中心的印度正统哲学看来，宇宙的最高真实、终极实在是"梵"（又称为"梵天""大梵天"或"自在天""大自在天"）。但"梵"作为绝对神秘的超验之神，实际上是人们无法真正认识的，只能通过冥想沉思去接近它。而人们所能看到的世界，其实都是"梵"自行变换出的种种化身，是一种影子般的假象，印度哲学称之为"幻"（摩耶）。在卡普拉看来，"'梵，就是那位伟大的魔术师，他把自己变成了世界，用他那'魔法的创造力'完成了这项业绩，这就是《梨俱吠陀》中'幻'的原意……印度教徒对自然看法是，所有的形式都是相对的、流动的，永远变化着的'幻'，它是由进行神圣表演的伟大魔法师用魔法招来的。'幻'的世界不断地变化着，因为神圣的'里拉'是一场有节奏的演出，这场演出的动力是'业'。这是印度思想的另一个重要概念。"① 卡普拉所指出的，也就是印度人常用的另外比喻说法：世界就是一个舞台，上演一出出的戏，众生都是戏中角色，而导演就是神。卡普拉又指出："东方神秘主义者一再述说，我们观察到的一切事物都是思维的产物，它们从特定的意识状态中产生，而且如果我们超越了这一状态，它们将再度消失。印度教认为，我们周围的一切形状和结构都是精神受到'幻'的迷惑而产生的，

---

① ［美］卡普拉：《物理学之"道"——近代物理学与东方神秘主义》，第65页。

并且把我们赋予它们以深刻含义的这种倾向看成是人类的根本错觉。佛家称这种错觉为'无明'或无知,并且把它看作一种'被玷污'的精神状态。"①卡普拉强调,"幻"这一看法,就是"把物质和现象看作潜在的基本实体的暂时表现,这种观念不仅是量子场论的基本要素,也是东方宇宙观的基本要素。和爱因斯坦一样,东方神秘主义者也把这种潜在的实体看作唯一的实在,它所有可以感知的表现都被看作暂时的和来自错觉的"。②

卡普拉没有提到,在佛教中,与"幻"同义的概念还有"色""相",都表明物质现象的虚幻性不仅是印度教哲学的看法,也是佛教及整个东方哲学的看法。由于囿于科学的立场,卡普拉也没有把"幻"与东方美学联系起来看。实际上,对于"幻"这种五光十色的现象世界,人们只能加以"观"或"观照"。在这种"观照"中,"幻"诉诸于感性与情感,就出现了描写、叙述、咏叹"幻"的文学艺术作品,它们具有审美的性质,于是形成了独具特色的东方文学与东方美学。卡普拉虽然没有涉及美学与文学问题,但他站在科学特别是物理学的角度看出了"幻"论的科学论价值,指出东方哲学所强调的宇宙"不可言说"所具有的科学真理,人们所能言说的只是"幻",却不是对最高真实"梵"的表达。最高的真实、终极的实在是无法言表的。换言之,人们所能言说的其实都是错误的;人们所能说出的,其实都不是人们所能知道的。这也正是老子所谓"知者不言,言者不知"的道理。卡普拉以物理学的原理证实了东方哲学所揭示的这一真理性。他指出,即便是物理学的科学语言也不能对真实的世界做出完全真实的描述,迄今为止所具有的三种物理模型——经典物理学、相对论、量子理论——对宏观、微观世界的解释与描述实际上只能做到近似,物理学只能用那些数字符号来表示描述的近

---

① [美]卡普拉:《物理学之"道"——近代物理学与东方神秘主义》,第225页。
② [美]卡普拉:《物理学之"道"——近代物理学与东方神秘主义》,第167页。

似性；研究微观世界的物理学家们意识到，我们日常语言完全不能用来描述微观世界的事物；而且，我们甚至也找不到经典物理学设想的那种组成物质的终极的"结构单元"，更说不清组成宇宙的最基本的成分究竟是什么。卡普拉告诉我们：物理学家先是证实了原子的存在，然后又发现了组成原子的成分——原子核和电子，最后又发现了组成原子核的成分——质子与中子，以及其他多种亚原子粒子。但是，实际上这些都不是终极的最后的结构单元。越是微观，也越是难以想象和难以描述。原子和亚原子粒子的世界是我们的感官知觉所不能及的，也是我们的语言所不能准确描述的，那个世界的状态超出了我们的语言逻辑。当科学家对它们进行观察的时候，只能借助精密的科学仪器，对于观察的结果只能用一连串的数字，或者感光片上的一个黑点。我们看见或听到的绝不是研究对象本身，而是它们所产生的影响。例如在电磁辐射中，那些辐射着的粒子既是限制在极小体积中的点状粒子，同时又呈大范围空间的波状，既像是粒子又像是波，不具有确定的姿态，而这取决于人们如何观察它们。这就是电磁辐射的所谓"波粒二象性"。（对这种现象发现与辐射方式的研究最终导致了量子理论的诞生。）这种同时具备两种形象的"二象性"是用语言难以言说描述的。还有相对论中所说的"四维空间"也是用语言难以描述的。卡普拉指出，现在科学家明明知道"经典物理学的概念在原子的层面上不适用，却不得不仍然用它们来描述自己的实验和叙述实验结果。我们无法摆脱这种充满矛盾的处境。经典物理学的专业语言只不过是精炼了的日常语言，而这就是我们在交流自己的实验结果是不得不采用的唯一语言"。① 于是，面对原子、亚原子这样的微观世界，每当科学家们去尝试表达的时候，总感到说起来似乎是荒诞无稽或自相矛盾。自然，当人们能说清楚的时候，也就意味着搞清楚了，说不清就是搞不清。东方神秘主义者在观察事物中早就看出了这一点，认

---

① ［美］卡普拉：《物理学之"道"——近代物理学与东方神秘主义》，第99页。

为对世界的体验超出了语言所能表述的范围与程度,所以他们不使用分析这种描述法,不对事物下明确的定义,不使用逻辑推论,也不用语言表达,当你真正认识了世界的本真的时候,往往处在无言的状态,所以道家强调"言不尽意",只能"得意忘言",禅宗也主张"不立文字,教外别传,直指人心,见性成佛"。在不得不与人交流,不得不表达体验的场合,也只是采用神话(例如印度的神话)、"公案"等方式来表达。这也就是东方哲学为什么喜欢用诗的形式、文学的形式,而不仅仅是纯概念的、体系建构的方式加以表达的原因。

就这样,卡普拉从近代物理学的角度,为东方神秘主义哲学独特的宇宙现象论及超语言的表达方式找到了"科学的"依据。

与东方哲学宇宙现象论的科学的发现相联系,卡普拉对东方哲学宇宙本质论的科学价值也做了确认。

关于宇宙的本质,东方哲学有着自己的确定的认识。卡普拉认为:

> 东方宇宙观的两个基本主题是:所有现象都是统一的、相互联系的,宇宙在本质上是能动的。我们越深入亚微观世界,越会认识到近代物理学家是如何地像东方神秘主义者一样,终于把世界看成是不可分割、相互作用、其组成部分是永远运动着的体系,而观察者本身也是这一体系必不可少的一部分。①

众所周知,在宇宙的本质论中,东方哲学中没有西方哲学那样的"主观—客观""身体—精神""时间—空间""生—死""偶然—必然"之类的通过分析得来的二元对立范畴,或者即便承认有对立矛盾,并且也使用相关的范畴,但也认为它们是暂时的、虚假的。东方哲学是综合地、浑融地把握世界与宇宙的,坚信宇宙具有绝对的统一性、同一性、整体性,一切都是相互依存的、非孤立的,一切矛盾对立都是假象。对此,

---

① [美]卡普拉:《物理学之"道"——近代物理学与东方神秘主义》,第10页。

卡普拉指出："宇宙的基本统一性不仅是神秘经验的主要特征，也是近代物理学最重要的发现之一。它在原子的层次上变得明显起来，并且随着我们深入物质内部，直到亚原子粒子的范畴，它就会变得越来越明显。所有事物的整体性再次作为贯穿我们对近代物理学与东方哲学进行比较的主题。"①

例如关于"主观"与"客观"的区分及其关系问题，在东方哲学中两者是相互包容、无法割裂的、互感互动的。卡普拉指出，同样的，科学家作为主观的观察者，他与观察实验对象之间无法形成一种"主观—客观"二分，或者无法保持"观察者—参与者"二者必居其一的关系。因为观察者不得不介入对象中，不得不参与对象，这是量子力学最重要的特点。一方面实验观察者设定什么样的装置和条件会影响着对象，另一方面观察者的观察和感觉本身已经形成了与对象之间的互动，发生了相互作用，也促使对象的性质状态发生改变。实际上，这种现象就是精神现象与物质现象的互相渗透，通常认为的精神与物质之间的界限被取消了。在这个问题上，卡普拉指出了东方神秘主义哲学与近代物理学的联系："在近代物理学中，直到最近才提出'以参与者代替观察者'的看法，而这种看法却是任何神秘主义者都熟知的。神秘的知识永远无法仅仅靠观察，而是只能通过全身心地充分参与来获得。因此，对东方的宇宙观来说，有关参与者的观念是至关重要的。东方神秘主义者把这个观念推向了极端，以致观察者与被观察者的对象、主体与客体不仅不可分割，而且还成为不可区分的。"② 他例举了印度《奥义书》中的相关言论，和《庄子》"堕肢体、黜聪明，离形去知，同于大通，此谓坐忘"的主张。诚然，实际上，这样的主观与客观合一、不仅仅是"观察者"同时更是"参与者"的思维方式，不仅在东方哲学，而且在东方文学中也俯视可见。

---

① ［美］卡普拉：《物理学之"道"——近代物理学与东方神秘主义》，第98页。
② ［美］卡普拉：《物理学之"道"——近代物理学与东方神秘主义》，第107页。

例如，印度大史诗《摩诃婆罗多》的讲述者毗耶娑（广博仙人），同时也是大史诗故事中的一个人物，他既是观察者也是参与者。

　　主观与客观，人与外在世界不是对立的，而是统一的；同样，在通常所说的"客观"的世界里，也都超越了非此即彼的截然对立。卡普拉注意到，在东方哲学思想中，善与恶、生与死、阴与阳、动与静、男与女，时间与空间等，都不是对立的范畴，而是一个统一体，它们是相对的、互补的，其间的动态平衡构成了事物的完整性。而这些也恰恰是现代物理学所证实的。"力与物质、粒子与波、运动与静止，存在与不存在，这些就是在近代物理学中被超越的一些对立的或者矛盾的概念。"① 其中最基本的是否定"存在—不存在"的区别，正如佛教哲学所说的"真如"，既是不存在，又并非不存在。在亚原子的世界里，粒子既是可以消灭的，又是不可消灭的；既是静止的，又是运动的；既是物质，也是能量（力），可以相互转换。例如，关于时间与空间，爱因斯坦的相对论指出了时间与空间的绝对分别并非自然界所固有的，而是人的意识强加给它的。时间、空间都是相对的，时空的坐标只不过是观察者用来描述自己的观察时所使用的语言要素而已。物理学的无数实验已经证实，以光速运动着的粒子之间的相互作用中，时间空间都具有相对性。运动的速度越快，时间就变慢。粒子的寿命（衰变为其他粒子）会随着其运动速度的加快而延长。在相对论物理学所构拟的由三维空间和时间所构成的四个坐标的"四维时空"中，时间与空间成为"时空连续体"，两者的对立消失了，成为物质存在的不可分割的形式，从而空间也具有了时间的某些长度特性，它会由重力吸引而形成某种程度的"弯曲"，从而使得时间不会像在"平滑的空间"中那样匀速流逝，于是造成了时间的相对性。这种相对论的时空观被运用到天体物理中，来解释天体的演变和"黑洞"的存在。把现代物理学的这些基本理论与东方哲学思想联系起来，卡普

---

① ［美］卡普拉：《物理学之"道"——近代物理学与东方神秘主义》，第117页。

拉发现："东方的哲学都是'时—空'的哲学，因此他们的直觉常常十分接近于近代相对论所含的自然观。"① 例如佛教的《华严经》所一再强调的，"就是对'互相渗透的空间和时间的'认识"。② 实际上，这样的时空观是东方宇宙观的基础，在哲学以外的作品中也多有表现，在卡普拉没有注意到的东方文学中，特别是东方民间文学也可以看到，例如在日本中世纪的被称为"御伽草子"的民间故事中，有一个《浦岛太郎》的故事就表现了人世间与浦岛太郎所到的海底"龙宫"两个不同的空间，龙宫三载，人间百年，从龙宫返回人间的浦岛太郎也由青年人瞬间变成老人。作者意识到了时间—空间的相对性，也是对东方时空哲学及相对论物理学的极好的诠释。

上述卡普拉提出的东方哲学宇宙观的第一个基本主题——"所有的现象都是统一的、相互联系的"，与第二个基本主题——"宇宙在本质上是能动的"也密切相关。

站在近代物理学的角度，卡普拉对东方哲学关于"宇宙在本质上是能动的"的看法有着深切的理解。他认为东方神秘主义哲学观首要的是让人了解宇宙的动态本性，例如《梨俱吠陀》用"律则"（Rita，更准确似可译为"律动"）来指宇宙的动态秩序，而佛教的"如来"与中国之"道"说的也是运动。"如来"意思就是"如此地来和去的人"，"道"的意思则是"永远变化着和流动着得到实在"。③ 在东方哲学的宇宙观中，由于不停的变化与流动，整个宇宙就成为一张相互联系的大网，而这样的理解也为现代物理学所证实，卡普拉指出："量子理论迫使我们不把宇宙看作物质对象的集合，而把它看成是统一整体中不同部分之间复杂的关系网。这正是东方神秘主义者体验世界的方式，他们之中的一些人描述

---

① ［美］卡普拉：《物理学之"道"——近代物理学与东方神秘主义》，第134页。
② ［美］卡普拉：《物理学之"道"——近代物理学与东方神秘主义》，第133页。
③ ［美］卡普拉：《物理学之"道"——近代物理学与东方神秘主义》，第151页。

自己的体验时所说的话，几乎与原子物理学家们完全一样。"① 在近代物理学的四维空间中，"物体就是过程，而且一切事物存在的形式都是动态类型的"。② 从亚原子粒子层面上看，大部分粒子都被约束在分子、原子和原子核的结构里。越是被约束，粒子运动得就越快，这种表现就是典型的"量子效应"。当我们把眼前的一块石头或者金属结构加以放大，就会发现其中充满运动与活力，而且越是观察地仔细，也越是发现它们的活力。运动的律则取决于分子、原子和原子核的结构。而且，由于其运动性，它们的存在方位和动量都是不确定的，只是显示了某种"存在的倾向性"；原子、亚原子粒子的行为如何发生也是不确定的，只能用概率来表示。我们永远测不准它，我们所能做的只是预测事物发生的可能性，只能描述它的发生概率，也就是加以动态的、统一的把握，这就是量子物理学家海森堡（Werner Heicenberg，1901—1976）所论述的"测不准原理"。这种复杂的变化运动不仅表现在微观量子世界中，在宏观的宇宙天体中也是如此，星云、星球都不断地旋转、收缩、爆炸、膨胀、聚合，处在混乱而又和谐有序、周而复始的运动中。整个宇宙的一切物质都在不停的振动与舞蹈，印度教哲学用湿婆大神的舞蹈——湿婆之舞，看起来是一个优美的人体在翩翩起舞——来象征宇宙在毁灭与再生中不断轮回的动态和谐，并付诸优美的经典雕塑造型来表现。卡普拉认为：

> 对于近代物理学来说，湿婆之舞就是亚原子之舞，与印度神话所说的一样。这是整个宇宙都参加着的不停息的产生与消灭之舞，是一切存在之物和一切现象的基础。几百年前，印度艺术家们就以一系列优美的铜像创造了舞蹈着的湿婆形象。在我们的时代，物理学家用最先进的技术描绘出宇宙之舞的图像……和印度艺术家的作品一样地美，一样地含义深刻。宇宙之舞从而统一了古代神话、宗

---

① ［美］卡普拉：《物理学之"道"——近代物理学与东方神秘主义》，第104页。
② ［美］卡普拉：《物理学之"道"——近代物理学与东方神秘主义》，第113页。

教艺术和近代物理学。①

在卡普拉看来,这种超越语言概念的动态的、舞动的"宇宙模型"具有相当的科学性,"对于构成近代物理学的哲学背景来说,东方哲学关于实在的模型,要比西方哲学的模型更为适当"。② 这实际上就是用人体的这个小宇宙的律动来象征大宇宙的律动,是印度人宇宙观的形象表达。而对于印度人把宇宙律动变化、膨胀收缩的节奏周期称之为"劫",卡普拉感叹道:"劫"这个概念所指涉的时间跨度之大"的确是令人震惊的;人类的思想在两千多年之后才再次提出类似的概念来",③ 表示了对古老的东方思想智慧的强烈共鸣。

卡普拉的《物理学之"道"》就是这样,抛弃了欧洲古典哲学领域中的西方中心主义,以认同的态度而不是排异的眼光来看待东方哲学,把一直以来被许多西方人视为非科学、反科学的"东方神秘主义"作为人类思想的宝贵形态,承认它也是人类探索真理、认识最高真实的有效途径,显示了当代科学家博大的胸怀。卡普拉把古代东方哲学通过直观、沉思、冥想所获得的宇宙认识,与现代科学家通过科学观测、实验所获得的宇宙认识联系起来,从而在古代东方神秘主义哲学与近代物理学之间架通了一座桥梁。这就意味着,作为现代最前沿科学的相对论与量子物理学,对宇宙本身所具有的神秘性已经采取了正视的态度,科学揭示宇宙的奥秘,也包括揭示宇宙的神秘性,包括如实承认宇宙所具有的也许人们永远不得而知的东西。这里就显示了一种科学的"科学态度",就在于承认科学的局限性而不是一味地信奉科学主义及科学的万能,但同时又不懈地发挥科学的能动性并进行科学探索。这样一来,近代物理学这种产生于西方的科学形态,与东方哲学特别是神秘主义哲学的宗教性

---

① [美]卡普拉:《物理学之"道"——近代物理学与东方神秘主义》,第197页。
② [美]卡普拉:《物理学之"道"——近代物理学与东方神秘主义》,第28页。
③ [美]卡普拉:《物理学之"道"——近代物理学与东方神秘主义》,第157页。

冥想之间的鸿沟便不存在了。科学发现、科学认识就成为古今东西方人通过不同途径而共同作为的结果，从而赋予东方哲学以现代科学的价值。这不仅是对东方哲学的再发现，也是对东方哲学价值的再确认。

西方人对东方艺术的价值判断[①]

西方人对于东方艺术,经历了从无视到偏见、再到正视并试图确认其独特价值的嬗变过程。黑格尔《美学》最早将东方艺术纳入视野,但因材料不足,并带着他所界定的"理念"即"绝对精神"的有色眼镜,而不免充满偏见。20世纪初美国人芬诺洛萨研究东亚艺术并开始阐发东方艺术中独特的"理念"。20世纪30年代英国人比尼恩在《亚洲艺术中的人的精神》中确认东方艺术中的"人的精神",肯定其独特价值。20世纪中期美国人托马斯·芒罗的《东方美学》以"超自然主义"的"精神价值"来指认东方美学。黑格尔以降的一百多年来,西方人对东方艺术与美学的认识与研究相当有限,而且主要是从"理念"或"精神"的层面来做出评价的。

东方艺术是东方文明的精华与内核。对于西方人而言,欣赏、理解并正确判断东方艺术的美学价值,是一件很不容易的事情。和政治、经济、社会、宗教等诸多层面比较而言,在美学层面上,西方人对东方艺术的发现与确认较为迟缓,研究上更为滞后。1835年,黑格尔在《美学》

[①] 原载《社会科学研究》2018年第1期。

中最早论述到东方艺术,但与其说那是对东方艺术的发现,不如说是在美学价值的判断上否定了东方美学的价值。此后,在整个19世纪初至20世纪中期的一百多年间,除了芬诺洛萨、比尼恩等少数学者之外,把东方艺术与东方美学加以总体研究和论述的著作少之又少;在一般的美学史著作中,把东方美学纳入者也同样少之又少。直到美国的托马斯·芒罗的《东方美学》,"东方美学"才成为一个学科概念被使用。托马斯·芒罗在1963年出版的《东方美学》中说:"目前唯一可在英语中找到的美学史实际上没有涉及东方艺术或思想。在最近两部作者逝世后采用法语出版的著作中……名为《20世纪的世界美学》[的书],简要地提到了印度、中国和日本最近的一些作者。"① 此话反映了西方的东方艺术与美学研究成果寥若晨星的冷清现状。《东方美学》的中文译者欧建平先生在该书的"译者后记"中也谈到,像《东方美学》这样的著作"在世界最大的图书馆——美国华盛顿国会图书馆电脑系统的美学书海中,它仍属凤毛麟角"②,所以20世纪90年代初牛枝惠等先生策划编辑《东方美学译丛》(中国人民大学出版社)的时候,西方的东方美学的著作只选出了托马斯·芒罗的《东方美学》一种。而在西方的东方艺术与美学的研究中,最值得注意的,是有关著作对东方艺术做美学上的判断时都使用了"理念"或"精神"这两个关键词。这两个关键词也成为我们认识西方人的东方艺术观及东方美学观的切入点。

一、黑格尔的"理念"与东方艺术论

相比于东方政治、经济、宗教、社会等领域而言,西方人对东方艺术及东方美学的认识、评说与研究,几乎可以说是最晚、最薄弱的。最

---

① [美]托马斯·芒罗:《东方美学》,欧建平译,北京:中国人民大学出版社,1990年,第5页。
② 欧建平:《东方美学·译者后记》,北京:中国人民大学出版社,1990年,第131页。

早专门论述东方艺术与美学的是黑格尔（1770—1831）的《美学》（即《美学史讲演录》，1835年）。在这部著作中，黑格尔把东方艺术与美学作为人类艺术与美学的原始与开端的阶段，一如他在《哲学史讲演录》和《历史哲学讲演录》中对东方历史和哲学所做的论述那样。

因为把东方所经历的阶段作为原始阶段来看待，黑格尔的《美学》中完全没有认为东方有"美学"，但是他不得不承认东方有"艺术"。他对美学的定义是"艺术哲学"，认为美学"这门学科的正当名称却是'艺术哲学'，或者更确切一点，就是'美的艺术的哲学'"①，亦即主张从哲学的立场来看待艺术和研究艺术。这种界定本身显然是西方中心的，而没有考虑东方的特点。如果按照西方人对美学的基本定义，即美学是以"感性"为对象（以区别于哲学以理性为对象）的研究，那么，在东方，感性之学的历史要发达得多了，这不仅体现在文艺思想中，更体现在宗教思想中；毋宁说，在东方美学中，"艺术的哲学"其实并非主要的，"感性的哲学"才是主要的。无论东方佛学、禅学还是道家学说，都强调以视觉为途径的对世界的感性把握，并提出了"观照"（"观照"本来是一个佛教语，简言之"观"）这一核心概念，主张对世界加以审美的静观，把天地宇宙、大千世界的万事万物作为"观"或"观照"的对象，以领悟世界的流转不息、宇宙现象的虚幻，领悟人在世界中的真实位置，从而获得一种人的主体的自由，亦即"美"的感受与"美"的境界。这样一来，借助人造的艺术品加以观照，就是权宜的、次要的了。因此，"东方美学"，假如翻转为东方语言的话，应该称为"东方观学"或"东方观照学"，而不能把东方"美学"定义为"艺术哲学"。"艺术哲学"的范畴太有限了，无法囊括东方人"观照"所显示的主体与客观世界的直接的、面对面的关系，有时可能还会妨碍人对世界的观照，由此就可以理解，为什么

---

① ［德］黑格尔：《美学》，第一卷，朱光潜译，北京：商务印书馆，1982年，第3—4页。版本下同。

在最富有美学性质的道家哲学中，对艺术之类的作品（所谓五色、五音）是加以排斥的。在这种人与世界的观照关系中，艺术创造或艺术品只是起到一种"中介"的作用而已。可见，黑格尔把美学定义为"艺术哲学"，完全是站在西方艺术的立场上做出的界定。在这种界定中，东方人对世界的"观照"就被排除在了美学之外，剩下的只有分析东方的艺术了。

　　黑格尔从"理念"对"感性显现"的关系与程度上，把人类历史上的艺术类型分为三个部分，一是东方的"象征型艺术"，是主观的"理念"与客观的艺术形式之间的不协调；二是古希腊的"古典型艺术"，是理念与艺术形式的完美统一；三是中世纪以来至现代欧洲的"浪漫型艺术"，是理念过剩而溢出了艺术形式，导致了内容与形式的分裂，但分裂的情形与象征型艺术正相反。黑格尔明确指出，"象征型艺术"不能算是真正的艺术，而只是"艺术前的艺术"，而且"主要起源于东方"。他接着解释说："在象征型里，本来应该表现于形象的那种理念本身还是漫无边际的、未受定性的，所以它无法从具体现象中找到受到定性的形式，来完全恰当地表现出这种抽象的普遍的东西。"① 也就是说，因为东方人的"理念"本身就是暧昧含糊的，没有得到界定，所以它也无法找到一种适当的艺术形式来表现自己，于是只能依赖"象征"。象征的特点就是其"暧昧性"。理念本身就是暧昧的，用来表现理念的形象也是暧昧的，理念与形象的关系是不协调的，也是暧昧的，因此象征型艺术只能视为"艺术前的艺术"，它属于宗教还是属于艺术，也是不确定的，而美学"只是研究象征中有关艺术的那一方面"② 而已。在东方的"象征型"艺术中，他认为能够体现东方的"真正的象征"是古埃及的金字塔及狮身人面像等建筑雕塑艺术，而印度人的象征只能算是"幻想的象征"，亦即在《历史哲学》指出的那种梦幻式的妄诞幻想。"这种幻想总是不断地把没有感性

---

① ［德］黑格尔：《美学》，第二卷，第9页。
② ［德］黑格尔：《美学》，第二卷，第22页。

（最抽象）的东西纳入外在现象里，反过来又使最感性（最具体）的东西消失在极端抽象的处理方式里。"① 例如印度教中的大神梵天的形象，就是将至高无上的大神通过个别具体的感性形象直接加以表现，直接以一头动物（牛或猴）当做大神来观照和崇拜，于是出现了神圣与滑稽、崇高与卑下、圣洁与淫乱的纠缠不清的混乱。在黑格尔看来，印度的这种"象征"甚至连真正的象征都算不上。另一方面，黑格尔也有限地肯定了印度诗歌中"把无形体的太一转化为无穷尽的多种多样的世界现象"而产生的"泛神主义的表现方式"②，而在《薄伽梵歌》中，"这种最完美事物的罗列以及表示同一内容的不同形象的反复替换，尽管显示出想象的丰富，却由于内容的不变，显得单调，而在整体上显出空洞。"③ 但他认为这样一种泛神主义的诗歌表现方式在波斯诗人鲁米、哈菲兹等人的诗作中，表现得令人满意，既讴歌心中的神，又表现出诗人主体的自由，而且波斯诗歌对德国歌德的诗歌也有影响。在这里，我们又见出了黑格尔在《历史哲学》的逻辑：在地理上最接近西方的波斯是东方向西方的"历史的过渡"，而在《美学》中，他又从美学与艺术上重复强调了波斯的这一功能。

《美学》将东方美学与艺术以"象征型"一言以蔽之，如同在《历史哲学》中断言"东方无精神自由"一样，显然是一种简单化的独断。因为"东方艺术"是多元的、多样的，有漫长的历史演变过程的，"象征型"根本无法概括东方美学艺术及其特征。值得注意的是，在东方"象征型艺术"的论述中，黑格尔只是举出埃及建筑与雕塑艺术、希伯来诗歌、印度文学艺术、波斯诗歌为例，这些举例都显出了黑格尔对东方美学与艺术把握的片面性，也显示出为我所用的随意性。例如在印度美学的论述中，他对印度古典梵语"味论"诗学、对佛教美学的"幻想"论与

---

① ［德］黑格尔：《美学》，第二卷，第57页。
② ［德］黑格尔：《美学》，第二卷，第84页。
③ ［德］黑格尔：《美学》，第二卷，第85页。

"观照"美学这些至关重要的论题,完全缺乏了解,因此对印度美学艺术所做的评价是极其不完全的。重要的是,黑格尔谈"东方美学",却完全没有提到以中国为中心的包括日本在内的东亚国家的美学与艺术。实际上,东亚的传统美学艺术在理论与实践的许多方面,远比康德、黑格尔为代表的西方的思辨美学更为博大精深、概念范畴更丰富、论题更全面、建构更系统、表述更精致。即便从"象征"的角度看,在中国美学与艺术理论中,"象"的问题、"意"与"象"、"意"与"境"、"物"与"象",或"形"与"神"的关系问题,始终是美学理论与艺术实践的核心问题之一,有着十分精致的艺术表现与理论表述。而另一方面,东亚的美学与艺术甚至比西方美学更注重人的精神自由问题,认为审美的最高境界是人在对象的观照中做到"澄怀味象",充分发挥称为"神思"的艺术想象,将人格精神投入到对象中,显示人的"风骨"精神,使对象"气韵生动",在艺术活动中做到"传神写照",从而在审美主体与客体的高度和谐中获得精神的自由。尤其是在人的审美情感的研究与美学表述中,中国的"感兴"说、"物感"说和日本"物哀"论,达到了十分精微的程度。日本的"幽玄"论、中国的"隐秀"论,对于艺术作品的含蕴性及其审美模糊性的品格,都做了深入的思考与表达。东亚人的"侘寂"美学、茶道的"涩味"美学、对人的审美生活状态本身的研究,也是西方美学所严重缺失的,甚至日本的近世的"意气"美学,最早在世界美学中将人的身体本身作为审美对象,开当代"身体美学"之先河。……东方美学的这一切,是黑格尔的建立在"感性/理念"二元对立论基础上的艺术三种类型说所无法涵盖的。事实可以表明,东方美学史并非如黑格尔《美学》体系所设计的那样,在"象征型艺术"的阶段完成后就不再发展了,相反,东方美学一直在向前发展着,当然也不会是在"象征型—古典型—浪漫型"的运行轨道之内发展的。

　　上述的黑格尔的东方艺术观,实际上就是否定了"东方美学"的存在。这一否定,对后来的美学史撰写影响甚大。几乎所有的名为《美学史》的著作都不提东方美学，包括最有影响的英国新黑格尔派哲学家鲍桑葵（Bernard Bosanquet，1898—1923）的《美学史》、意大利克罗齐（Benedetto Croce，1866—1952）的《美学的历史》、20世纪上半期美国人吉尔伯特（K. E. Gilbert）和德国人库恩（H. Kuhn）合著的《美学史》等，虽然都名为"美学史"，但完全不提东方的艺术及审美观念，实际上只是一部西方的美学史。在他们看来，美学史就是西方美学史。

西方美学家们对"东方美学"存在的否定，与他们对东方艺术的评价是密切相关的。实际上，从黑格尔开始，西方人东方艺术的了解的范围是很受限的，仅仅限于对中东地区及南亚印度的了解，这些地区是古代希腊意义上的"东方"，并不包括中国日本等远东（东亚）地区，这应该说是他们的一个极为重大的缺失。除去对东方工艺品如丝绸、陶瓷等"半艺术"作品之外，西方人对包括中国、日本在内的东亚绘画、书法、戏剧等艺术作品的共鸣或赞赏是在晚近才出现的。例如，在19世纪后半叶的法国印象派绘画对东方绘画特别是日本浮世绘的赞赏与吸收借鉴，20世纪上半叶德国人布莱希特（Bertolt Brecht，1898—1956）对中国京剧等东方传统戏剧的赞赏，都是众所周知的事实，但是其范围都是十分有限的。更不用说是对东亚（中国、日本）那些丰厚的、博大精深的美学与文艺理论文献。他们普遍缺乏读懂并翻译的能力，殊不知正是在那些文献里，蕴含着无限的"美学"思想的资源，即便是用最严格的西方"美学"的标准来衡量，这些文献的价值恐怕都要比同时期、同阶段的西方美学丰富得多、也深刻得多。而绝大多数的西方人由于语言上的障碍，对东亚文献的隔膜与无知，使得他们无法写出真正的世界范围的"美学史"。

二、芬诺洛萨的"理念"论与东亚艺术论

西方人对东亚艺术的较为全面的了解与把握，开始于美国人厄尼斯特·弗朗西斯科·芬诺洛萨（Eruest Francisco Fenollsa，1853—1908）。芬诺洛萨曾在1878年受聘于日本的东京大学，担任教授讲授美学与艺术理

论,并开始研究东亚艺术与美学。作为一个西方人而专门致力于研究包括中国和日本在内的东亚艺术,似乎是前所未有的,而且具有象征意义。因为从黑格尔开始,西方人对除东亚以外的东方艺术略有所知,而对东亚艺术则完全隔膜,对其美学价值更缺乏理解。芬诺洛萨的研究与著述,填补了西方人东方研究中的一个薄弱环节。

1883年,芬诺洛萨在日本做了一次关于东方美术及与西方美术关系的演讲,演讲的记录整理稿《美术真说》后来被作为小册子公开刊行。《美术真说》作为西方最早的同主题的演讲,具有重要的理论价值。作为一个深受黑格尔及"理念"论哲学影响的人,芬诺洛萨强调了艺术理论的重要性。他认为:"凡是钻研绘画艺术的人,正如钻研世间一切事物一样,都必须依据专门性的学理。并以此来探究其兴衰消长的根源,观察其来龙去脉。"[①] 他认为美术研究的学理应该以"idea"为根本,这也是他的艺术理论的核心概念。芬诺洛萨所谓的"idea"也就是黑格尔的"理念"(德文 idee)。和黑格尔一样,芬诺洛萨不赞同以形式技巧评价艺术作品,而是以"理念"来做评价。但是,芬诺洛萨与黑格尔根本的不同,在于他承认东方艺术和西方艺术一样存在着"理念",存在着内容与形式的统一并具有独特的美学价值,而且有些情况下,东方艺术比起西方艺术,更能体现艺术家的"理念"。这些看法就扭转了黑格尔西方中心主义的美学观及对东方艺术美学的否定的价值判断。《美术真说》的日文译者解释性地把"idea"翻译为"妙想"。其实"妙想"这一译词缩小了"idea"这个词的含义,同时强调了创作中的艺术想象与艺术创造力的作用。芬诺洛萨说:"我现在要强调的是:判断艺术的本质,即构成各门艺术之善美的资格者,就是理念。而理念并非存在于外部,它是内在的。"[②] "理念"表

---

① [美]芬诺洛萨:《美術眞説》,青井茂、酒井忠廉编《日本近代思想大系 美術》,东京:岩波书店,1989年,第36页。
② [美]芬诺洛萨:《美術眞説》,青井茂、酒井忠廉编《日本近代思想大系 美術》,第43页。

现为"旨趣"的妙想与"形状"（形式）的妙想，是"旨趣"与"形状"（亦即内容与形式）两者的有机统一。他正是据此而对东亚艺术做出价值判断的。他指出，在西洋油画传入日本之后，一些人推崇西洋画而贬低东洋绘画，从而使得油画在日本大为兴盛而日本画受到挤压，这是因为对两者的价值之认识出了偏差。他指出，东洋及日本绘画与西洋画相比有五个方面的独到的特点。第一，西洋的油画是模拟实物，是写实的，效果犹如写真（照相），但是他表示不赞同日本画家也如此写生，"如以写生为主眼，也就将理念全都丢掉了"；第二，西洋的油画有阴影而为日本画所无，一些人也常常以此嘲笑日本画，但是有无阴影绝不是本质问题，它只是表现浓淡的一种手法而已，像日本画中以墨色来表现浓淡的手法，更能体现画家的理念并令我们感动；第三，日本画是有勾勒的，而为西洋油画所无，只能凭色彩的轮廓来划分事物的边界，一些西洋人以此妄议日本画，属于无知之言。勾勒的技法有许多优点，从而可以更准确地表现理念；第四，西洋油画色彩丰富浓厚，日本画则相反轻疏淡薄。一些西洋人也以此自夸自负，画家一生琢磨用色，但"毕竟无法从中表现出理念"；第五，西洋油画繁杂而日本画简洁。简洁更容易取得艺术的紧凑和谐，也更能体现作者的理念。① 以上五条，不仅仅是东方西方绘画艺术的艺术风格比较论，也是东方艺术价值肯定论。几乎每条都强调了日本绘画的优越之处，而且每条都紧紧扣住"理念"的表现。显然，芬诺洛萨的东方艺术观及"理念"论继承了黑格尔，而又从根本上抛却了其西方中心主义的思想内涵，矫正了黑格尔对东方艺术的偏见。他的"理念"是开放性的，不是西方独占独有的，不是黑格尔的客观唯心的东西，而是来自艺术活动本身。他把"理念"看成是艺术家的艺术想象力与表现力的统一，是内容与形式的统一，是自由精神在艺术中的实现与体现。

---

① ［美］芬诺洛萨：《美術真説》，青井茂、酒井忠廉编《日本近代思想大系 美術》，第53—55页。

他认为以日本画为代表的东洋绘画之所以比西洋画更胜一筹，就在于它能够"自由且简易地显现理念"。① 换言之，艺术创作与审美的状态是自由的状态，这种状态在东洋艺术中以更为"自由且简易"的手腕得以体现。在这里，芬诺洛萨对黑格尔"理念"论的接受与超越也就显而易见了。

芬诺洛萨开始时是研究日本艺术的，但他在这个过程中意识到，日本艺术的源头与母体其实是在中国，于是他逐渐把目光转向了中国艺术，并对中国与日本的传统艺术做了系统的综合考察研究，写出《中国与日本美术的诸时代》② 并于 1912 年出版，次年分别出版法文版与英文版。接着日本人有贺长雄博士加以日译，译名为《东亚美术史纲》，半个多世纪后又有了森东吾的新译本，译名为《东洋美术史纲》，上下册分别于 1978 和 1981 年出版。译为"东洋艺术史纲"，是对原作书名做了较大的创造性的转换，但仔细看看全书内容，似乎也是不无根据的。全书大量篇章所涉及的是佛教艺术，而佛教是东方的宗教，因此，这实际上就是超越了中国与日本的范围，而进入了整体的"东洋"的视域。似乎可以说，这本书是西方人最早整体观照、把握东亚美术（主要绘画艺术）的专门著作，在西方的"东方学"学术史上也具有重要的位置。

此书本意并非要写成日译本的译名所显示的"东洋美术史纲"，因为作者明言："对中国与日本［美术］的资料记录性的独创的文献学的研究，我做不了。"③ 这不仅是因为他不懂中文，还因为他原本是作为哲学家介入美学与艺术研究的，这是他的局限，但也是他的特色。在 20 世纪初，一个西方人要对东亚艺术做文献学的研究，要按文献学的规范写出真正

---

① ［美］芬诺洛萨：《美術真說》，青井茂、酒井忠廉编《日本近代思想大系 美術》，第 55—56 页。
② 《中国与日本美术的诸时代》，英文原文为 Epoch of Chinese and Japanese Art，迄今尚无中文译本。
③ ［德］芬诺洛萨：《東洋美術史綱》（上），森东吾译，东京：株式会社东京美术，1978 年，第 33 页。版本下同。

的一部"东洋美术史"或史纲,条件是不具备的。现在,假若我们按照艺术史或绘画史的标准来衡量,芬诺洛萨的这本书还有种种不足,主要是文献资料上的不全面、不完整。虽然十七章、上下两卷的篇幅已经颇有规模了,但多以佛教艺术(雕塑、绘画)为主,相对于东亚艺术的博大精深,仍是不匹配、不对称的。但是,对我们而言这部《东洋美术史纲》价值不在其是否全面完整,而在它显示了19至20世纪之交的时候,西方人是以怎样的立场与视角看待东方传统艺术的。芬诺洛萨在这本书中,也同样标举他在《美术真说》中所主张的"理念"论。他表示不做纯文献史料性的研究,理由是:"那种'历史的历史'亦即'记录性的资料的历史',没有努力按作品的审美性质做出分类。本书作者就是要把中国各时代具有独到特色的、带着特殊文化背景和特殊样式之美的美术作品加以阐明,以期打破一直以来中国文明数千年来停滞无变化这一偏见。"① 很明显,他所说的这种偏见是黑格尔等前辈学者留下来的,芬诺洛萨是以他新的"理念"超越了黑格尔对中国的偏见。我们知道,在黑格尔的《美学》里,中国美学与艺术简直就是空白,或许在黑格尔看来,中国的美学与艺术也是起步于原始状态、终于原始状态,由于没有形成"理念",而没有进入"美学的历史"。芬诺洛萨要打破的就是这样的偏见。在芬诺洛萨看来,东亚的艺术就是中国人与日本人的理念的体现,所以在第十至十三章的标题中,直接使用了"中国的理想主义美术""日本的理想主义美术"这样的词组来表述。所谓"理想主义美术"以及"贵族主义美术"还有"庶民美术",都是他的东方美术之"理念"的细化。不同理念的转换也是他划分美术史上不同时代的依据。

与此同时,芬诺洛萨认为,"中国的美术与日本的美术属于同一种美学系统";"两国的美术各自归属于同一整体,但这种整体不仅仅像希腊艺术与罗马艺术那样具有相互密切的关系,而且两个艺术各时代的推移,

---

① [美]芬诺洛萨:《東洋美術史綱》(上),第28页。

就像一种镶嵌细工纹样一样相互交织，就像按照同一戏剧的剧本来逐次展开。"① 这就需要把中国与日本的美术作为统一的"东洋美术"来加以整体研究，而不是孤立地做国别的研究。（顺便一提，这一主张得到了后来的研究者的认同。例如美国的加利福尼亚大学伯克利分校的艺术史教授高居翰（James Cahill，1926—2014 年）的《诗之旅：中国和日本的诗意绘画》（1993 年）一书，就是采用了这种思路，认为中国的南画及日本的与谢芜村等画家的作品都属于东亚特有的"诗意绘画"。②）芬诺洛萨还指出，有些人认为日本文明与中国文明不仅不是对立的，而且日本文化也不过就是中国文化的模仿，这个看法是不正确的，两国文化与艺术同中有异。更进一步，芬诺洛萨还有意识地将"东西方两半球"的艺术加以比较，认为两者都有很大的相通点，最大的不同在于表现方法上，而越到晚近，表现方法上也越加趋近。他不同意有的英国批评家关于中国美术是"歪曲的、虚饰的"的这种判断，而认为一位法国人把艺术分为"绘画艺术"和"装饰艺术"更有道理，认为总体上看，东洋美术属于"装饰艺术"的范畴，对此必须从线条、色彩、浓淡，以及所表现的艺术家的思想观念上加以分析判断。

三、比尼恩"人的精神"与芒罗"精神价值"论

我们已经看到，芬诺洛萨用于东亚艺术批评的"理念"，实际上已经改造、突破了黑格尔式的"理念"所做的坚硬的、不柔软的界定。黑格尔的"理念"是"绝对理念"，以及"绝对精神"或"世界精神"，而"民族精神"是没有达到"绝对精神"或"世界精神"的不完善、未完成的状态，这就否定了"民族精神"的价值。而在芬诺洛萨的"理念"中，

---

① ［美］芬诺洛萨：《東洋美術史綱》（上），第 28 页。
② 参见高居翰：《诗之旅：中国和日本的诗意绘画》，洪再新等译，北京：三联书店，2012 年。

民族精神、东方精神都是人的精神，都含有世界精神，都是世界精神的组成部分，因而他的理念就成为"人的精神"的同义词，其中包含着时代的精神、民族精神乃至东方的精神，核心是人的精神。到了1936年，曾任英国大英博物馆东方绘画馆馆长的劳伦斯·比尼恩（Laurence Binyon，1869—1943）出版了他的专题演讲集《亚洲艺术中的人的精神》（*The Spirit of Man in Asian Art*），直接将"人的精神"作为关键词来进行亚洲艺术的分析评价，进一步延伸了芬诺洛萨的艺术观念。

20世纪头四十年的欧洲，正处在物质文明飞速膨胀而人的精神急遽失落的时代，比尼恩在该书的"导论"中明言："当前，我们在西方正处于自知失败的感受中，并为之怏怏不快。"他认为在西方，"生活的整体"和"生命的艺术"正在失去。在这种背景下，从亚洲艺术中重新发现"人的精神"，是作者的内在动机。比尼恩在这部由六篇演讲构成的小书里，并不企望对亚洲艺术做出整体的探讨，因而他要做的，就是"指出的人的精神——无论是中国人的、印度人的，还是波斯人的、日本人的——是如何通过艺术作品表现出他们与世界和宇宙的关系……指出这些艺术与西方国家的艺术之间的异同，指出亚洲各个不同民族艺术之间的相互影响，及其各自对整个艺术发展所作出的特殊贡献"。① 比尼恩在他的书中完全实现了他的目标。

比尼恩是带着强烈的"亚洲艺术"的整体意识而对亚洲各民族艺术加以观照的。他看到：

> 至少在艺术上，亚洲国家比设想的还要有更多的共同点。没有任何一幅亚洲的绘画作品会被误认为是欧洲的绘画。在所有亚洲国家里，画家们从来也不去——除了那些受欧洲影响支配的地区——介绍投影法或者尝试着运用自然的作用而制造出一种幻觉结果，这

---

① ［英］比尼恩：《亚洲艺术中的人的精神》，孙乃修译，沈阳：辽宁人民出版社，1988年，第1页。版本下同。

是怎么一回事呢？从波斯一直到日本，所有国家都有着这么一个共同点，那就是线描画的技巧性和生命力。这是西方从来也不能与之媲美的。这不仅仅是偶然情况，这是思想态度的表征。这流露出一种精神态度，这种精神态度是不能寄寓在作为最终现实性的物质世界里的。①

在比尼恩看来，亚洲（东方）艺术与西方艺术总体上与西方艺术形成了一望可知的区别，这是由亚洲人的"精神"所决定的，这种精神就是对"现实性的物质世界"的超越。他指出亚洲艺术中，"自由而无所顾忌地流溢到整个宇宙中去的乃是整个精神"②，正因为如此，亚洲艺术更具有精神的价值。

但是，亚洲人既有共通的亚洲精神，也有各自的民族精神。比尼恩强调，亚洲国家之间甚至看上去没有任何共通性，像波斯与日本，印度与中国等其他国家，都存在巨大的差异。例如，他在一幅描绘夜景的波斯绘画中看到画面很明亮，没有阴影，如果不是画着天上的月亮，我们会认为这是白天，而"这种拒绝描绘黑暗，如同拒绝表现投影那样，乃是全部波斯绘画的特色"。③ 比尼恩没有指出这是否是崇拜光明之神、厌恶黑暗之神的拜火教观念的表现，但毕竟敏锐地指出了波斯绘画的这个特色。在谈到中国绘画的时候，比尼恩指出："中国的艺术懂得含蓄和空寂的妙处，这是其他国度的艺术所不知道的。它运用着空白空间所具有的效能。"④ 他更进一步对波斯以花园为题材的绘画与中国同类绘画做了艺术上的比较分析，指出："波斯人有着对于花园的浓厚情致。但他们所喜爱的花园是形式化的，充满着竖直的线条和对称性，这与中国的趣味迥异。中国人不是以对称求均衡，而是以不对称求均衡。波斯人的构图

---

① ［英］比尼恩：《亚洲艺术中的人的精神》，第23—24页。
② ［英］比尼恩：《亚洲艺术中的人的精神》，第67页。
③ ［英］比尼恩：《亚洲艺术中的人的精神》，第80页。
④ ［英］比尼恩：《亚洲艺术中的人的精神》，第80页。

则更加形式化，它的结构因素更为稳固、更有静态的性质；中国绘画充满着运动，充满着流动的清风或漂浮的雾霭。波斯的绘画则是静止的、光亮的、生动的、晴朗的。中国人喜爱冷静、浅淡的色调；波斯人则把我们引导到一个处处都有宝石般的明亮色彩的世界里。"① 这里表现了比尼恩出色的艺术比较鉴赏力，特别是对同中之异、异中之同的敏锐观察。

另一方面，由于亚洲各国之间在宗教文化上的密切交流，各民族的民族精神与亚洲精神是并存的。比尼恩通过具体作品的欣赏分析，特别指出了佛教的传播在亚洲造成的艺术上的相通性，而这种相通性不是素材手法等表面上的，而是"人的精神"上的。例如，在印度与中国的绘画艺术特别是山水画中，他看到了亚洲没有欧洲那样的纯粹的风景画，因为人总是在风景里，风景是人心目中的风景。他注意到，"把现象世界看作虚幻的，这种习惯太强固了"。② 而这正是印度教、佛教及中国老庄哲学的世界观，也是亚洲绘画艺术的深层蕴含。又如，比尼恩在日本的浮世绘中看到了这种最庶民性的艺术样式所具有的亚洲的、东方的精神底蕴，他发现浮世绘"与全部民族精神遗产多么轻松而又自然地连接在一起……这种场景的构思乃是包蕴着一首古诗的意蕴，包蕴着中国的或印度的一个传说。这就是这种民族艺术的可惊之处。更是它的对象——民众的可惊之处，我们知道那复杂的精神传统乃是植根于亚洲大陆的悠久的历史之中"。③ 这种"精神传统"便是他要阐发的"亚洲艺术中的人的精神"！

比尼恩在对"亚洲艺术中的人的精神"加以阐发之后，最后试图借助东方来反思西方，认为"由于亚洲的这一艺术现在已经全部进入我们的视野，我们不得不重新来思考西方的传统价值"，西方艺术东方艺术都有自己独到的价值，都是不同时代不同民族"人的精神的产物"，这才是

---

① ［英］比尼恩：《亚洲艺术中的人的精神》，第80—81页。
② ［英］比尼恩：《亚洲艺术中的人的精神》，第48页。
③ ［英］比尼恩：《亚洲艺术中的人的精神》，第130页。

艺术的真义。同时，也促使他反思为"艺术"下一个固定、通用的定义这一做法是否可行，他反问："有人想为艺术制定一个为全世界人都接受的定义吗？我并不希望这样做。"① 当然，正如众所周知的那样，黑格尔早就这么做了。比尼恩再次以自己的方式对此表示了质疑。

从"亚洲（东方）艺术"到"东方美学"，所指称的对象没有变化，但是，价值判断的标准却有变化。黑格尔承认"东方艺术"，但并没有承认"东方美学"。法国学者雷纳·格鲁塞（Rene Grousset）在1948年出版的插图版小册子《从希腊到中国》一书的前言中，使用了"远东美学""东方美学"这样的词，② 被一些学者认为是"东方美学作为一个概念"的最早的用例。③ 但格鲁塞的"东方美学"显然不是当做一个学科概念，而是作为"东方艺术"的同义词加以使用的。一直到1965年，美国美学家、美国美学学会第一任主席托马斯·芒罗（Thomas Munro）出版了题为《东方美学》（*Oriental Aesthetics*）的小册子，才算是在学科范畴的意义上明确使用"东方美学"一词。同时这也意味着承认了"东方艺术"的审美价值，因而从审美价值判断的角度看，"东方艺术"又是"东方美学"。

《东方美学》分两个部分，第一部分是"引论与探究"，以十篇（十节）短文谈到了总体的东方美学与艺术理论，谈到了东方西方美学的关系，还谈到了印度、中国、日本的美学。现在看来这些内容都是介绍性的，可以看出至少是在截止那个时候（20世纪60年代之前），西方美学家、哪怕是像芒罗那样的对东方美学饶有兴趣的西方美学家，对东方美学的了解是隔膜的、肤浅的、皮毛的和支离破碎的，在知识上不成系统，

---

① ［英］比尼恩：《亚洲艺术中的人的精神》，第141页。
② ［法］R. 格鲁塞：《从希腊到中国》，常书鸿译，杭州：浙江人民美术出版社，1985年，第2页。
③ 陈静：《关于东方美学研究方向的一点思考——第四届东方美学国际学术研讨会述评》，《济南大学学报》2007年第1期。

在体系建构上更是无能为力。该书的第二部分"阐释与估价"共十篇是东方艺术的美学价值论，在我们看来是较有参考价值的一部分。托马斯·芒罗对东方美学价值强调与确认的同时，也伴随着对西方以黑格尔为源头的美学观念之偏颇的反思，他指出："'美学'作为艺术与美的哲学的名称主要是19世纪黑格尔的发明。这个术语均是含混不清的。"① 又说："黑格尔是东方艺术置于世界文明的哲学史中加以考察的西方作家。但他的这种考察信息不灵，并且缺少鉴赏力。"② 因此，他的东方美学主要意图，是对东方艺术与美学的价值做出重估。有趣的是，他的该书第二部分的第一句话，引用的就是上述比尼恩《亚洲艺术中的人的精神》的一句强调东方艺术的精神价值的话。事实上，托马斯·芒罗对东方美学的肯定，与他的前辈学者芬诺洛萨、比尼恩是一脉相承的，那就是强调东方艺术中对人的主观精神的表现，认为"东方的主观主义是要将注意力转向内心，而脱离感官现象的世界"。③ 他把东方艺术与美学的总体倾向与特点概括为"东方主观主义"，而将西方艺术与美学概括为"自然主义"。在这个意义上又相应地把东方美学称为"超自然主义"。托马斯·芒罗指出："'自然主义'一词概括了以此为基础的西方科学与哲学，以及许多西方学者和史学家处理艺术与美学的方法。而'超自然主义'则有着数不胜数的变体和大致近似的同义词，比如先验主义、唯灵主义、多神崇拜主义、唯心主义（取思辨哲学的内涵）、二重论主义和神秘主义等等……都力陈精神独立于物质与肉体。"④ 西方的自然主义与东方超自然主义存在着本质的矛盾冲突，"东方超自然主义者们估价最高的价值，即'打破转世的循环'或'与绝对自我的合一'被自然主义者们看作不存在

---

① ［美］托马斯·芒罗：《东方美学》，第13页。
② ［美］托马斯·芒罗：《东方美学》，第4页。
③ ［美］托马斯·芒罗：《东方美学》，第52页。
④ ［美］托马斯·芒罗：《东方美学》，第92页。

的和不可能的、纯粹想象的,因此是没有价值的"。① 而且,对所谓"精神价值"的强调也会引起西方的自然主义者们的反感,但是托马斯·芒罗认为,尽管如此,西方人应该理解东方艺术与美学中独特的"精神价值",并选择其中可以接受的成分。如此,才能达成东西方艺术与美学的互补。

东方艺术与美学,属于东方人的深层世界,也是高高地悬浮在经济基础之上精微神妙的意识形态,要理解它是很不容易的。西方学界大部分一贯注重实用性的研究,在这一方面也不甚措意,于是东方艺术与美学就成为整个西方东方学研究中的薄弱环节。如上所述,从黑格尔到托马斯·芒罗,一百多年来,西方人对东方艺术的美学价值的认识虽然是逐渐趋于公正、趋于客观,了解也逐渐全面,但是,却一直局限在东方艺术的美学价值判断的层面,主要是围绕着"理念""精神"及"人的精神""精神价值"之类词语展开,而不是建立在坚实的翻译学、文献学等基础实证研究基础上的。这也许是因为这个层面的工作太繁琐、太困难了。但是,一旦东方艺术中的独特的精神与理念被普遍确认,也就为今后西方人对东方人的深层世界、对东方美学的探索与理解打下了前提与基础。

---

① [美]托马斯·芒罗:《东方美学》,第97页。

荣格的精神分析心理学及其东方学思想①

以荣格为代表的"新弗洛伊德主义"的精神分析心理学，以"东方—西方"二元论作为理论空间，对瑜伽、佛教、禅宗、易经等多有参照，对西方心理学中的唯理主义加以反省批判，对东方心理文化努力加以同情的理解，指出其与精神分析心理学的相通、相似，并把"集体无意识"的象征原型的分析方法运用于东方经典的解读。但另一方面，又明确反对西方人学习模仿瑜伽、禅宗等心理修炼方式，而主张用西方自己的精神分析心理学来解决心理问题。精神分析心理学的东西方观既超越了此前东西方文化"对立论"，也超越了东西方文化"互补论"，实际是主张"并立、互照"，是西方的东方观的一种崭新形态。

已有西方学者注意到："在西方文化中，慢慢出现了一种趋势，尽管只是亚文化。人们的思维方式发生了转变：开始超越科学和物质主义，而转向了更大的自我觉知；更为注重心理感受；对冥想产生了兴趣，关注心理学和灵性的交叉领域；检视自我价值观，为了满足存在感过更简

---

① 原载《文化与诗学》2017年第2期。

朴的生活，包括改变职业。简单说来，社会有一种倾向，从逻各斯（Logos）——分析、判断、划分的纯粹的智性——摆脱出来，转向厄诺斯（Eros）——联结、彼此相关，互相依存。"① 与此相联系，20世纪以来，西方心理学界对东方精神传统的心理学价值、对佛教中的心理学尤其是对心理治疗与心理健康的价值，给与了很大的关注。对此，J. J. 克拉克介绍，早在1918年，德国东方学者弗里德里希·赫勒（Friedrich Heiler）就认为应该关注禅宗的静观，不仅仅是把禅宗作为一种宗教信仰，而是要把它视为心理健康的手段；几年后，奥斯卡·施密茨（Oskar Schmitz）在心理分析学与瑜伽之间找到了具体的相似点，精神病学家J. H. 舒尔茨（J. H. Schultz）则进一步把东方的身心医学纳入治疗中。克拉克指出，在这种情况下，"特别是在欧洲的一些大学里，东方心理学已经一点一点地赢得了越来越多的关注，东方在心理学方面的洞察已经在许多不同的领域取得重要影响"。② 对此现象，颇有必要从西方的东方学史及东方观的角度加以探讨。

一、荣格的东方心灵论及东西方心理差异论

东方精神传统及东方心理学的影响，明显见于以瑞士的荣格（C. G. Jung，1875—1961）为代表的西方现代心理学中的重要流派——"新弗洛伊德主义"者的精神分析学。这个流派的许多人都从东方文化中寻求灵感与资源，都对东方、对东方心理文化加以关注。荣格写过十几篇有关佛学、禅宗、瑜伽、易经与心理学关系的文章；法国的伯努瓦（Hubert Benoit）写了一本关于禅宗的著作《至上的学说》，美国的卡伦·霍妮（Karen Horney）在其晚年也对禅宗抱有强烈兴趣，美国的 E. 弗洛

---

① ［美］拉德米拉·莫阿卡宁：《荣格心理学与藏传佛教》，蓝莲花译，北京：世界图书出版公司，2015年，第2版前言，第2页。
② ［美］J. J. 克拉克：《东方启蒙：东西方思想的遭遇》，于闽梅、曾祥波译，上海：上海人民出版社，2011年，第210—220页。

姆（Erich Fromme，1900—1980）写过《精神分析与禅宗》，美国密歇根大学心理学教授刘易斯·O. 戈麦斯（Luis Oscar Gomez）写过《成佛如炼金：佛教思想和修行中精进与直显的隐喻》，等等，而其中尤以荣格最有代表性。

荣格等人对东方的看法、对东方与西方关系的看法，都是从精神分析心理学的特定立场出发的，因而所见所言也就富有新意，观点与方法具有鲜明的个性。尤为值得注意的是，荣格等人重拾了被多元文明论（包括轴心期文明论、文明冲突论、多元现代化论）解消了的"东方—西方"二元观，努力在东方的瑜伽、佛教、禅宗、易经哲学中寻求心理学的资源，并以此为基础展开了他的东西方心理文化比较论，从而为他的精神分析心理学的理论建构寻求价值依据。荣格最为关注的问题之一，是东方人关于"心"的概念及"东方—西方"不同的心理类型。在东方的宗教哲学中，"心"是基本范畴之一，也是所探讨的主要领域。

荣格对东西方的差异性的认识与表述也从这个角度展开。他认为，在东方，"心"或"心灵"这个词是带有形而上学意味的，"心"本身就是一个宇宙，并且与最高的真实、最高的本体、宇宙的灵魂密切相关。荣格首先看到了这一点，他认为在现代西方当代学科化之后的心理学中，"心"的实体性被否定了，"由于我们并不断言心灵是一个形而上的实体，并不断言在个人之心与宇宙之心之间存在着某种联系，我们的心理学便成了纯粹现象的科学而没有任何哲学内涵"。① 哲学或形而上学是总体地把握世界，而"西方哲学在最近两百年的发展中已经成功地将心理孤立和限制在自身的领域，切断了它与世界的原始统一"，在现代实验科学看来，心、心灵所感受到的东西，或者说心理的事实，不能被证明是存在的，也不能被证明是不存在的，用荣格的话说，"心理不可能在自身之外

---

① ［瑞士］荣格：《东西方思想的差别》，冯川译《精神分析与灵魂治疗》，南京：译林出版社，2014年，第148页。版本下同。

建立或确证任何东西。"① 于是心理学就仅仅成为描述性的、经验性的学科，成为很特别的学科领域。在荣格看来，这样的"心理学"在东方当然是不存在的，所以他说："严格地说，东方只有哲学和形而上学，却没有我们所说的心理学。"②

然而，在东方没有西方人所说的"心理学"这样一种学问种类的划分，并不意味着东方人没有关于心理问题的探讨。恰恰相反，荣格承认了东方传统文化中所具有的心理学的思想资源与价值。在不太严格的意义上，荣格也承认存在"东方心理学"。例如在为阿贝格《东亚的心灵》所写的序言中，荣格指出："不管就批判西方心理学的功能而言，或是就客观地理解它而言，东洋心理学的知识都提供不可或缺的基础。鉴于西洋人心灵正处在可悲的境地，因此深切了解我们西方的偏见，此事遂变得格外重要，绝不会有过火之虞。"③ 也就是说，在现代西方人普遍处在心灵危机的时期，"东方心理学"是西方心理学的一个不可或缺的对照和参考系。

荣格从心理学的角度分析了东西方文化关于"心"与"物"关系理解上的差异，认为在西方，随着近代科学的发展，人们习惯于用科学的、唯物的眼光来看待一切。"我们西方人总是相信，真理只有在其能够接受外部事实的检验时才令人满意。我们只相信对自然做最严格的观察和探索；我们的真理必须与外部世界发生的事情相吻合，否则它就是'主观的'"。④ 而东方人不但不排除主观的因素，相反，东方人的真理正是靠主观的体察、冥想才获得的。西方人对于"主观的"东西的不信任，表现为坚信只有物质的东西才被当做可以认识的实体，才被当做"事实"，

---

① ［瑞士］荣格：《东西方思想的差别》，冯川译《精神分析与灵魂治疗》，第149页。
② ［瑞士］荣格：《东西方思想的差别》，冯川译《精神分析与灵魂治疗》，第148页。
③ ［瑞士］荣格：《阿贝格（Abegg）〈东亚的心灵〉序言》，杨儒宾译《东洋冥想的心理学》，北京：社会科学文献出版社，2000年，第146页。版本下同。
④ ［瑞士］荣格：《东西方思想的差别》，冯川译《精神分析与灵魂治疗》，第160页。

追求事实即真相成为人们努力的目标。而与此同时,"事实埋葬了我们",使得人们不敢去玄想,因为"事实"马上会证明它的谬误。西方人的这种"宗教与科学冲突"造成的症候,在与东方的比较中就显现得更清楚了。就此,荣格指出:

> 在东方,心是宇宙之要素,存在之本质;而在西方,我们才刚刚意识到它是认知……的基本条件。在东方,宗教与科学并不冲突,因为在那里,没有任何科学建立在对事实的狂热追求上,也没有任何宗教建立在纯粹的信仰上……在我们这里,人无比渺小,神的恩典则无处不在;而在东方,人即是神——他只有靠自己获得救赎。西藏佛教中的诸神虽然是心灵的投射和幻觉的产物,却无碍于它们的存在;而在我们这里,幻觉始终是幻觉——因此也就什么都不是。①

面对现代西方在科学与宗教、物质与精神、事实与心理(物与心)的分裂,荣格从精神分析心理学的层面上,在对东方精神文化的创造性理解与阐发中,展开了对西方唯科学主义的反省与批判。他指出:"西方人于是患了一种新病:宗教与科学的冲突。"②(他有时又表述为"信仰与知识"的冲突)荣格指出:"在历史的发展中,欧洲人已经远离了自己的根本,他的心灵最后分裂为信仰与知识两面,同时,任何对心灵的解释也随之分裂,变成对立的两极。欧洲人需要回归的,并不是卢梭所说的'自然',而是回到自己的本性。"③ 而西方文化中的这种冲突在东方文化中却不存在,因为精神与物质在东方并不是这样严格区分的。在荣格看来,"科学与宗教的冲突,实际上是对双方的误解,科学唯物主义仅仅是引进了一种新的假说,这可以说是一种'知识之罪'",殊不知"我

---

① [瑞士] 荣格:《东西方思想的差别》,冯川译《心理分析与灵魂治疗》,第153页。
② [瑞士] 荣格:《东西方思想的差别》,冯川译《心理分析与灵魂治疗》,第150页。
③ [瑞士] 荣格:《瑜伽与西洋》,杨儒宾译《东洋冥想的心理学》,第40页。

们对'真实'的所有体验都同样是心理的。事实上,我们所思想到、感觉到、知觉到的一切,都不过是心中的意象而已。世界本身的存在,只限于让我们产生出它的意象。"①荣格这种泛心理主义的世界观,与东方佛教哲学、道家哲学的相通性,是显而易见的。因而,他才一方面断言东方没有心理学,一方面又借助东方人关于心理的思考来支援自己的理论观点。

在此基础上,荣格从心理学的角度,将东西方文化的差异,概括为"内向型"和"外向型"两种心理模型。或者说,荣格在他的代表作之一《心理类型》一书中,对心理类型的"外向型—内向型"(或译为"外倾型—内倾型")的两种划分正是基于"东方—西方"两种心理类型区分基础上的。② 综观荣格的看法,西方人的"外向型"建立在基督教世界观之上。基督教中人与上帝的关系就是"内"与"外"的关系,上帝是外在于人的,即便你说"上帝在我心中",也只是意味着你心中有上帝,但并不是说上帝本身就存在于你的心中。人要依附上帝,就必然要采取外向的姿态,敞开自己,面对上帝、祈求上帝。上帝对人的施恩当然是"自外而内"的。跟外在的上帝比较起来,人永远是渺小的、卑微的。"像克尔恺郭尔所说的那样,'在上帝面前,人永远是错的'。通过恐惧、悔恨、承诺、顺从、自贬、善行和礼赞,人虽得以取悦上帝,然而无上的力量却不在他自身而完全来自外部。"荣格认为,正因为这样,西方人身上最为薄弱的就是"心理"。"与其他民族相比,例如与中国人相比,白人的心理平衡,或直率地说白人的头脑,似乎正是他身上的薄弱之处。我们自然总是力图尽可能远离自己的弱点,这一点可以解释为什么外向心态总是企图以对周围环境的主宰来获得安全。"③ 为追求自我实现即安全

---

① [瑞士] 荣格:《东西方思想的差别》,冯川译《心理分析与灵魂治疗》,第151—152页。
② 参见 [瑞士] 荣格:《心理类型》,吴康译,上海:上海三联书店,2009年。
③ [瑞士] 荣格:《东西方思想的差别》,冯川译《精神分析与灵魂治疗》,第166页。

感，于是西方人就拼命追求权力、财产、资本，并不惜使用战争、掠夺的手段。而与此同时，"心灵的主要任务就是发明各种适当的'主义'来掩盖现实的动机或获取更多的资本"。①

而与之相反，东方的宗教文化中并没有这样一位唯一的、全能的神（上帝），东方的神更多地是内在的、心理的存在，是对人自身内部"神性"或"佛性"的发现与体认。东方的思想就是建立在"心理事实"的基础上。东方人的"内向型"心理主要体现为，个人的"心理被视为存在之主要和唯一的条件"。② 在东方人看来，精神现象本身就是存在的范畴，万事万物只有显示为心象才能被人们所认识，只有心理的存在才是人能够直接认识的唯一的存在。这就是东方的所谓"灵性"和"佛性"。而在西方，除了受东方印度思想影响的叔本华等极少数人之外都没有意识到这一点。荣格特别指出："东方人所说的'心'，更接近我们所说的'无意识'而不是我们所理解的'心'。我们所说的'心'，则或多或少地相当于意识。在我们看来，如果没有自我（ego），意识就不可想象；意识相当于心理内容与自我的关系……然而东方的心灵却能毫无困难地想象一个没有自我的意识。在他们看来，意识天生便能够超越自我的制约。确实，在意识的'更高'形式中，自我已经消失得无踪无影。"③ 荣格所说的"更高"的心理形式，显然就是指东方人的"无我"的精神境界，也就是佛教哲学的"悟"、道家哲学的"得道"的境界。换言之，在西方，意识或精神总是从属于主体的、从属于人之"心"的，而取消了主体与客体对立的东方之"心"才是最高的本真。

应该指出：荣格关于东西方心理类型的"内向—外向"二分论，似乎与他的"集体无意识"论有密切的内在关联。关于"集体无意识"，

---

① ［瑞士］荣格：《东西方思想的差别》，冯川译《精神分析与灵魂治疗》，第156页。
② ［瑞士］荣格：《东西方思想的差别》，冯川译《精神分析与灵魂治疗》，第154页。
③ ［瑞士］荣格：《东西方思想的差别》，冯川译《精神分析与灵魂治疗》，第157—158页。

荣格是把它作为与"个人无意识"相对的概念。"个人无意识"的个人毋庸解释，然而，"集体无意识"中的所谓"集体"是指什么？是抽象的人群、是全人类？还是特定区域、特定民族、特定族群、特定社会中的人呢？这本来是一个十分重要的问题。但是遗憾的是，荣格对此恰恰没有加以具体仔细的范围区分与界定。他声称："我称之为'集体无意识'（Collective Unconscious）。这种为全人类所共有的无意识心灵，不仅包含那些能够变成意识的内容，而且也包括让人做出相同反应的潜在倾向。"[1] 可见在他那里，"集体"就是复数的人，就是"全人类"。然而，在我们看来，"集体"不是抽象的，是有不同层次、不同类型的"集体"的。实际上，荣格对"东方—西方"两种心理类型的区分，就是建立在"集体无意识"基础上的。他在不自觉中把"东方—西方"分别看作不同的"集体"，并用这两种不同的"集体无意识"作为比较分析的基础与前提。也正是有了"集体无意识"，才有了"东方—西方"的二元论的重拾与强调，这也是荣格理论所不同于其他东西方论者的新颖之处。

二、对瑜伽、禅宗的看法与态度

精神分析心理学对东方心理学的关注，主要体现于禅宗与瑜伽。

对于禅宗，美国的精神分析心理学的代表人物之一E. 弗洛姆在题为《精神分析与禅宗》的长文中，做了专门的论述。弗洛姆对禅的了解似乎也主要来自铃木大拙用英文出版的著作，在《佛教禅宗》一书中，铃木大拙对"何谓禅"曾做了这样的说明："从本质上看，禅是见性的方法，并指出我们挣脱桎梏走向自由的道路。……禅的目的是避免我们发狂或受损伤。这就是我所谓的自由，使我们内心固有的一切创造和善

---

[1] ［瑞士］荣格：《荣格的欧洲评述》，荣格、卫礼贤著，张卜天译《金花的秘密——中国的生命之书》，北京：商务印书馆，2016年，第20页。版本下同。

良本能自然地展开。"① 对此，弗洛姆表示了强烈的共鸣，他说："对禅的目标的这种描绘可以不见改变地用来描绘精神分析所渴求的目标，即洞察人的本性，自由、幸福与爱的实现，能力的解放，免于疯狂或残废。"② 而这一目标并不是伦理的目标，"无论精神分析还是禅宗，主要地都不是一种伦理体系。禅宗的目标是超越伦理行为之目标的，精神分析也是如此"③。不仅目标相同，而且两者在"态度"上也相似。"禅宗的'教育'方法可以说是把学生逼得走投无路。禅宗的公案使得学生想要在理性思维中寻求避难成为不可能；公案犹如一道屏障，使得学生也不可能再逃跑。精神分析学家做着——或应该做——某种与此类似的事。他必须避免这样一种错误，即向患者提供各种只会阻止患者从思维跃向体验的解释与说明。恰恰相反，他必须去掉一个又一个文饰作用，拿掉一个又一个拐杖，直到患者无法再逃跑，从而冲破充塞于他心中的种种虚构，体验到实在——这就是意识到他以前未曾意识到的东西。"④

弗洛姆不但指出了精神分析与禅宗在宗旨态度上的相似与相通性，还从东西方宗教的本质不同出发，指出了东方宗教思想在心理建构上的价值——

> 东方宗教却没有一个超验的父亲般的拯救者概念的负担，而这个拯救者却是西方一神论的宗教所渴望的。道教与佛教的合理性与现实主义态度都超过了西方的宗教。他们能够现实地、客观地看到，只有"觉悟"者才能来引导人们，而人们之所以能被引导，是因为

---

① ［日］铃木大拙：《禅是生活》，刘大悲译，北京：光明日报出版社，1988年，第1页。
② ［美］弗洛姆：《精神分析与禅宗》，洪修平译《禅宗与精神分析》，沈阳：辽宁教育出版社，1988年，第145页。版本下同。
③ ［美］弗洛姆：《精神分析与禅宗》，洪修平译《禅宗与精神分析》，第146页。
④ ［美］弗洛姆：《精神分析与禅宗》，洪修平译《禅宗与精神分析》，第149页。

每个人自身内部都有觉悟的能力。这正是东方思想——道教、佛教以及两者在禅宗中的融合——为什么对今日西方具有如此重要性的原因。①

解决心理问题，不是靠那位"超验的父亲般的拯救者"，而是靠"觉悟者"来引导，而每个人自身都隐含着觉悟的能力。这样的东方思想岂不给了精神分析一最大的外部支持吗？弗洛姆这样说，也就等于宣称：要解决西方人的精神危机，不靠上帝，只靠精神分析就行了。因为东方人早就在做类似的事情，所以东方人没有发生精神危机。在东方的禅宗中，禅师引导人得悟，禅宗信徒也可以自悟。弗洛姆的这种援引东方思想来为精神分析寻求正当性的做法，与荣格基本相同。但是他似乎更多地强调两者之间的相同或相通。他认为弗洛伊德的精神分析的方法与东方思想、与禅宗有着密切关系，尽管弗洛伊德本人也许很少意识到这一点。他指出：弗洛伊德的精神分析的信条就体现在一句话里——"哪里有本我，哪里就有自我"，精神分析就是让理性的、意识的"自我"来支配无意识的"本我"，也就是把"无意识"变为"意识"。这是符合西方传统的理性主义的，但又克服了理性主义唯理的偏颇，为此创造性地引进了浪漫主义方法。同时，在精神分析的过程中，"自由联想"的方法，其实质就是"反对逻辑思维，从根本上超越了西方世界传统的理性思维方式，他的方向是东方思想已经更为彻底地进一步发展了的方向。"② 就这样，弗洛姆把精神分析置于东方西方思想文化、思维方式的平台上加以比较观照，从心理学的角度指出了两者之间的深刻的相通性。

同时，弗洛姆也明确指出，禅宗属于佛教的一个宗派，而"精神分析是一种科学的方法，从根本上说没有宗教的性质"，③ 这是两者的本质

---

① [美] 弗洛姆：《精神分析与禅宗》，洪修平译《禅宗与精神分析》，第95—96页。
② [美] 弗洛姆：《精神分析与禅宗》，洪修平译《禅宗与精神分析》，第99页。
③ [美] 弗洛姆：《精神分析与禅宗》，洪修平译《禅宗与精神分析》，第92页。

区别。因而禅对精神分析,只能是一种参照物。在他看来,西方人要做到禅的"悟"是很难的。"如果不是'佛性就在我们每个人心中',如果人与生存不是普遍的范畴,如果对实在的直接把握、觉醒、悟不是普遍的体验,那么这种领悟怎么可能呢?"①

对于东方禅宗,荣格的态度大体也是如此。但是他比弗洛姆更为审慎。在为日本禅学家铃木大拙的《禅宗入门》所写的导言中,荣格谈了他对禅宗的"悟"的看法,认为禅无论如何不是西方意义上的哲学,特别是禅宗中反复描述的"悟"的体验,对于西方人而言是难以理解的,他不否认"悟"与少数西方人、例如基督教的异端神秘主义者,有着相通的体验,但本质上是与西方的价值不相符合的。因为这种悟是极端个人主义的,是呵佛骂祖否定权威的,而西方的基督教"教会的功能,就是用来反对一切本真的体验,因为这样的体验必然是异端。我们的文明中,唯一对这种努力有所理解的,就算是心理治疗了"。但是他表示仅仅是"理解"而已,正如反对引进东方瑜伽一样,他反对西方人学禅。他认为:"直接把禅宗移植到西方的想法就不仅不值得称赞,而且也根本不可能实现。"② 这种看法似乎直接与他为之作序的铃木大拙的《禅宗入门》的看法是完全不同的。铃木大拙苦口婆心地向西方人推荐禅宗,而荣格表面上理解禅宗,一方面称赞禅宗"两千年来一直占据着东方最富冒险精神的心灵,而由此形成的哲学和方法,则使西方人的努力相形之下黯然失色",③ 但另一方面又告诫西方人:"对于东方思想西方人长期以来已经形成一种轻信的态度",尽管由于禅宗没有瑜伽那样的神秘的仪式行为,只要求更高的心智与意志力,但西方人"切莫低估东方人的精神

---

① [美]弗洛姆:《精神分析与禅宗》,洪修平译《禅宗与精神分析》,第167页。
② [瑞士]荣格:《铃木大拙的〈禅宗入门〉》,冯川译《精神分析与灵魂治疗》,第205页。
③ [瑞士]荣格:《铃木大拙的〈禅宗入门〉》,冯川译《精神分析与灵魂治疗》第206页。

深度,切莫以为禅宗里有任何方便法门。"① 言下之意,要想在现代西方文化中体验到东方禅宗的功能与魅力,那就要求助于他的精神分析心理学了。

东方的瑜伽,是印度宗教中的一种身心的修炼方式,荣格对瑜伽的理解是广义上的,不是把它看作印度教的瑜伽行派,而凡是东方宗教中的遏制本能冲动的身心修炼,他都看作瑜伽,同时他十分看重瑜伽的心理学的价值。荣格宣称:"我深信在融合身心成为一体方面,瑜伽方法极为完美,恰如其分,这是无可置疑的,这些方法创造了某种精神性质,使得某种超越意识以上的直觉得以呈现。"但是另一方面,接下来荣格马上补充强调说:"西方人分裂的心灵打从一开始,即与瑜伽旨趣不合,因此也无法充分体现它。瑜伽在他们手中,如果不是逐渐地变成狭隘的宗教性事物,要不然就是变成类似记忆术、呼吸控制法或体质平衡法等形形色色的锻炼方式,完全与瑜伽讲究圆满和谐的特色搭不上边。印度人既不会忘掉身体,也不会忘掉心灵,欧洲人则总是忘了这或忘了那。"② 又说:"由于欧洲人的心灵与东方人的风马牛不相及,因此,如果使用瑜伽,不可避免地,他一定会误用它。我总是尽我所能向有心人说道:'研究瑜伽,你可以获得无限的东西,但不要妄想使用它,因为我们欧洲人还没到可以正确使用这些法门的地步'。"③ 在《东洋冥想的心理学》一文中谈到瑜伽时,荣格再次强调:"在此我想先提出警告,在我们西洋人中间,时时可以看到有人对于东洋的修行方法发出共鸣,因此,他们常原封不动,全面模仿。然而,做这样的事情通常除了使我们西洋的理智失去灵光外,其他一无所得……他不应该假装对瑜伽非常内行的样子,他不能放弃西洋的理性,也不应该放弃,相反的,形而上的模仿

---

① [瑞士] 荣格:《铃木大拙的〈禅宗入门〉》,冯川译《精神分析与灵魂治疗》,第205页。
② [瑞士] 荣格:《瑜伽与西洋》,杨儒宾译《东洋冥想的心理学》,第37—38页。
③ [瑞士] 荣格:《瑜伽与西洋》,杨儒宾译《东洋冥想的心理学》,第40页。

以及狂热的倾倒,才该制止。"① 看来在这个问题上,荣格是反复再三坚持立场的。

问题是,荣格不主张西方人尝试瑜伽或使用瑜伽,但是为什么又要宣扬东方瑜伽呢?他要表达的意思是,在西方,类似瑜伽的东西是有的,并且认为"现代的心理分析治疗学最接近瑜伽"。他认为,弗洛伊德创建的心理分析,其宗旨是通过分析和回忆,用人为内转的方法,使人的无意识转化为意识,本来就与瑜伽有相通之处,而自己的精神分析心理学所主张的"集体无意识"与瑜伽更为接近。集体无意识是通过象征来表现的,瑜伽就带有相当丰富的象征,但是,他声明,尽管如此,"大体来说我并不采用瑜伽的法子,在西方,不可以有任何事物可以强加在无意识上面",② 因为西方与东方的精神发展的轨道截然不同,东方的瑜伽并不适用于西方,所以他的"能动性想象"的方法并不是从瑜伽那里学来的,而是自己创造的。他相信"西洋终会产生自己的瑜伽,我认为这样的瑜伽将会建立在基督教所奠定的基础上面"。③

三、为什么关注东方心理学

精神分析心理学及荣格、弗洛姆对东方西方的心理结构差异、对东方的禅宗、瑜伽做如上的分析,目的是什么呢?是像其他一些学者思想家(如叔本华、L.A贝克等人)那样,是要借助东方的心理思想资源来疗救西方人的精神病患吗?是主张东西方文化的互补与融合吗?显然不是。

荣格对东方文化中带有心理学色彩或性质的思维与行为,例如瑜伽、禅定、悟道等,都采取了双重的态度。亦即在理解的层面上予以充分肯

---

① [瑞士]荣格:《东洋冥想的心理学》,杨儒宾译《东洋冥想的心理学》,第191—192页。
② [瑞士]荣格:《瑜伽与西洋》,杨儒宾译《东洋冥想的心理学》,第44页。
③ [瑞士]荣格:《瑜伽与西洋》,杨儒宾译《东洋冥想的心理学》,第45页。

定，但在西方人是否学习采用的问题上，则鲜明地加以否定和拒绝。表现了东西方文化对比对照之间所形成的那种独特的张力。一方面看似理解东方推崇东方，反思西方批判西方，但旋即贬抑东方而肯定西方。这里面隐含的心理机制颇为值得分析与玩味。

荣格对东方的精神哲学及心理结构不断表示出同情的理解，不断地以此与西方对照并凸显西方人精神上的病态与分裂的症状，但是同时，他又不断反复地强调，不能因此而主张西方在心理疗救方面学习东方，不能把东方的瑜伽、坐禅等那一套精神修炼的东西加以模仿。他提醒说："在面对东方思想时，西方人常犯的错误是，他就像《浮士德》中的学者那样受魔鬼的蛊惑而轻蔑地抛弃科学，转向东方的迷狂，照原样搬一些瑜伽功法，成为可怜的模仿者。"① 他认为应该弄清东方精神修炼的基本的方法与原则，"这样我们才能用自己方法建立自己的基地。如果我们直接从东方攫取这些东西，我们就不过是在重操旧业，再次肯定了'一切好的东西都在外面'，我们必须索取它并将其塞入我们贫瘠的灵魂。"他的意思似乎是，当"外向型"的西方人"从外面"接受基督恩典的时候，他还是好的基督徒，但如果用这样的姿态去接受外来的东方文化的时候，则会使这种"东方式的态度亵渎了基督教的价值"。他强调："我们不应该无视这一事实，我们新获得的态度要做到真诚即建立在自己的历史之上，就必须充分意识到基督教的价值，只能从内，而不是从外——我们要在自己身上，在自己的无意识中去寻找"。② 由此看来，荣格对东方心理文化的态度，仅仅是包容的、同情的理解，至多是作为参照。而不是学习和模仿。他对模仿东方瑜伽修行的行为多次表示了不赞同的、乃至否定的态度。

---

① ［瑞士］荣格：《欧洲人为何难以理解东方》，张卜天译《金花的秘密——中国的生命之书》，第 16 页。
② ［瑞士］荣格：《东西方思想的差别》，冯川译《精神分析与灵魂治疗》，第 156—157 页。

荣格之所以采取这样的立场与态度，是出于为他的精神分析学的建构服务的目的。众所周知，作为一个"新弗洛伊德主义者"，荣格的精神分析心理学与他的老师弗洛伊德的精神分析学的最大不同，就在于他用"集体无意识"这一核心概念取代了弗洛伊德的"无意识"，从而把"无意识"的纯粹的被压抑的生理欲望，解释为一种文化上的遗传。在这个基础上，精神分析也就由单纯的个体心理疾病的治疗而扩大到了文化象征、文化原型的解释，扩大到了对人类文化的解读与研究，精神分析学就由精神医学成为一种文化理论与文化研究。然而，做这种大规模的改造，荣格是要冒风险的，不仅因此而导致了他与弗洛伊德的师生情谊与友谊的决裂，而且，在很大程度上由于越界，也遭到了既成学界的排斥。面对这种困难的处境，荣格把东方文化拉过来作为一种参照，他要说明的是，在东方，通过自我精神修炼，而不是借助外在的神或上帝，凭借自己的种种形式的精神修炼，是可以达到心与物、自我与本我之间的平衡与和谐的，避免了西方式的主观与客观、物质与精神、神与人之间的二元对立的紧张和由此导致的精神分裂倾向，依靠心理所具有的超越功能，保证了"完整的心灵"，并以此达成自我救赎。东方人在漫长的历史上就是一直这么做的，一直就是如此通过自我疗救的方式、追求精神上的价值，而且大量事实可以证明他们的心理也要比西方人健康、健全得多。这样一来，东方人及东方文化就为荣格的精神分析心理学提供了一种客观的参照。精神分析心理学主张不必"外向"地借助于上帝，也不必借助于教会及神父牧师，而只依赖于精神分析师的解释与疏导，即可自行解决心理问题或精神疾患。同样的，历史上的一些文化问题，特别是表现为种种形象的"象征"、包括神话传说意蕴、文学艺术的主题等，也都可以通过精神分析心理学加以解释。这样一来，凡是精神现象，而且是复杂的精神现象，无论是个体的还是集体的，无论是历史的还是现实的，精神分析心理学都可以加以解决。这种全面的而且往往是深刻的介入，势必对既有的思想学术模式造成冲击，并很有可能引起反弹。而荣格的策略就是，仅仅把东方作为参照，而不是主张模仿东方。试想，假如只学习模仿东方就够了，荣格何为？另一方面，借助东方对西方的心理文化的负面加以检讨反省，而不从根本上否定西方的价值观，也确保了荣格思想方法的西方属性。这样，他的精神分析心理学就有了发展的可能与空间，不可不谓高明，而且显示了他在对待东方文化方式上的独特性。在一定意义上说，荣格超越了此前的东西方文化"对立论"，也超越了东西方文化"互补论"，代表了西方人的东方观之崭新形态。

不仅如此，荣格的精神分析心理学还可以反作用于东方文化。可以使用他的"集体无意识"理论，对东方典籍加以解读与诠释。在荣格看来，世界就是一座象征的森林，甚至连人们所看到的物质其实也是一种象征，他甚至认为："事实上，物质不过是一种假设，当你说到'物质'的时候，你是在创造某种象征来代替未知的东西——这种东西也可以被说成精神或别的东西，甚至可以说是上帝。"① 这也就是说：我们眼中看到的东西，实际上只是一种"象征"，只是"我们"的感觉与精神的投射。宗教与科学之所以冲突，是因为西方人把这两者的区分太过绝对化了。而精神分析心理学就是要克服这种分裂。从这种认识出发，荣格将一些古老的东方典籍视为东方人"集体无意识"的表现，作为东方的一种文化"原型"来看待，而"原型"作为隐含的集体无意识的内容，往往是有其"象征"的。个人的梦就是一种象征，古老的宗教仪式、古代典籍中的神话传说、古代雕塑绘画、一些反复使用的图案图形（如曼陀罗）或神秘数字的组合，乃至一些现代的经典作品，都是集体无意识的"原型"的"象征"表现，都流贯在一个民族与社会的所有成员的潜意识（无意识）中。把这些指点出来，就会成为某些人的某些心理动因、心理动机的最好的解释与说明，就会使当事者感到释然，豁然开朗。据此方法与思路，荣格解读了大量西方文化中的象征性作品。

---

① ［瑞士］荣格：《东西方思想的差别》，冯川译《精神分析与灵魂治疗》，第150页。

也许是为了证明他的"集体无意识"论的普遍适用性，荣格把他的"原型"发现、"象征"分析的方法运用于东方的相关经典中，分别对《西藏度亡经》《观无量寿经》和《易经》做了分析。例如，在解读《西藏度亡经》（一名《中阴得度》）时，荣格断言："全书全部内容都是从无意识的原型成分创造出来的，这是铁的事实。在这些原型后面，没有物质的实体，也没有形而上的实体，惟一实在的只是灵魂的经验。"① 认为"《中阴得度》给死者提供了至高不二的终极真理：它主张一切诸神都是我们灵魂的假象，都是我们灵魂的反光……灵魂就是神性之光，神性即是灵魂的本质"。② 其实也就是说，一切都是"象征"，连诸神都是。于是《西藏度亡经》就有助于补强荣格的"原型"理论。

对于《观无量寿佛经》（简称《观经》）荣格也予以高度赞赏。《观经》作为佛教净土宗的经典，宣扬了进入"阿弥陀佛净土"的修行法门，即"观想"，并讲述了"十六观"或称"十六想"，包括日观、水观、地观、树观等。这种种的"观"或"观想"为荣格的"原型之象征"提供了很好的佐证，正如荣格在《东洋冥想的心理学》一文中所指出的，太阳、水、土地、树木等都是普遍使用的象征，"当感官世界及其牵绊而起的思虑完全被泯除时，内在的世界即清清楚楚地浮上表面来。"③ 而《观经》所提倡做的"观想"，就是要把人的幽深的无意识世界呈现出来。通过观想，使身心完全融入对象，从而得以进入佛界净土。

在《易与中国精神》一文中，荣格认为："《易经》六十四卦是种象征性的工具，他们决定了六十四种不同而各有代表性的情境，这种诠释与因果的解释可以互相比垺。因果的联结可经由统计决定，而且可经由

---

① ［瑞士］荣格：《〈西藏度亡经〉的心理学》，杨儒宾译《东洋冥想的心理学》，第 26 页。
② ［瑞士］荣格：《〈西藏度亡经〉的心理学》，杨儒宾译《东洋冥想的心理学》，第 8 页。
③ ［瑞士］荣格：《东洋冥想的心理学》，杨儒宾译《东洋冥想的心理学》，第 195 页。

实验控制，但情境却是独一无二、不能重复的"。① 荣格由此看出了《易经》之象征的巨大可能性，认为通过它，可以摆脱理性推演的因果链条对心理自由的束缚，提供了彻底的"自知"的无限可能性，并由此而发现了《易经》对于心理学的价值。在为德国著名汉学家卫礼贤（Richard Wilhelm）翻译的《金花的秘密》（即中国道教内丹经典《太乙金华宗旨》）所写的长篇序言中，认为"金华是光，天光即道。金华是一个曼陀罗图案"②，从他的"原型"与"象征"理论的角度，荣格指出金华作为一个"曼陀罗"的原型象征，不仅在东方，在西方也存在，曼陀罗的图案对心理治疗具有普遍意义。

以荣格为代表的"新弗洛伊德主义"及现代西方的精神分析心理学，从心理学的角度看出了"东方—西方"的之间的巨大差异，并常常使用"东方—西方"的对蹠概念作为展开论述的空间，虽然也难免存在着以基督教文化为本位的西方中心主义的意识与潜意识，但是这种西方中心主义不同于政治经济学、历史学、多元文明论中那种刚性的、独断的西方中心主义，他们以东方为参照，对现代西方的科学主义、唯理主义倾向更多地表现出了反省与批判，对东方心理哲学、心理文化表现出了较大的兴趣，予以了充分的尊重与理解，并在理论建构与心理分析的实践中加以利用，但又不主张直接引进和学习模仿东方的瑜伽、参禅等心理修炼方法，从而强调了精神分析心理学在疗救现代西方人精神危机与心理疾患方面的价值。也就是说，他们重视东方的心理文化是为了补强自己的精神分析心理学。既不是主张"东方—西方"的"互补"，也不是主张"对立"，实际是提倡"并立、互照"，从而也形成了独具一格的东方观，是西方的东方观的崭新形态。

---

① ［瑞士］荣格：《易与中国精神》，杨儒宾译《东洋冥想的心理学》，第209页。
② ［瑞士］荣格：《荣格的欧洲评述》，荣格、卫礼贤著，张卜天译《金花的秘密——中国的生命之书》，第32页。

从东方学史看西方学界的丝绸之路研究[①]

19世纪后期至20世纪初,欧洲的一些探险家与东方学家开始深入中亚地区,发现了作为古代东西方商道的"丝绸之路",开启了"路"的历史叙述与研究模式,从历史文献的翻译与阐释进入了实地踏查的阶段,从而带来了东方学研究方式与方法的变化,并且揭示出丝绸之路作为"中国之路"与"东方之路"的性质,展现了此路"以物载文"的文化交流特性。近年来,一些学者在当代世界经济的描述与研究中利用了"丝绸之路"的概念并将其广义化,提出了"新丝绸之路"的概念或撰写"丝绸之路新史",直接间接地与中国提出的"一带一路"相呼应,表明他们从历史研究走向现实关注。对西方学界丝绸之路研究模式及特点的关注与研究,将有助于人们认识"一带一路"倡议的广阔的国际背景与深刻的历史渊源。

19世纪末至20世纪初,英国、法国、德国、俄国等欧洲的一批探险家、东方学家陆续来到亚洲腹地,即以中国新疆塔克拉玛干沙漠为中心的周边中亚地区,亦即南至西藏、北至北疆、西至帕米尔高原地区、东

[①] 原载《北京师范大学学报》2020年第1期。

至甘肃北部的广袤区域，亦即英文所谓的 serindia（西域）地区做探险考察。这意味着他们对东方世界的关注重点发生了位移。此前，他们对东方实地考察与深入研究的地区，先是地中海南岸、东岸的西亚中东地区，后来则是作为殖民地的印度及南亚东南亚地区，再就是中亚东亚地区。他们在中亚地区发现了出发自中国、达到欧洲的古代商道，并命名为"丝绸之路"，从此开启了一种以东西方商贸交流为模式的"路"的历史叙述与研究模式。从欧洲的东方学学术史上看，丝绸之路的发现与研究具有重要的价值与意义。

一、对"丝绸之路"及历史文化特性的发现

19世纪后半期，欧洲人在西域及中亚地区做行游探险，虽然对一些人来说可能主要是出于冒险、求知的冲动，但总体上说，起初并不是为了作为学问的"东方学"，而是直接或间接为着殖民扩张的目的。这个地区大都属于中国的政治版图，但由于当时中国正值内忧外患，国力衰弱，加上西域地区人烟稀少，自然环境严峻，国家政治对这一代的管控、管理较为薄弱，为欧美列强染指此地提供了可能。欧美列强在把新大陆瓜分完毕之后，感到对这一区域的渗透扩张较为轻易，可以浑水摸鱼，于是西域地区便成为他们实施扩张的另一个目的地，俄、德、英、法、瑞典、芬兰等的探险考察队陆续非法或半合法地深入西域地区。本来西域地区作为欧亚大陆东西南北奔走交流的走廊、是商场也是战场，不同民族在这里轮番不断地你退我进、登上或退出这个舞台。由于地处中国、印度、阿拉伯—波斯三大文化的交叉边缘地带，离相对稳定的文明中心较为遥远，民族成分很复杂，其文化历史文物的遗留也代代累积、层层叠加。而以往中国的传统历史文献对这一地区虽有许多记载，但相对于内地，对西域的记载较少而且粗略。西域也曾是波斯—阿拉伯帝国的边缘地带，因而在波斯与阿拉伯的历史文献中也有记载，尤其在大型故事集《一千零一夜》中有不少的描述，但有不少属于道听途说，不可稽考。至于印度文献，因为印度本

身没有史学,虽然西域地区位于印度的西北部而且是印度与欧洲的陆上必经之地,但印度典籍中几乎没有像样的相关文献。

在这种情况下,西方探险家来到西域,有的直接以地理学、地质学的考察为主,有的则以历史文化遗迹的考察为主,有的两者兼而有之。既要考察,就要有相关的关于东方的语言、历史、宗教、文物的知识,于是在各国考察队中,出现了若干被后人称为"东方学家"的人。其中先驱人物是德国的地质地理学家冯·李希霍芬(Ferdinand von Ricthofen, 1833—1905),他曾在 1868—1872 年考察了中国十八个行省中的十三个,包括西部的罗布泊地区,写出了五卷本的题为《中国》的旅行记。① 其后,在西域考察中"收获"最大、影响最大的探险家有瑞典的斯文·赫定(Sven Anders Hedin, 1865—1952)、英国的斯坦因(Aruel Stein, 1862—1943)、法国的伯希和(Paul Pelliot, 1878—1945)、德国的勒柯克(Albert von Le Coq, 1860—1930),还有俄国的一些探险家。他们将西域之行的路线、探险经过、发现与收获乃至感觉与感慨都记录下来,并陆续出版,公诸于世。其中,伯希和无意中发现了敦煌藏经洞,意识到其巨大价值,便千方百计将其中最有价值者偷运到法国,并对这些文献进行整理、翻译、校释与研究,出版了《敦煌千佛洞》等书,声名大振,成为欧洲东方学的权威。其实,这些人在来西域之前,在欧洲的学界大都没有多大的地位和影响,但一旦经过了西域之行,一旦把他们的发现与研究公诸于众,便会填补欧洲人此前的研究空白,在学界、甚至在社会上引发很大反响。他们把西域的见闻写成考察报告、或写成见闻游记、札记,或者把偷运过去的文献加以释读、翻译与研究,写成学术论文或专著加以发表和出版,而成为知名的东方学家。其中,俄国人谢苗诺夫(Pyotr Semyonov-Tyan-Shansky)在 1856—1857 年深入中国新疆天山地区

---

① 中文译本见德国学者 E. 蒂森选编《李希霍芬中国旅行日记》,李岩、王彦会译,北京:商务印书馆,2016 年。

探险，后根据探险日记写成《天山游记》；瑞典的斯文·赫定于1890—1902年间曾三次考察西域，并出版了《亚洲腹地旅行记》《丝绸之路》等书，英国的斯坦因有《西域考古记》等，德国的勒柯克有《吐鲁番旅游探险》等，法国的伯希和有多种西域探险报告或笔记。① 这些著作已经成为丝绸之路研究的基本文献。他们最大的学术贡献是在踏查中陆续发现了被戈壁沙漠淹没了的古代驿站、城市与商道，并证实了"丝绸之路"的存在。这些人的研究壮大了东方学在欧洲的声望，也给欧洲的古典学研究开辟了可供关联比较的新的领域与天地。

接着，在此基础上，一些西方学者、东方学家又做了进一步的案头研究，写出了一批重要著作，其中以法国的东方学家们的研究成果最大，仅就被译成中文的法文著作而言，就有戴仁（Jean Polo Drège）关于马可·波罗与丝绸之路研究的插图版著作《马可·波罗的丝绸之路》、布尔努瓦（Lucette Boulnois）宏观全景式的名著《丝绸之路》及增订版《丝绸之路——神祇、军士与商贾》以及她研究西藏贵金属历史的《西藏的黄金和银币——历史传说与演变》、格鲁塞关于西域的概论性著作《草原帝国》及《从希腊到中国》《蒙古帝国史》、沙畹（Fdouard Chavannes）的《突厥十二生肖》、石泰安（R. A. Stein）的《西藏史诗与说唱艺人的研究》和《汉藏走廊古部族》、阿里·玛扎海里（Aly Mazaheri，1914—1991）的《丝绸之路：中国波斯文化交流史》、于格（Huyghe F. -B.）的《海市蜃楼中的帝国：丝绸之路上的人神与神话》、让-诺埃尔·罗伯特（Jean-Noël Robert）的《从罗马到中国：凯撒大帝时代的丝绸之路》、鲁保罗（Jean-Paul Roux）的《西域的历史与文明》等。此外还有美国的东方学家劳费尔（Berthold Laufer）从博物学角度编写的中国和伊朗历史文

---

① 这里提到的斯文·赫定、斯坦因的著作均有中文译本单行本。伯希和的有关文章译文见耿昇译《伯希和西域探险记》（云南人民出版社、人民出版社，2011年）；谢苗诺夫、勒柯克的有关文章译文见有魏长洪、何汉民编《外国探险家西域游记》（新疆美术摄影出版社，1994年）。

化交流的名著《中国伊朗编》等。这些著作对把"丝绸之路"置于世界历史、东西方交流史的大背景下,从不同角度揭示了丝绸之路的历史特性与文化特性,指出了"丝绸之路"本质特性在于它是"路",而且是古代世界上最长、最重要的路。

由于西域地区干燥少雨的气候,还有沙漠覆盖的独特保护作用,使得古代的城郭、墓穴及相关文物较好地保存下来,成为考古发掘的绝佳之地。在茫茫的戈壁荒滩沙漠中,那些西方探险家、东方学家陆续发现了若干古城旧址及驿站,其中像中国古书有记载、但如今湮灭不见的楼兰古城那样的遗迹也都被呈现出来,而且在若干故址及墓穴中都有丝绸的发现。然后把这些散见的点联系起来,一条条商道网络便得以呈现。当年李希霍芬受此启发,把"丝绸"作为连接条条通路的主要媒介,形象地、概括性地称为"丝绸之路"。他最早提出"丝绸之路"的时候,可能只是用作一个形容性的词组,随后却引起广泛共鸣,不胫而走,被人普遍使用,成为历史文化概念和学术术语。据斯文·赫定的说法:"'丝绸之路'这一名称不是在中国文献中首先使用的。这个很能说明问题的名称,最早可能是由男爵李希霍芬教授提出的。他在一部关于中国的名著中使用了'丝绸之路'——SILKROAD——这个名词,并进行了论证;在一张地图上还提到了'海上丝绸之路'。1910年,阿尔伯特·赫尔曼教授出版了一部极有价值的著作,书名即为《中国和叙利亚间的古代丝路》。"① 此后,"丝绸之路"便作为一个概念被广泛使用了,包括斯文·赫定自己的一本书也题名为《丝绸之路》。这些西方探险家、东方学家发现并且证实,在海路航道发现之前,西域曾经是欧亚大陆上东西南北交通枢纽和必经之地,西域在学术上的研究价值,主要在于它曾经是"路"。如今虽然是满目荒凉,但一千多年前却有着繁荣的城市、四通八达的商

---

① [瑞典]斯文·赫定:《丝绸之路》,江红、李佩娟译,乌鲁木齐:新疆人民出版社,2013年,第204页。版本下同。

道路网，而贯穿于路、给人留下强烈印象的，主要就是中国产的丝绸。

为什么以"丝绸"命名这条古代的商道会引起如此大的共鸣呢？实际在这条商道上，东西方的不同商品都在这里经过、汇集、交换、倒运、出售，而不仅仅是丝绸。中国古代的独特发明与产品与物产中，还有陶瓷、纸张和茶叶等，为什么唯独"丝绸"独占鳌头，成为所有商品的象征和代表呢？这恐怕首先由丝绸所具有的独特性所决定的。首先是丝绸的耐久性，能够在一些封闭干燥的墓葬中保存数千年。斯文·赫定、斯坦因等人都在楼兰古城遗址中发现了最早的丝绸。而这些丝绸当然不是产自当地，而是来自中国的东部地区，是被作为商品运来的。他们一致的看法是：丝绸是在诸种商品中最为轻便、利于运输与存储、价格不菲的高端商品。对欧洲人而言，就是奢侈品。相比欧洲人、印度人使用的棉麻织品，阿拉伯波斯使用的羊毛织品，中国的丝绸在精致度、色泽度、美观度、豪华度上，远远超胜。尤其是作为夏季凉爽服装的用料是不可替代的。而且还可以用来书写重要文书，制作旗帜、幌子等，具有多种用途。相比之下，作为日常器皿来使用的中国陶瓷虽很有名，但由于重量大、易破碎，运输的成本高等原因，而主要是通过船运在东亚、东南亚各国进行贸易。一直到了后来东西方海上通道开辟后，中国的陶瓷才大规模地西运非洲和欧洲。而同样出名的中国纸，由于不是大宗商品而是文化用品，市场需求有限。而且造纸术在唐代的时候就已传到阿拉伯，阿拉伯又把造纸术迅速传到了欧洲，致使中国难以垄断纸张生产。此外，关于茶叶，很可能在丝绸之路上也有大量的交易，但由于茶叶容易腐烂，故而在现代的考古发掘中很难被发现和证实。也有一种观点认为，后来在欧亚大陆，在位于丝绸之路以北的地带，存在着一条不同的"茶叶之路"，经过西伯利亚，通往俄国。[①] 但无论如何，在丝绸之路上，丝绸才

---

① ［伊朗］阿里·玛扎海里：《丝绸之路：中国—波斯文化交流史》，耿昇译，北京：中国藏学出版社，2014年，第8页。版本下同。

是最重要、最贵重的商品，而且长期以来在丝绸之路的交易中，丝绸本身也曾被作为货币来流通使用。更重要的是，至少一直到马可·波罗时代即中国元代的时候，丝绸都一直是中国的特产。正如布尔努瓦所言："中国古代的养蚕术和蚕茧处理术都是严格保密的。甚至禁止把蚕卵和蚕茧带到中国之外的地方，违者要以死刑处治……这一秘密一直保持了数世纪之久，除了炼丹术之外，世界上任何一种机密都没有能够保持如此之久而不被泄露。"① 于格也说过同样意思的话："丝绸的秘密……是历史上最持久的秘密之一，共持续了4000年。"② 这就使得丝绸的终端消费者罗马人一直都不知道丝绸的由来，丝绸作为中国商品的独特价值也就一直能够保持下来。这样一来，把古代连接欧亚的这条商道，称为"丝绸之路"就是名副其实的了。

以丝绸为象征和代表的"丝绸之路"的本质属性，就是"以物载文"。丝绸之路作为"路"是古代的商道，在这里流通着以丝绸为代表的各色商品。那既是物质商品的交易，同时也承载着文化交流，其特点可以概括为"以物载文"。③ 在"以物载文"的模式里，物品既是物质的，同时也是精神文化的。物品承载着文化，文化附着于物品。物品的流通流动，使得抽象的文化交流变得有声有色、可闻可见。这种由中国丝绸等商品所驱动的商路及其交流、这条东方通往西方的道路，与后来欧洲人主导的西方通往世界的海路交通完全不同，后者的本质属性是宗教布道与武装暴力。欧洲的东方学家们在对丝绸之路的研究中，揭示了丝绸之路所展现的古代世界的交流模式：对物质产品的需要、对消费品的渴望、对利润的追求，形成了自愿、和平的交流方式。这与宗教性的朝圣、

---

① ［法］布尔努瓦:《丝绸之路》，耿昇译，济南：山东画报出版社，2001年，第7页。
② ［德］F-B. 于格:《海市蜃楼中的帝国：丝绸之路上的人神与神话》，耿昇译，北京：中国藏学出版社，2013年，第83页。
③ 关于"以物载文"的提出及论述，可另参见王向远《"一带一路"与中国的"东方学"》，原载《广西师范学院学报》2016年第5期。

取经等精神层面上的渴望与追求而形成的古代交通线路，也有明显不同。

二、对丝路性质的揭示与东方学姿态方法的变化

西方的东方学家"丝绸之路"的研究，显示了"中国—中亚—西欧"这样的中西交通史研究的基本结构。他们对"丝绸之路"的发现、描述与研究都清楚地表明，作为丝绸产地与输出地的中国，与作为商品输入最远目的地的西欧，是东西方丝绸之路的两端，而位于中间的阿拉伯人、波斯人等中亚西亚诸民族则起到了中介或驿站的作用。丝绸之路的研究将"中—西"（中国—西欧）这样一种连接两端的独特交通路线描画出来，显示出了它在古代世界交通交流中的重要性。正如斯文·赫定所指出的："可以毫不夸张地说，这条交通干线是穿越整个旧世界的最长的路。从文化—历史的观点看，这是连接地球上存在过的各民族和各大陆的最重要的纽带。"① 而且研究者还都明确指出，丝绸之路的出发点是中国，推动者是中国，丝绸之路的主导者也是中国。正如阿里·玛扎海里所指出的："丝绸之路仅仅依靠中国，而完全不依靠西方。这不仅仅是由于中国发现和完成了这条通往西方的道路，而且这条道路后来始终都依靠中央帝国对它的兴趣，取决于该国的善意或恶意，即取决于它的任性。疆域辽阔的中国是19世纪之前世界上最富饶和最发达的国家，丝毫不需要西方及其产品，因为在中国可以得到一切，它比西方可以做的事要容易得多。相反西方人都需要中国并使用各种手段讨好它。"② 所言极是。

而且，西方学界有关丝绸之路的研究者成果也都表明，丝绸之路上的丝绸等商品的交易，实际上是中国人与中亚西亚人的直接交易，而不是中国与西欧罗马人的直接交易。法国学者于格指出：虽然以丝绸为纽带的中国与欧洲的交流从公元前1世纪就开始了，"但他们在数百年间却

---

① ［瑞典］斯文·赫定：《丝绸之路》，第206页。
② ［波斯］阿里·玛扎海里：《丝绸之路：中国—波斯文化交流史》，耿昇译，第10页。

始终无直接接触，互不认识和互相想象着对方……基本上在整整的13个世纪期间，双方都无法直接关注"①。一直到了蒙古人征服欧亚大陆的时代，从马可·波罗游历东方各地开始，欧洲人才逐渐对中国及远东地区有所了解。而欧洲真正开始认识中国与东方，则是16—17世纪基督教传教士的东渡。直到那个时候，他们才搞明白，欧洲人长期所谓的"契丹"国实际上就是中国的北方地区，是与南部中国连绵一片、处在同一个大陆上的。在中国与欧洲只能间接交流的历史背景下，丝绸作为一种商品，作为一种媒介物，在一千多年间使中国与欧洲之间得以实现交易与交流，于是丝绸的价值就远远超出了它自身。"丝绸之路"的"路"显示了从起点、经中亚西亚若干个中介点，最后再到终点的多点连成一线的曲折性与绵长性，使这条"路"更有力地象征了由中国主导的东方与西方的持续联系。在这个意义上说，"丝绸之路"当然就是名副其实的"中国之路"。

另一方面，在丝绸之路的语境中所说的中国与西方意义上的"中西"，并非只是中国与西方（欧洲）的意思，所指涉的也是中国与中亚、西亚之间的关系。而这个"中西"将长期以来的指称"印度"的那个"西"置换下来了；换言之，在宗教的意义上，印度曾长期为中国之"西"，中国的所谓"西域"，指的也主要是印度。然而在商业、经贸的意义上，中亚西亚却是中国之"西"。这种"中—西"模式，是经济与商业的模式，它强化了中国在整个东方世界的位置。在这个商业模式中，在大部分时间里印度都基本处于中心位置之外。而在文化史、宗教史的研究模式中，印度的位置就显得重要得多。印度虽然在贵霜帝国时代曾较为有力地影响了西域地区，但从经贸的角度看，印度也始终没有可以拿得出手的产品与商品，以长期供应丝绸之路上的市场。只是到了晚近，

---

① ［德］F-B.于格：《海市蜃楼中的帝国：丝绸之路上的人神与神话》，耿昇译，北京：中国藏学出版社，2013年。第5页。

印度的棉纺品才以其价廉和多产，对中国的丝绸市场形成了一定冲击，而那时丝绸之路也就处在衰微状态了。因此可以说，历史上印度对"丝绸之路"的参与度与贡献度是很有限的，对丝绸之路的中国主导的地位没有构成影响（当今一些印度人对中国"一带一路"采取冷眼旁观、小心提防的态度，除了众所周知的国际地缘政治的缘由外，或许也有这样的历史原因）。

同时，丝绸之路也是"东方之路"。西方的东方学家的考察与研究也表明，在丝绸之路的"中—西"这个结构模式中，实际上"中"与"西"只是贸易的两端，是出发点与目的地，而真正构成丝绸之路的，则是中亚西亚这一漫长的路段。因此，狭义的"丝绸之路"实际上是以中国西北部的长安为起点，直通中亚西亚的路。换言之，丝绸之路的核心地带是在中亚与西亚。可以认为，对盛产丝绸的中国的中东部而言，那里不是"丝绸之路"，而是"丝绸之地"。以波斯帝国为中心的中亚西亚各国是丝绸等商品的转运者，同时也是消费者，否则我们就难以解释在阿拉伯《一千零一夜》故事中，丝绸及中国商品的消费与使用的描写为什么有那么多。在这种情况下，西欧实际上仅仅是末端市场与消费者之一而已。在这个问题上，西方的一些丝绸之路的研究者，可能无意中夸大了西方市场的价值。实际上，在国家与社会的富裕程度上，当时西方的罗马帝国恐怕远远不能和波斯帝国、阿拉伯帝国相比，更不能与中国相比。当时的罗马帝国元老院之所以下令将丝绸作为奢侈品，禁止男性臣民穿戴丝绸服装，对女性使用丝绸也做出了限制，显然主要还是因为他们的财力不足，担心黄金过多流出。即便罗马帝国立法限制丝绸的进口，但中国的丝绸仍然不断输出，并没有史料证明这影响了丝绸的市场需求。这就表明丝绸的最大需求者其实还是在中亚西亚一带，而且主要是波斯帝国、阿拉伯帝国那些喜爱豪华奢侈的那些上层消费者。西域及东方各国既是丝绸之路的贩运者，也是主要的消费者。这一历史真实，也是西方学界的丝绸之路研究成果所能证实的。

从欧美的东方学学术史的角度来看，西方学界的丝路研究对"丝绸之路"的"中国之路""东方之路"性质的揭示，也标志着他们的东方学研究在姿态与理论方法上的变化。

首先是东方学研究在姿态上的变化。长期以来，西方的东方学是以西方为中心的，东方学的主要宗旨与目的在于揭示东方历史的停滞与近代西方的兴起，这既是历史事实的一个角度的反映，更是西方中心主义思想的诠释与演绎。但是，"丝绸之路"则不是从主义与观念出发，而是从遗址发掘、遗物发现与文物考古出发，客观地揭示出这条道路的推动者是中国人，主导者是中亚西亚各族人民，而西方的欧洲仅仅处在这条路的尽头与末端。诚然，在丝绸之路的研究与描述中，仍不免带有长期以来流行的"公元1500年史观"（公元1500年后西方兴起东方衰落）的影响。但是，更多的研究也客观地揭示出，尽管16世纪以后海上航道开通而形成了"海上丝绸之路"，陆上的这条丝绸之路逐渐趋于衰微。但是，即便是海上丝绸之路，也仍然是长期为东方世界所主导，所流通的商品仍然是产自东方的陶瓷、香料、皮货、茶叶、宝石、黄金等。东方世界的富裕是西方世界所不能比拟的。这种情况一直到19世纪西方用武力霸占、掌控有关的码头、商埠与航道为止。这样的研究与20世纪中期以来的"世界体系"论者（如阿布-卢格霍德、贡德·弗兰克等人）所得出的关于在东方早就存在着不依赖西方的"早期世界体系"这一基本结论，也是完全吻合的。可以说，西方的东方学家在丝绸之路及其相关研究中的姿态，总体上有别于此前的西方中心主义。

同时，西方的丝绸之路的研究，也标志着西方的东方学研究在进入20世纪后形成了新的研究模式，推动了东方学研究方法的变化。

这主要表现在，由18—19世纪的文化史或文明史的叙述模式以及"历史哲学"的思辨模式、转向了足之所至、目之所见的地理探险的踏查模式，从而开拓了西方的东方学的新局面。之前，以伏尔泰、汤因比为代表的文化—文明史的模式，则主要以政治制度、经济制度等制度文化为重点,以宗教信仰为中心,以民俗等行为文化为延伸,侧重的是精神文化层面的历史记述与文明分析。以黑格尔、马克斯·韦伯为代表的历史哲学模式的东方学模式,其特点从文献学研读出发,在东方—西方的比较研究中进行体系建构、理论思辨、思想史提炼;斯宾格勒的文明生态学的模式是强调文明体之个体的孤立性与独特性,不太强调交流与影响,在他看来交流与影响会削弱自身文明的特性,而且断言一种文明一旦开始对外扩大影响,便意味着它已经开始走向没落。

自19世纪开始,一种新的东方学著作模式也在迅速形成,那就是不满足于已有的文献,而是实地踏查,调查研究。当然,这种模式就其本身而言,其实并不新,它与16世纪后基督教传教士的传教模式十分相似,但与传教士的传教宗旨颇有不同。它不是传教,而是求知;它与同时期西方人类学在非洲丛林、澳洲、美洲的原始部落与蛮荒之地的"人类学"的探险考察也非常相似,但他们所看到的却不是原始文化形态,而是有着悠久传统的各种古老文化的交汇之地。西域踏查与稍早那些在《圣经旧约》记载的指引下对西亚北非等地进行的考古发掘也很相似,因为西域踏查也有考古发掘的意味,但是在西域,他们更多的不是"发掘",而是只需要观察、不需要深掘的"发现"。例如法国的伯希和对敦煌藏经洞的意外发现,斯文·赫定对被沙子浅埋、仍能依稀可辨的楼兰古城及其他遗址及各种文物的发现,等等,这就是西域踏查的特殊性。

无论如何,19世纪欧洲在西亚地区围绕着《圣经旧约》的考古学发掘,发现了古代两河流域的文明及典籍,破译、识读了古埃及的象形文字、巴比伦的楔形文字,而19世纪末期至20世纪初期在西域地区的踏查与发现,则使欧洲人发现了西域中亚地区广泛存在着一种共同语言——"突厥语",发现并识读了吐火罗语等中亚古代语言,从而使东方学研究由原来对东方国家既有文献的翻译与利用,扩大到对古代文献的发掘与发现、对古代语言的释读与破译,对区域性共通语言的比较语言学的建构,从而使欧洲的东方学走向了一个新的阶段。就是将已有文献与地上、地下文物互证，从而把探险考察、考古学、语言学与原来的历史学、翻译学、宗教学、民族学、文学艺术学等多学科结合起来，把人类学的田野调查与历史文献的研究结合起来，把平面的地理调查与纵向的历史文化的追溯结合起来，又综合运用考古学、历史学、语言学等多学科的视域与方法，形成了西域研究的跨学科、多学科的新模式，使东方学成为一种跨越多学科的综合性学科。因此，从西方的东方学学术史的角度来看，不管他们来到西域的原初目的究竟是什么，但就纯学术的角度来看，他们在西域的探险活动及对丝绸之路的发现，都大大促进了"东方学"研究方式与方法的变化与转型。

三、所谓"新丝绸之路"和丝路"新史"

进入 21 世纪后，随着中国"一带一路"倡议的提出、实施及世界范围的广泛呼应与影响，西方学者对"丝绸之路"的研究也进入了新的阶段，出版了若干种"丝绸之路新史"之类的著作。这里只举出三种：美国学者芮乐伟·韩森（Valerie Hansen）的《丝绸之路新史》（2012 年）、澳大利亚学者贝哲民（Ben Simpfendorfer）的《新丝绸之路》（2009 年）、英国学者彼得·弗兰克潘的（Peter Frankopan）的《丝绸之路：一部全新的世界史》（2016 年）。这三种书都已被译成中文出版，有的（如最后一种）还成为畅销书。

这些丝绸之路的"新史"既进一步确认了先前的一些观点，也提出了一些颠覆性的观点与结论。例如芮乐伟·韩森的《丝绸之路新史》，通过晚近的考古发现，利用多种语言的相关研究成果，特别是对出土文书的解读与研究，认为丝绸之路上的中国与罗马之间几乎没有直接的贸易活动，中国的主要贸易伙伴是波斯帝国的居民，进一步确认了丝绸之路"东方之路"的性质。另外，他根据一些学者的新近的研究成果，提出在古罗马时代，"中国并非唯一的丝绸生产者。早在公元前 2500 年，古印度人就开始从野生丝蛾（wild silk moth）制丝，这是与中国驯化的桑蚕不同的品种。与中国不同,印度人用的是蚕蛾破茧而出之后剩下的茧壳。与之相似,古代爱琴海东部的科斯岛出产一种科斯丝,也是用野生蛾的茧壳制成。"① 不知这类结论的可靠性如何,但是我们有理由认为,印度或者欧洲的野生茧丝,即便是存在的,它们在古代世界的文明中几乎没有什么作用与影响,与中国的丝绸及丝绸文化决不可相提并论。韩森还指出:"欧洲发现的漂亮的丝绸,尽管都标为'中国的',但实际上制造于拜占庭帝国(476—1453年)。有学者检查了七到十三世纪的一千多件样品,发现只有一件来自中国。"② 这样的说法显然也同样可疑。因为拜占庭帝国存续时间上千年,究竟是哪个历史阶段的,实际难以确证,但是有一点可以肯定:如果当年古罗马时代,或者拜占庭时代早期欧洲人自己就能生产丝绸,那么,他们就没有必要花重金从中国进口,也没有必要下达诏令限制臣民使用丝绸了。此外,与早期丝绸之路研究者所呈现的贸易繁荣状况不同,韩森指出丝绸之路上的贸易量过去被人夸大了,他认为实际上是很有限的,"并没有大量证据支持丝路上曾出现繁荣的大规模贸易"。在这条路上,比起商人,"往来于丝路上最重要也是最有影响的人群是难民"。③ 这些看法,都是对中国丝绸的商品功能加以淡化,对丝绸之路的商业功能加以淡化,而更侧重于它的民族融合、文化交流的功能,这样也就走向了"广义丝绸之路"的概念。

广义的丝绸之路概念之外,也产生了"新丝绸之路"的概念。这个概念鲜明地体现在贝哲民的《新丝绸之路——阿拉伯世界如何重新发现中国》一书中。作者是澳大利亚人、国际经济问题学者,也是专门研究当代中国与阿拉伯经济问题的专家。他把当代中国与阿拉伯国家的密切的经贸往来及其商路称为"新丝绸之路",认为这条新路的起点是中国浙

---

① [美] 芮乐伟·韩森:《丝绸之路新史》,张湛译,北京:北京联合出版公司,2015年,第22页。版本下同。
② [美] 芮乐伟·韩森:《丝绸之路新史》,第23页。
③ [美] 芮乐伟·韩森:《丝绸之路新史》,第300页。

江的义乌，终点则是阿拉伯地区。面对中国与阿拉伯国家之间密切的经贸交流，自然想到了古代的丝绸之路，他说："这些阿拉伯商人是沿着他们祖先的足迹来到此地的。"① 在他看来，进入21世纪后来到义乌的越来越多的阿拉伯商人，其意义正如当年在中国的长安有大量阿拉伯商人一样，认为是古代丝绸之路的复现与复兴。由于有这样的历史感觉，贝哲民的这部关于当代国际经贸关系的书，除了全球经济格局现状分析之外，也便有了历史的纵深感，也更强化了"丝绸之路"这个概念的表现能力。

广义的丝绸之路，就是把丝绸之路看作东西方文化交流的路网，而不仅仅以丝绸为代表的商业通路，这不仅突破了丝绸之路的商业功能的范畴，而且超越了中国汉代至元代这段特指的历史区间，取消了丝绸之路的时间限定，用来指称从古至今的东西方文化交流的通道。这一思路典型地体现在英国学者彼得·弗兰克潘的《丝绸之路：一部全新的世界史》一书中。正如本书的书名所展现的，作者希望写成一部以"丝绸之路"为叙事中心的"全新的世界史"。在叙事方式上，把西方的罗马帝国和东方的中国作为两端，在空间上重新建立了起"东方—西方"的二元结构。但是，与以往的狭义的丝绸之路的历史叙述最为不同的是，弗兰克潘强调西方（罗马）帝国对东方的影响，他认为："自亚历山大大帝将希腊的观念文化带到东方后，东方的思想很快就有了新的方向"，并影响到了东方宗教的面貌，因而他把这条路称为"信仰之路"，并作为第二章的标题②。接下来的第三章里，他论述了西方基督教在东方的传播，又把丝绸之路称为"基督之路"。在后面的两章里，他的叙述仍以另一种东方宗教——伊斯兰教的兴起为中心，在这个论题下谈到商贸活动。其中又分专章谈到了阿拉伯帝国时期的皮毛交易、奴隶贸易。接下来他又叙述

---

① ［澳］贝哲民：《新丝绸之路——阿拉伯世界如何重新发现中国》，程仁桃译，北京：东方出版社，2011年，第7页。
② ［英］弗兰克潘：《丝绸之路：一部全新的世界史》，邵旭东、孙芳译，杭州：浙江大学出版社，2016年，第24页。版本下同。

了十字军的东征、蒙古人的战马铁蹄如何践踏横扫欧亚大陆,欧洲如何在战乱平复后获得"重生",丝绸之路又如何成为"重生之路"。然后叙述到了哥伦布发现新大陆及欧洲的地理大发现,开辟了所谓"黄金之路"和"白银之路"。至此,在空间地理上的角度而言,他的叙事已经完全脱出了"丝绸之路"。发展到第十三、十四章,他终于以"西欧之路"和"帝国之路"为标题,一直到最后一章(第二十五章)"伊战之路",叙述16世纪以后西欧主导的世界,直到当代全球的政治经济格局,从而与此前一般西方学者所撰写的世界史中所谓的"1500年史观"相接合,并一直延伸至当下。在最后的结语"新丝绸之路"中,才把目光收缩到原本的丝绸之路地带——中亚地区,提到了中国在这一地区实施的"一带一路"的建设。总体看来,弗兰克潘的《丝绸之路》只不过是借用了"丝绸之路"这个概念,来撰写通俗易懂的世界史。所谓"全新",其实内容上未必有多新,基本的叙事套路未脱以往的以西方为中心的世界史格局,但"丝绸之路"的题目确实令人耳目一新,切合了当代东西方的读者对中国崛起、丝绸之路复兴的直感。更重要的,正如弗兰克潘最后所指出的:"我们周围的世界正发生着巨大的变化。当我们进入一个西方的统治地位在政治、军事、经济各方面都遇到压力的时代,对未来的不确定的确会令人不安。"① 明确表示了作为"西方"人的一种危机感与"不安"。于是,"丝绸之路"在他的书里就成为中国崛起、中国复兴的一个象征性词语。"丝绸之路"也由一个学术性概念成为一个"东西方交流"的代名词。也许因为这样的原因,此书在欧美及英语国家读者中成为一部大部头的常销书,在中国翻译出版后也被作为畅销书加以推销。中国读者在阅读这样的带有西方人特定立场的著作时,应该具有审慎的辨析与批评的眼光。

从西方的东方学学术史上看,上述西方学者关于"丝绸之路"的发

---

① [英]弗兰克潘:《丝绸之路:一部全新的世界史》,第446页。

现、研究及著述具有重要的价值与意义。从19世纪末期的发现、命名，到20世纪上半期的学术研究，再到20世纪末以来的丝路概念延伸与扩大，西方人的研究与论说持续了一百多年，虽然一些学者的相关著作仍然摆脱不了以欧洲为中心的叙述习惯，但总体上而言，在研究中都突显了丝绸之路以中国为出发点、以物质产品交流交易为中心的东西方交流史的模式，强调了以丝绸为代表、为象征的中国元素，一定程度地揭示了丝绸之路作为中国之路、东方之路的本质属性，并在当代世界经济的描述与研究中利用"丝绸之路"的概念，将其广义化、普泛化、当下化，从而在事实上与中国提出的"一带一路"倡议形成呼应，也表明了以西方的东方学已从历史研究走向现实关注，这是值得我们注意的新动向。对西方学界丝绸之路研究模式及特点的关注与研究，将有助于我们认识"一带一路"倡议的深刻的历史渊源与广阔的国际背景。

后记

本书是一部专题论文集,也是我主持的国家社科基金重大项目《"东方学"体系建构与中国的东方学研究》(14ZDB083)的中期成果之一。

考虑到我国学界关于西方的东方学方面的研究还相当不足或不够,故而在最终项目成果问世之前,先将已公开发表的相同主题的论文共17篇,勒成一部论文集,为读者阅读指正提供便利。

本书写作时间大体从 2017 年 3 月至 2018 年 12 月,一年零八个月的时间里,边写作,边沉淀、修改、定稿和交付发表,至 2020 年底,全书17 篇,作为前期成果全部公开发表。在此感谢为本论文发表提供机会的有关学术期刊,包括《国文天地》(台北)、《中外文化与文论》(成都)、《华夏文化论丛》(吉林)、《社会科学研究》(成都)、《跨文化对话》(北京)、《东方丛刊》(桂林)、《北方工业大学学报》(北京)、《国际比较文学》(上海)、《东北亚外语研究》(大连)、《文化与诗学》(北京)、《北京师范大学学报》(北京)、《山东社会科学》(济南)、《衡阳师范学院学报》(衡阳)》、《中国社会科学文摘》(北京)、《社会科学文摘》(上海)等。大部分论文篇幅较长,占用了许多版面,编辑部并未要求删减,这份理解宽容,犹可感铭。复旦大学出版社和责任编辑王汝娟、刘苏瑶女士为编辑本书付出了不少劳动。王汝娟博士下大功夫,一字一句精心校阅修改，使书稿趋于完善，是我特别要志谢的。

在《西方"东方学"批判论集》之后，作为姊妹篇，还有《日本"东洋学"批判论集》《中国东方学学术史论集》《中国东方学体系建构论集》，也将在单篇论文发表后，各自收编为论文集，作为我承担的东方学重大项目的中期成果，陆续交付出版，敬请读者关注与批评。

谨以此论文集献给广东外语外贸大学新成立的学术机构——"东方学研究院"。这似乎是国内以此命名的第一家学术机构，虽然它只是一个小小的学术平台，但在凝聚校内外的东方学研究，促进中国东方学与国际东方学接轨，强化中国立场、体现中国价值方面，它可以发挥应有的作用。

王向远

2020年12月7日

图书在版编目(CIP)数据

西方"东方学"批判论集/王向远著. —上海:复旦大学出版社,2021.3
ISBN 978-7-309-15440-5

Ⅰ.①西… Ⅱ.①王… Ⅲ.①东方学-文集 Ⅳ.①K107.8-53

中国版本图书馆 CIP 数据核字(2020)第 239335 号

西方"东方学"批判论集
王向远 著
责任编辑/王汝娟
封面设计/马晓霞

复旦大学出版社有限公司出版发行
上海市国权路 579 号 邮编:200433
网址:fupnet@fudanpress.com http://www.fudanpress.com
门市零售:86-21-65102580 团体订购:86-21-65104505
外埠邮购:86-21-65642846 出版部电话:86-21-65642845
上海盛通时代印刷有限公司

开本 787×1092 1/16 印张 24 字数 332 千
2021 年 3 月第 1 版第 1 次印刷

ISBN 978-7-309-15440-5/K·748
定价:98.00 元

如有印装质量问题,请向复旦大学出版社有限公司出版部调换。
版权所有 侵权必究